财，可入用者也。
米面油盐是财。
锅碗瓢盆是财。
药酒花香是财。
皆因与百姓生计息息相关。
可入用，方为财。

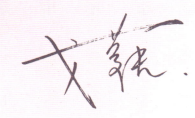

财神春花

完结篇

戈鞅 著

四川文艺出版社

金榜题名

顔宇

福寿康宁

顔爺

顔宇

长孙春花

談康樵

"愿谈大人日日想我，辗转难眠。"
——长孙春花

"若天意春顾，我愿倾其所有，换那一睹如旧。"

碧桃炉有两个传了许多代的镇店酒方：

一名「春昼」，一名「霜枝」。

饮者拊掌大笑，喜不自胜。「春昼」如春，

一名「春昼」，一名「霜枝」。

「霜枝」似雪，饮者黯然销魂，忧怀悲凄。

一春昼二一年十三坛，「霜枝」一年十六坛，

碧桃炉每年产够了数，便关门谢客，仿佛跟钱过不去似的。

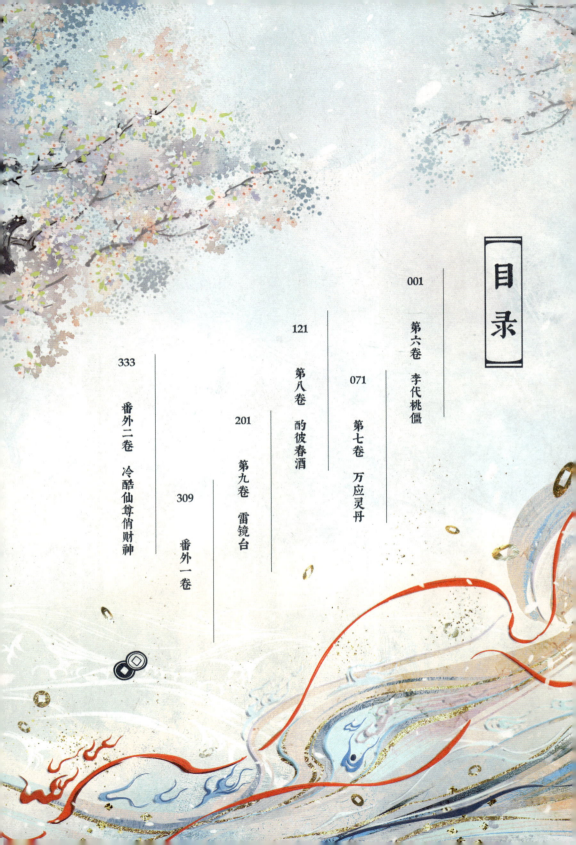

# 目录

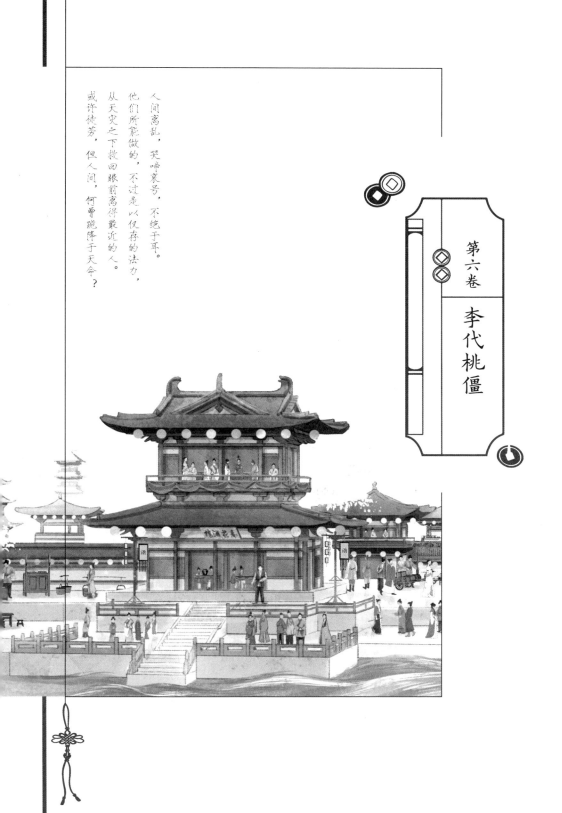

人间离乱，哭啼哀号，不绝于耳。

他们所能做的，不过是以仅存的法力，

从天灾之下救回眼前离得最近的人。

或许徒劳，但人间，何曾跪降于天命？

第六卷　李代桃僵

## 章一 · 狐凭鼠伏

良久，古树婆婆才从回忆里抽身出来："老婆子只有一事不明。云暖最爱惜自己，怎么会为了诬陷一个人而自戕？"

谈东樵将目光投向浓夜："她并非自戕。裂魂香，入腠理，割发裂魂，善恶各行。她死前已被割去了善魂，所说所做的一切都不过是受妖尊摆布罢了。"

古树婆婆愣怔了一会儿："原来如此。这死法，倒是和菡萏一模一样。"

"菡萏和云暖，都是老婆子我看着长大的。她们一同被卖进万花楼，每日穿过两条街去歌伎师傅处学曲儿，经过我的豆腐脑儿摊子，总会停下来各吃一碗。"

古树婆婆的目光变得悠远，仿佛又回忆起了许多更久远的事情。

"年轻人，你修为不错，但终究只是个凡人。妖尊在汴陵盘踞两百年，他就是汴陵的缔造者，汴陵唯一的神。恐怕你……斗不过他。"

谈东樵眸中倏然亮起凌厉的光芒。

"那我就偏要将这伪造的神，拉下神坛。"他将手中的骨片上递一寸，"以你的法力，是否能与这枕骨的主人相通？"

古树婆婆道："倘若这骨片主人是善终，魂魄早该入地府投胎了，未必还剩有残魂。"

"可否一试？"

她点点头，伸手接过那骨片，掌心相合。寒冷的月从乌云背后钻了出来，落在古树婆婆如靴皮般满是皱褶的脸上。也不知过了多久，她蓦地睁开双眼，眼中寒光一炽。

"他说……"古树婆婆的神情惊疑不定，"他的故事，只能讲给长孙春花听。"

汴陵府衙。

知府曲廉今夜已经提审过春花两回，回回都是苦口婆心："春花老板啊，这里头有什么误会，你老老实实同本官说了，不就皆大欢喜了吗？你祖父、哥哥在外头守到半夜才回去。还有罗子言那讼棍，扬言要写讼状告到京城去，告本官罗织罪名，陷害忠良。嘻，他那个嘴，白的也能说成黑的！真递上去，本官的前程堪忧啊。

"春花老板，律法如山，如今死了人，可不能再说什么'民不举，官不究'了。你就老实配合，把那娃娃交出来，让他和你哥哥滴血认亲一回。若验出他确是你哥哥亲生的，你的罪名不就全洗脱了吗？"

春花也是很无奈："曲大人，我也知道您的不容易。但滴血认亲这法子，不行。"

"啊？"

"春花听药铺里的大夫提过，滴血认亲并不可信。常有亲生骨肉验了无法相融，亦有全无血缘者滴血相融的。我们长孙家的孩子，怎能冒此风险，受人质疑？"

曲廉气得牙痒："你这张嘴啊……好好，本官说不过你。今日当着王爷和百姓的面，本官承诺一定要将此案查清。春花老板若再不招认，本官可就要动大刑了！"

春花的眸光在微黄烛火中轻轻一闪，而后她笑了笑。

"烟柔是受了人蛊惑胁迫才来攀咬，衡儿确是我哥哥的亲骨血。大人再问，春花也是这话。若要用刑，就请便吧。"

曲廉被她噎得倒抽了一口气。

汴陵商会与官府多有公务来往，曲廉对春花印象也还不错，本不想与她为难。但，思及今日分别时吴王留下的话，他微微一凛。

"曲大人，元鸟宴上许多外来商贾亲眼见了那民妇死状，若不严查，天下人都要说你收了长孙春花的贿钱，你这官，也就做到头了。"

实在没有办法了，得给她点颜色看看。

曲廉沉声道："来啊，上夹棍。"


打罢了三更锣，大牢里的烛火也就烧到了头。一个如鬼魅般的身影轻飘飘地飞入牢门，看守的狱卒们只道"被灯火晃了眼"，长长打了个哈欠，便又摇起骰子打发时光。曲知府终究还是给了些特殊待遇，春花被关在最里面的一间牢房，有软枕床铺，还算干净，离其余囚犯都很远。

她没有入睡，在黑暗中倾听着最细小的响动。忽闻牢门外轻微的脚步声，她吃了一惊，谨慎地向阴影中蜷缩得更深。

"谁？"

一个熟悉的身影出现在门口，背着光，更显顾长笔直。

"是我。"

她放下心来，却没有走出阴影。

"谈大人，你终于来了。"

谈东樵听出她声音有些不同，却说不出是什么不同。

"你还好吗？"

阴影里的人似乎笑了一声："还好，劳您挂心。"

这才是熟悉的她，带点戏谑和友善地挑衅。

谈东樵未觉察自己长舒了口气，微笑道："仙姿和衡儿，我已经安顿妥当。你祖父和兄长，也送回家去了。他们决不肯信衡儿的身世，定要亲口听你说了才信。"他顿了顿，"石渠兄只难过了一会儿，便说，不管是谁生的，他已当作自己的孩子养了，以后就是自己的孩子。"

春花轻笑："哥哥虽常常糊涂，但实在是个敦厚的人。我诓他诓得这样厉害，他都不记恨，只是可惜了烟柔一条性命。咱们虽猜到妖尊会在她身上做文章，却没料到他行事如此狠辣。"

"你我只是凡人，总有力所不逮之时，不要太过自责。"

春花"嗯"了一声："你今日去找古树婆婆，可有收获？"

谈东樵便将古树婆婆所言之事细细讲述，末了道："古树婆婆与那枕骨之人的鬼魂打了个照面。她说那鬼魂十分谨慎，指名道姓，只肯和你说话。"

春花一愕："我如何能和他说话？"

谈东樵从袖中掏出一片指甲盖大的树皮："就如烟柔和菡苕一般。你吃下这片树皮，若鬼魂有意与你沟通，你就可以看到、听到它。"他紧跟着解释，"这事，恐怕有些难为你。你若不愿，也有其他办法可想，不要勉强自己。"

阴影里的人沉默良久，伸出一只手，穿过栅栏，拿起他手中的树皮。

"我愿意一试。"

她看也未看，便把那树皮扔进嘴里，生咽了下去。

谈东樵蓦地瞳孔一震，手如电般飞快地抓住里头之人的一只手，一把拉过来。

"你手怎么了？"

春花还未反应过来，另一只手也被他拉了过去，整个人呈一个奇怪的姿势，被架在栅栏上。

"曲廉对你用刑？"

他面上如盖冰雪，眸中有风雷聚集，神情一时间有些吓人。

春花眉毛直跳，勉强笑道："只是被夹棍夹了两回。他见我实在不肯招，就放弃了。"

"……"

谈东樵愠怒地瞪着她。

雪白的小脸终于暴露在昏黄的烛光之下，一双水眸微微红肿。

"疼得受不了了？"

春花被他这目光一望，瞬间有些招架不住，扁了扁嘴，道："有一会儿确实疼得厉害。没忍住就哭了一会儿。"猛然想起什么，她迫切地盯着他，"这事你可得……"

"保密。"他叹了一声，接上她的话，"春花老板从来不掉眼泪。"

铁骨铮铮的春花老板莫名心虚起来。她想了想，解释道："曲知府这人我很了解，好名声，爱做官，心倒不算坏。怕外头人议论他偏袒我，急着问案，这才上了刑。只夹了两下，见我吱哇乱叫，却宁死不招，便有几分信我了。我身上留了伤，他也有说辞去堵悠悠众口，后头便没再为难。"

谈东樵不语，一双黑眸，如暗夜荧惑一般，目光灼灼地盯着她。

"呃……"她只好垂首避过，努力动了动手指，"你瞧，骨头都没事，就是肿得像小棒槌。"

"唉，你这么瞧着我，好像我做错事了似的。"

他眸中暗了暗，垂目把她的手拉近些，而后从怀中掏出一个白玉小瓶，挖出一些药膏，以指腹轻轻涂在她手指上。春花屏着气，任他涂抹，竟不敢出声，只觉心跳如擂鼓，待两只手被涂完，才听见他闷闷地说：

"你没有错，是我错了。"

春花十分想问他，"错哪儿了"。还没问出口，便觉得耳畔一阵阴风吹过，她情不自禁地打了个哆嗦。

"谈、谈、谈大人，好像有东西来了……"

隔着栅栏，谈东樵紧紧握住她的手腕。

"别怕，我在。"他声音里有安抚人心的力量，"鬼魂不能和人有肢体接触，更不能伤人。"

说得轻巧。她这辈子可是头一次见鬼啊！


栅栏的阴影中，如黑泉般涌淌出一条涓流，盘桓而上，徐徐缭绕出一个人的形状，长发，灰袍，面容模糊。

春花哆哆嗦嗦地问了一声："你……是谁？"

鬼魂若有若无地叹了一声，作了个深长的揖："春花老板，别来无恙。"

那声音，如同铁匠铺里的许多锋刃互相摩擦，细微而犀利。

春花身躯剧震："……祝般大师？"

"你的枕骨，怎会落在妖尊手上？当年的事，和妖尊有何关系？还有……你的儿子阿九……"

祝般的鬼魂半掩着面，悲声道："祝般醉心名利，遭人陷害，羞见故人！若那妖物只害了我一人，也是我自作孽，不可活。可恨他害我祝家后裔无处容身，乃至香烟断绝！"

他泣了数声，倒头便拜："汴陵城中，谁人不想发达？谁人不拜财神？拜财神者，都是那妖物的信徒！只有你春花老板是可信之人。祝般只剩残魂半缕，愿将所知一切内情告知，若能教那妖物伏诛，灰飞烟灭又有何惧！"

## 章二·孤雏腐鼠

六七年前，祝般在汴陵开起第三家营造行，已有行业巨擘之势，幼子聪明机灵，家业和顺，春风得意。

那时，汴陵商会的会长是梁远昌，寻仁瑞还是个掌管寻家不久的青年人，而长孙家除了钱庄，还只在酒楼、布庄生意中有所建树。

后来回想，一切，是从一场小宴开始的。

宴是梁远昌做东的，请的有寻仁瑞、祝般，还有营造行里的几位东家。酒过三巡，突然来了一个不速之客。来人是一位老道士，自称霍善。梁远昌、寻仁瑞等人都以十分礼遇对他。经人提醒，祝般才知道，他就是香火鼎盛的澄心观观主，在吴王面前颇有地位。

"霍善道尊道法高深，不仅能降妖驱邪，还深谙风水与骨相。"梁远昌道，"既是有缘，不如就请道尊为祝般老弟摸一回骨罢。"

祝般对这些神神道道的不感兴趣，但梁远昌颇为坚持，他便也不好推辞。

霍善将干枯如鸡爪的手按在祝般后颈上，摸了又摸，忽然道："祝老板，你这……可是难得的'回'字骨啊！"

祝般："不知有何讲究？"

霍善捻起稀疏的胡须："'回'字骨，入宝山而从不空手归，乃是聚财的骨相，福泽深厚，子孙三代富贵无忧。"

谁不愿意听好话呢？祝般自然是满心欢喜，谢他吉言。

霍善顿了一顿，又道："看祝老板这面相，令公子应当也是个颇有福泽之人。敢问公子生辰八字？"

祝般并未多想，一一告知。

霍善掐算良久，陡然睁眼，惊诧道："令公子这生辰，竟与吴王世子的是天造地设的绝配啊！"

他这一说，祝般倒不知是该哭还是该笑了。

谁不知道，吴王世子缠绵病榻多年，能活到如今本就是个奇迹。

半晌，祝般才道："犬子今后能承继我这一门手艺，养活自己便行。什么三代富贵无忧，我从未想过，更不敢妄想世子那样的福德。"

霍善盯住祝般："祝老板，不要小看骨相对气运的影响。若是有人在你死后，挖去了你脑后枕骨，用作他途，这三代无忧的财脉，就传不到令公子身上了。"

他说这话时，两只眼睛暗如无底深潭，不像是在寻常谈笑，倒像有什么暗中的神隐借了他的口，传达谶语。祝般的脊背上蓦地一冷。但霍善立刻便将话题转开了，说到汴陵城中还有一个"回"字骨。

"长孙家的那位千金幼时，老道也曾给她摸过一回骨。瞧瞧，如今才多大，长孙家已是她当家了，钱庄都开到第十家了。"

寻仁瑞闻言便哼了一声："乳臭未干的臭丫头！我听说她近来也在打听营造生意。哼，还没学会走便要跑了，长久不了。"

霍善呵呵一笑："只是可惜……"

"可惜什么？"

余人追问，他却不再说了。

众人又闲谈至他处，梁远昌谈起为吴王府扩建后园的工程，一单便赚了去年一年的利润，得意无限。祝般自然也是艳羡不已，便询问梁远昌，如何才能接下王府的工程。梁远昌淡淡一笑，只说寻、梁两家的营造行是百年老号，王爷谨慎，除了这两家，是不会把营造生意交给他人的。祝般听出他话中不悦，自然不便再提。

这时，霍善却突然出声："旁人自是不行，但若是祝老板，倒也不是无法可想。"
祝般连忙追问有何捷径。

霍善捋着胡子，半晌才神神秘秘地吐露——吴王一心求道，想在汴陵建一座采集天地灵气、日月精华的道宫。

"早闻祝老板在营造上颇能求新立异。若能建成一座求道引仙的高楼，定能得吴王青睐，将来营造行内，祝老板称第二，还有谁敢称第一？"

这话一出，宴中人神色各异，又以寻、梁两人神情最为复杂。

寻常营造工程的竞争，多是靠缩减成本和提高质量。但祝般原本就醉心营造设计，听闻此事，就像是有人在他狂热的领域出了一道颇有挑战的难题，立刻技痒难耐，抚掌大喜："多谢道长提点！"

其后不久，霍善果然没有食言，向吴王引荐了祝般。祝般与吴王深谈一夜，并将图纸献上，完整地讲述了自己的设计。

"此楼巧夺天工，定可招引元鸟成群而来，为王爷传讯迎仙。"

吴王却似乎并无预料中的狂喜。

他背对着祝般，沉思良久，才终于长叹一声，下定了决心。

"既如此，这楼就取名为'来燕楼'吧。"

祝般死后的第七日夜里，他的坟墓被掘开。霍善领着一个灰色尖脸的老五，挖走了他的枕骨。

祝般的鬼魂满面血污，双目猩红地控诉道："霍善那日根本不是偶然出现，他早已知道我儿的生辰，打的便是与吴王世子换命的主意！他不知用我的枕骨使了什么妖法，将我儿阿九的福德全部换给了吴王世子。"

春花听后实在觉得太过离奇，不由得反问："这何以见得？"

"我儿阿九，自幼聪颖，但自我死后，一事无成，那真是破屋更遭连夜雨，漏船又遭打头风。他们母子流落到方家巷子，便再无一日温饱，但凡能靠劳力挣到果腹的银钱，必会在当日输掉、赌掉、赔掉，从来没有过夜钱。他深夜路过乱葬岗，碰到霍善属下的鼠妖行割魂之术，竟因此便被灭口！

"霍善曾言，我儿阿九与吴王世子的生辰八字是绝配，又说我儿福泽深厚，三代富贵无忧，何至于落得这个下场？这还有什么想不明白的呢？"

春花却仍不甚明了，于是将祝般所言，原原本本地转述给谈东樵。

谈东樵颦眉深思了一会儿："韩抉这几日在城中四处勘察，已探得城中有一个行之数百年的聚金法阵。霍善与吴王挖取的枕骨不止祝般这一片，也许，和那聚金法阵有关。"

他倏地眉毛一跳："你且问一问，那来燕楼，究竟是如何塌的？"

春花照着问了。

祝般愤怒而悲怆："我所建的横梁，绝不可能有问题！来燕楼的选址，是霍善道尊亲自挑选的。来燕楼的第一块基石，是吴王亲手埋下的！霍善在那基石上施下了地动之咒，楼台建成之时，便是地动楼倒之时！"

春花道："吴王和霍善若只是要取你枕骨，何必费心诓你兴建来燕楼，又亲手毁了它呢？"

祝般不语了。

谈东樵蓦然握住春花的手。

"你再问他，来燕楼……究竟为何能招引燕子？"

春花浑身一震。

"祝般大师，我一直欣赏你对营造的专注与投入，想与你合开一家营造行。奈何你那时深信梁家，不愿与我合股。如今，你我阴阳相隔，总算还有些缘分，你若不能对我坦承，我又怎能替你伸张正义呢？"

是了，兴建一座能招引燕子的楼阁，这样荒诞不经的事情，为何还有人深信不疑呢？那是因为祝般在营造行中名望极高，常有奇思妙想。他言之凿凿地说来燕楼能招引燕子，是因为建筑精妙，如同仙宫，众人自然不疑。可是，就算楼阁设计得极精妙，就真的能引来燕子吗？

鬼魂突然剧烈地颤抖起来，长叹了一声，陡然跪地："不错。是祝般自己，造下了孽。"

什么只要斗拱织彩，横梁云纹，雕镂连檐，藻绣朱绿，就能引来元鸟绕楼喜鸣不止……都是编造出来的，不过是贪念铸就的一个冠冕堂皇的大错。

为了看起来像祥瑞，祝般自行研发了一种殷红的涂料，以椒红虫的尸体磨制成粉，正是春日里燕子最爱食用的那种虫子。涂料中加入了许多其他材料，毒性极强，引来的燕子纷纷中毒，再无力飞翔，只得停靠在楼阁的庑殿顶之上。

来燕楼塌的那一日，无数燕子被砸入废墟之下，原本用来祈福积德的来燕楼，成了祥鸟们的坟场。

"我违背了心中的道。原本应当以技艺和设计取胜的行当，我却违心造假，谄媚权贵，以求名利双收。

"来燕楼，根本就是一个圈套。我死后方知，若我意志坚定，德行不丧，那霍善即使挖去了我的枕骨也无用。我却没能经受住诱惑，一时糊涂，违背正道，还造下了无数杀孽。"

无数细小的殷红血流从他眼、鼻、口中流出来，宛如血泪。

鬼魂的声音逐渐减弱，身形几近于透明了。

"春花老板，祝般自作的孽，自己承受。但吴王与霍善所行，亦非正道，若能让他们伏法，祝般身死魂消，也就不足惜了。"

春花知道他时间无多，连忙问道："阿九不幸身死，他的魂魄，不知为何转移到了世子身上。却不知世子的魂魄如今在何处？"

祝般的鬼魂呆了一瞬，慢慢道："春花老板这是从何说起？我亲眼所见，阿九的魂魄已被判官拘入地府，转世投胎去了。"

春花结结实实地愣住。倘若阿九早已投胎去了，那在蔺长思体内的，究竟是谁？

不等她继续追问，祝般的鬼魂已消散于无形。

大牢之外，几乎要打瞌睡的狱卒陡然精神一振，站直了高呼："知府大人！"

谈东樵立刻便听见了。他有些意外，曲廉今夜第三次前来提审，是何缘由？

谈东樵再去握春花的手："你在牢中久待，难免生变。我现下便带你出去。"

春花眸中清亮，却轻轻后退了一步："我不走。"

谈东樵一愣，双目如电，灼灼地望向她。

"祝般、苏玠、菡萏、烟柔、阿九，还有长思哥哥，他们的故事，似乎都混在一个结上缠成了乱麻。这个结看似无解，但有一件事是确定的。

"长孙春花这个人，对那操弄汴陵城中人间悲欢的势力，颇有些用处。"

春花深吸一口气。

"谈大人，除了破灵箭，你们断妄司还有什么能暂时护身的小玩意儿吗？"

## 章三·鼠凭社贵

深夜的吴王府，万籁俱寂。风麟轩被神秘无由的静谧包裹着，只有更漏的水滴，提醒着人们现实的存在。王府的婢女看了一眼床榻上，世子的呼吸悠长而浅，显然已陷入熟睡。婢女吹灭了烛火，转身出门，将门扇阖上。王妃虽吩咐了世子房里不能离人，但婢女们都知道，世子吃的药里有一味致人无力昏睡的，夜里绝不会醒，既如此，又何必枯守。

黑暗中，阿九屏住呼吸，静听着脚步渐行渐远，无声地坐起。

他下床出门，掠过幽黑起伏的树冠、如血盆大口的月门。他熟门熟路，留意地将自己隐藏在阴影中，避过了好几拨巡夜的侍卫。他跟随着直觉，穿过假山、回廊和花树，来到一面旧墙边，弯腰推开几片看似随意安放的木板，果然露出了一个可容一人穿过的狗洞，不由得自己也有些惊奇，正要俯身钻过去，却在幽微的月光中，看见吴王的书房竟还亮着灯。

附近竟然没有一个守卫，灰白的月悄悄隐入了黑云中，眼前的王府突然凝成一块纹丝不动的墨蓝玉山子。

一只灰色的大蝙蝠自虚空中突然出现，翩然落在院中。蝙蝠的"翅膀"原来是宽大的衣袖，来者应当是个人，但面目被低垂的兜帽遮盖，长长的衣袂垂落至地。大"蝙蝠"抖了抖衣袖，绕过书房，来到假山之后，不知在假山上做了什么手脚，那假山便豁然打开一个半月形的洞口。

来人如鬼魅一般闪入，洞口立刻合上。

阿九吃了一惊。记忆中，他似乎在哪里见过同样的灰色兜帽，但那回忆并不美好，甚至令他头痛欲裂，不愿想起。

秦晓月的声音在他耳边回响着："等你身子能好好走动了，你就跑吧。"

他不记得自己是谁，但明确地知道，自己不属于这里。

此刻，他只想回家。

阿九扒下身上的锦衣，只留下一件素色单衣，弯腰从狗洞爬了出去。奇异的诱惑牵引着他，仿佛已经走过无数次，他的脚自动走向一个熟悉的方向。也不知走了多久，阿九来到一个荒僻的巷子口。

巷子里的人家大多没有点灯，只有一户破败小屋中露出微弱的火光。

阿九莫名觉得熟悉，举步便往那家去了。

推开木门，只见一灯如豆，一个佝偻老妪跪坐在地上，深深叩首。她所跪拜的，是汴陵几乎家家都有的财神像。只是她的这一尊，以黄泥捏成，随意画了几点油彩，显得有些不伦不类。

老妪跪得摇摇欲坠，口中默念连连："财神显灵，求您让我的阿九回来吧。老婆子愿一命换一命。"

一阵风吹来，门扇闷声撞在门楣上，老妪浑身一震，高喊："阿九！是我的阿九回来了吗？"

她转过脸，昏黄的火光映在脸上，阿九才看出她双目都是青白色的，诡异而凄楚。他忽然明白了自己这一路行来的目的。

阿九上前两步，轻轻把老妪扶起来。

"阿九，我的阿九！娘……护不住你了！等娘死了，你就把娘留在这儿，什么都不用做，你就走吧，离开这儿，去寻个本本分分的差事。听说春花营造行正在招人，现混个学徒，总是不错的。横竖就是别再赌了！"

"你总是怨，怨天、怨地、怨爹娘……等娘死了，你就再没有人可以怨了。阿九！忘了小时候的日子吧，都已经过去了！"

老妪剧烈地喘起气来，气流仿佛遭到极大的阻碍，在喉咙里发出"嗬嗬"的声音。

"阿九……阿九……"

泪水从阿九的双眼中喷涌而出，他大声道："娘，阿九不怨你，心里一直惦记着你。那天上工挣了五十文，阿九没有去赌，是为了给娘买冻梨吃，才被人讹了去。阿九只是迷路了，找不到家。"

阿九把老妪扶到用几块木板勉强搭起的床上，四处找了半天，才找到灶台烧了热水。用一个破口的大碗盛了水，喂到她嘴边。老妪颤着嘴唇喝了一口，便再也喝不进去。

阿九用袖缘轻轻擦擦她的嘴角，温柔地在她耳边说："娘，阿九回来了，你什么都不用担心。阿九会好好做工，养活你，再也不去赌了。"

干枯的手伸向虚空，被一只修长白皙的手一把抓住。

"娘！"

老妪浑身一震，她将那细嫩的手放在手里细细揉摸，旋即绽出了扭曲而坦然的笑容。

"年轻人，你哪里是我的阿九啊？我的阿九，从来不会这样细声细气地说话呀。"

王府的密道中，披着墨色斗篷的神秘人缓缓步下台阶。衣袖轻飘，洞府中的烛火刹那间都燃了起来。神秘人来到奇伟的财神像前，止步站定，这才缓缓放下兜帽，露出盘着高髻的头颅："妖尊，别来无恙。"

财神像没有立刻回应，空气凝滞了半晌，瓮声瓮气的声音才缓缓响起："仙使，百年未见，别来无恙啊。"

仙使冷笑了一声："百年未见，妖尊可混得一日不如一日了。上回被断妄司首任天官打了个落花流水，险些连聚金法阵都保不住，这回……啧啧，又弄得如此狼狈。"

妖尊沉默良久，道："澄心观主神座被毁，本尊元气大伤，元身留在安乐壶中养伤，神识也只能附在几个有修为的鼠仙身上，才能自由活动。"

仙使哼了一声："我早已传书过来，说谈东樵已经出京到此，你们偏是不信。"

妖尊重重地咳了一声："事已至此！就不要再翻旧账了吧！本尊这一身不足惜，但聚灵法阵关系成千上万的汴陵百姓，绝不能出半点岔子。仙使，那谈东樵与长孙春花都是堕仙之身，即便本尊能灭他们凡躯，待重列仙班，岂不是春风吹又生？还请仙使给个斩草除根的法子。"

仙使静默良久，道："聚金法阵惠及汴陵一地，却并不能普度众生，终是有失公允。此事，仙界不能插手。"

妖尊神情一变，立刻又听她拉长了嗓音："但……汴陵百姓的福祉，天界也是放在心上的。"

仙使轻声笑了起来："断妄司天官福泽深厚，你们还是不要招惹为好，能避则避。"她顿了一顿，"但那位春花老板，则不同。"

"如何不同？"

仙使不答反问："我记得，吴王世子和长孙春花，曾有指腹为婚之约。"

妖尊一愣，不解她为何提起这一茬："据吴王讲，这婚约只是王妃闺中戏言，两家从未当真。"

"虽是戏言，亦有前缘。堕仙历劫，倘若功成行满，自然回归天庭，但若……生了执念，堕了心魔，则又不同。这世上，还有什么比情人反目更容易催生心魔的事情呢？"

"仙使的意思是……让吴王世子亲手……"

仙使伸手阻拦他接下来的话："本仙使点到为止，如何参悟，还要靠妖尊自己。"

妖尊思忖片刻："可是那吴王世子，近来生了邪性，本体遭一个亡魂占了去，他自己的魂却不知道飘到哪儿去了。"

仙使一愣，面色大变："怎会如此？"

妖尊叹气："这是本尊的过失。吴王世子情孽缠身，五行缺金，本该在二十岁前相思而亡。但吴王是本尊信徒，多方助本尊掌控汴陵，本尊便借了一福厚之人的财脉，为世子换了那福厚之人后嗣的命。

"谁知，本尊派出去的鼠仙一不小心误杀了那后嗣。而那后嗣死时，身上恰好有财神春花亲手所赐的财宝，尚未来得及赌光。财神赐福，财脉不绝，前咒因缘已破，换命失灵，不知为何成了如今这个局面。

"本尊本想割了那后嗣枕骨回来弥补，却被断妄司天官所阻。尸首过了七日，财脉已散，枕骨再无用处。"

仙使面上现出厌恶："你们这一派金系法术，非要割了血淋淋的枕骨来做主阵法宝，实在恶心污糟。"

妖尊哽了一下："自然不比仙使的水系来得干净。不过为今之计，还是收拾财神春花要紧。以吴王世子的状况，由他亲自动手，还有用吗？"

仙使沉默了。

这位仙使出身高贵，思虑周全，向来胸有成竹，妖尊从未见过她如此犹疑。

良久，仙使倏然展颜："妖尊可能不太了解这位世子。"

"哦？"

"他这个人，温柔体贴，最是心软，从不与人相争。但凡是能成全别人的，决不疼惜自己。也就只有那么一次，我瞧见了他那一点私心。"仙使神情有些飘忽，仿佛有一瞬间陷入了回忆之中，但很快便恢复了清醒的双眸，"堕仙的凡躯，也不是普通凡魂能够占据的。不过是神识之间互通，留下些印迹罢了。他是谁，也许连自己都不清楚。

"端看他心里想做谁。是高高在上的王府世子呢？还是被踩在泥里的末等人？"

台阶之上，有迟疑而缓慢的脚步声传来。

仙使轻哼了一声，飞身而起，烛火在一阵袖风中重灭。

"我言尽于此，妖尊自求多福罢。若来日在他处相见，也不必相认了。"

俄而，吴王蔺熙与霍善道尊提着灯笼破夜而来。

吴王取出火折，一盏一盏重新点亮烛火。

触手但觉香烛尚温，吴王愣了愣，并未多想。

"神尊，知府曲廉已带着长孙春花到了。"

财神像端肃无波地抬起眼皮，俯瞰众生："那就带她过来吧。本尊与她，也该有一见了。"

## 章四·是坠诸渊

天明的时候，阿九热了半个黄馍，服侍盲眼的母亲吃下，关上户门。

他熟门熟路地来到汴陵城西的一处工地，此处两水并一山，风光秀丽，景致秀美，正在修建一座富丽堂皇的别院。

工头老郑正蹲在门口数人头。阿九凑过去："郑叔，今日有活儿吗？"

老郑上下打量他，但见这青年人眉目清秀俊美，哪怕穿着粗布破衣，仍有一股少见的矜贵风姿，这叫"郑叔"的口吻倒是十分熟悉。只是他无论如何想不起来，什么时候认识这么个体面的"大侄子"。

今日工时紧迫，偏有几个没常性的没来上工，也不知跑到哪个赌坊玩通宵去了。老郑点来点去刚好差两个人手，他甩甩头，不再多想："你可会贴砖？"

阿九温和道："会的。"

老郑便引他到一侧，让他用普通玉石贴了两块，只见他双手如修长细葱一般，姿势却十分干脆利落。老郑一拍大腿："算你一个，快去上工。"

阿九是熟悉工序的，手脚却明显不如记忆中听使唤，贴了两丈见方，指尖竟已被磨出淡淡的血痕。老郑在他身边绕了两圈，终于忍不住凑过来叮嘱："手上小心着些，这些寒青玉石，一块便顶你家一年的口粮。"顿了顿，又不放心地补充，"晚些东家四少爷要来工地监工，可千万别在他眼前出岔子。"

阿九心中一动："什么四少爷？"

老郑一咂嘴："就是梁府大房的嫡生四少爷，梁昭。"

他压低些声音："这位四少爷可不是省油的灯，听说前些日子因奸污妇女被知府大人关起来打了好几十板子，本来说要发配边疆的，不知怎的又放出来了。啧啧，这些高门大户，背地里不知干了多少污糟事，什么时候才能遭报应啊！"老郑叹了口气，"总之你仔细着些，可千万别撞到梁家四少爷手上。"

阿九模模糊糊地点头称是。

未到辰时，淅淅沥沥的春雨下了起来。工坑边缘的泥浆被雨水激起，溅得人满身满脸都是泥点，所有工人的进度顿时慢了下来。约莫过了一个时辰，有小厮殷勤地撑着伞，伺候着一个华衣绣衫的人过来了。来人摇着把花里胡哨的扇子，脸色青黄，带着常年纵欲的疲态，不是梁昭又是哪个？

梁昭骂骂咧咧，一会儿埋怨这鬼天气，一会儿又埋怨自家老爹，非挑了这日子让他到别院来监工。小厮只得赔笑劝说："少爷，大老爷也是希望您在老太爷面前争回点脸面。上回的事，毕竟……"

"呸！长孙春花自己都进大牢了，本少爷能有什么罪？那女人给脸不要脸，本少爷原本也看不上她，要不是母亲……"

小厮急唤："少爷！"

梁昭咬了咬牙，终于没有继续说下去。他绕着工坑转了一圈，眼尖地望见坑中有一个工人手中一滑，将一块寒青玉石掉在了地上。

梁昭一指那工人，对小厮道："把那个人给我叫上来。"

老郑陪着阿九上了工坑，满脸堆笑地向梁昭行了个大礼："四少爷，您唤这小工做什么？都是些贱民，怕脏了您的眼。"

梁昭一个眼神，小厮便把老郑一把推开。

梁昭端详着阿九，但见他虽然满头满脸都是泥点，仍不能掩盖俊秀的容貌，尤其一双细嫩修长的手，骨节分明，甚是悦目。只是此人有些眼熟，莫不是在哪家楼里碰见过？梁昭想不起在哪里见过这俊美的青年，但那狗改不了吃屎的习性又冒了出来。

他嘿嘿一笑，一指坑底："本少爷看见你掉了一块玉石。你知道这寒青玉石，一块值多少钱吗？"

阿九拱手："四少爷，小人虽然掉了一块玉石，但并未损伤它。"

"哼，你说没损伤就没损伤？"梁昭挑起眉，一旁小厮连忙把阿九掉落的那块玉石递上，他翻过来看了两眼，双手轻轻一掰，玉石便裂成了两半，"你看，若不是你刚才摔了一下，这玉石能掰得断吗？"

"……"

阿九皱起眉，黑白分明的眸子澄澈地回望："四少爷，这就有些强词夺理了吧？"

小厮脸色不变："大胆！少爷教训你，你就听着！一个下等人还敢还嘴？"

阿九还欲说什么，老郑连忙上来打圆场："这孩子不懂事，少爷您消消气！只让他干完今日，明儿就不让他来了！"

梁昭竖起一只手："不行。"

老郑："啊，那少爷想怎么样？"

梁昭懒懒地抬起眼皮，意气扬扬地一笑："本少爷给你两个选择，一是，照价赔了这块玉石。"

阿九一惊。他当然是赔不起的。

梁昭满意地望着阿九惊恐的面容："二是，跟本少爷回去，做个懂事的奴才，伺候好了，少爷还有打赏。"

阿九沉默了。

老郑吓得连汗都不敢往外冒。他口干舌燥，欲说点什么来和稀泥，却什么也说不出。

小厮似乎也有些意外："少爷，这等腌臜人，怎配服侍您呢？"

"不行！"

阿九怔了一下，而后退了一步，慢条斯理道："我不赔钱，也不会跟你走。少爷若是觉得不妥，咱们一起去见官便是。"

他觉得自己这话说得有理有据，并未因对方的蛮横无理而伤了自己的礼节，却不知"见官"这两个字扎扎实实戳在了梁昭的痛点上。

梁昭勃然大怒："你是个什么东西，敢让本少爷去见官！也不出去打听打听，我梁家在汴陵城里是什么地位，这里建的是谁家别院！"他狠狠地啐了一口口水，直吐在阿九脸上。

"来啊，给本少爷拿鞭子来。今日我非好好教训教训这个贱民不可，让他知道马王爷有几只眼！"

工地上是常备着鞭子的，专为管教那些不听话的工人，只是用上的机会不多。老郑哆哆嗦嗦地取了来，梁昭一把抓过，鞭尾混着泥水如雨般落在阿九身上。

梁昭口中骂骂咧咧，发了疯地用力猛抽："让你见官！见官！你这个贱人！"

阿九在泥浆中翻滚，鞭子在他身上制造出无数道血痕，这好像不是他未曾经历过的痛楚，却带着灵魂难以承受的新鲜感。被抽打的地方已麻木到无法感知，只觉浑身如遭火燎，热痛难当，疼痛如一只粗陋的手紧紧扼住他的魂魄，从天灵盖撕扯而出。魂魄怔怔地凝望受难的肉体，竟不知该做些什么，只有一个念头在心中无比清晰。

这是他的业，他的因果，他本该承受的劫难。

魂魄突然想起了自己的过往——他是谁，从何而来，要往何处去，为何在此。

他是吴王世子蔺长思，自幼体弱多病，父母为救他，害他人性命，夺他人财脉。在那受害之人身死的那一日，术法反噬，教他拥有了贫苦少年阿九的全部记忆和情感，教他被巨大的惭愧和自憎吞噬。他羞为蔺长思，一个背负着满身罪孽，恋慕一女子而不得的无用怯懦之人。

他宁可自己只是阿九。

也不知鞭笞了多久，梁昭手中蓦地一空，鞭子不知去了何处。一个红衣捕快劈手夺过了梁昭的鞭子，梁昭定睛一看，这人他竟然还认得，正是当日带人抓捕他坐牢的捕快闻桑。

梁昭大叫了一声，急急后退了两步："怎么又是你？"

闻桑愤恨地瞪了他一眼，将鞭子一掷，扶起地上满身血污的青年。

"你还好吗？"目光对上那青年的面容，闻桑愣住了，倏地以袖口擦干净对方的脸，"你是……世子？"

众人闻言，顿时目瞪口呆。

半晌，梁家小厮先反应了过来，颤声问："你说他是谁？"

青年大口地喘息着，目光涣散，全无焦距。闻桑将他扶坐起来，神情严峻："这位是吴王府世子爷，你们认不出来吗？"

梁昭惊恐莫名，指着青年大叫："怎么可能？吴王世子不好好地在王府，跑到工地上贴砖做什么？"

闻桑冷哼了一声："世子昨夜走失，今日全城都在搜寻。恐怕只有梁少爷不知道吧？"他低下头，有些不忍。

"世子，卑职送您回府吧。"

"世子"二字仿佛一把利刃正中蔺长思的心脏。他蓦地从地上跳了起来："我不是什么世子，你们认错人了！"

轻飘的细雨中，青年仿佛魔怔一般，掉头向远处奔去。周围众人皆未预料，竟无人来得及阻拦。

只有闻桑望着他的背影，轻轻叹了口气。

他转身，向众人亮出一块玉质令牌："奉御史韩大人令，此地涉及要案，工事暂停，无关人等速速撤离。"

他冷冷地瞥一眼汗洽股栗的梁昭："至于梁少爷，鞭打世子的罪责，你自回家等候发落吧！"

## 章五·鄙吝复萌

"阿九"一步一顿，不知走了多久，才回到了方家巷子的家。他推开熟悉的木门，费力地整理了一遍衣着，踏进这陋屋。

"娘。"

无人回应。

一股巨大而莫名的焦虑攫住了他。"阿九"不顾身上的疼痛，快步冲了进去。残破的壁龛上，黄泥财神像已被熏得边缘发黑，两边的油灯熄灭不久，散发着劣质灯油的臭味。阿九的娘跪伏着，头脸和肩膀贴着地面，身体极不自然地扭曲着。室内声息全无。豆大的泪珠从"阿九"眼眶里涌出来，泪水滴在胸口和手臂的伤痕上，他也不觉得疼。

"娘，'阿九'回来了。"

他不知道老妪在最后的时间里求了什么，是求财神赐福，让他们回到以前锦衣玉食的生活吗？

"阿九"在寂静中站了一会儿，终于走过去，将老妪抱起来，轻轻放在床上。他打了水，为她擦净身子，梳理头发，整理衣着。他趴在床边，一时间脑中一片空白，竟不知道身在何处，为何还活着。满身的疼痛一点一点地抽走他身上的力气，一不小心就陷入了昏睡。

远近几户的狗吠声突然响起，突如其来的吵嚷瞬间将沉寂的方家巷子搅得如一锅沸水。祝家的木门被一脚踹开，嗒嗒的脚步声震着耳膜涌进逼仄的小屋。"阿九"惊醒，回过头，几个身着劲装、腰携利器的王府侍卫抱拳向他行礼："世子。"

"阿九"打了个冷战。他如梦游一般回应："我不是世子。"

侍卫们看他一身伤痕，愣了一下，不知如何应答。

"阿九"却站起身来："你们不要挡道，我要去邻家借一面草席，给娘下葬。"

为首的侍卫侧身看了一眼床上的尸体，嫌恶地转开眼。

"这等小事，属下代办即可。王爷、王妃在府中殷殷期盼，请世子速速回府。"

"阿九"不理他，冲着门外走去。

侍卫们交换了眼色，其中两人动作迅捷地握住"阿九"的臂膀，向后一折，一人干脆利落地抱住他双腿，扯出绳索团团捆住。

有一个上来，小声说了一声："得罪了！"便将一团干软的帕子仔细塞进"阿九"口中。

"阿九"拼命挣扎，却无济于事。这些人训练有素，小心地避开他身上的伤口，力道却大得让他无法反抗。"阿九"被抬出门的时候，余光瞥见一个侍卫一把拽住死去老妪的后襟，把她从床榻上拖了下来，如同拖一条死去的野狗一般。尸体头脸沾满了黄土，在地上留下一条长长的曳痕。

人的苦痛，终究并不相通。


梁昭乘着马车，一路快马加鞭回到梁府，见人便问："我爷爷呢？我爹呢？我娘呢？"

梁远昌与梁兴在正堂议事，梁大夫人正在一旁奉茶，见他跟头流星地奔进来，当堂扑通一跪，都愣了神。

"爷爷、爹、娘，快救救孩儿！孩儿可活不了啦！"

他将如何一时兴起，要将别院里做工的少年强掳为奴，又因对方抗拒而动了鞭子的事详细一说，在场三人登时面色剧变。

梁大夫人大哭起来："我的儿，那世子你不是见过几次吗？怎么竟认不出来？"

梁昭抽噎道："孩儿看他身上破破烂烂，哪里知道竟是王府世子！"他又转向祖父："爷爷，您千万得保我！这可不是我一个人的事！"

梁兴也是惊怒万分，左右苦思不得法，只得转头向梁远昌下跪。

"父亲，王爷怪罪下来，昭儿定是活不成了！父亲……"他向前膝行两步，"父亲，要不再去求财神神尊吧！"

梁远昌原本震怒不已地瞪着梁昭，忽听梁兴此言，仿佛一壶沸水从天灵盖浇了下来。他手捂心脏，难以置信地转过头，望着梁兴："你……你说什么？"

梁兴声音发颤："父亲，上回长孙春花闹得那样大，咱们求了神尊，事情不就平了吗？反而是长孙春花自己进了大狱。这回，还是去求神尊吧！"

梁大夫人也看出几分端倪，虽不明就里，也连忙跟着跪求："父亲，去求神尊吧！总不能看着昭儿去死啊！"

梁远昌如遭当胸捶击，心口剧痛。他强忍着眯起眼睛，仔细打量着眼前的三个人，仿佛是第一天认识他们一般。

"父亲？"

也不知过了多久，梁远昌回过神来，苦笑着叹了一声："好，好，真是好儿、好孙！事到如今，老夫还能如何呢？"他站起身，拄着拐杖向后走去，"你们都别跟着，昭儿随我来。"

梁昭战战兢兢地跟着梁远昌，来到后院地下的祭堂。他从来不知道自己家中还有这样一条暗道。祖父在前方踽踽而行，他却不敢出声相问。

面对着金光灿烂的财神像，梁远昌沉声道："跪下。将你犯下的罪孽，对财神神尊详述一遍。"

梁昭不敢有违，又将别院发生过的事说了一遍。

"还有呢？"

梁昭一惊："爷爷，还有什么？"

"还有从前，你犯过哪些事？"梁远昌的拐杖在地上重重一杵。

梁昭心生怯意，眼珠转了转，只得将对春花图谋不轨之事又说了一遍。

梁远昌再度大喝："还有呢？"

不等梁昭回答，梁远昌便怒斥："还有一年前，你骗奸了管事刘二之女，花了重金将她收买为妾才平息此事。两年前你在楼里给一个姑娘服药过度，令人死在房中，家里又花了多少钱，偷偷买通了多少人，才让你逃脱罪责！"

梁昭蓦地脊背生寒："爷爷，你这是干什么？"

梁远昌悲苦地坠下泪来，半晌道："家门不幸，都是我一人的罪过。我梁远昌殚精竭虑，一生清白，却怎么养了你这个畜生！"

他长叹一声，缓缓举起手中的拐杖，仿佛使尽了平生全部的力气，重重地敲在了梁昭的后脑勺上。梁昭还来不及惨呼一声，便扑倒在地。梁远昌双目通红，紧咬牙根，喘着粗气，再次举起拐杖击打梁昭的头部，一下……一下……也不知打了多少次，他觉得累了，才松开拐杖，脱力跪坐在地。

吴王府中，秦晓月正为吴王妃抄一篇《禳灾度厄真经》，正抄到"惟愿今忏悔，解禳度脱身中灾厄"时，下人们来禀报，说世子找着了。

王妃领着秦晓月，一路奔到风麟轩。蔺长思已换了件宽大的白袍，正要沐浴。王妃扑过去抱着大哭起来，口里"心肝宝贝""苦命儿"地来回叫了许多次。蔺长思木然地听她哭了许久，终于眉心一松，叹了声："母亲，别哭了。"

王妃呆愣了一瞬，蓦地喜极："儿啊，你终于认得母亲了？"

白袍笼罩下的身躯更显瘦削，仿佛一阵风便能将他吹倒。他额上有几处擦伤，还带着些脏污，却仍不能掩双眸的清澈光华。

儒雅清隽的吴王世子，似乎真的回来了。

王妃拉着蔺长思的手，频频询问他流落在外的遭遇，蔺长思却闭口不谈。

"母亲，孩儿须焚香沐浴，稍后觐见霍善道尊。待去后，再来向母亲细述种种前因。"

"母亲且回去歇息，让晓月留下服侍吧。"他目光飘向秦晓月，立刻又转开，"都是儿子不孝，母亲……千万要珍重身体，莫要悲伤。"

秦晓月心中一跳，猛地抬头看他。

王妃却不觉有异，含泪点了点头："是该让霍善道尊好好瞧瞧，千万别留下什么后遗症。"

她依依不舍地出了门，还频频回望。

室中只余蔺长思和秦晓月两人，蔺长思深深看了秦晓月一眼，转身来到书案后，执笔手书。秦晓月在原地站了一会儿，终于忍不住上前："宿墨凝结，还是让妾为世子研新墨吧。"

素手执起墨条，秦晓月的目光落在蔺长思笔下，却愣住了。他的笔锋依旧温煦典雅，抬头两个大字却是：休书。

蔺长思觉察到她的注视，却不抬头，边写边道："我在休书中写明，你妇德无亏，品行端正，是我身同朽木，心生愧意，才作此休书。休书的日子写在半月前，那时王府都还太平，外人不会多想。"

他笔下休书已成，捧起素笺，轻轻吹干墨汁，小心放入信封，再郑重地递到秦晓月手上。

"你收好休书。出了这门，便收拾东西回娘家去，不论后续王府发生何事，都与你无关。若有人问，你便推说全然不知，把这休书拿出来给他看。"

秦晓月声音发颤："世子这是何意？你究竟是……世子，还是……"

蔺长思的眼眸如被火光一灼，有片刻闪避。随后他苦笑一声："你觉得，我是谁？"

秦晓月努力端详蔺长思的眉目。他言语彬彬，神志清楚，是蔺长思无疑，但眉心里多了疲惫，那似乎经受过无数冷眼和暴虐的麻木，并不属于记忆中鸿骞凤立的至纯公子，倒与那个占据了他身体，开口闭口"老子"的邪魔，有几分相似。

人的皮囊里装了个不一样的魂，父母往往是察觉不到的，因为父母之爱，根本不在于他是什么样的人。但曾深爱过他的女子，必定是最敏锐的。因为她曾深爱过的那些东西，已有了细微的不同。一念相左，咫尺天涯。譬如她，曾被盘棘裂魂后，孤独地坐在自己身体的肩上，看着那个残缺的自己如常与父母亲朋谈笑风生，而他们毫无觉察。

见秦晓月答不上来，他长叹一声："晓月，你嫁入王府不过数月，我就变成这个样子……你和你父亲可有后悔？"

秦晓月身子微微一震。

"妾年十一，初见世子，心心念念，难以忘怀，此后便从未想过嫁与他人。妾所做的一切努力，都是希望能长伴世子左右。父亲知道我心系世子，千方百计助我嫁入王府，亦是一片慈心。"

蔺长思低笑起来。

"好一片慈心啊。可惜父母的一片慈心、周密筹谋，总是事与愿违。"

秦晓月定了定神："王府可是出了什么事吗？若有秦家能帮得上忙的……"她话到一半，自己已觉荒谬。连吴王府都兜不住的大祸，秦家能帮上什么忙？她怔怔地站了一会儿，觉得自己像个笑话，忽地又听到蔺长思开口了。他说："晓月，你说过，你也讨厌这样无法掌控自己、不知道自己是谁的感觉，所以你帮我逃走。王府于你，我于你，何尝不是牢笼？这封休书就是你的钥匙，此后鱼游入海，别有天地，何必再挂念我这牢笼？

"逃吧。"

最后的两个字，如一记重锤击在她心口，比那日裂魂之痛还要震撼。秦晓月死死地咬着下唇，盯着眼前这个她托付了全部少女情思的男子。

良久，她解下腰间一个结着七色络子的连理枝纹银香囊。

"十五岁那年，我也和长孙春花一样，为世子打过一条平安络子。

"我家世代制香，我却中了自家制香师傅的手段，其后种种，都是出自自己的贪念，也是咎由自取。父亲潜心研制了一味克制'返魂香'的香药，虽不能对抗术法，却能守住灵台清明，我一直贴身佩戴。

"别离在即，晓月身无长物，就将这香囊和络子一同留给世子，算是留个念想吧。"

她将香囊平放在书案上，退后两步，深深向蔺长思拜下去，再直起身子，转身推门而出，没有回头。

## 章六·穷鼠啮狸

春雨倾落，沾湿了春花的额发。她双眼被黑布蒙着，双手受缚，腕上的细木镯子与绳索缠绕在一起，勒出深深的瘀痕。春花心里忽然生起一个念头：快要到清明了啊。

雨水的清凉感很快消失，她似乎进入了一道狭窄的门，随后被引领着走下一条漫长的阶梯。行到阶梯尽头，又不知往前走了多久，忽地站住，有人解开了她手上的束缚，却不出声。

她屏息等着，周遭是令人心悸的寂静。等了许久，蓦地有一个苍老嘶哑的声音响起："你可解开遮眼布了。"

春花双肩一抖，缓慢地取下蒙眼的黑布。昏黄的微光射入眼眸，她眯着眼睛四下一看，身边一面立着吴王，另一面立着霍善道尊。

数排烛火摇曳相映，平射在慈悲庄严的高大神像脚下，宛如被无相天道踩在脚下的万家灯火。

神像轰然而语："春花老板，又见面了。"

春花活动双手，垂眸抚摩腕上瘀痕："果然是妖尊大人。"

霍善道尊怒斥："什么妖尊，该称'神尊大人'！"

春花挑眉，讶异道："神？什么神？"

神像轻轻笑了一声："你觉得本尊是妖，他们却觉得，本尊是神。是神，是妖，究竟有何区别呢？真神们高高在上，能解人间疾苦的，只有本尊。"他眼波流转，瞥向神情怔忡的吴王，"譬如这位霍善道人，本是断妄司一名弃徒，只因为民除害，失手多杀了几个老五，便被逐出了师门。若无本尊收留，他怎能在汴陵受万人尊崇景仰？又譬如这位王爷，若无本尊垂怜，他的独子早在十几岁上便夭折了，焉能太平活到今日？"

春花冷冷地看了眼左右两人。霍善道尊双目已盲，瞳孔灰白，直望向上，面无表情。而吴王则是忧心忡忡，心思不知飞到了何处。

她轻声道："妖尊如此大费周章，就是为了和我讨论你究竟是神，还是妖吗？"

"抑或……"她轻轻抚摩自己的后脑，"也要挖了我的枕骨，给谁换命？"

妖尊静默了半晌，蓦地呵呵笑起来："谁说……本尊要你的枕骨？"

"你们不是挖了祝般的枕骨，给世子换命吗？"

"祝般的枕骨有用，你的枕骨却无用。"

"我的不也是'回'字骨吗？"

神像怜悯地看着她："因为你，长孙春花，此生根本不会有后嗣，也没有什么财脉。"

吴王跪地向神像叩头："神尊，本王那痴儿不知何时逃出了王府，我正派人四处找寻，还望神尊能先解了痴儿的病况，再……"

霍善道尊冷冷一哼："王爷的意思，是要将世子一人置于万民福祉之上了？当年你苦苦哀求神尊救世子性命，神尊不得已将祝般财脉换与世子。如今法阵遭损，无宝主镇，又是你在这儿阻拦，王爷可是忘记了自己镇守汴陵的使命了吗？"

吴王霍然起立："本王没忘！

"本王受先帝所托，镇守汴陵聚金财脉，造福百姓，保我大运皇朝税源不绝，百代富贵！但凡有有损法阵者，无论人妖，皆可杀之！"

春花身躯剧震，盘摩着腕上镯子的手蓦地定住了。原来聚金法阵的存在，吴王知，先帝也知！这根本就不是一两个人的阴谋，而是整个大运皇朝的意图！

神像觑着春花阴晴不定的神色，长声大笑："春花老板看起来仍十分疑惑。"

"确实，不知妖尊能否为春花解惑？"

"本尊还有些时间，倒是无妨。春花老板有什么话，尽管问吧。"

神像又向吴王道："王爷，你派出去的人已寻到了世子，不久便能将他带回。王爷勿忧。"

霍善道尊面现忧虑："神尊！"

"无妨。"神像淡淡道，"春花老板拖延时间，不过是希望那位断妄司天官前来相救，或是等他在别处做些小动作，破坏法阵。姑且不说他有没有这个能力……春花老板，你们发现聚金法阵的存在，已有些时日了吧？"

春花抿唇："已有多日了。"

"那谈东樵请了善法阵道术的副天官韩抉到此，想必已勘明法阵阵缺，为何不敢轻举妄动？"

春花一顿。

"他们也晓得，这聚金法阵延续百余年，关系到汴陵，乃至天下黎民的生计，不可轻动。"

神像迤迤然微笑："大运皇朝初代断妄司天官发觉了此阵，上报了皇帝，皇帝却怕他泄密，暗中杀之。此后每代帝王均派可信的皇亲镇守汴陵，无非也是为此。本尊与聚金法阵一体共存，若本尊身亡，法阵亦毁，你说，那断妄司天官知晓了一切，还会不会助你与本尊作对？"他停顿了一下，见春花面露怔忡，不禁更是得意，笑道，"此地本尊已设下结界，莫说是谈东樵，就是天上的真神到了，也是进不来的。"

春花沉默了。

半晌，她放下交握的双手："果然不出妖尊所料。如此看来，此地便是聚金法阵的阵眼了。既然一切都在你掌握中，那么，春花对你究竟有何用处，值得你如此大费周章？"

神像淡然微笑，目光慈悲而温和："本尊想邀春花老板抛却肉身，与本尊灵体相融，共镇汴陵财脉，造福万民。"

春花闻言，哈哈大笑起来："妖尊所说的万民里，不知有没有苏玠？

"有没有菡苕？

"有没有祝般和祝九？

"有没有……方家巷子里一世贫苦找不到出路的卑微小民？"

吴王抽了口气，旋即恼怒地斥了一声："春花！不要胡言！人各有命，贫富不均乃亘古常理！"

春花哼了一声："人生于世，非财无以资身。财之多少，虽各有气运，但妖尊这聚金法阵，将阵眼置于吴王府、澄心观、寻府、梁府四处，却将阵缺置于方家巷子。富者恒富，翻手为云，覆手为雨，恶事做尽仍能富贵传家，而贫者僻居陋巷，头无寸瓦，身无分文，日日辛劳却不得温饱，还要被人耻笑为不求上进。"

春花唇间噙着一抹冷笑，从来带着笑意的眸中却染上了浓重的怒意：

"这，算是哪门子的造福万民？！"

神像咯咯大笑："胜者为尊，败者辱，天道如此！汴陵是本尊一手缔造的，若无本尊，哪有这百年商都，旷世繁华？"

春花轻轻触摸腕上细镯，毫无惧色地仰望高高在上的财神像："你自诩为神，其实你根本不是神，甚至……也不是老五。你其实……只是个凡人罢了。"

神像面容陡然变色："你说什么？"

"什么样的老五，需要靠吞食其他老五的法力为生？

"为何腊祭之日，要以寻、梁两家的鲜血佐食，方能服下祭品？"

吴王和霍善道尊惊异难掩。多年来，他们对这位隐身在神像后的神尊顶礼膜拜，从无质疑。他怎么可能是个凡人？

神像默然不语。

就在春花以为他因惊恐而已逃离此处时，神像发出如钝刀划过木器般刺耳的声音："从一开始，春花老板就在抚摸腕上的镯子。本尊听说断妄司有不少神妙莫测的法器，莫非，还有一物有隔空通信的妙用？"

春花微微一笑："妖尊想多了。

"这些，都是您身侧的鬼魂告诉我的啊。"

神像陡然变色。

"鬼魂托我问一句：'钱兄，当日管鲍相知，对床夜雨，落月屋梁，犹能忆否？'"

神像沉默良久，问："春花老板说看得到鬼魂，他叫何名？"

春花拨弄着腕上的细镯："他叫子恕。"

神像喟叹一声："你再问他，我与他最后一次相见，喝的什么酒？"

春花："……"

这个问题问得好，她确实……编不下去了。

神像见此大笑起来："毛都没长齐的小丫头，尽学了一张利嘴，摇唇鼓舌。从来只有凡人有魂魄，何曾见老五死后有魂魄？"

细木镯子轻轻一震，谈东樵的声音如同耳语，如溪水般流入春花耳中，旁人却丝毫不能觉察："你这谎话，编得太容易穿帮。"

春花在心里对他翻了个白眼：这不是拖延时间吗？你那边怎么样了？

"一切如约。"他停了停，柔声道，"莫怕。这镯子为你抵挡一时三刻，不成问题。"

春花立时有了底气，对神像高声道："妖尊有什么招数，尽管使出来！本姑娘但凡叫唤一声，就不是好汉！"

镯子静了一瞬："倒也不必如此托大。"


霏霏春雨九重天，渐暖龙池御柳烟。[1]

谈东樵立在别院里贴了一半玉石底的凉池边上，棉丝般的春雨打湿他青色的衣衫。工地上不知何时多了不少黑衣人，一个个英姿焕发，步履带风，神色谨肃。他们的衣襟左胸处都以金纹绣着两个小字，一个是"断"，另一个却看不太分明。凉池中挖开了一条巨大的坑道，昂贵的寒青玉石全成了碎片，散落一地。

韩抉从池里爬上来，神色是少见的严肃："老谈，确是此处。坑内设了禁制，再向内，兄弟们都挖不动了。"

他话音刚落，坑道里蓦地响起了尖叫，有人惊呼着向外奔逃，刚冒出头，便有黑黢黢的浪涛从身后向他们拍过去。浪涛如浓稠的黑色石油掠过坑口，向周遭漫延开来。仔细一看，竟都是五寸来长的老鼠！

韩抉吓得直往谈东樵身后缩："这是什么鬼禁制？"

不等他话音落，谈东樵已飞身而起，一手从坑中拎出一个断妄司属员，另一手催动青色业火。那属员身上的老鼠与火焰一碰，便化为了轻灰，飘散无踪了。他将那属员推远，自己翩然落入坑道之中，双手分举，结起手印："业火，起！"

坑洞中腾起高耸的火焰，如青纱般飞起而后飘落，将整坑的鼠群笼罩在内。鼠群声嘶力竭地嚎叫起来，拼命向外奔逃，却没有一个快得过火舌。"噗"的一

---

1　出自唐代王涯的《宫词三十首》。

声，鼠群在业火中化作灰雾，消失在细雨之中。

谈东樵立在坑口，皱眉向周遭道："青莲业火，灭的是幻象。你们修行多年，连幻象和真实都分不清楚吗？若遇强敌，只有无性静心、无怖无惧，才能看破一切幻象。"

属员们抱拳："谨遵天官教诲。"

韩抉站在坑外，轻轻地"喊"了一声。

"老谈，我瞧你也不太行啊，这青莲业火比往常弱了许多，烧了这么会儿才烧尽。"

谈东樵淡淡地瞥他一眼，并不还口。

断妄司属员们对副天官和天官之间的日常挤对早已司空见惯。其中一人前踏两步，禀报道："天官，已挖通了。确如您所料，那钱氏祖坟就在这下面。虽然年久日深，但墓室修得很是阔气，大部分陪葬物和牌位标志都还可以辨认。"

谈东樵点点头："可探到了什么？"

"最里面的墓室，棺椁上盖着的盖布绣着'钱仁'二字，打开棺椁却是……"那人顿了一顿，不自觉地打了个哆嗦。

"一副兽骨。"

谈东樵与韩抉进入地下墓室，来到最深处。一具打开的棺椁映入眼帘。棺中的兽骨并不大，颌骨尖长，四肢短小，是一只长嘴老鼠。

韩抉端详："是个老五，但内丹已失，应是受困窒息而死。"

谈东樵道："原本的棺主钱仁，是汴陵建成后的第一代首富，汴陵府志中亦有记载，说他财通三江，乐善好施，一生富贵无忧。他手下有一个名唤子恕的账房先生，于他助益甚多。钱仁活到八十岁上重病而亡，其后子恕也就不知所终了。"

谈东樵绕着棺椁走了一圈，仔细察看那兽骨，又举目在墓室中四下察看，蓦地眼中一亮："你看棺盖里面，是不是写着什么？"

两个断妄司属员将沉重的棺盖抬起，谈东樵以袖将棺盖后的灰尘轻轻拂去，深刻入木的字体便清晰可辨起来，当头四个字便是——

余非人也。

谈东樵与韩抉对视一眼，继续看了下去。

余非人也，鼠也，中原人称"臭鼩"，生于极南仙岛。因遇财帛星君，偷道而初蒙，于中原冒名财神，作恶多端，吞食钱氏枕下财脉而化人形。后得财神娘子收服点化，教以正道，慈悲以恕，遂自名"子恕"。子，鼠也；恕，仁也。

余受财神之命，助钱氏修回财脉，赎过往之罪愆。钱氏家主钱仁，性博爱而贪念难去，颇有志于抑商之风，与余甚为投契，遂结拜为异姓兄弟。余二人于汴水畔新建一城，日日彻夜长谈，愿将吾等于行商、坐商、聚财而造福万民之心得推而广之。

时天下大乱，愿汴陵为世间唯一安居乐业之所。余倾尽全力，于汴陵建一聚金法阵，以自身为主阵之宝，聚天下之财脉。又制法器安乐壶，内藏宇宙，广纳财宝。只有一憾，聚金法阵有阵眼、阵缺。阵眼为聚财之极，阵缺为散财之极，相辅相成，若无干预，则阵缺中人生生世世求财无望，又是吾等之罪愆。

财神娘子曾言，"流水不腐，户枢不蠹"。聚金法阵以外力改天道，囤积金银，终非长久之法。钱兄八十而染重疾，余知其不久于人世，携美酒共饮饯别。酒酣耳热之时，钱兄恨人生苦短，而壮志未酬，余一时口快，将自身与法阵机要尽数告知，并吐内丹示之。钱兄临终，忽生蛮力，抢内丹而吞食。

余法力尽失，竟如凡人。钱兄得千年修行，乃囚余于棺内，李代桃僵。余困不得出，苦思冥想，惊惶万状，此皆妄改天时之报应劫数也！唯愿死后化为魂魄，或能重见钱兄，导其向善。

贪虽孽障，而自比神祇，妄改苍生宿命，其恶更甚。苦海无涯，或可回头是岸？

## 章七 · 常鳞凡介

谈东樵与韩抉此前已猜到了些情由，但此刻细细读完，仍不由得暗自心惊。

韩抉深吸了一口气："果真如子恕所说，我们一直对抗的妖尊，其实是个凡人？老谈，你是如何猜到的？"

"与其说是凡人，倒不如说……是个二五子。"谈东樵淡淡道。

"凡人食老五内丹，虽然少见，但并非没有先例。断妄司典籍中曾载有一例，人食老五内丹后，虽得其妖力而用，但无法化用修行，亦不能羽化登仙，一半为人，另一半为老五，若不继续食用其他老五，其力终将衰竭，如普通凡人一般亡故。"

他转身步出墓室，韩抉连忙跟上。

"妖尊年年腊祭都要吞食老五作为祭品，又混以寻、梁两家的鲜血。这仪式太邪，我便想起了典籍中看过的那段记载。最初的聚金法阵以子恕为主阵法宝。子恕既亡，法阵难以为继，钱仁记起子恕曾吞食钱家枕下财脉化为人，便去寻那财运深厚之人，挖其枕骨来做主阵的法宝。只可惜凡人财脉终有尽时，苏玠在安乐壶中看见的许多枕骨，就是这些年用尽而弃的。"

韩抉恍然大悟。

两人登上凉池一侧的一片高地。地处半山，周围的树林均被砍伐干净，举目望去，可以俯瞰整个汴陵城。

谈东樵负手东望，目光落定在一处，久久不动。韩抉顺着他的目光看去，那方向正是吴王府。

韩抉叹道："你……怎忍心让春花老板孤身去见妖尊？"

"我赠予她一物，应当能护她周全。"

韩抉搔搔头，"哦"了一声，忽觉不对："我最近没做过什么新法器啊。你给春花老板准备了个什么？"

谈东樵没有正面回应："是她自己坚持要去的。"他黑眸微垂，神情柔和，"她并非庭中娇蕊，而是历风长帆，自有她的主意。"

韩抉："……"

他神情凝重起来："老谈，你没什么经验。但师弟我纵横情场这么多年，像你这样的状况，我见多了。"

"哦？"

"你好像……被这个长孙春花给迷住了。"

谈东樵有些意外地挑起眉："如何算是被迷住了？"

"她说的话，你都赞同；她想做的事，你都全力支持。一提到她，你就露出这副……"韩抉盯着谈东樵，眼睁睁望着他唇角轻轻一勾，露出前半辈子没见过几次的温和笑意，"腻笑的模样。

"要说她没给你下过蛊，我是不信的。"

谈东樵莞尔，半晌，斟酌着用词，解释道："她确实与别人不同。但我和她，并不是你想的那样。"

韩抉翻了个白眼："你少废话。我只问一句——

"你们亲过了没有？"

"……"

谈东樵怔住，难得语塞了。

韩抉："……

"你……她……你们……"

韩抉头一次发觉嘴皮子追不上脑子的转速，脑中刹那间冒出无数色彩斑斓的画面，几乎要把脑子炸成碎渣。霖国夫人把京城佳丽逴摸了个遍，都没找到一位谈东樵能看得入眼的。他那会儿怎么说的——"我此生夙愿在于修道问心，守护天道，成婚只会误人终生。还请姨母将做媒的热情都放在韩抉身上，定有收获。"

望着韩抉这三观震碎的模样，谈东樵叹了口气，正色道："我与她，并无可能。她心怀红尘梦想，志气颇高，需要的只是一个老实本分的赘婿。而我身负重任，此生已许社稷，再难许他人。"

韩抉终于合上张大的嘴，颇有同感地点点头："也是，你家老太爷脾气那样古板，你若终身不娶，他便当你献身社稷了，倒也没什么。但若是给个商户女做上门女婿，他怕不是会拿刀剁了你。"

他描述得绘声绘色，谈东樵有一瞬间恍惚，仿佛祖父真的在眼前勃然大怒。他自觉有些好笑，摇了摇头，抛却这些陌生而毫无裨益的心思。对于长孙春花而言，严衍是个合适的人选，谈东樵却不是；对于谈东樵而言，长孙春花亦非世俗良缘。

他明白，她也明白。

所以，他追问她那晚马车上发生的事情，永远问不清楚。


谈东樵转身："师弟，就依咱们之前商议之法，准备破阵吧。"

韩抉震惊："现在吗？"

"聚金法阵日久年深，非靠天时不能破阵。春花自告奋勇去见妖尊，一则是她放不下吴王世子，二则也是为我们拖延时间。"

此刻春雨已霁，日照当空，谈东樵举目望天："时辰已到，我去引汴陵江水入阵缺。你与兄弟们布好天网。钱仁心魔深重，罪恶滔天，万勿让他逃脱。"

韩抉默了一会儿："老谈，你说的自然是正理。但你可知……汴陵一年向朝廷缴纳多少赋税？"

"我已密折回京，禀报陛下。"

"陛下同意了？"

谈东樵静了一瞬："自然。"

韩抉见他如此笃定，便宽了心，拍拍胸口："我还担心陛下不肯呢。毕竟对朝廷来说，能上缴赋税便行，管他是谁缴的呢。"

谈东樵无声一笑："财帛盐铁是户部所专，我所知不多。但……有人说了一句话，我深以为然。"

"什么话？"

"她说：'汴陵的财脉，从来不在聚金法阵中，也不在高门大户的家祠中，而在升斗小民的双手中。百姓有信念，只要有奇思妙想，肯辛勤劳作，便一定能获得财富，这才是真正的财脉。'"

时已正午，鸳鸯湖畔挤满了汴陵百姓，都在等待一场盛事——

汴陵江上的三月桃花汛。

汴陵江水源自昆仑。仲春时节，昆仑冰雪消融，春水大汛，行至鸳鸯湖口这一段，恰逢两岸桃花盛开，灼灼其华，故称桃花汛。

此刻，江面渐渐升高，水雾如烟，水滴如宝，在正午暖阳的照耀下宛如无数冰凌，闪闪发光。

汴陵人爱财、求财，迷信一切与财运有关的东西。百姓们相信水便是财，桃花汛期，在江岸边沾染一身桃花汛，接下来的一年都会有好运气。

当然，这不会影响他们起早贪黑地开门、打烊，不会影响他们四方奔走采购最稀缺的货品，更不会影响他们绞尽脑汁做出汴陵独一份的精美手工。但若一切顺利，他们依然觉得，是那日沾了桃花汛带来的如意。

蓦地，一个围观者惊叫起来："江心有人！"

一艘小叶般的画舫孤单地漂在江心，舫顶的檐脊上，飘然立着一个人，青衣博带，迎风猎猎。湍急呼啸的洪波自西向东，仿佛从天而降。巨浪惊起了无数飞鸟和昆虫，云烟弥漫，长虹升腾而起。绀碧的浪涛汹涌拍岸，如被巨龙卷着奔涌到青衣之人眼前。他足尖在画舫顶上轻轻一点，身姿翩若惊鸿，迎着十余丈高的浪头高高跃起。宽大的青色袍袖中，双手结出庞大的御水印，正正印在水雾青空之中。御水印仿佛在空中戳破了一扇纸窗，瞬间将浪涛化作一条水龙，被窗口直吸入而去。水龙被御水印控制了头颅，身躯还在奋力挣扎，掀起层层碧浪。

青衣人手掌内合，指尖在胸口一触，再度向外力推。水龙挣扎片刻，终于长啸一声，仿佛被驯服一般，再度集聚成流，汇入御水印中。

水龙上天，先是龙头，跟着是龙身，最后是龙尾。最后一股水流砰然撞击在御水印上，水印已轰然收拢，水流被击溃，化作无边的漫漫烟雨，落在江畔众人的脸颊之上，温柔得宛如桃花瓣落。

众人惊愕无言，纷纷被烟雨眯了双眼，再睁开眼时，江中的青衣人和桃花汛都已不见了。

江面平滑如镜，只有一道长虹横江而过，提醒着众人并非梦境。

不知过了多久，终于有人高叫起来："那人……把桃花汛偷走了！"

谈东樵以御水印引着汴陵江水，以云雾风雷之势，直向西郊的方家巷子而去。断妄司已将方家巷子团团围住，在上空架起无相法网，但凡人的双眼什么也看不到。

方家巷子里的野猫、野狗蓦地狂躁起来。东家的孩子又被酒后的老爹揍得吱哇乱叫，西家的婆母坐在门槛上声嘶力竭地数落儿媳的错处，南家滥赌的丈夫正从媳妇手里扳抢家里最后一串银钱，北家两户邻人正在为隔墙根上一株野桃树的归属打得头破血流。

久居此地的人们对纷乱的世界习以为常，并不关心突如其来的巨响。只有一个出门撒尿的小童，在院子里解开裤衩的时候，偶然抬头看了看天："娘，天上有水龙过来啦！"

小童招了母亲，母亲唤了邻人，一传十，十传百，整个方家巷子的人都跑到了露天的地方，几乎仰断脖子，瞪着这死鬼老天。一条如龙般清冽的巨大水流从虚空中被释放，在明媚的日光下打了几个转，蓦地加速向方家巷子核心处奔冲而来。水龙张开森森巨口，侵袭人间，如搏一只毫无还手之力的兔子。

天降灾殃，于穷人更是雪上加霜。

求生的欲望战胜了一切，父亲抱起刚被揍过的孩子，儿媳搀起还在数落自己的婆母，一无所有的丈夫将双臂护在妻子头上，邻人手拉着手，跨过矮墙。人们痛苦惨叫，但依然扶老携幼，以人类能够达到的最快速度，向生路奔逃。

出乎凡人的意料，庞大水龙并未摧枯拉朽般冲垮残旧的房屋，在半空被截住了。水龙仿佛撞在透明的光网之上，顷刻间被撞碎成细密的春雨。

春雨织成烟网，雨珠细密得如同豆蔻年华少女的轻吻，沾在每一个人的脸上、身上，沾在孩童的笑颜上，沁入了每一寸方家巷子的土地。

天下柔弱者莫如水，然上善若水。这是一场最不同凡响的桃花汛，汴陵的江水以方家巷子为入口，灌入沉积固化了多年的聚金法阵，一节一节地冲走沉疴。

而沉迷在百代富贵幻梦中的高门大户，还未觉察。

吴王府，地下祭堂中，春花按了按镯子，对面已归于无声。她知道，谈东樵已依约而行。

春花转向霍善与吴王："上面那位神尊，其实只是个凡人，名叫钱仁。他以怨报德，吞食了鼠仙子恕的妖力，将子恕所建的聚金法阵收为私用。如今的寻家人、梁家人，都是钱仁的后人，他所做的一切，都是为了圆自己一族长命富贵罢了！王爷、道尊，你们都是久历世事的人，吃过的盐比小女子吃过的米多。满口万民福祉，实则中饱私囊之人，你们见得还少吗？"

这话一出，霍善神情只微微一动，吴王却是心神大乱，颤颤地回过头，望向神像。

神像察觉了他的疑虑："王爷是在质疑本尊？"

吴王忙低下头，连称"不敢"。

神像冷冷哼了一声："你且看看，是谁回来了？"

春花转过身，一股甜腻的暖香扑面而来，熟悉得令人心动。

俊美的青年着素衣白靴，右手持剑，左手持鞘，踏寒光而至。他肤色苍白，仿佛比从前最病弱的时候还要清瘦几分，眉目中不见了惯常的矜持暖意，也没有带着阿九记忆时的仓皇迷乱，而是纯然的冷漠。

耳侧垂下的鬓发，有一缕格外短。

"长思哥哥？"春花顿了顿，又唤了一声，"阿九？"

神像——即钱仁，嗤嗤而笑。

"此刻他身心全由本尊差遣，哪里还听得见你的声音？"

春花声音有些颤抖："你……对他用了裂魂香？"

裂魂香，入腠理，割发裂魂，善恶各行。

蔺长思脚下未停，手中长剑向前，直指着她。他的左肩上，半个魂魄孤苦无依地凝望着她。

吴王直起身子，错愕道："神尊，您不是要以长孙春花医治我儿吗？为何……长思会变成这个样子？"

并没有人理会他。

蔺长思的视线从吴王脸上扫过，涣散、陌生，如同霜雪。

他开口了："这一世，我注定多病多愁，父母失心，爱而不得，注定要亲手杀死我心爱的女子。他们说，这是为我编排好的话本子，是注定不能挣脱的命运。"

吴王听明白后，上前两步，扯住霍善衣袖："道尊，长思当年是你亲手所救的，他这条命来得不易！神尊若有差遣，本王亲自动手便是，求你们……放过长思吧！"

霍善面无表情："神尊既已安排，便只能由世子下手。王爷，你难道不相信神尊吗？"

吴王面若枯叶，悲声道："所有罪孽都是本王一人所为，也应由本王一力承担！但长思自幼仁厚纯善，连蚂蚁都未踩死过一只，他的手上，怎能沾染他人的血？何况……这是他喜欢了多年的姑娘，若是死在他手上，今后他回忆起来，如何自处？"

霍善冷声道："王爷，神尊也是为汴陵万民的福祉着想！莫说牺牲你一个儿子，就是将你我捆在一起烧了，又有何惜？"

吴王愕然变色。还欲说什么，地面忽然剧烈晃动，有碎石簌簌从洞顶落下，连神像也轻微地晃了晃，蓦地发出炸响。几人大惊，再看向神像的基座，竟然出现了一道深深的裂缝。

霍善以铜钱剑杵地，方才站稳，倏然醒悟过来："是断妄司！他们果真要破阵！"

钱仁冷笑："断妄司那几个年轻人，才修行了几年？拿什么破阵？"

然而接踵而来的第二次地震吞没了他的话音，神像再度摇晃起来。紧接着再一个炸裂声，神像的基座上出现了第二道裂缝。

一道黑光不知从何处冒出来，落地化作灰衣鼠仙，跪地抱拳："神尊，断妄司在澄心观起了御水阵，将桃花汛引入了方家巷子！"

霍善恍然惊叫："神尊，金遇水则沉，他们是要用桃花汛冲破阵缺！"

钱仁大喝一声："休要惊慌！

"聚金法阵破了又如何？只要谈东樵找不到我的原身，能奈我何？只要蔺长思亲手杀了长孙春花，双双应劫，两个堕仙之体便都是我的！"

霍善一怔。

钱仁哪里还顾及得了他的想法，高叱一声："蔺长思！你还不动手，更待何时？"

霍善与吴王双双变色。蔺长思平板地应了一声，玉石般清透的剑身与眉心平齐，声若寒霜："春花，你我这段孽缘，便做个了断吧。"

春花欲要闪避，脚下却如灌了重铅般动弹不得，只得眼看着剑尖朝她心口刺来。

长剑穿透衣帛——

一缕碎发从春花鬓边飘然落下，蔺长思的长剑在触及她左胸前，瞬间挑高了两寸。剑风刺破她肩上外衣，带着冷冽的怒意继续向后，直刺入神龛之上神像的心脏。白衣玉带上，挂着一个结着七色络子的连理枝纹银香囊，微微摇晃。神像中剑之处，殷红的血汩汩地流了出来。一团黑雾自神像之中脱出，在半空中翻腾扭曲，如同一条被扎了七寸的黑蟒。

整个洞窟中都回荡着钱仁痛苦的咆哮。

"本尊明明对你用了裂魂之术！你善魂已失，只余恶魂，怎会不受差遣？"

半个魂飘然落在春花肩上，对她耳语了一声："莫怕。"

装着另外半个魂的蔺长思收回沾着鲜血的长剑，一手执剑，另一手揽住春花左肩，将她护在身后。他双眸清明，仰首道："我确实中了裂魂之术。但——

"不论是哪一半的蔺长思，都记得要守护长孙春花，从无悔改。"

钱仁的神识在空中大笑起来："你以为，刺中了本尊的神识，就能伤了本尊吗？"

巨大的安乐壶破土而出，冲垮了神龛、火烛、布幔和沙石。风涡自壶口而起，黑雾如逃命的蚯蚓般蹿入壶口。风涡扩大，霍善道尊虽目不能视，但心知不好，一手将铜钱剑深插入土，另一手扯住吴王。

一时间土石纷纷飞起，蔺长思紧紧抓住春花上臂，手中长剑割入墙壁，但那墙上土皮如泥灰一般，顷刻便被剥去了一大块。蔺长思低呼一声"不好"，只得揽紧春花。两人顺着风涡盘旋了一圈，便没入壶中，不见了。

安乐壶立刻封死，凌空而出，穿透洞窟，破空而去。

与此同时，神像的基座裂开了第三道裂缝，在霍善和吴王的惊呼中，轰然倒塌。

## 章八·云树遥隔

汴陵城西。

寻府的家祠中，正在召开族老会议，讨论的议题是：寻仁瑞卸任寻家掌事家主之后，是该由二房还是三房接任。

"仁瑞，实在是你近来做事太不守规矩，连王府都不再关照我们了。若寻家还让你领头，恐怕会落个四分五裂的下场。"

"是啊。如今你身体也不好，三天两头病倒，咱们这么大的家业，可不能儿戏！"

"仁瑞啊，可惜你们大房只有一个男丁。若是能派出第二个人来，叔伯们也不会往二房、三房去挑人啊。"

寻家的女眷也获准旁听，但都沉默不语。这是男人的战争，与她们并不相关。寻静宜静静坐在女眷中间，听着自己的兄长和族中的老人们争辩，做最后的困兽之斗，她心知并没有什么用，蓦地站起身："各位叔伯觉得我怎样？"

正与他人吵得口干舌燥的寻仁瑞愣住了。

众族老也愣住了。

寻仁瑞率先醒悟过来，叱道："你胡说什么？"他转身对族老们赔笑："这丫头自从上次被邪物魇住，便有些疯疯癫癫的。叔伯们不要在意。"

寻静宜却笑了。

"我不疯，也不癫。你们说大房没人了，这话不对，大房还有我。若是各位叔伯不肯让我管家，那就分家吧。我的哥哥病得厉害，自然由我照看。"

族老们目瞪口呆。寻氏女子家教森严，谨言慎行，他们从未听过寻氏女子说过这样长的一段话。何况，这话还如此狂悖无理。

一位族老蓦地哈哈大笑起来，伸出大拇指，指指身后高高供奉的财神金像：

"大侄女，寻家可不是长孙家！若要让女子掌家，抛头露面，除非寻家的财神像崩在眼前！"

他话音刚落，财神金像蓦地发出了脆厉的爆裂声。寻家的族老们愕然回望，只见烟尘飞起，土石坠落。一语成谶，寻家拜了百年有余的财神金像，在全族人面前，化为了石粉。

汴陵的另一端，梁家后院的祭堂里——

梁昭正脸朝下，趴在财神像的脚边，一动不动。

梁远昌从散落白发的缝隙里瞪着居高临下的神像："神尊在上，梁家衰败至此，老夫自行清理，就不劳神尊显灵了。"

那神像无喜无悲，无声回望他。

蓦地，一声突兀的爆裂声在静谧的暗室中响起，神像的眉心裂开了一道裂缝。裂缝顷刻之间布满神像的整个身躯。

轰然巨响之中，庞大的财神金像土崩瓦解。

整个汴陵城剧烈地抖了几下，地动的消息口耳相传，人们纷纷从屋舍中奔出，聚集到开阔的地方。只有吴王府附近的百姓看到了安乐壶从地底升起的一幕。

地面剧烈震动，古树巷子的围墙晃了一下，立时往外倒塌。几个客人正在围墙下的豆腐脑儿摊上吃喝，险些被埋在墙下，却不知被何处而来的树枝一推，侥幸避过。客人们庆幸捡回了一条命，四处张望，却找不到救命的恩人，便不深究。

正在此时，一人指着半空骇然叫道："什么鬼东西？"

巨大鼻烟壶一样的异物从吴王府内急速飞起，壶体赭红，通体刻满杂宝纹，壶口萦绕着一股黑色烟雾。有人被吓得说不出话来，有人大叫起来："天降异象！这是有财宝要降世啊！"

拎着大勺的古树婆婆站在一旁，哑着嗓子道："什么财宝，性命要紧！还不快跑！"

众人这才醒悟过来，纷纷四散奔逃。

古树婆婆看着那安乐壶腾云而上，叹了口气，自言自语道："断妄司，还是拿不住他吗？"

她犹豫了一瞬，终于下定了决心，双手张开，猛地暴胀，延生出无数粗壮的树枝，伸向空中的安乐壶，即便如螳螂当车，仍试图将它拦住。然而，树枝还未触及壶体，安乐壶向上之势却猛然停住了。

数十个着黑衣劲装的断妄司属员从天而降，脚下各踩着一片黑色羽毛，正是韩抉的又一得意法器——飞天鸦羽。其中为首的一个身姿格外矫健，踩着的鸦羽也比别人大一圈，正是副天官韩抉首徒——闻桑。闻桑腕上连着一条细细的银线，仿佛透明的蛛丝，若非阳光照耀时偶尔一闪，几近于无形。其余属员分立周围，将那安乐壶团团围住，人人腕上都连着银丝，在天上交会，织成一张肉眼难以察觉的庞大蛛网。而安乐壶，就如同一只大肚的蜘蛛，被紧紧缠在这大网的中心，动弹不得。

闻桑高叱一声："天网，列阵，归乎下！"

断妄司众人一同双手交叉，虎口一碰，在胸前结出天网阵印，向下狠狠一压。

安乐壶被天网压制，猛然下坠，重重地砸在地上。王府院中，假山石桥、雕梁画栋崩成瓦砾，恬静的鱼池被砸出一个豁口，池水奔涌而出，园子顿时变作一片狼藉的泥淖。

韩抉踩着一片鸦羽，歪歪斜斜地落在古树婆婆身旁，笑呵呵道："本官花了三天三夜布好的天网，可不是吃素的。"

他拍一拍古树婆婆的肩膀："你就是那个见鬼的老槐树？听说你做的豆腐脑儿很好吃呀？快给本官盛一碗！"


一抹青影从天而降，将刚冒出个头的吴王从泥淖中拎出来，放在坚实的平地上。吴王手脚并用地爬起来，无暇去看救命恩人是谁，朝着安乐壶便扑过去："快救世子！世子被吸进去了！"

那拎他出来的人皱起眉，将他拽住，沉声问："长孙春花在何处？"

吴王指着安乐壶大呼："都在壶里！"

谈东樵神情一变，凝神启动神识之力寻找春花所在，神识却被安乐壶的结界拦截在外，他低语了几声，完全得不到回应。

这安乐壶，不知是用什么术法制成的法器，竟能隔绝神识。他心中猛然一沉，若是在壶中发生了什么事，那木镯……是否真能万无一失地护住她？

吴王蓦地醒悟，抓住身旁人衣袖："你是断妄司的人？神尊逼迫长思亲手杀死春花，长思不从……他二人被神尊抓进了安乐壶。神尊受了重创，为了恢复妖力，什么都做得出来！你快去救……"

他话音兀地止住。眼前的青衣人周身骤然散发出凛冽的寒意，口中低低一声："青釭！"

谈东樵右手凭空一转，手中现出一把寒如冰雪的青色长剑。他凛然凝望天网中仍不懈挣扎的安乐壶，双足在地上一点，无须鸦羽，便如云鹤般掠向安乐壶口的黑雾。青釭剑在空中优美地转了个剑花，如电般刺向黑雾的核心。那黑雾蓦然收缩，聚化出一只大手的形状，向上一抬，顿时将青釭剑握在手中，剑身停滞，再难进一寸。

壶口深处传来钱仁粗犷的怪笑，声音在安乐壶里碰撞出无数回声，再经由壶口扩大，嗡嗡地响彻了整个天际："断妄司天官，不过是个凡人，竟敢冒犯本尊神威？"

谈东樵双眸微眯，一脚踢在壶身上，借力一翻，青釭卷起暴风般的剑意，将黑雾形成的大手搅得粉碎。

韩抉捧着碗豆腐脑儿，一勺还没入口，见此情形，蹦起来吼道："老谈，安乐壶中有多年沉积的妖力，不可硬破！"他边跺脚边叹，"说好的，用天网困住它，七天之后自然妖力耗尽，到时再收拾也来得及啊！何必急在这一会儿？"

谈东樵恍若未闻，一个鹞子翻身，再度攻向壶口。

钱仁沉沉大笑起来。

"你们以为，这张破网真能困住本尊吗？也好，就让你们这些凡人看一看，什么才是真正的财神御宝之力！"

话音刚落，无数道耀眼的金光自壶口射出，照亮了半个天际。

元宝、银钱、玉石、夜矿、珍珠、珊瑚、玛瑙……闪亮的财货如洪水般从安乐壶口喷涌而出，落在地上，逐渐幻化成一个顶天立地的巨人，身体流光溢彩，映得众人几乎睁不开眼。巨人咆哮了一声，双手向上一伸，将天网撑起数十丈高。

闻桑等人被那巨人怪力一牵，脚下顿时不稳，立刻有两个修为较弱的属员从鸦羽上栽了下来。

然而天网阵乃断妄司传习多年的大阵，他们又岂会轻易乱了阵脚？立刻便有两人补上，重新将天网收拢，巨人被天网兜头一罩，嘭地向下一跪。

细碎的金银珠玉四溅而落，有那未及逃跑的路人，见有财宝落在眼前，忍不住伸手去抓，岂料财宝却似活了一般，带着黑气缠上路人手臂，以怪力卷着人身，直吸入财宝巨人口中。

巨人一口吞下那一时贪心之人，呵呵大笑，拍了拍肚子，顿时多了一层力气，又撑着天网，站了起来。

断妄司众人咬牙定住天网，虽一时压制住财宝巨人的动作，却又不能完全制服，双方陷入僵持。

一股焦灼漫上谈东樵的心神，他隐隐明白了这焦灼来自何处，虽深知不妥，凝神静气，却依然挥散不去。

灵台之中，江心小岛上，巨树枝丫摇曳不止，江上狂风骤起，浪涛拍岸。他的神识立在树下，满眼灰绿乱枝，某一小枝上曾绽出的黄色骨朵却遍寻不见。

谈东樵，八岁入断妄司，修无心道，去红尘念。

如今这算是……有了私心吗?

谈东樵心中警铃大作,但他定力极强,立刻醒悟,强行压下杂念,恢复灵台清净。

"掌中雷!"

青色闪电从青釭剑尖漫射而出,如雨瀑般冲向财宝巨人。以黑气聚集的财宝被雷电流窜过,纷纷失了活气,成为一件件普通财货,簌簌掉落。巨人如蚁蛀长堤,竟至溃散。

钱仁的嘶吼声长长地震荡:"你一个凡人,怎会有如此修为?我不服!我不服!我不服!"他连叫了三个"我不服",长啸一声,"待我吃了壶里两个堕仙,再出来和你斗!"

壶口蓦地开启,黑雾尽收入壶内。壶口结界有了缺口,谈东樵耳畔忽地涌入熟悉的惊呼,神识倏然照见壶内情形,无数灰鼠纠缠着向长孙春花扑过去!谈东樵灵台剧震,一股锐痛在全身弥漫开来,肉体仿佛一截木桩,被利斧从天灵盖劈作了两半!

韩抉一手端着豆腐脑儿,早忘了勺子扔到了何处,眼睁睁望着谈东樵在半空中一滞,忽然失力,翻转了身子,如一片细叶,飘然下坠。

"老谈!"他第一个念头是恨自己不好好修行,净学些技巧法器,此刻笨手笨脚,竟连飞也飞不起来。豆腐脑儿蓦地被撞落,有人往他手里塞了个软乎乎的物事。"抱好了。"一个扎双鬟的黑壮丫头不知从何处冒出来,向上一蹿,衣物尽落,化作一只四爪带黑的白猫,在虚空中如履平地,飞快地跃向谈东樵。它以背脊接下谈东樵的身躯时,猫身蓦地暴胀,雪白的皮毛上浮起烈火般的花纹,脚踩蓝色火焰,白猫变成了白豹——不是——是一头雄伟奇崛的神兽!韩抉低头看看怀里,一个奶娃娃正闭眼吮吸着自己的大拇指。咦,这不是长孙春花的小侄儿吗?那黑壮丫头,不是长孙家的女护卫吗?

韩抉张大了嘴:这……好像是典籍上所说的神兽孟极吧?

谈东樵四肢如被巨石碾压过一般,紧咬牙关,剧痛令他迅速清醒过来,发觉自己在一头奇兽背上,他错愕了一瞬:"你是……"

身下神兽——孟极瓮声瓮气地说:"我坑过你一回,现在救你一回,就算扯平了。你争点气,快把春花弄出来。死了倒无妨,但被半拉鼠精吃了,可就太丢人了。"

与此同时——

四海斋的包厢里,陈葛觉察了地底传来的震动,蓦地站起。

他对面坐着长孙石渠。此人自从妹妹入狱,儿子失踪,便失魂落魄,动不动就跑到四海斋来找他喝闷酒。这会儿刚刚喝到第三壶，便已经意识不清了。

他口齿混乱地嚷着："陈兄，你说，我是不是个傻子？为什么他们什么事都不告诉我？家里有难，我帮不上忙。是不是汴陵要完蛋了，天要塌了，他们也要瞒着我啊？我就这么废物吗？"眼泪哗哗地流了下来，石渠对酒临风，悲悲切切地号了几句诗，"仙人未必便仙去，还在人间人不知。手把白须从两鹿，相逢却问姓名谁！"[1]

陈葛忍无可忍地抢过他手里的酒壶："别喝了！"

"为什么不喝？我就要喝！"石渠上去抢那酒壶。

陈葛在他耳边大吼："汴陵要完蛋了，天要塌啦！"

"……"

石渠愣了一阵，忽然大叫出声："陈兄，你这酒有问题！"

陈葛怔了怔，旋即大怒："你家的酒才有问题！"

他回身一看，石渠抱着肚子躺在地上，如杀猪般惨叫："我的肚子要裂开啦！"

他不由分说掀起衣摆，只见圆润的肚腹遽然鼓起一个大疙瘩，立刻又止息，在另一处膨起，仿佛怀胎九月的妇人，有个讨债的孽障在腹中拳打脚踢。

陈葛愣愣地呆了一会儿，下巴唰地落下来。

"石……石渠兄，你这是足月了……要生娃娃？"


## 章九 · 鹿走苏台


沿着狭窄的安乐壶口下坠了许久，蔺长思陷入了长久的恍惚中，但怀中纤细的身躯提醒着他，他还被需要，还有存在的意义。长久以来孤苦无定的魂魄，却在这千钧一发的时刻，找到了暂时的安宁。

蔺长思手掌轻轻落在怀中人的颅顶："别怕，有长思哥哥在，定会护着你。"


第一次说这话时，蔺长思十八岁。

那时他身子时好时坏，坏的时候一连数月卧床不起，好的时候，就格外盼望出门。好不容易出趟门，正碰上春花布庄第三家分号开业，门前却是一片吵嚷，里三层外三层，围了上百号人。

原来，这第三分号的胡掌柜提前谈好了两家成衣铺子，专赶在开业当天上门下订单，将当日的存货出清，也给胡掌柜长脸，做个开门红，行内俗称"抬轿子"。今日来抬轿子的李掌柜和苏掌柜，却突然当面撤单，把开门红变了"开

---

1　出自唐代无名鬼的《诗歌》。

门黑"。只因事前没有立下契约，胡掌柜也无可奈何，却咽不下这口气，就争吵了起来。

究其原因，是近来春花布庄的生意做得太火爆，有对家看不过，买通了这些成衣铺子来给他们难堪，也引得围观百姓疑春花布庄货品质量不佳。

那一年，春花也只十三岁，外人还在传言，都说长孙家这掌家的丫头只是个幌子，背后还是老爷子话事。

蔺长思想起母妃曾叮嘱要照顾这小丫头，便命小厮私下递话，愿意将被人撤单的布匹全部买下。

春花却拒绝了。

春花命人去李掌柜铺子里买来一件粗布短衣，加上自家粗布制成的成衣样品，请了两位浆洗的大婶，分别在石板上搓洗，只搓了半个时辰，李掌柜家的短衣便被搓破了洞，而春花家的短衣还完好无损。而后，她当着围观百姓的面，笑嘻嘻地对两家成衣铺的掌柜道："两位叔伯说得是，春花布庄的布料，确实不配进您二位的铺子。"

两位掌柜又羞又臊，拂袖而去。其后城中成衣铺子纷纷前来抢购春花布庄的粗布，只有这两家抢不到货源，渐渐地，生意便冷淡了下去。

事后，春花将蔺长思请到后堂，奉茶道谢，蔺长思便好奇询问她为何拒绝自己。春花解颐道："长思哥哥买得了今天的货，买不了明天、后天的。做生意要长久，靠的不是一两个大主顾。"

蔺长思不由得对她另眼相看，又夸赞她机变聪颖、口才了得。

她又摆手："单靠一张嘴，哪里能将黑的说成白的？知己知彼才能百战百胜，既然要开布庄，市场上谁家的货有什么特点、有什么短处，都是要清楚的。我花了多少心力去考察织工、挑选货源，这些功夫，又岂在口舌之中呢？"

蔺长思对上她一对明亮的眸子，明白她还有后话。

果然听她说："粗布对长思哥哥没有用处。我家新进的云绫锦，有忍冬纹与云雷纹的，最是清贵素雅，我想免费给长思哥哥做几身衣裳，不知您肯不肯？"

他挑眉："免费？"

春花嘿嘿一笑："长思哥哥得空的时候，穿着去各家闺秀面前晃一晃，便成。"

蔺长思忍不住莞尔。

这样雀跃而惊喜的心情，他好像很久都没有过了。

狡黠灵动的小丫头带着勃勃的生命力，如一株强韧的小花在他心底生根发芽。一场春雨不期然撞进他心扉，淅淅沥沥地打在心尖上，从此再未放晴。他轻轻将手在她头上放了放，笑道："好，有长思哥哥在，定会护着你。"

也不知下坠了多久，蔺长思的脊背重重地落在坚硬的平地上，举目所及，尽是黑暗，浓重的腐臭之气充斥鼻间。火光一闪，她擦亮了手里的火折，环视了一周。

群鼠闻风而至。

蔺长思握住她的手，在阴暗的曲窟中拼命奔跑。身后，窸窸窣窣的响声汹汹而来。

奔跑中，春花举起手中的镯子，低低喊了几声："谈大人！"

却无人回应。

她心中一沉，隐约猜到，是安乐壶阻断了她和谈东樵之间的联系。镯子上的防身法门，也不知还有没有用。

蔺长思扯了她一把，脚下更快。两人奔到一处狭缝，安乐壶蓦地隆隆震动，来路被旋转的洞壁封起，将追赶的鼠群拦在了身后。两人弯下腰，剧烈地喘息，目光望向前方，是两条岔路。

安乐壶中轰然而鸣，飒飒的冷风从四面八方而来，从石壁的孔洞中阴恻恻地涌入。

春花情不自禁地打了个哆嗦。

她反手抽出蔺长思手中的剑。

蔺长思大惊："你这是做什么？"

春花道："长思哥哥，我不是第一次到这儿。上回我和谈……严先生一同误入此处，险些死在这里。那钱仁不知为何，十分害怕我自刎。若真是到了最后一步，有这把剑在，至少我还能自我了断。"她深吸了一口气，"钱仁要杀我，但碍于王爷，应当不会害你。你……本不必和我一起流落到这里。"

蔺长思震惊地望着她，良久，握住她颤抖的手："我明白。上次有严先生护着你，这会儿却只有我。"他长叹一声，"春花，我虽体弱，却并不蠢。那位严先生出身断妄司，到汴陵是为了查探我父王的罪状，而你也在暗中帮他，是也不是？我本想以祝九的身份活下去，可是没想到他活得……这样艰难。然后我就明白了，父母之恶，出自拳拳爱子之心。这一切，原本都是我的罪过。"

春花心中一痛。她的长思哥哥，行如清渠，心如白璧，纵然受惠于卑劣的恶行，但他自己从未作恶。他是她见过最温柔善良、最谦和心软的人。亦是她曾经年少时的心动之人。

她回握他的手："长思哥哥，不要放弃自己，你没有做错过什么。等咱们从这儿出去，你还有长长的人生，还可以为这世间做许多善事。"

蔺长思默然。就在春花以为他不会再开口时，他轻轻一嘘，像是终于做了个决定："你说得不错。我不会轻贱自己的性命，你也不可自尽。咱们说好了，一定要一起活着出去，可好？"

　　春花凝视着他，"嗯"了一声。

　　蔺长思转身，端详着眼前的岔路。

　　春花道："安乐壶中路径时常变化，一刻之后，那洞壁再次转动，鼠群便会攻过来了。咱们得在这两条路中选一条。"

　　蔺长思点点头："或者，两条都选。你我各走一条。"

　　春花一愣。

　　蔺长思道："两个人目标太大，不易躲藏。你我分头，各自找个隐蔽处躲起来，定能等到断妄司来救。"

　　他说的确有几分道理，不知为何，春花却觉得有些怪异。

　　蔺长思见她未反对，继续道："不如就这样，你走右边，我走左边。你拿上这宝剑，我拿剑鞘，也可防身。如何？"

　　春花思忖一瞬："还是我拿剑鞘，你拿宝剑吧。毕竟我也不会使剑。"

　　"可以。"蔺长思从她手里取过长剑，又将剑鞘塞给她。

　　她有微微的诡异之感，却一时抓不住头绪。长年的生意谈判，养下爱疑心的习惯，她又道："还是我走左边，你走右边。"

　　"亦可。"他似乎从善如流，答得飞快。

　　春花只得安下心，勉强挥去不祥的预感。蔺长思松开手，在她背后轻轻一推："去吧。"

　　春花依言走入左边的岔道，走了几步，忽然听见蔺长思在身后唤她。

　　"春花。"她猝然回头，望见他孤零零地站着，对她微笑，一如年少记忆中温润如玉的模样，"你从前，是不是中意过我？"

　　手中的火折仿佛燎了下她的眼睫，春花轻微瑟缩，而后睁开眼："我从前……曾经很中意长思哥哥。我做过平安络子，写过黄纸祈福，每一天每一天，都希望你平安喜乐。

　　"但那都是过去的事了。情爱并不是什么不可或缺的东西，而我也……早就放下了。"

　　蔺长思握紧了手中的剑柄，面上仍持续地微笑。

　　"我懂了。"他挥一挥手，"快去吧。"

　　而后他转身，向另一条岔路走去。


　　一刻之后，蔺长思从原本的岔路折回，回到与春花分别之处。他计算着，她应当已经走出很远了。蔺长思自言自语："我本早夭之身，却苟活了这么多年。这罪孽残躯，死在此处，也没什么可惜。"他当空伸出一只手，在虚空的黑暗中向下放了放，轻声道："别怕，有长思哥哥在，定会护着你。"

安乐壶又启动了，隆隆的转动中，洞壁移开，无数绿莹莹的眼睛再次出现在蔺长思眼前。群鼠没有动，仿佛在分辨眼前的情势。蔺长思一笑，持剑利落地一抹掌心。新鲜的血液气味弥漫开来，群鼠受到刺激，立刻骚动起来。

蔺长思道："孽畜，还不跟上？"

他转身，向右边的岔道飞奔。

群鼠只停顿了一瞬，便循着血液的味道，呼啸奔腾而去。

## 章十 · 偃鼠饮河

春花沿着岔路行了许久，手中的火折子渐渐灭了，黑暗里，只剩下一个孤身的她和一把剑鞘。她在原地站了片刻，有那么一瞬间，想着也许蔺长思会从某条甬道中突然转出来与她相逢；或者，手中的镯子会突然发出声音，谈东樵会以沉稳而笃定的口吻，告诉她如何去做。

但什么都没有发生。

湿冷的风不知从何处吹来，侵入她单薄的衣衫。

春花打了个冷战，仙姿装腔作势的声音在她脑中回响："长孙春花，你可还恋栈这红尘？"

嗨，怎么会不恋栈？她这么有钱，活得可滋润了。

逐渐适应黑暗以后，春花的双眼终于看见了前方隐约的微光。她深吸一口气，握紧了蔺长思的剑鞘，缓慢地向前走去。微光是荧绿的，宛如黑暗中一盏风灯。她走得近了，光芒却逐渐耀眼起来。

春花向右转过一个洞口，愕然定在了原地。

目之所及，光华累累，辉煌夺目。顶上尽是悬珠之璧，无数的夜矿散发着幽光，地上如山般堆着数不胜数的翡翠、珍珠、白玉、玛瑙、金银元宝、红紫珊瑚，还有许多是她这汴陵首富也从未见过的奇珍异宝。

莫说是汴陵，就是集整个大运皇朝官民之力，恐怕都凑不出这么多的财宝。

她一时怀疑自己又被诓进了什么幻境，伸手在臂上掐了一把，依旧生疼。

——不是幻境。

春花用力揉了揉双眼。再睁开时，她看到堆积如山的财宝深处，一张白玉冰床之上，有着一个灰不溜丢的躯体，似乎是个人。春花踮起脚，跨过满地珠玉，悄无声息地来到白玉床边。那人干瘦得如同一段枯柴，盘腿而坐，双手垂在膝上，五指成爪状，诡异地张开，指甲长得吓人，末端带着卷，头颅低垂，看不见面容，蔓生的白发散落各处，和无数的元宝玉串结在一起。

若不是肩背还有轻微呼吸起伏，她几乎要以为是个玉石刻成的雕像。

钱仁在重病濒死时，吞了鼠仙子恕的真元，得以续命。如果她能见到钱仁的真身，应当也是个老人了。她屏住呼吸，举起剑鞘，犹豫着要不要往那人的头颅狠狠砸下去。

这是不是钱仁呢？

剑鞘在离他太阳穴三寸的地方停住了。花白的头颅蓦地动了，仿佛生锈的机栝隔了多年重新转动，他缓慢地抬起头，在骨节的咔咔声中伸直了脖颈："你……竟然能找到这里。"

春花悚然看向青灰的目窠，他的瞳仁已经混浊得看不清了，干裂的唇森森地咧开，露出空荡裸露的牙床。她惶然退后两步，腐臭的气息扑面而来。她忍住干呕的冲动："你是……钱仁？"

他不似妖，也不似人，粗犷的笑声喈喈响起。

"多少年没有人当面叫我的名字啦……不错，我是钱仁。"

"这些财货，都是你囤积的？"

钱仁喉咙里发出嘀嘀声响："巧者有余，拙者不足，贫富之道，不就是如此吗？你看看眼前，千年万年也花不尽的财富，你这一生能挣得到吗？这两百多年来，天下万宝源源不断地聚集到我这安乐壶中，我钱仁，才是真正的财神！"

春花默然低下头，良久，轻笑声从她口中溢出："这两百年，你都是这样过的吗？"她捂着肚子，放肆大笑，"钱仁，你也太惨了吧！"

钱仁的瞳孔倏然一缩，他如一只丑陋的蜘蛛，从白玉床上蓦地支撑起来："有什么好笑的？"

春花边笑边道："你也好意思……说自己是财神？你知道……什么是财吗？"

钱仁傲然摊手："你目之所及，全都是财，我的财宝，足以买下整个人间！"

春花笑得上气不接下气："财，可入用者也。[1] 米面油盐是财，锅碗瓢盆是财，药酒花香是财，皆因与百姓生计息息相关，可用，方为财。"她咄咄逼人般与钱仁对望，毫不掩饰目光中的怜悯，"你将这些明晃晃、亮闪闪的东西堆在这里，和堆一堆石头，又有什么分别呢？"

钱仁双目遽然大睁，面色煞白。那话语如一管滚烫的铁汁浇入他天灵盖，灼得他哑声一吼，五官痛苦地缩成一团，浓重的白气从口中爆喷而出。他枯瘦的手顿时暴胀，一把扼住春花的喉咙，狠狠将她按在一面琉璃屏上："你胡说什么！"

就是此刻——春花手中剑鞘高高扬起，猛地击打在钱仁的太阳穴上。钱仁痛

---

1　出自南唐徐锴的《说文解字系传》。

呼一声，花白发间立刻有一团鲜血晕染，手下却丝毫未松，将春花的脖颈掐得更紧，腥臭的口凑近春花耳边，嘿嘿笑道："我现在就吃了你，定能富贵万年。"

空气渐渐离开肺腑，春花眼前逐渐涌现一层又一层的黑雾，她拼命挣扎，却已感知不到自己的四肢。蔺长思的剑鞘"当啷"一声，跌落在地。意识模糊之时，春花脑海中最后的想法是：仙姿你这乌鸦嘴……我可能真活不过二十一岁了。

人嘛，都是孤孤单单一个人死去的，再比翼的鸳鸯也双飞不到最后。


电光石火间，安乐壶的入口蓦地打开了。

一团黑雾飞入，直蹿入钱仁的真身，他仰面"嘎嘎"怪叫了两声，双目顿时血红，狰狞注视着几乎昏死的春花，仿佛在挑拣着从何处下口。而与此同时，安乐壶的结界出现了缺口，春花手腕上的木镯猝然闪亮，青芒大炽——安乐壶外的谈东樵倏然感知到了木镯的存在！

光芒中心，无数道青绿枝条如电光般抽出，盘旋而上。一棵苍翠的轩辕柏平地而起，撑起厚重的华盖。几根树丫将春花绵软的身躯轻轻托起，深藏进巨柏的鳞叶树冠下，小心安放遮蔽。

钱仁浑身裹着黑雾，激动地咆哮起来。一道黑雾凝结成的血咒向被树冠庇护的春花重击而去！树枝如同绿色活蟒，迅速移动，将女子的身躯藏得更深。树冠向外探出，硬生生承接了这一记血咒。巨柏颤抖了一瞬，而后报复性地继续暴长，无数枝干猛地抽出，穿透石壁，击碎夜矿，荡开金银珠宝，不过顷刻之间，汹涌的树木已经充满了整个安乐壶。

安乐壶外，强烈的疼痛感将谈东樵从云端狠狠撞击下来，直到神兽孟极跃起，接住他下坠的身躯；安乐壶内，柏树的枝干还在蔓延，源源不断地填充着壶中的甬道。鼠精们被枝丫所驱，蜂拥逃窜、惨叫连连。

春花在迷蒙中徐徐睁眼，透过枝叶的缝隙，望见钱仁的真身。钱仁难以置信地瞪着自己的胸前——一根儿臂般粗的枝干正正插入他左胸，直穿过心脏。凡人的身躯，虽有法力延缓衰老和病痛，但若没了心脏，依然是会死的。"嘭"的一声，安乐壶终于承受不住从内生长的轩辕巨柏，裂开了。

财宝源源不断地从安乐壶的破口中涌出，倾洒向人间，整个城池下起了一场金银珠宝的滂沱"大雨"。

走在路上突然被元宝砸中，这是只有做梦才会发生的事。汴陵的百姓最初是惊愕的，在醒悟过来以后，立刻陷入了疯抢和争执。有人张开衣摆爬到屋檐上，又被后爬上来的人推下去；有人就地打滚抱搂，只恨爹娘没给身上多缝几个口袋。

然而人们很快发现，不需要再互相争抢了。安乐壶中流泻的财宝似乎无穷无尽，铺满了每个人脚边的土地，还继续如瓢泼般浇洒。当财宝淹没小腿肚的时候，人们开始觉察不妙了。有人因躲闪不及，被高空落下的玉石砸破了头；屋顶被击穿；惊惶的牛马挣脱缰绳，四散奔逃；孩子被埋在了雪堆般的财宝底下，母亲疯狂地挖着，满手是血。

世人皆渴求的财宝，竟成了催命的符。

神兽孟极迎风而来。

谈东樵立在孟极的脊背上，大喝一声："天网，收！"

擎天网的断妄司属员们如梦方醒，向内聚集靠拢，天网将安乐壶兜在当中，金光网线一闪，顿时将安乐壶的裂缝收窄，减缓了财宝流出的速度。

谈东樵额上沁出汗来。

谁也不知道钱仁究竟囤积了多少财宝，如果继续让财宝涌出，整个汴陵城都会被财宝淹没。

谈东樵双手向上伸开，结出本命法咒，一棵苍然巨柏的幻影自他灵台升起，呼啸着将树枝传上高空，穿进安乐壶的裂缝，试图堵住财宝涌流。

壶外柏枝的幻影和壶内的枝干相触之时，春花猛地惊醒了。她睁大了双眼，赫然望见钱仁的身体被挂在一根枝干上，就在离她不远处。柏树的枝干将她小心安放在树顶中央，坠落的金石砸在外围的枝干上，没有对她造成丝毫损伤。而钱仁就没有那么好运了。除了胸口一处最致命的伤口，他身上还有多处擦伤，浑身布满了血痕，眼看是活不成了。

他恹恹地抬了抬眼皮，朝春花看了一眼。

"就算不能埋了汴陵，凭空多出这些财宝，也会给天下度支造成不小的动荡。这一点，春花老板再清楚不过了。"

钱仁咧开带血的嘴，气若游丝地笑了。

春花毛骨悚然地瞪着他。

"我终究……是个凡人。

"但汴陵……是我一手缔造的。今日我既不能活，就让整个汴陵一起陪葬吧！"

话音甫落，尖厉的嘶叫声响彻天空，钱仁抬起手，重重向前拍去。他将全部法力灌注在这垂死一击之中，安乐壶的裂口顿时承受不住，蔓延到整个壶体。

能藏纳乾坤的安乐壶，彻底碎了。

## 章十一 · 鳌掷鲸吞

"当啷"一声，四海斋的屋顶被砸穿个窟窿，一个瘪了一半的青铜鼎险些敲中陈葛的头。然而，为何天上会掉鼎？鼎从何来？陈葛已分不出心力思考。外头的客人早就因争抢财宝跑得干干净净，大街上人声嘈杂，金银纷飞。

这些陈葛也丝毫不知，只因包厢里一个锦衣的公子哥儿正抱着肚子鬼哭狼嚎，完全盖过了外头的声音。

两个孔武有力的跑堂分别摁住长孙石渠的手脚，从隔壁医馆请来的山羊胡老大夫掏出一把小刀，颤颤巍巍地割开石渠肚子上的衣料，众人都瞧见了令人惊异的景象。

石渠肚腹内的疙瘩已经变成个绿色的光团，包裹着光团的肌肤薄得几近透明。光团在腹中不断跳动，跃跃欲试，仿佛要撞破肚腹冲出来。每一次撞动，都带得石渠哀号一声，简直是闻者落泪，见者伤心。

陈葛目瞪口呆："大夫，这究竟是个什么病症？"

老大夫拈着山羊胡："恐怕是肚子里长虫了。"

陈葛抚额："这得是个千年的萤火虫吧？"

老大夫点点头："有这个可能。"

陈葛："我觉得他更像是怀了个鬼胎，要生娃娃了！"

老大夫沉思良久："男人生子，虽医典不载，但古时也曾有些传闻。何况世间确有些异兽是雄性产子，如海龙海马便是如此。你这个朋友，该不会是个海马精吧？"

陈葛翻了个白眼，低叱："你个老山羊，别絮叨了！他就是个普通人！

"你就说，该怎么办吧！"

老山羊大夫长叹了一声："我也没有别的办法，只能……割开了。咩。"

他一手轻轻按住石渠腹中的光团，另一手拈起小刀。

石渠嘶哑地号了一声："不要这么随意地做决定啊！"

陈葛不胜其烦地掏掏耳朵，决心无视他的抗议："割！"

一刀划下去，光团骨碌碌转了一圈，猛地弹起，破腹而出！

石渠如杀猪般叫起来，昏了过去。

光团在屋内四处横跳了几圈，终于被陈葛一把抄在手里。他还未看清那是什么东西，用力一捏——

"呜哇！"那光团扯着嗓子哭了起来，"爹爹啊！"

众人定睛一看，是一条鳞片绿白相间的小海龙，它两爪抱头，眼睛湿漉漉的，嘴巴更是大得不成比例。石渠被那一声"爹爹"叫得猛一哆嗦，悠悠地又醒转过来。他颤抖着嘴唇："抱过来……给我看看。"

陈葛只觉一个头两个大，捏住那小海龙的尾巴，将它掉头拎到石渠眼前。

石渠："这是……我生的？"

小海龙卷着身体，可怜兮兮地望着石渠，眼睛里含了一汪泪："爹爹……啊。"

石渠立时鼻子一酸，也含了一汪泪："儿则（子）？"

诡异的伦理狗血大戏即将上演，四海斋的屋顶终于承受不住上空下坠的财宝重量，塌了。

闪瞎人眼的金银玉器从塌边的屋顶流泻入屋内，众人这才发现异样，惊惶奔逃。陈葛一手拎着小海龙，另一手揪起腿脚不便的老山羊大夫，躲过第一波的财宝"洪水"，这才想起，石渠还带着一肚子血躺在地上。财宝已一波波涌上来，把石渠埋得头发丝儿也不见。

陈葛大惊失色："这是什么情况？"

小海龙在他手里拼命挣扎，他烦不胜烦地骂道："别乱动，你爹被钱埋啦！"

小海龙被他一吼，眼泪流得更凶了，扁着嘴吼回去："放开我，我要救爹爹！"

陈葛挟着一人一龙，一边狼狈地逃窜躲闪从天而降的财宝，一边大骂："我都救不了，你怎么救？你知道他在哪儿？"

"我有办法！"

小海龙奋力一甩尾，终于脱离了陈葛的掌控。它浮至半空中，深吸口气，猝然张开大口——谁能料到，一头巴掌大的龙，嘴巴竟能张成两人多高！

小山般的财宝被气流卷起，纷纷流入小海龙的口中，仿佛进了个无底洞，没多久，石渠的身躯便显露出来。陈葛连忙上前扶起，探了探他鼻息，幸好，还剩口气。

半空中，安乐壶里的财宝还在源源不断地流泻。

小海龙奶声奶气地大喝一声，小小的身躯迎风暴胀，吞进的财宝越多，身子越大，渐渐乘风飞起，向着空中的安乐壶而去。海龙带起的飓风将地上的财宝尽数卷起，又一件不落地飞入海龙的大口中。

当此之时，天庭宝蟠宫中的财帛星君赵不平、东海水底水晶宫的水君同时心血来潮，太上感应，双双捏了仙诀，移仙驾飞往人间——汴陵。


春花如一片柳叶，从空中飘落。鳞叶软枝如一双温柔的大手将她托起，轻轻放在了一片暖融融的皮毛之上。四肢蓦地找回知觉，她一骨碌从皮毛上爬起来，抬眼见一人，又惊又喜。谈东樵背对着她，迎风而立。本命手印升出的参天巨树与天网一起，将碎裂的安乐壶团团围住，但也仅仅能阻一时，大势终不可挡。

擎天网的断妄司属员都已是强弩之末，终于有一个法力耗尽，脱力从鸦羽上倒了下来，其后的也逐个跌落。烈风不断压迫，天网的桎梏迅速消弭于无形。

谈东樵再也无力支撑，参天巨树猛然收入灵台，他倒退一步，跌坐在地，哇地喷出一口鲜血。

地上的百姓和从天而降的灾殃之间再无屏障，金石宝物倾洒而下。

神兽孟极灵活地左避右闪，令背上两人不致遭难。春花抢上去，抱起谈东樵："谈大人！"

谈东樵强忍着胸中法力的反噬之痛，站起身来。他偏头，深深地看了春花一眼，仿佛有隔着一条银河的牵念。春花腕上的木镯忽然生长出一根纤细的木枝，在她头顶上撑起一片不大的荫盖。

他轻轻推开她，目光瞬间沉毅："仙姿，护她平安！"

话犹在耳，他飞离兽脊，高呼一声："断妄司何在？"

韩抉、闻桑和断妄司的其他人立时肃然，应道："在！"

"红尘于我何有哉？"

"护佑黎民，严守天道！"

谈东樵向来冷峻的双眸微微泛红："去吧！"

他率先俯身飞落，余人紧随其后，义无反顾地冲入四处奔逃的人群。

人间离乱，哭啼哀号，不绝于耳。他们所能做的，不过是以仅存的法力，从天灾之下救回眼前离得最近的人。

或许徒劳，但人间，何曾跪降于天命？


正在这时，一头上万年不曾现世的巨兽自天边而来。巨兽奋力一吸，地上与天上的财宝纷纷失了重力，向半空浮起，只转了个弯，便被吸入巨兽的血盆大口之中。

人们愣住了，并不知道这又是什么雪上加霜的灾殃，但似乎，已无力再逃了。

巨兽却对人类毫无兴趣。

它与凡人擦肩而过，只吞噬了要命的金银财宝。

堆积的财货逐渐退去，汴陵露出久违的土地。

云中沉沉响起"啊呜"一声，巨兽打了个响嗝。

东海有兽名为"魔龙"，头如海马，尾如龙，有磅礴巨口，能吞万物。

云开，雨霁，风停。

山一般的魔龙在空中打了几个转，意犹未尽地舔了舔嘴唇，吼了一句什么。只有极少的人听清，它说的是："救爹爹！"

天地间蓦然安静了下来。人间的哀哭渐渐平息，人们纷纷从躲藏处走了出来，仰视着上天。

祥光普照，瑞气千条，从九天之外传来清越的钟声，正是神祇降临人间。天边，忽地飘来两片祥云。财帛星君赵不平和东海水君在云头迎面碰上，尴尬地打了个招呼。

东海水君率先寒暄："赵星君这是为何而来？"

"人间汴陵财货膨胀，有违天道，此乃妖邪作乱所致。本君专司财帛，特来除乱反正。"

"啊哈，那星君你可来得有些晚了啊！"

赵不平抬起眼眸扫对方一眼。

"水君此来为何？"

"东海万年未有魔龙，本君忽得感应，有魔龙在汴陵出世，特来收服。"

"魔龙属海龙族，与水君的飞龙族似乎没什么关系吧？"

东海水君有些尴尬地一笑。

话就这样被聊死了。

"赵星君，现下你管的财帛被魔龙吞了，人间算是平安了。可你我这职责……怎么分啊？"

赵不平冷冷拂袖："自然由本君将魔龙带回，等它吐出财帛，再把魔龙归还于你。"

东海水君一怔："为何不能由本君带回，待魔龙吐出财帛，再将财帛归还于你？"

"如此太过麻烦水君。"

"本水君不嫌麻烦。"

"……"

两人正争执不下，忽有一人凛然出声："既然两位职责有冲突，便该协同商议，共监事效，怎能无视救黎民于水火，耽于无谓的争斗？"

这熟悉的声音！两个老神仙扭头一看，齐齐打了个趔趄，险些栽下云头。谈东樵乘着鸦羽，神情冷怒，飘在他们身旁。

东海水君一把扯过赵不平，咬着耳朵："他怎么在此？"

"他是凡人，怎么瞧得见我们！"

"咯，他是一般的凡人吗？"

谈东樵皱起眉，继续道："两位先去财帛星君处吐出财帛，再去东海放生魔龙，岂不两全？汴陵苍生苦于聚金法阵多年，天界不闻不问，这也合乎天道吗？"

两个老神仙顿时出了一身的汗。

东海水君转过脸，和颜悦色道："这位凡人，说的确实有理。"

赵不平也难得挤出一丝笑容："汴陵此劫，确有因果，不能说是天界不闻不问。不过……天道慈悲，小仙们到此，正是为了收拾这一场残局。

"喀喀，只是来晚了些，无伤大雅，无伤大雅。"

东海水君轻拂衣袖，将吃饱了财货的魔龙重化成一条巴掌大的小龙，收入衣袖。赵不平口中念念有词，细密的金色光雨降临人间，那被财宝砸伤压伤之人、破损的房屋，竟都在接触到光雨时慢慢复原。

如雨打霜叶般满目疮痍的汴陵，仿佛经了一场大梦，又蓦然惊醒。

这一场天神下凡，只有修为高深之人有缘得见。人间百姓只顾检视自己，丝毫不知背后真相。

赵不平的目光掠过不远处的春花，只一顿，便落在她身下神兽孟极身上。

"孽畜，私自下凡，还不速归？"

孟极一见赵不平，便恨不得在地上刨个洞把自己埋起来，然而背上还有个春花，已经来不及了。它缩着脑袋，在空中兜了个圈，把春花轻轻放在地上，这才垂头丧气地飞向赵不平。

春花不明白它为何突然离去，疾唤一声："仙姿！"

孟极欲说什么，赵不平横扫一眼："孽畜，你闯的祸还不够多吗？"他轻拍出一掌，巨大的神兽倏然缩成一只雪白胖猫，老老实实蹲在他脚边。它唯唯诺诺地看了春花一眼，终于狠心，扭过了头。

诸事既定，职责已了，两位神仙向谈东樵客气作揖："这位凡人，如此处置，你可还满意？"

谈东樵却没有回应。

他心里一宽，灵台骤然失守，沉重的阴霾再无阻碍地涌到眼前，身子顿时一轻，从半空的鸦羽上栽了下去。失去意识的最后一瞬，耳边响起的是春花惊慌失措的呼声。


回宝蟠宫的路上，孟极终于按捺不住，问道："星君，天衢圣君和北辰元君一同下凡历劫，命格大乱，都是因为我和春花。将来会不会……"

赵不平瞥它一眼："那两位神君的命格，岂是你们能影响的？"

孟极一愣。

"那两位都是古上天尊的爱徒。天尊闻听两人下凡，亲自起了天演卦，卦意浮现后却叹而不解，只道'都是天意'。

"天之道，损有余而补不足。[1]这场历劫，对他们三人，并非偶然，乃是真正的劫难。各人有何因果缘法，尚不可说。"

## 章十二·松柏后凋

短短一个月，汴陵发生了翻天覆地的变化。

断妄司暂时接管了汴陵的各项事务，朝廷下拨银两，由韩抉坐镇馆驿，负责汴陵的各项重建，知府曲廉戴罪留职，全力辅助。

京中传来旨意，吴王夫妇骄奢淫逸，瞒上弄权，当贬为庶民，合族流放。然今上念其身后无依，将流放之刑改为押往京城圈禁，圣谕"终身不得赦"。

澄心观霍善道尊妖言惑众，为虎作伥，戕害黎民，暂交断妄司关押，秋后问斩。

两年前采办使苏珩身死，现已查明为吴王、霍善道尊所害，当还其清名，昭告天下。

吴王府在汴陵根基颇深，城中的高门大户闻听此事，各怀忐忑，然而等了多日，见并未牵连他人，这才纷纷安下心来。

汴陵大乱的那一日，老太爷梁远昌突发失心疯，亲手打死了嫡孙梁昭，其后梁远昌一病不起，没过几日便撒手人寰，梁家由长子梁兴接手掌家。梁家过往生意与吴王府牵绊最深，受到的打击也最大，梁兴短视武断，没几日便将家业折腾得七零八落，不知如何收场。无奈之下，梁兴只得将家中最赚钱的营造行生意折价变卖，以抵销眼前的债务。

另一头的寻家，生意上受到的打击不若梁家那样大，倒还能平安过渡。然而寻家内斗日盛，大房的寻仁瑞身染重病，不能视事，无奈之下，终于答应了由大小姐寻静宜做主，与各房分家。寻静宜只要了几家寻记香药局，其余，如钱庄、当铺等，竟都拱手让了人。寻家一拆为几，自然再没了往日的风光。

汴陵商界，只剩了长孙家一家独大。

春花领着小章、李俏儿来到商会会馆时，除了梁家，整个汴陵有些名望的商人都到齐了。

众人见她进了门，纷纷起立相迎，将她让到上首。面面相觑了一阵，众人又各自叹气，并不开口。

春花挑起眉："诸位专程请我过来，想必是有紧要话说，何不直言？"

---

1 出自《老子》。

众人沉默了一阵，终是做香药的秦炳坤开了口："春花老板，坊间传言，汴陵财脉被妖怪吞了，可有此事？"

春花笑了笑，迤迤然落座："秦老板何出此言？"

从前她虽担了商会会长的虚名，但会中老头儿们只把她当个干活儿的年轻人。如今却大不一样，寻、梁两家一出事，众人一下没有了主心骨，竟是全等着她来拿主意。小章和李俏儿往她身后左右一站，一个拎算盘，另一个抱着把刀，很有些行首大拿的排场。

秦炳坤与她有嫌隙，但如今没有旁的大树可靠，也就顾不得那么多了。

"那日有怪龙升空吞了许多金银财宝，百姓们都看见了！寻家、梁家、吴王府先后出事，人们都在传言，汴陵的财脉已经断了，今后汴陵的生意，再没从前好做了！"

余人听了这话，纷纷响应："可不是嘛！我们鸳鸯湖边的饭庄，近日少了一半客流！"

"我家的布庄，外地客商的订单减了三成！"

"还有我家，库房的药材没来由受了潮，有一半都不能用了！"

商人们各自抱怨，恐慌的情绪相互叠加，逐渐扩散，声量也渐渐高起来。

春花轻轻叹了口气："你们当真觉得，从前的生意很好做吗？

"刘伯父的饭庄，三年前也曾有过门可罗雀的时候，几乎要将铺子盘出去，您领着大师傅闭门钻研了几个月，终于做出几道独此一家的招牌菜，刘记饭庄的名声一下子就响彻了大江南北。

"赵叔叔家的布庄，年年把学徒们散去皇朝各处搜集新的纹样设计，应季出爆款的时候，布庄上下七天七夜都没人能睡觉。

"至于鲁伯父，您家只有两位司库，人手不足。我提醒了您多少次要加人，您却吝惜那点人工，迟迟不加。如今药材照管不周受了潮，和汴陵财脉又有什么关系！

"各位叔伯，从前咱们说汴陵有财脉，是说给来往客商听的。但咱们自己打理生意，夙兴夜寐，殚精竭虑，可有过一丝懈怠？行商坐贾，唯一不变的，就是'变'。若不能应时而变，难道真靠财脉来永葆富贵吗？"

秦炳坤从鼻子里哼出一声："如今汴陵你一家独大，你家生意最好做，你当然站着说话不腰疼！"

春花默了会儿，半晌，幽幽道："各位叔伯，既然尊春花一声'会长'，可否听我讲个故事？"

众人莫名其妙地互看一眼，都点了点头，请她继续。

春花舒了口气，娓娓而谈："前几日，来了个岭南客商，同我讲了件他家乡人人皆知的故事。

"说是有位当地巨富，新置了处宅院，请了位阴阳先生来看风水。巨富命人赶着马车，领着先生往新宅而去，行到一条岔路边，忽见一孩童疾奔而至，车夫连忙勒马停下。孩童跑过后，巨富却让车夫停在原处，继续等待。阴阳先生不解相询，巨富道：'孩童不会无故在道上奔跑，若有一孩童奔跑，定是后面有别的孩童在追他。'果然没过多久，又有一群孩童打闹嬉笑而至。

"车夫继续驱车上路，来到巨富新置的宅院，院前有一大荔枝树，树上有群鸟飞起喧闹。车夫停车高叱了一声，巨富立时大惊，奔到树下张开双臂。阴阳先生又不解，巨富道：'村中时有孩童到荔枝树上偷荔枝，我经过时只装不知。若是高声叫喊，恐怕孩童们受了惊，从树上跌落下来，岂不危险？'

"阴阳先生听巨富说的这两番话，猛然击掌，说这宅院的风水，他不必看了。"

春花环视一周："众位叔伯可知那阴阳先生为何如此说？"

众人茫然摇头。

春花笑了笑："阴阳先生说，'公在何处，何处便有好风水'。"

众人俱是一怔。

春花站起身来，盈盈向商会众人行了个郑重的礼："诸位叔伯都是各行各业的拓荒之人，但过往的成功妙诀，都脱不开三件事——远见、仁心和躬身入局的决心。

"春花从不信什么财脉的鬼话，只相信，诸位在何处，何处便有好风水。"

春花从会馆出来，登上了自家马车。马车刚刚起步，又停了下来。车帘一掀，挤进来个满头大汗的人，却是陈葛。

"春花老板这嘴皮子越发厉害了，把商会那帮老头儿忽悠得一愣一愣的，恨不得被你卖了还替你数钱。"

春花迎着他的嘲讽，却不生气："怎么能说是忽悠呢？这是信心，市场亟需的信心。"她笑嘻嘻道，"阿葛，咱们如今是一家人了，正该一起发财，你可不能再拆台啊！"

陈葛脸上蓦地一红："谁跟你是一家人？"

"你外甥是我侄儿，你说咱们是不是一家人？"

陈葛狠狠瞪了她一眼，不说话了。

自从得知长孙衡就是苏玠与菡苕的儿子，陈葛恨不得立刻把他接到身边。然而那娃娃已经彻底被长孙家三口人"俘获"，根本同陈葛不亲。无奈之下，他只得答应了长孙春花，还是把娃娃养在长孙府，对外仍说是长孙家的孙儿，至于自己，只有常去探望，以慰这做舅舅的"老怀"。

陈葛闷闷道："我要去看衡儿，且捎我一程。"

春花道："捎你可以，我要的东西呢？"

陈葛翻了个白眼，从怀里掏出个锦囊，扔在春花怀里。

"这东西极难得，我给那老山羊大夫挑了两日草，他才割爱给我的。"他凑近了些，"那谁，还没醒吗？"

春花眉间掠过一丝愁绪，点点头。

陈葛叹了口气："他也真是可怜，好好一个天潢贵胄、如玉公子，被老鼠精咬得半边脸都残了。侥幸活下来，魂魄也归了位，却一直昏迷不醒。我听老山羊大夫说，这种情况，很可能是受了裂魂之术，又遭受了身心双重的打击之后，魂魄与肉体无法复合。"

春花泛起苦笑："故此才需要你这补魂丹啊！"

陈葛感慨："醒过来又如何呢？他也做不回世子了。不仅与父母无法相见，连他自己也要遭受牵连问罪。"

春花瞪了他一眼。幸好车中只有他们两人。

她压低了声音："所有人，包括王爷王妃，都以为他已经死了。若不是要帮他魂魄归位，我连你也不会告诉。你可记住，千万要守好这秘密。"

横竖蔺长思的面容已毁，待他醒来，就再也不是什么吴王世子，而是她春花营造行里一个普通的学徒，祝十。

陈葛勉为其难地点点头，俄而，又试探地问："你和那位断妄司的冰块脸……喀喀，我是说天官大人，关系不是很好吗？怎么不请他行个方便，赦免了世……祝十的罪名？"

春花倏然抬眸看了他一眼，旋即又低下头，仿佛陷入了沉思。

就在陈葛以为她不会回答的时候，春花出声了，话语中听不出悲喜。

"吴王夫妇，确是罪有应得。虽然祝十不知晓他父母的所作所为，但他身为人子，岂能彻底脱罪？若为这事去求谈大人，不过是难为他罢了。"

说得倒是有理。陈葛点了点头。

"何况，这一个月以来，我日日派李奔去馆驿打听消息，得到的回应都是：'谈大人闭关疗伤，不见外客。'"

陈葛一愣，敏锐地捕捉到一丝少见的伤怀。

春花轻轻抿起唇："我都不知道，他是真的重伤未愈，还是……只是不想见我。"

薅光陈葛的狐狸毛，他也不相信有一天会在女奸商脸上看到"幽怨"这两个字。

"当然是不想再见你了。"陈葛冷冷地说。

春花一呆。

陈葛深吸了一口气，冲她耳边大吼："人家是皇帝身边的大官，改名换姓给你当两个月账房先生是为了查案，你还以为真能攀上点交情啊？"

"……"

"还有！你们兄妹俩，能不能别把我当'知心姐姐'，动不动就倾吐心声、分享小秘密啊？我可厌烦透啦！"

## 章十三·久木生花

马车停在长孙府门前。春花一下车，便看见李奔一路奔了过来。

"东家！突然来了许多军士，将馆驿团团围住了！"

春花一愣："可看清了是哪里的军士？"

"不是邻近的地方驻军。个个一身重甲，锃光瓦亮，我猜是从京城调来的。"

春花的心蓦然往下一沉。她把陈葛和其他人留下，自己又回身上车："李奔，你来驾车，去馆驿。"

汴陵馆驿门前，两队重装白刃的军士森森林立，个个面容整肃，一看便训练有素。春花下了车，敛裾便要入内。"唰"的一声，两杆方戟叉在她眼前。春花退了一步，勉强一笑："烦请这位大哥通报一下，长孙春花有要事求见谈大人。"

军士目不斜视："馆驿重地，闲杂人等不得擅入。"

李奔连忙将春花往后一拉。春花轻轻甩脱他，又向前道："大哥，只求您代为通传。若上峰还是不肯放行，我绝不为难。"

军士冷冷看了她一眼，哼了一声，不再说话。春花碰了一鼻子灰，心中泛上几分说不明的焦灼。她左右踱了两步，又赔笑道："这位大哥，容我打听一句。谈东樵谈大人，如今可还安泰？"

军士露出微微的讶异，上下打量了她一番，欲说什么，又极力忍住，偏过头去不理会她。春花咬住下唇，一时不知从何处下手。商人惯会寒暄斡旋，但碰上这般油盐不进的官兵，却是一点办法也没有。但长孙春花又岂是轻易放弃之人？她冷笑了一声，侧身在阶下一站："几位不肯替我通传，我就站在这里等着！偌大的馆驿，就算没有人出去，也总有人要进去！"

军士们倒也不与她为难，只当她不存在一般。

李奔劝道："东家要不先回，还是小的在这儿等吧。"

春花摇了摇头，秀眉深深蹙起，小巧的鼻子执拗地皱起来。平日生意场上遇上了只能凭耐性死磕的劲敌，她就是这般。李奔对这神情再熟悉不过，当下也不再劝。

春花等了一个多时辰，总算出现个熟人。

闻桑领着几个断妄司属员正往里走，被春花一把扯住。

"春花老板！"闻桑又惊又疑。

春花将来意一说，又试探道："从前馆驿只有几个护卫值守，怎么突然守卫得这样森严？"

闻桑面露难色，嗫嚅了片刻："春花老板，我师伯的伤势已好得差不多了，你不必担心。"

"既然伤势已好，为何不能见人？"

"倒也不是不能见人……"

春花一怔："只是不能见我，是吗？"

闻桑大惊，慌忙摆手："我可不是这个意思！"

春花哼了一声："谈大人不便相见，我也不强求。不过……我有事要见韩小公爷，这总可以通传吧？"

闻桑搔了搔头，挣扎了片刻，终于心软："好，你且在此等候，我进去通传一声。"

春花又在外等了约莫一刻钟，闻桑出来了，持了韩抉的贴身令牌，请她进去。

春花到了书房，韩抉从厚厚的案牍后伸出头来，眉目间颇有疲态，竟比初见时清减了几分。

他既不看茶，也不看座，只冷淡地问了句："春花老板找本官何事？"

春花困惑起来。她记得韩抉行事颇为洒脱不羁，从前对她也颇为客气。怎么聚金法阵之事一了，断妄司的人都像被夺了舍一般？难道真如陈葛猜测的那样，他们查清了案情，便自动将官民之间的鸿沟重新划出，以免她起了攀附的妄念，引发不必要的麻烦？她心思起伏，一时没有说话，神情阴晴不定。韩抉犹豫了一下，叹了口气，还是从书案后走出，请她到偏厅用茶。

落了座，韩抉放缓了声音："春花老板，你和老谈之间的事情，我多少也知道一点。"

春花一愣，半晌垂下眸子："我和谈大人……有什么事？"

"嗐，不就那点事嘛，也没什么。老谈这个人吧，出身清贵门第，尤其是他那个祖父，给两朝皇帝当过帝师，脾气古怪得很，最难伺候，京里的闺秀，没有一个肯嫁入谈家，这才让他打光棍到如今……喀喀，我这么说，你明白我的意思吧？"

春花倏然抬眸："韩小公爷，我们汴陵人，做生意靠的是货比三家、诚信为本。虽然讲究个广结善缘，倒也不必上赶着攀附权贵。"

清澈的目光与韩抉一触，愧得他竟有些闪躲。

"喀喀，我也不是这个意思……"

"您公务甚是繁忙，我就开门见山了。今日来，一则，是想详细询问一下谈东樵大人的伤势，毕竟相交一场，若有我长孙家能帮得上的，责无旁贷；二则，也是想问一问汴陵这几件案子的后续。"她顿了顿，"当然，若是涉及公门机密，韩小公爷可以不回答，那春花心里也就有数了。"

她神情冷冷，不知怎的，教韩抉想起了谈东樵那张冰块脸。

这两人，公事公办的模样倒是挺像。

韩抉在心里发愁地叹了好几回气，揉了揉眉心，道："老谈闭关多日，昨日出关，已能活蹦乱跳了。京中有旨意下来，我二人明日便要返京。至于汴陵案件的后续——案情已明，大局已定，待京中三司审定后便可定罪，倒也不会有什么变数。"

春花神情微动："明日……便要返京？"

"不错。"韩抉盯着她，"你也不必左顾右盼。老谈不在馆驿，他说在汴陵还有些未了之事，出门去了，一时半会儿回不来。"

"……"

春花默了片刻，缓缓起身："既如此，春花便不打扰了。"她端方地行了个礼，转身踏出两步，忽地又想起一事，转了回来，"此前从谈大人处得了样法器，曾在危急时刻救过春花性命。如今案子已了，也该将法器物归原主了。既然谈大人不在，就请韩小公爷代为转交。"

她转着左腕上的细木镯子，抿了抿唇，神情一定，就往下撸。这镯子与她共生死过，这些日子以来，却从未再亮起过。撸了半晌，居然撸不下来！春花登时有点尴尬。难道是她近来思虑过度导致饭量激增——长胖了？

韩抉陡然出声："且慢！这是谁给你的？"

春花被他吓得一激灵："你家谈大人给我的，说是你亲手做的护身法器。喀喀……也许是沐浴的时候受了潮，有些缩水了，待我寻块丝帕……"

"我可做不出这等法器！"韩抉缓缓起身，声音发颤，"这镯子，只有老谈能从你手上取下来。"

春花停了手上动作，敏锐的双眼轻轻眯起。

"这镯子，究竟是个什么东西？"

韩抉怔怔地瞪着她的手腕，惊异和了然在他面上沉沉浮浮，终于落为一抹无奈。良久，他重重地叹了口气："老谈这家伙……他既能将这镯子给你，许多事情，也不必再瞒你了。"

春花被他一惊一乍吓得有些发怵，退后两步，防备地道："这不是那种'收了我镯子就得嫁给我'的传家宝吧？"

救命之恩自当涌泉相报，但要诓她终身，没门儿。

韩抉干笑两声："谈家没有那种东西。不过……这比传家宝宝贝多了。"

他抓过茶杯，咕噜咕噜灌下一大口茶，这才平静了心神。

"你手上这镯子，并不是什么法器。它有个学名，叫作'替偶'。只有修习无心道的木系法术之人才能做替偶，故此，又叫它'桃僵'。"他顿了顿，又仔细盯着镯子看了看，"我只在典籍里读到过这东西，没想到这辈子还能亲眼见到。"

这两个名字都不甚吉利。春花的心微微往下一沉："竟是……这么稀奇的法宝？"

"不是法宝稀奇……"韩抉炯炯地望着她，"是能做出桃僵的人稀奇。

"无心一道，并非真的无情无念，只是在修行中，将自身的情心欲念放入灵台中，与世隔绝，不染尘俗，自然就少动情念。老谈修习的是木系法术，他的情念收在灵台，即为心树，外化之虚像，乃是无波大江之中的一棵轩辕柏。"

"在你眼中，这东西不过是个普通的镯子。在我眼中，这是一段柏树枝。"韩抉摇头，"要做成桃僵，须持刀自入灵台，亲手砍下心树的一枝。你或许不明白，这对修道之人是如何艰难痛苦之事。比作普通人，便如生生剜下一片心肝一般疼痛难当。"

春花蓦地呼吸急促起来："这桃僵，有什么用处？"

"桃僵者，顾名思义，以身替也。桃僵与普通的护身法器不同，它内含着一丝主人的灵识。身携桃僵者，如果自己愿意，可以随时和桃僵主人的灵识对话，遭受到的灵力攻击，也会丝毫不差地由桃僵主人代受。唉，难怪那日，他突然从空中栽下来。原来是你在安乐壶中遇袭，壶口结界一开，灵识相通，他便以身代受了。"

春花木然，一时竟不知该作何感想。半晌，她讷讷地问："既然如此……他为何还要这样做？"

韩抉翻了个白眼："我怎么知道那木脑袋里怎么想的？修习无心道之人多半寡情，在他们心中，红颜枯骨、亲眷苍生，并无二致，根本不可能有甘愿以命相护之人。这也是为何，桃僵只在典籍中有记载，人间少见。"

"这些日子，这镯子从未出过声。我日日念叨谈大人的安危，他若能听见，怎不答我一声？"

韩抉道："他这回所受的不仅仅是躯体之伤，更是伤在灵台，比从前任何一次都要重得多，闭关多日，也仅仅是保住了灵台清明。真要痊愈，需要数年的苦修。我已助他封了灵识，短期内，无法再与桃僵相通。"

"韩小公爷，你这是诓我的吧？"春花像是质问韩抉，更像是喃喃自语，"我是个凡人，不懂你们断妄司这些门门道道的，你可别……欺负我没文化。"

韩抉叹了口气，蓦地掌心化出一柄火剑，直直向春花刺去。春花怔住，根本没想着要闪躲。火剑迎面而来，桃僵蓦地一动，青光乍现，一株纤细的小柏倾注而出，宛如夜空中盛放的烟花。树枝温柔低垂，将春花小心翼翼地护在当中。

在触碰到柏树之前，韩抉大袖一挥，收回了火剑。

"如此，你可信了吗？"

春花默然。

柏枝轻轻收拢，收回到她手中的镯子里去。一切轻柔得仿佛从未发生。

她长长地出了口气，背过手去，在厅中缓慢地踱了几步。

自她认识谈东樵以来，觉得他古板、冷漠、僵化、不近人情，也觉得他正直、宽和、敏锐、可靠，但从未像此刻这样，觉得他……有点蠢。人当然可以行善，可以重情，但多半是因为，同时对自己也有点好处。似他这般，费尽心机给她套了个护身罩，实在舍近求远，于人于己皆无益处。

她忆起那日，跟他讨要护身法器的时候。

"谈大人，除了破灵箭，你们断妄司还有什么能暂时护身的小玩意儿吗？"

谈东樵思忖了一瞬："其实，你大可不必以身犯险。"

她不逊地道："你有你要查的案子，我有我执迷的真相。何况你也明白，有些事情，还是我去做，最合适。"

他目光灼灼地望了她片刻，垂首笑了笑："有。"

春花的脚步猝然停住了："这些……你为何一开始不告诉我？"

韩抉端起茶碗，嚥了一口茶："有些事，我瞧老谈的意思，是不愿把你牵扯进来的。不过如今，我也就不瞒你了。外头的羽林军，你看见了？"

春花变色："羽林军？"

"陛下亲卫。"

"他们此来为何？"

"老谈传书回京向陛下请示：聚金法阵看似聚财，实则横生不公，违背天道，戕害黎民，须尽快破阵。陛下回复：汴陵乃天下商都，每年赋税占朝廷岁入的五分之一，聚金法阵不可破。"

"他……抗旨？"

韩抉深深一叹："老谈说，有人跟他说了句话，什么……汴陵的财脉，不在

060

聚金法阵中，在升斗小民的双手中。老谈就猪油蒙了心，把陛下的回函瞒了下来，骗我们已得了陛下允准，非要破这聚金法阵。

"你说这是哪个缺心眼儿的，张口就来！"

春花："……"

"陛下得知此事，雷霆震怒，命一队羽林军亲下汴陵，押送他明日回京受审。哼，老谈若不肯配合，这些人怎么困得住他？不过走个形式罢了。"

春花的手在袖中轻轻握紧："他现下……在何处？"

韩抉一摊手："我是真不知道。他说有些未了之事要处理，一个人出去了。羽林军也都敬重他的为人，没多为难，只要他明日出发之前回来，大家权作不知。"

他无奈地摇摇头："春花老板，你也不必太担心。老谈毕竟是谈老太师唯一的孙子，谈家在朝中的名望，陛下还是要顾一顾的。我估摸着，死罪不至于，只是活罪难免。何况朝里朝外多少烂事，陛下还要倚仗……欸，春花老板，你去哪儿？"

春花一路奔出馆驿。

"去方家巷子。"

李奔得令，缰绳一扬，马车飞驰而去。

春花坐在车中，心跳如擂鼓。她活在世上这些年，睁眼便是账本，闭目是满心谋算，出入都是周旋。她很久很久……没有这样急切地想见一个人了。

聚金法阵既破，方家巷子放出了前所未有的生机。朝廷下旨，由春花营造行承办，以方家巷子口为起点，开了一条新路，直通汴陵南门，今后进城，再也不需要绕行乱葬岗了。

修路所雇用的工人主要是来自方家巷子的居民，闲散的汉子们找到了新的差事，新路成了未来的希望，人们的脸上也有了活力和笑意。

春花跃下马车，工头老郑向她打了个招呼。

春花疾问："可曾见过谈东樵大人？"

老郑挠挠头："就是那位身穿青衣，长得很严肃的大官吗？见过的！他只站了一会儿，问了几句话，便自行走了。"

春花露出焦灼之色，猛一跺脚，转身上车："李奔，去吴王府！"

以她对谈东樵的了解，他离开汴陵之前，除了确认方家巷子是否真的脱离了聚金法阵的影响，便是要确认吴王府中的邪物是否除尽。吴王府经此一役，已成断壁残垣，府中婢女仆役尽数遭散，只有古树婆婆还在半条街外摆着她的豆腐脑儿摊子。有人劝过她，这地段已不如从前好了，她却说"人挪活，树挪死，算了，不挪"。

古树婆婆拎着大勺，向春花招了招手："小春花，吃豆腐脑儿啊？"

春花四处张望一番："婆婆，你见到断妄司的谈大人了吗？"

"哟，你找他啊？"古树婆婆笑嘻嘻的，"见着啦，刚走不久呢。我本想留他吃一碗豆腐脑儿，他说不必了，要回京城去了。"

春花怔住了。

李奔拽住马缰："东家，咱们再去哪儿？"他看不懂春花的意图，但对东家的吩咐，一向是不折不扣地执行。

春花转过身，望一望天边，暮光渐沉，白月初现。

他要回去了，并不想让她知道他为何离去，也不想见她。

她登上马车："不去哪儿了，咱们回府。"

其实见了面，她又能说什么呢？

他和她之间，没有什么误解、别扭、怨恨或离愁。只是两个各自赶路的人，在红尘的偶然中偕行一段，到了路口，无须告别，自然背向而行。


回到长孙府，夜幕已然低垂，皓月悬空，银光铺满了屋脊。

长孙家的其他人都已经用过晚膳了，春花是大忙人，一向居无定所、食无定时，家人也不会特意等她。是了，书房里还有如山的账本等着她看呢。这样紧张忙碌的日子她从来甘之如饴，头一回觉得……有些疲倦。春花一个人，有些恍惚地穿过庭院，掠过拱门，赫然见书房中亮着灯火。

她微微一愣，李俏儿从一旁迎上来，神情激动又夸张，仿佛新学了个不得了的大招："东家，那个谁……"她指了指书房。

春花步子猛然刹住。

李俏儿笑嘻嘻地说完："已经等了你好久啦！"

春花的脊背剧烈一震，脚下加快，疾冲过去，一把推开书房的门。

书案上，一灯橘黄明亮。温暖的光晕之中，一人青袍肃肃，背脊挺直，神情坚毅正直，侧颜的轮廓如刀刻斧凿，凝着令人心折的柔光。听见门响，他骤然回首，目光落在她因急促呼吸而泛红的脸颊上。谈东樵薄唇一弯，仿佛万年的冰川瞬间消融，化作春水从巅峰潺潺流下。

"春花老板，真是个大忙人啊！"

春花张了张嘴，却什么也没说出来。

谈东樵低头拿起一本账本："钱庄的账都积压十几日了，再不处理，又要熬个通宵。我不知你何时回来，等待闲暇，就先核了几本，有些不妥的，都用朱笔圈了，你有空时再看看。"

春花"哦"了一声，木然道："你已经不是我钱庄的账房先生了。"

谈东樵愣了愣，而后恢复笑意："你说得不错，是我唐突了。"

"听说你……明日便要回京了？"

谈东樵点点头，对她的消息灵通倒不意外。

"来此……是有什么未了之事吗？"

他又笑了笑——从前怎么不觉得他这么爱笑。

"此来汴陵，多承蒙春花老板照拂，既要离开，当然应该当面辞行。"

"只是辞行？"

"顺祝春花老板财源广进，元亨利贞。"他认认真真地作了个福气的揖。

"那我也得祝谈大人青云直上、官运亨通了。"

春花带着点讥诮，眸子如黑曜石般晶莹剔透。

两人忽然无言。

春花深吸了一口气，关上房门，顺手轻轻落了闩。

谈东樵盯着她的动作，一时也未多想。

她转过身，理了理因奔波而散乱的鬓发，轻轻抬起左腕。

"依我看，谈大人是来要回这镯子的吧？这好像……是个稀罕的物件。"

她作势要将镯子脱下。

谈东樵一惊，疾前踏一步，伸手按住她的手。

"这镯子有防身之用，你常常在外行走，今后或有大用，不必归还。"见她神情狐疑，他又补充，"男女毕竟有别。我已将镯子灵通之能封印，你不必担心隐私外泄。"

"考虑得还挺周到。"春花低低一笑。眸光从他宽阔的额、浓黑的眉、高挺的鼻梁上缓缓掠过，落在清浅的唇上，她愣怔了。

她向来信奉的是，无情方能识真理。情爱，于慧黠者，常常是束缚。情之一物，她读不懂、看不穿，避如蛇蝎。但无情，又何尝不是束缚？正如此刻的她，从未有过的情不自已，却也从未有过的冷静清醒。

道是无情，却有情。

她轻轻叹了一声："谈大人，你……靠过来些。"

谈东樵依言靠近一步，垂首认真端详她。

唇上立刻被柔软清甜的暖意侵占，一如那日在灯火摇曳的马车上，他一同摇曳的心旌，一经扰动，再难止息，唇舌辗转得更深，符合她一贯肆无忌惮又故作无意的风格。他整个人僵作一根真正的木头，完全不知手脚该如何摆放，而那人已毫无顾忌地攻城略地。微暖的手贴住他冰凉的颈子，在肌肤上勾起亲密的火焰，还蜷缩着想要往更深处探去。谈东樵猛地一震，终是意志力占了上风，握住她的纤腰，将她一把推开。

"你这是做什么？"他胸口剧烈起伏，剑眉深蹙，确实是有些生气了。

"你喝酒了？"他上下打量她，并未闻到酒味，只有素馨的淡香如柔软的钩子，诱着他越陷越深。

谈东樵沉声道："上次的事情，你还没解释清楚！"

"我解释不清楚。"她飞快且无赖地回应。

"……"

他突然想起话本中专门诱惑得道修士的狐媚女妖。断妄司办案，也曾遇到过自荐枕席以求免罪的女妖，他从来只是嗤之以鼻。精致的容颜于他，只是副必然枯萎的皮囊，但眼前女子的魅惑，似乎与美貌无关。她靠近一寸，他的世界便似乎缩小一寸，终于只剩他二人。

谈东樵沉沉地吐出一口气，再次动用强大的意志力拽回自己的清醒神志："我必须回京城，而你……只能留在汴陵。你我所谋不同，我们……"

"绝无可能。我知道。"

"你曾说过，'情之一物，最是无用'。"

"我确实说过。"

"……"

春花仰着脸，眸中漫过摄人心魄的光华："谈大人，你我皆是不懂情爱的惫懒之人，说不清，道不明。但……"

她缓慢而坚定地伸出手，在他胸前轻轻一推。谈东樵不察，竟真被她推得跌坐在软榻之上。紧跟着，她红唇凑到他耳边，吐气如兰："你可愿与我……把握住此刻？"

谈东樵怔住了。他眼尾微微泛红，眸光一时烫如烈火，一时又寒如冰雪。

敛眉语芳草，何许太无情。正见离人别，春心相向生。[1]

江上忽起大波，风雨涤荡。江心孤岛，轩辕柏上，一枚鹅黄的花骨朵幽幽绽放。馨香一点，如星火燎原。满树苍翠之中，无数春花蓦然盛放，翠枝黄星，繁美如锦，嫣然摇落。

他把握住了此刻。


## 章十四·花朝月夕

晨起，谈东樵为春花梳发。

他自然是笨拙的，所幸颇有耐心。春花也不急，对镜瞧着他小心地安放她

---

1　出自唐代万楚的《题情人药栏》。

每一缕发丝，实在看不下去，再提点一句，鸡鸣三遍的时候，终于大功告成，说是个元宝髻，却扁得像颗核桃。春花自己插上一支步摇，他在她背后抱臂望着，两人对镜，相视一笑。

她转过身，眉眼盈盈望着他："此次获罪回京，最坏的结果是什么？"

"夺职、下狱、流放，皆有可能。"他也不讳言，坦然回答。

"可有后悔？"

谈东樵摇摇头："我行我心，我承我果，本该如此。"

春花垂下头，静思不语。

谈东樵盯着她头顶发涡，心中仿佛有一根细丝轻扯了扯，忍不住絮絮道："你性子本来仁善，又聪颖机智、善察人心，只是常有一时孤勇、奋不顾身之举，将自己置身于险地。有些伤害，一旦造成，便无法弥补，今后遇事，还须三思而后行才是。"

春花轻轻地"哦"了一声。

谈东樵俯身托起她左腕，青光柔柔掠过。

"这镯子，我重新下了禁制。你不唤我，我便感知不到镯子的存在。但若有急难，你以手抚之，唤我三声，天涯海角，我必星夜赶来。"

春花笑了："这承诺，大约能维持几年？"

谈东樵正色道："谈东樵一诺，定然是一生一世。若是他日……"他停了一停，又向那镯子上补了一道符咒，"他日你有了心仪的男子，不愿再将这镯子随身携带，可自行取下，送还给我，我便知你意。"

春花倏然看他，又飞快地收回了目光："我晓得了。"

"他日我有了想招赘的男子，定将这镯子原物奉还。"

她转回镜前，垂下眸子，低声道："谈大人，那咱们就此别过吧。"

"……"

这女子，翻脸果然比翻书快。

谈东樵伸手，将将要落在那可笑的元宝髻上，却没有落，终究还是默然收回了手。他转身，大步迈出此生唯一识得的温柔乡，素馨的清香在他心上放了一把要命的钩子，却没有留一段可牵绊的线。

郎心如铁不可摧，妾心如风难捉摸。

出门的时候，忽闻清脆的嗓音在他身后传来，如明珠散落玉盘："谈东樵，以汴陵明年的赋税为约，让你那位皇帝老儿擦亮眼睛等着瞧！有我长孙春花在，汴陵人不用聚金法阵，也能守住这天下商都的繁华！"

谈东樵怔了怔，无须回头，便能想见她踌躇满志的明艳笑颜。

他忽地释然了。

此去一别，或许便是终生。

旬月之后，一个极好的春日，蔺长思从一场大梦中醒来。

他梦见自己化身为一头皮毛洁白的鹿，在山间自由奔逐，以涧水清洗四蹄。它相信天道纯乎自然，日升月落，无为而治，不染尘埃。一朝被雷电劈落泥淖，白鹿受困于自己的命运，挣扎难出。

他揽镜自照，一时惘然。原本如冠玉的俊美容颜，被横七竖八的细密伤疤掩盖，他成了一个全然陌生的人。

蔺长思放下镜子："春花，我梦见了一头白鹿。"

有泪珠从春花眸中涌出，她擦了擦双颊，带泪又笑起来。

"长思哥哥，醒来就好，一切都过去了。"

床榻边围了一圈人，有认识的，也有不认识的。

小丫头李俏儿咋咋呼呼地叫了一声："变成疤脸了，真丑！"

春花抚额，给了她一个栗暴："不会说话就少说。"

蔺长思默了半晌，问："我是谁呢？蔺长思？祝九？"

陈葛翻了个白眼，大刺刺道："你这人真奇怪。天道自有因果，你是谁，不取决你生来是谁，而取决于你想成为谁。"

一半狐狸、一半人的怪胎二五子，还不是这样过来了。

蔺长思苦笑了一声："天道既有因果，我缘何得生，又缘何在此？"

长孙石渠正抱着小娃娃长孙衡逗弄，不防被喷了一脸口水。听了此言，抹了一把脸道："长思兄，天道以万物为刍狗，是非、善恶、起落、悲喜、你我亦是天道的一部分。天道无常，但相逢同路，便是欢喜缘分。"

就好像他，两个儿子，养的这个不是他生的，"亲生"的那个……跑了。

蔺长思木然片刻，再叹了一声："天道既是无常，今后，我又该往何处去？"

春花深深看他一眼，转身捧出一幅图来。长孙家众人七手八脚，协力将画在蔺长思眼前展开，正是那幅命途多舛的来燕楼图。

"你若愿意，今日起，你就是春花营造行的一级师傅，祝十。"春花眉眼弯弯，"来燕楼是祝般大师毕生心血，祝十，你可愿与我一起，重建来燕楼？"

蔺长思一怔。

还未回答，老太爷长孙恕拄着拐杖挤进来，笑呵呵拍拍蔺长思的脑袋。

"屁的天道。别琢磨那些没用的事，你们都是爷爷的好孩子。"

众人："……"

小娃娃长孙衡咯咯地笑起来，咿咿呀呀爬到石渠脑袋上，不紧不慢地撒了泡尿。房舍的屋顶几乎被石渠的惨叫掀翻："来个人啊，救命啊！把这混世小魔王给我拎走啊！"

时光如白驹过隙，一去不能返。汴陵的各行各业，逐渐恢复了正常。

除了汴陵本地栈长闻桑，其余断妄司人等，都已随副天官韩抉返京。为表对汴陵的重视和期待，朝廷特从户部挑了一名经验丰富的郎中，派到汴陵任知府，不日即将到任。

新知府颇有魄力，刚一上任，便召集了汴陵商会及民间有才能者，集思广益，讨论了几条章程出来，颁下政令，支持汴陵商户生产、分股、合股，同时鼓励外地客商进入汴陵坐贾，更鼓励汴陵商人走出汴陵在外地设立分号。一时，汴陵如雨后春笋般冒出许多小商户，勃勃生机，自不待言。

经此一劫，亦是生机，汴陵商界格局大变。

陈葛的四海斋终于放弃抵抗，并入了春花酒楼的旗下，陈葛也彻底认命，成了春花酒楼的大掌柜。

梁家彻底败落，梁家营造行被几家瓜分，有才能的工匠被新东家排挤，纷纷都投了春花营造行。

寻家分家后，其余几房的经营都不咸不淡，勉强支撑，只有大房的香药局风生水起，如有神助。直到一日，寻静宜终于对外公布，原来长孙春花已无声无息地往寻家香药局中投了小股，还增了一部分资金，供寻静宜扩大店铺。自此，春花香药局与寻氏香药局两家同大，但前者依旧主做熏佩之香，后者则继续将凝气调神香与药用香做到极致，两家相辅相成，互有交流，竟隐隐有了合营之势。城中的秦家香药局也换了小姐秦晓月掌家，但比起寻家和长孙家，还是落了下风。

有了长孙春花、寻静宜、秦晓月这几位女老板在先，女子掌家便不算什么新鲜事了，汴陵女子从商蔚然成风。从前男人出门谈生意，每每好饮酒狎妓，如今也不受待见了。而女子挣钱愈多，腰板愈直，城中专供女子用度的铺子也就多了起来。

就连戏园子里，也再看不见负心汉衣锦还乡后调戏寒窑小寡妇的戏码，纷纷换上了痴情小郎君无悔守候女战神的痴缠爱恋。

当然，这都是后话了。

春花再次见到谈东樵，是在又一个除夜。

长孙家的除夜，照例是全羊宴、屠苏酒。今年多了陈葛、祝十，还有李奔、李俏儿都在府中过年，再加上长孙衡已满两岁，早能跌跌撞撞四处乱跑了，这个除夜比往年要热闹得多，一只羊竟有些不够吃了。

宴罢，春花亲手织了流苏，系在屠苏袋上，给每个人都送了一份。这一家人，有的是血肉至亲，有的是因缘际会的朋友，但一家人平安喜乐，明年尚有期待，便是人间理想了。

她心中温柔熨帖，只觉从无如此时般如意快活，然后就想起了书房中，还有两摞账本等着她去查核，于是默默地叹了口气，拎了一小坛屠苏酒，独自往书房而去。

两盏冷酒下肚，打算盘的手指有些僵硬，账本上的字渐渐晃动，春花的神思也飘浮起来。她甩了甩头，起身来到窗前，推开一扇窗。冷风瞬间吹彻眉眼，她心中没来由地一动，抬起左手，露出皓白腕上的一截木镯。

春花以手指轻轻抚触，蓦地唤了一声："谈东樵。"

窗外飞雪如絮，窗内暖如春日。

她自己笑了，似是挑衅地又唤了一声："谈东樵。"

烛火摇了两摇，重归平稳。春花关上了窗，将恣意的寒风关在外头。一室静谧，连根针掉在地上也清晰可闻，便是在这时，身后有人不悦地出声："怎的又喝冷酒、吹冷风？"

春花浑身一震。

她慢吞吞地转过身来，那人便如她记忆中一样，迤迤然立于案前，爽朗清举，青衣如涧。眉宇间是惯常的不开心、惯常的爱管教、惯常的无奈和独一份的温柔。

"你……怎会在此？"她还没叫满三声呢。

对方似笑非笑地抱臂："我怎的不能在此？"

"闻桑说，皇帝老儿将你夺职下狱，不到三个月，蜀地出了件奇案，无人能破，只好又让你官复原职，戴罪立功。"她絮絮地道，"你此刻不是该在蜀地吗？"

对方前踏两步，向她逼近："你对我的事，倒打听得很明白。"

春花脸上一烫，连忙退后，脊背靠在窗上，又听对方续道："我不来，怎知你如此想我？"

春花被这话激得打了个冷战，一抬头撞上他毫无遮掩的滚烫双眸，心头猛地一撞，连忙又低下头，总觉得有些不对。然而她心跳得厉害，平日引以为傲的急智，此刻一点也派不上用场，只觉脑中一坨糨糊。

"那个……"她强行找回一丝理智，将他一把推开，"我还有账本没看完，你若得空，先去帮我算几条。"

对方笑了笑："那有何难？"

他衣袍轻飞，在书案后翩然落座，一手点着翻开的账本中最新一条，另一手利索地往算盘上打，却落了个空，算盘不见了。他的手悬在半空，顿时有些尴尬。春花也看见了。她怔了怔，而后抓起那坛冷酒，狠狠地喝了一口，心头的旖旎幻想被刚饮下的冷酒浇灭。

她垂下眸子："我的算盘呢？"

"这……喀喀……"

春花一把攥起烛台，冷笑起来："我数三下，再不给我变回去，现在就烧了你。"

人影打了个哆嗦，应声消失在空气中。

书案上，一个紫檀包金的算盘当啷转两圈，躺平不动了。

半月之后，京城断妄司，进京述职的闻桑给韩抉捎来了个上了三层锁的匣子，打开一看，正是那把紫檀如意老算盘。

"春花老板说，这算盘太危险，还是交给断妄司保管为好。"

韩抉甚奇："春花老板不是很喜欢这把算盘吗？"

闻桑搔了搔头："她只说了句什么朝夕不朝夕的诗……

"啊，我想起来了！她说的是——"

朝夕不得见，何必见朝夕。

韩抉默了半晌，将那如意算盘收起来，对闻桑叮嘱："这句话你知我知，若是要健康长寿，就莫要在你大师伯面前说了。"

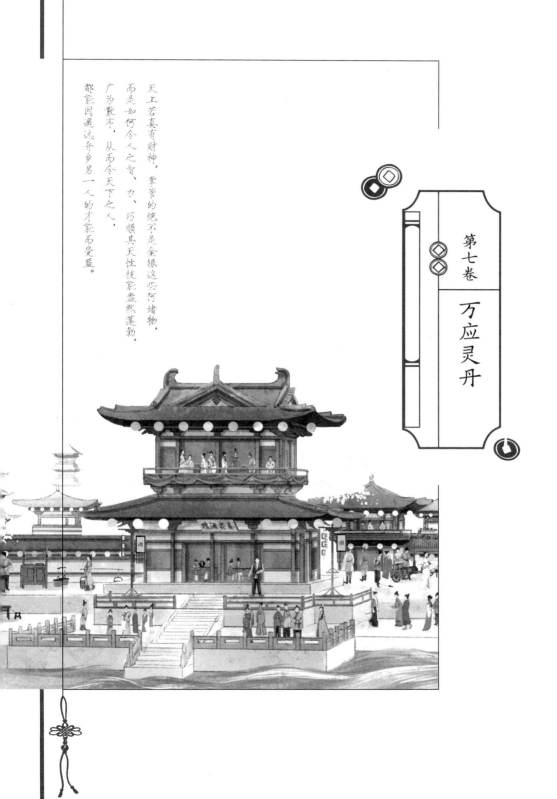

第七卷 万应灵丹

天上若真有财神，掌管的绝不是金银这类阿堵物，而是如何令人之智、力、巧顺其天性技能盎然蓬勃，广为散布，从而令天下之人，都能因遥远异乡另一人的才能而受惠。

## 章一·河梁未逢

岁月一何易，寒暑忽已革。[1]有人力学不倦，有人乐事劝功，有人忧国奉公，有人蜇英腾茂。一晃，便是三年。

民间传言，汴陵七百年财脉已破，皇朝的财气终将分散至疆域各处，不再由汴陵一地独美。三年来，汴陵人纷纷由坐贾改为行商，求新求变，不畏艰难。汴陵商人的脚步踏遍了天南海北，整个皇朝也因汴陵繁华的外溢而焕发出新的生机。

汴陵城"天下商都"之名，不但没有式微，反而更加壮大了。三年前，汴陵一地的赋税占皇朝岁入的五分之一；三年之后，皇朝近一半岁入都来自汴陵。

其中厥功至伟者，便是汴陵商会那位名满天下的女会长。"女财神"之称，从前只是戏言，多少还透着些调侃与不屑，如今却是人人心悦诚服。

别处不提，单是京城，三年间便已开了两家春花钱庄、七家春花药铺、三家春花酒楼、五家春花香药局、一家春花航运坊，还有两家春花营造行。

这时节已是初冬，谈东樵一身风尘，牵马穿过京城西市。正是一天中最繁忙的时候，马车与行人几乎将西市街堵得水泄不通。

隔着人流，他眼尖地望见两个熟人——一个是师侄闻桑，今年刚从汴陵栈升上来做了经历，另一个是入断妄司多年的都尉老樊。两人徒手揪着个壮硕的汉子，立时也看见了他，分开人流走过来。

"师伯……咯咯，天官大人，燕北的案子可还顺利？"闻桑带着点小心，笑呵呵地打招呼。

燕北有河神强迫百姓献祭新娘，谈东樵奉旨前去，查访了三个月，终于抓住了河神，原来是河里的一只大鲵。

谈东樵："还算顺利。"看一眼犯人，面如金纸，垂头丧气，身材壮硕，额

---

1　出自魏晋陆机的《东宫作诗》。

072

头深深几道愁人的抬头纹，他问，"为何不用无定乾坤网？"

闻桑苦笑："用了，被扯破了。"他压低声音，"是个虎大力。"

虎精多聚居辽东，在京城的老五中倒是极少见的。

"他犯了何事？"

"他是个屠户，碰见一个走街串巷卖大力虎骨丹的药贩子，一时物伤其类，就把人给咬了。幸好没全现原形，要是用虎口咬这么一下子，当场人就没命了。"

谈东樵点点头："押回去吧，虽不是大罪，但案卷一定要录实，狱中教化也是极重要的。"

闻桑和老樊互看一眼，知道他回头定要抽这笔卷宗复查。看来，今夜又是个加班审犯人、录卷宗的不眠夜了。老樊欲言又止地看一眼闻桑。闻桑只得硬着头皮开口："天官大人，犯人我押回去审问便成，老樊家里有点事，今日就让他先回去吧。"他俩本来都商量好了，谁知出门忘看皇历，迎面碰见孔屠回京。

谈东樵冷冷地扫视他二人："双人问案录卷，乃是司规。你们是第一天进断妄司吗？"

二人齐齐打了个哆嗦。

老樊耷拉着脑袋："属下知错了，今夜一定按照司规问案录卷。"

闻桑不忍，继续硬着头皮道："师伯，今日有特殊情况。"他凑近低声道，"老樊的媳妇从乡下来探他，只住两天就要回去。您也知道老樊在京城一直买不起宅院，老婆孩子半年才见一回……"

谈东樵怔了怔，半晌没有说话。

就在两人等得近乎绝望的时候，听见这孔屠轻轻叹了口气。

"确是情有可原。这样吧，老樊且回家去，你我二人一同回司中问案。"

"您亲自……"

老樊震惊莫名地瞪着他，良久，一把扯过闻桑："天官这不会是……被夺舍了吧？他从前可不这样！"

闻桑小声道："你没发觉，他这几年有了点人味吗？上回冯都事孩子满月，他居然还给送了满月礼！"

虽然是支普通的毛笔，但毕竟是送了！

"现在司里的年轻同人都不叫他'孔屠'了。"

"那叫什么？"

"孔刀。"

——好像好了那么一丢丢。

谈东樵不打算理会这两人的窃窃私语。他望着拥堵得看不见尽头的街市，不豫地皱起眉："京兆尹是如何疏导人群的？若有踩踏，民众安危岂有保障？"

闻桑默默地替京城其他的官担忧了一会儿，毕竟断妄司天官大人还兼任左都御史，有弹劾百官之权。

老樊消息灵通些，忙道："也是事出突然。今日有一家新的春花药铺开业，听说药铺的女东家亲自到了，还是位倾国倾城的大美人，百姓们自然好奇，这不就把街给堵了嘛……咦！"

沉稳持重的天官大人突然面色一变，把缰绳往闻桑手里一塞，身如梁燕般轻轻跃起。

老樊目瞪口呆："小闻，他怎么说走就走……咦，小闻你这是什么表情？"

闻桑一脸生逢其时的激动难抑，一手牵马，另一手揪着犯人："老樊你先回去吧。可有大热闹看了！瞧着吧，今日还是孔刀，明日怕要改叫'孔糖'了！"

春花药铺门前的空地上，鞭炮声声，舞龙舞狮，热闹非凡。

谈东樵悄无声息地隐在围观人群中。

春花老板言出必践，汴陵上交的赋税年年攀高。陛下不止一次在他面前暗示过，当年破除聚金法阵是正确的选择，只是碍于帝王颜面，不好明说，只好赏了些东西下来以表安抚。偶尔，闻桑也会从汴陵捎回些消息，无非是她的生意手腕多么伶俐多变，为人多么仗义守信云云。他对这些生意经不感兴趣，但她的名字从他人口中提起，他还是无法置若罔闻。

这是她在京城开的第八家药铺了。她在京城的生意版图拓展得极快，都是由手下几个得力的掌事前来奔走的，自己竟是一次都没到过京城。这三年来，放在她左腕上的那丝属于他的灵识也从未被惊醒。

谈东樵修习无心道二十年，遇上个女子，比他更没有心肝。

他屏气凝神地等待，在人群中将自己栽下，如一棵灰突突的树，想着她为何突然决定亲自来一趟京城。她应当不是那类小家子气的女子。不来京城，不会是为他；若是来了京城，也不会是为他。

鞭炮响尽，龙狮退去，药铺的大掌柜出来鞠了个躬，还未开口，底下人群便闹起来了："快请女财神出来！"

大掌柜呵呵一笑："有请东家！"

高髻玉钗的女子着一袭月白广袖襦裙，袅袅而至。她白皙的肌肤吹弹可破，眸若秋水，仪态娴静，宛如翩然飞落的仙子，果然倾国倾城。

众人呆了一瞬。

"这就是长孙春花？真是大美女啊，皇宫里的贵妃娘娘也没她好看吧？"

"我看月宫里的嫦娥也没她好看！"

"这么美的女人，怎不进宫当娘娘，却抛头露面做生意？真是可惜了。"

女子垂眸笑了笑，将这些议论收入耳中，却并不以为忤。

大掌柜举起双手："这位不是春花老板，是寻静宜寻老板！"

"咦，这不是春花药铺吗？"众人愕然。

大掌柜耐心解释："这家春花药铺是长孙家和寻家联营的，长孙家出招牌，寻家才是大东家！"

众人这才明白："原来是汴陵第一美人啊！难怪难怪！"

一片"啧啧"声中，谈东樵缓慢地挤出人群。

闻桑和他走了个对面，朝人群里一看，便恍然大悟。

"原来是寻家小姐，不是春花老板啊！我就说嘛，春花老板哪是什么倾国倾城的大美女！"

谈东樵极缓慢地扫了他一眼。

闻桑猛地打了个冷战。

"那个……其实春花老板长得也挺好看……"


药铺门前，低眉浅笑的寻静宜转过脸，低声问大掌柜："她不是捎了信，说今日便到吗？"

大掌柜回道："昨日就已经到了。春花老板说要去看宅院，今日先不来抢您的风头。"


谈东樵与闻桑审过虎精，录完案卷，已是打罢了三更锣。

踏出断妄司大门，门前有一辆马车在等候。

韩抉从马车里探出脑袋："这位表兄，你大概忘了应承过我娘，今日陪她用晚膳吧？"

谈东樵一愣。

确实，姨母早就写过信，让他回京第一日务必去霖国公府用晚膳。

"现下晚了，要不明日再过府向姨母请罪？"

韩抉叹口气："你想得美。我可是奉母命来'押解'你的，我娘说了，若不能把你带回去，我也不必回去了。"

谈东樵也叹了口气，默默随他上车。

"姨母有大事要吩咐？"

韩抉放下车帘，翻了个白眼："当然是大事。"

天大的喜事。


这世上还能让谈东樵给几分薄面的，也就只有谈老太师和霖国公夫人两位长辈了。

　　霖国公夫人袁氏性情泼辣爽快，未出阁的时候，便是京城贵女各类雅集闲聚的主要操持者。人到中年，更加喜好交游，对做媒的热爱京中更是无人能望其项背，唯二的两次折戟沉沙，一个是自己的儿子，还有一个是自己的外甥。儿子倒还好，只是爱玩，过几年玩够了，自然会安心找一门亲事。外甥却是个大麻烦。

　　谈东樵这孩子，一生下来，就是个不招人喜欢的德行，莫说姑娘们见了他的冷脸绕着走，就是只母猫也不敢靠近三尺。就连袁氏自己，在谈东樵面前也总是提着心，生怕哪句话说错了有失长辈威严，又怕说重了他毫无反应，自己反而尴尬。这孩子孝心淡薄，所幸孝道持得很严，对她向来也是尽量尊敬顺从。作为谈东樵唯一的女性长辈，袁氏深觉路漫漫其修远。若真能给他说个媳妇，姑娘每日在他眼前讨生活，恐怕也是战战兢兢的。

　　酒菜热了三回，韩抉终于"押"着谈东樵到了。他心知城门失火容易殃及池鱼，推说犯困，把谈东樵丢下就跑回去睡觉了。

　　袁氏摆足了架势，暗暗起了好几回范，终于找到一个合适的时机，四平八稳又漫不经心地开口了。

　　"东樵啊，你今年，也有二十八了吧？"

## 章二·鸣鹤之应

　　谈东樵镇静地抿了口刚热好的酒。

　　他当然知道，姨母关心的并不是他的年龄。

　　果然，不等他答，袁氏便哀伤地叹了口气："京城里，像你这般年纪的贵胄子弟，孩子都生五六个了，你却连个正妻也没有。唉，细想想，我都不知如何面对地下的姐姐。"

　　她捏起手绢，嘤嘤地揩了揩眼角。

　　谈东樵斟酌了片刻，认真道："姨母身体康健，精力充沛，衣食无忧，应当还要很多年才能去地下见我母亲，不必太过担心。"

　　袁氏："……"

　　她是个没什么耐性的人，立刻将脸往下一沉："东樵，你给姨母句准话，这辈子，还打算成亲吗？"

　　谈东樵摇摇头："外甥心中只有修道与查案两件事，无意成亲。"

　　"你们谈家三代单传，就此无后，你也无所谓？"

"祖父说了，谈家人固守清名，问心无愧即可。不必强行留下后嗣，误无辜女子青春。"

袁氏一愣。

谈家人是出了名的感情淡薄。谈东樵的父母成亲亦是因媒妁之言，婚后感情疏远，只生下谈东樵一个儿子，完成了"任务"，便再无相互亲近之意。谈东樵还不满五岁，父亲就以身殉职，母亲不久也因病去世，只剩个沉闷严苛的老祖父。难怪他从小就暮气沉沉，兼不会说话。

他难得如此坦诚，倒教袁氏不知从何处劝起。她沉吟片刻："你如此坚决不婚……长这么大，难道没碰上一个让你心悦的姑娘？"

谈东樵愣了一下。

袁氏敏锐地捕捉到他一瞬的犹豫，又惊又喜，如获至宝。

"哎呀，竟然真有个姑娘？"

谈东樵无奈地摇头笑笑："姨母以为，何为心悦？"

说到这个，袁氏可就激动了："心悦呀，就是捧在手心怕化了，眼睛看着怕散了，想让她只为你一个人所有，别的男人都离得远远的。如此，便只好把人娶回家，小心安放，妥善'收藏'。"

谈东樵微微讶异，认真思考了一瞬："如果这便是心悦，东樵确实从未遇到过心悦的姑娘。"

虽有一人萦绕心头，却从未想过要将她禁锢深阁、小心安放。

袁氏瞪着这木头外甥，失望得直捶心肝。

"罢了。京城中都是北地女子，性情端方，不合你意，也许南方佳丽小意温柔，能令你动心呢。前几日，姨母的一位手帕之交介绍了个姑娘，刚从南方到京城，家世清白，人品俊秀，性情还十分活泼可爱。东樵，你可愿去见一见？"

谈东樵叹了一声："姨母明知我无心婚嫁，又何必强求？"

"缘分的事情，谁能说得准？也许见了以后，你就改了想法呢？那姑娘，真的十分乖巧聪慧，难得一见。姨母担心你错过了这村儿，就再没有这店了啊！"

"那若见了无意，当面拒绝，岂不令彼此尴尬？"

"嘻，即便是不中意，你也不要当面捅破啊，只管好生夸赞着对方，回来再说。"

"如此矫饰，岂不虚伪？"

袁氏被他一堵，气得胸口生疼，当场滴下两滴眼泪来，怨怨哀哀道："你就不能圆姨母这一点心愿吗？只当是尽一点孝心！东樵，你这次应下，今后你的婚事姨母再不过问一句，你要孤寡一生也好，妻妾成群也好，姨母都不管了！"

这一段话说得颇重，谈东樵也有些错愕。他望见袁氏润湿的双眸，倏然生出似曾相识之感。也曾有一次，他武断地指责一个女子虚伪，对方被他气得落下泪来，然后又威胁他保密，不许泄露她曾哭过的事实。

他这位姨母是惯会用眼泪当作武器的，平日只要哭个两声，韩家父子俩便任由她拿捏。那个姑娘，却是个生怕别人看见自己落泪的人。

不知怎的，谈东樵心中有一处柔软的地方动了一下。他知道，袁氏所做的一切，都是出自一片拳拳关爱之心。若姨母真能不再干预他的婚事，也不失为一件好事。

就在袁氏的眼泪快要难以为继的时候，谈东樵平静地出声了："姨母莫哭。东樵从命便是。"

袁氏以为自己听错了。这么多年，她给谈东樵张罗了多少次相看，声泪俱下，好话说尽，他可从没屈服过。啊呀呀，莫非这姑娘真是天定的缘分？

袁氏精神为之一振，破涕为笑："我的好外甥，终于开窍了！我就说嘛，亲姨母为你打算，难道还会害你？"

韩彻和韩抉那两父子，不相信她能说动谈东樵去相亲，把她当个笑话看。哼，他们俩才是笑话！

谈东樵默默地扒了两口饭，只觉这顿鸿门宴吃得头疼。吃饱喝足，他向袁氏躬身行了个礼，便要告辞。袁氏叫住他，命婢女取出一个雕刻精美的鸡翅木盒子："我这里有一盒万应丹，你拿回去吃吧。"

谈东樵接过木盒，果见盖上篆刻着"万应"二字，打开盒盖，里头以木格罗列，布帛铺底，整齐摆放着十颗赭红的药丸。

此前韩抉写信的时候提过一句，说袁氏迷上了一门养生药丸生意，雄心勃勃地抢购了一百盒囤在家中。看来就是这万应丹了。

"姨母这药……"他隐隐有些牙疼，"出自什么药堂？"

袁氏一副他孤陋寡闻的样子："你一走数月，连京城新开了个万应堂都不知道！他们出的万应丹，价钱虽贵些，但可调理百病！虽不能代替大夫看诊，但长期服用，能延年益寿、强身健体。特别是你们这些做官的人，公务繁忙，压力又大，湿气寒毒定没少淤积，每日一颗万应丹，包你湿毒排清，神清气爽！"

"既是药丸，可有官府批文？"

"什么官府批文我不懂，但太医院刘太医夫人都说好的东西，不会有错的呀！礼部陈大人的夫人、工部徐郎中夫人都在吃，不仅自己吃，还卖给亲朋好友，赚了很多钱呢。我们妇人家，有银子进账，在家里腰板都直了不少！"

袁氏气势如虹地拍拍谈东樵手背："说起来，你过几日要见的那位姑娘，就是万应堂的陈嬷嬷介绍的呢！见面的地方是个私密的会馆，若是不成，对你和姑娘家的名声也没什么影响。"

谈东樵不愿再继续这个话题，便不多言，抱了万应丹的盒子，告退而去。

次日，谈东樵将那盒万应丹交给闻桑，叮嘱他找个大夫验看一下，再查一查万应堂的来路。

闻桑不解："师伯，咱们断妄司如今也管卖药了？"

谈东樵瞪他一眼："我疑心这万应丹有些古怪。若与老五无关，你查得什么，移交京兆尹便成；若与老五有关，再由咱们继续探查。"

闻桑依命去了，不久回报，说那万应丹中，就是一些红枣、茯苓、薏仁、赤小豆、阿胶之类养生的补品，一般人吃了并无损害，也确有些利湿补气之效，除了包装精美，卖得比寻常药丸贵一些，倒也没什么可疑之处。

倒是韩抉，因为自家母亲的大手笔，每日在衙门公房里把万应丹当小零食吃，日嚼一颗，吃得满屋都是枣香。

又过了几日，终于到了约好相亲的日子。

断妄司今日公务不多，谈东樵竟能准时下值。原想以公务繁忙之名，把这场相看推掉，奈何他是个实诚人，做不出睁眼说瞎话的事情。谈东樵出门的时候，韩抉笑嘻嘻道："听我娘说，你今日相看的这姑娘，家世、性情、相貌、品行没有一样不好，就是有些神秘兮兮的，连我娘都不知道她姓名、来历。我猜，说不定是哪位江南名门的贵女，年纪大了不好出阁，才私下到处相亲。你可别嫌弃人家，又摆出一张冰块脸。"

谈东樵无奈地扶额："我走这一趟，只是为了顺姨母的意。"

韩抉"喊"了一声："话别说得太早。若真是碰上个好姑娘，你还是努努力——"他凑近，勇气可嘉地拍拍谈东樵肩膀，"把春花老板忘了吧。"

谈东樵一怔，还未反应过来，韩抉便放肆地留下一串长笑，一溜烟跑了。

西市再向北，过三坊，来到一座高门轩檐的会馆。馆外车马稀疏，馆内曲径小溪，层层竹林，错落着许多雅致的小厢房。会馆预先将厢房编了号码，客人依号码入厢房相见，即便中途路上遇到熟人，也不会泄露要见面的是谁，确是个适合隐秘会面的地方。

谈东樵将袁氏预先给他的号牌交给门口的小童，小童一言不发，引着他向内走去。穿过两片竹林，走到最内的一条小径上，两侧的雏梅盈盈盛放，红粉相映，暗香袭人，不知怎的，谈东樵又想起汴陵长孙府书房外的那一簇梅花。

便在此时，仿佛与梅香呼应，他听见了一串熟悉的银铃般的嗓音。

"小哥哥，你就让我折一枝嘛！我有银子！"

抬目望去，小径尽头的厢房门口，一个扎两条麻花辫的少女扯着梅枝笑得极甜。三年过去，立志成为长孙家第一镖师的李俏儿也出落成大姑娘了。李俏儿噘着嘴，一手拉着梅枝，另一手推开厢房门，向内嚷道："东家，你帮我说说看嘛，梅花这样好看，正好折一枝回去送给十哥。"

## 章三·风天错到

厢房中一根檀香静燃，春花往面前和对面的杯中注入碧色茶汤，眼皮也不抬，笑骂一声："哪有你这样见猎心喜的人？快回来，别把咱们要见的贵客吓跑了。"

门外突然安静了下来。春花唤了一声："俏儿？"

却没有回音。她有些讶异，起身去看："俏……"

唤声蓦地收住，本只开了一道缝的厢房门豁然洞开，青衣肃然的身影便毫无预兆地出现在她眼前。园中几只寒鸦扑棱飞起，空气仿佛在一瞬间凝结了。李俏儿从谈东樵身后冒出个头，大惊小怪地打破了凝滞："东家，咱们要见的贵客居然是严先生欸！可真是太巧了！"

谈东樵默了片刻，淡漠地启唇："原来，你就是那位……

"江南贵女？"

春花想过，来京城后，会在各种不同的场合遇上谈东樵。如何友善而不失矜持地寒暄，她都想好了，却从来没想过是在这样的场景下。她实在一点心理准备都没有，结结实实怔在了当下。

两人分别之时，说好了今后男婚女嫁各不相干。他甚至还说，遇上心仪男子，便可将桃僵脱下送还。这三年来，她从未惊扰或纠缠过他，可谓十分重诺守信了，说出去谁不夸一声"商界楷模"？为何再遇之时，她却有一瞬间的心虚？

她定了定神，迅速收起了最初的惊慌无措，换上惯有的轻松笑意，自问颇有气度地行了一礼："谈大人，原来您就是陈嬷嬷说的那位……书香世家的相公。"

谈东樵的神情因她的笑意更加隐晦，如安乐壶中的洞窟般莫测。如雕像般凝固了半晌，他反手将叽叽喳喳的李俏儿关在门外，大步迈向茶案坐下，执起面前的茶杯，却并不往口边送。她今日略施薄妆，眉目如画，风裳绣帛，钗环玲珑，高髻上插着三支红玛瑙牡丹细钗，伏案多年的脆弱脖颈看起来有些僵硬。他记得，她只有在面见重要的客人时，才会打扮得如此富贵，蓦地想起韩抉的话语——"说不定是哪位江南名门的贵女，年纪大了不好出阁，才私下到处相亲。"

谈东樵的心又往下沉了几分，她仍在四处寻找如严衍般合适的可入赘男子，但谈东樵，从来不在她的考虑之中。

这女子，仍和记忆中一样，颜如舜华，笑若含桃，优游容与。大约三年来，并没有什么难解的心思困缚过她，譬如割舍、回忆、想念。

两人对坐良久，各怀心思，竟是无言。

春花是个最见不得场面尴尬的，率先咳了一声："其实，我也是五日前刚到京城。"

"哦？"

"俗务缠身，还未来得及过府拜望……并不是有意避开你。"

谈东樵淡淡一哼。

五日前，那便是在他从燕北回京的前一日，她就已经到京城了。

六十个时辰，却分不出时间捎个口信。

春花察言观色，早瞧出他不快，心中却自有猜测。她垂下头，干笑一声："陈嬷嬷做事隐秘，却考虑得不周。早知背后是你，我定不会有此非分之念。"

"何为非分之念？"

春花有些不好意思："长孙家是商户人家，这事传出去，于你家名声不利，你家里长辈也未必会答应。"

谈东樵不豫地眯起双眼："那你以为，来的会是什么人？"

她坦然一笑："我本以为是个世代读书、内里虚空的大家族里的小相公，穷得揭不开锅了，又要在读书人面前撑一撑场面……"

谈东樵："……"

她如今的标准都这么低了吗？甘愿用自己的终身替旁人撑场面？

"为何我就不行？"

春花一愣，半晌搓搓手："你家如此清贵，也不至于这样缺钱吧？"

偷觑一眼他森然的面色，她补道："你放心，今日你我相见这事，我不会对任何人说起。"

语气温和，条分缕析，呵，听起来真是真挚而善良。她俨然像一个腰缠万贯的富婆，只想找个折堕卖身、贪求富贵，且能传宗接代的俊秀斯文小相公。

隐在袖中的手蓦地紧握成拳，天官大人一生铁面无私，手刃恶妖、恶人无数，从未生过这样大的气，灵台中的轩辕柏枝叶上啪啪爆了两个火星，心火见风便起，噌噌往上冒。

仿佛嫌他心火不够旺，那女子又贴心地添了把柴："我是个生意人，明知对手会反悔，这样的生意我是不做的。"

谈东樵霍然起立："谁说我会反悔？"

春花愕然。

谈东樵冷笑了一声，以手撑案，缓慢而笃定地靠近她。

两人离得极近，呼吸一沾便缠。

她颈上一颗嫣红小痣攫住了他的目光。刹那间，唇舌曾在其上辗转的记忆如滚烫的岩浆，洪流般呼啸涌来。

谈东樵盯着那小痣，一字一句地道："你这'生意'，我做了。"


厢房外，李俏儿气鼓鼓地守着。虽极想凑近门缝去听里头的动静，却又觉得不大好意思，口中嘟囔了几句，终是退开几步。正后退时，背脊撞上了个人。

李俏儿一回头，便看见一个俊秀斯文的清贵小相公。

小相公拿个号码牌，小声问："这里是二百五十八号吗？"

李俏儿一脸茫然。

"你干什么？"她双手叉腰，瞪他。

小相公有些不经吓，怯怯地退了一步："那个，我是来……"

后半句如同蚊蚋声，李俏儿听不清，大声问："你说什么？"

小相公咬咬牙，似乎鼓起了毕生的勇气："我是来变卖祖宅的！"

这话出口，他面上顿时布满羞愧的红晕："陈嬷嬷说……有位江南富商要在京中置宅，看上了我家的老宅，出价很高……是在这里吗？"

李俏儿想了想，指指厢房内："我家东家确实是来买宅院的，不过……刚才已经有人进去啦，你肯定是走错啦！"

小相公顿时惨然不知所措，看看自己手中的号牌，再看看厢房，团团转了一会儿，愤然道："我去找陈嬷嬷，这是怎么回事？"

走出去好远，李俏儿还听到他口中的碎碎念："唉，变卖祖宅！这样有辱斯文的事，若被太学的同窗知道了，索性便去投河！"

这人，可真奇怪啊……

李俏儿百无聊赖，又回头去看厢房门。

里头那两人，究竟在聊什么呢？要聊到什么时候啊？


厢房内。

春花浑然不知，她光明磊落的置宅大计在谈东樵看来，完全是另一个模样。谈家的祖宅……他敢卖，她是真的不敢住。春花无奈地叹了一声。她到京城五日，能看的宅子都看了个遍，最心仪的就是这座了。虽然不大，但朝向、地势、水土都甚好，尤其是朝南的一院，冬暖夏凉，稍加改造，便可供祖父养老了，怎么就偏偏撞上这冤家呢？

看起来，谈家是真的很缺钱呢。

也是，这冤家，官做得不小，俸禄却也不多，三年前又被罚了两年俸禄。以他的风格，也不是能倚仗职务捞到外快的。便是个谪仙家族，也得张口吃饭啊！

春花沉思良久，叹气："你要同我做这生意，就做吧。"

谈东樵没料到她答应得如此爽快，登时一滞。

而春花已好整以暇地端出了奸商嘴脸："谈大人，先出个价？"

"……"

谈东樵木然："这事，还要我出个价？"

"你不出价，我怎么还价呢？"

"……"

天官大人熟读各类典籍，学识盲区不多，不巧这婚姻之事便是其中一个。他单知道寻常人家娶妻，请个媒人，三书六聘上门便可，却不知入赘是怎么个流程？

谈东樵面上沉默着，在脑中迅速将谈家的家底盘点了一遍。家中人手单薄，只有祖父与他两人，再加上两名老仆。资财亦是简单，城外有几亩薄田，但也只是勉强经营，若将田产和目前居住的府邸变卖，能凑出个一万多两，但田产和府邸都是先帝所赐，依礼是不能卖的，更不能因为自己的婚事令祖父养老生忧。谈东樵艰难地吐出一句："两千两百两白银。"若有不足，还可再从姨母处稍借少许，今后再以俸禄抵还。

他前半生从未为柴米发愁，此刻忽然发觉，自己这点家底，在春花眼中，几乎可以忽略不计。但钱财不在多，他总须尽力才显诚意。他这点艰难诚意，听在春花耳中，却是另一番味道。那么好的宅子，他卖两千两百两白银！她来之前，可是准备了五千两的！春花震惊地瞪着他：谈家真穷到这地步了吗？

春花不免替他忧虑起来。

"咳咳，谈大人，我想了想，这生意咱们还是不做了，我自找别家去。你……若是手头不宽裕，我借你些银两？"

谈东樵遽然定住："你说什么？"

春花以为他顾虑的是清正廉明一类，忙解释："你若是怕有损清名，我以钱庄名义借你，你照市价付利息。老朋友嘛，利钱给你打个七折。"

谈东樵难以置信地望着她，双目几乎要喷出火来。

这世界上，怎会有如此没有心肝的人？

他长腿一迈，轻松跨过茶案，怒不可遏地逼近。春花吓得从茶案后蹦起来，但她的动作对于他而言慢如蜗牛，果然就被一把摁在墙角。

"呃……"她惊得面无人色。

这人，真是那个沉稳刚毅、淡漠孤高的断妄司天官大人吗？

一文钱难倒英雄汉，难成这样？

"呃呃呃呃呃你冷静些，钱的事都好商量……"

谈东樵鼻尖几乎与她的相触，双眸晦若深潭，毫无阻隔地跨越三年的红尘牵绊，望进她清亮的眼眸中。一瞬间，仿佛回到了三年前那个夜晚，那个两人都刻意不去回想，却日日都在回想的夜晚。

"谈家清贫，确实只拿得出这么多钱。"他在她唇边喑哑低语。

"除了钱，我还能做些什么？"

"欸？"

"要怎么做，你才不会去找别人？"

春花脑子乱糟糟的，如一盘打翻的豆腐脑儿，下意识觉得哪里不对，却一时抓不住要点，突然醒悟过来，他这个"找别人"跟她所说的"找别人"，好像不是一回事……

她正待张口询问，厢房门被猛地推开——

一个花枝招展的富态嬷嬷目瞪口呆地望着房中的两人，半晌，从身后推出个俊秀斯文的小相公。

"领路的看错了号码，把那位相公领错房啦。春花老板，这位才是你要买的那宅子的屋主。"

春花："……"

"噫，那位相公，不是去五百二十八号相亲的吗？"

谈东樵："……"

"啊呀，你们二位也是，一个置宅，一个相亲，聊了这么久，都没觉得不对吗？"

"……"

长久的沉寂后，蓦地响起一声悲惨的高呼。俊秀斯文的小相公颤巍巍伸出一根手指："你不是……谈老师的孙子谈御史吗？"

小相公抱头惨叫着奔了出去："谈御史知道了，谈老师也就知道了，太学的同窗们自然也都知道了！啊啊啊我还是去投河罢了！"


章四 · 良人高阙


好说歹说，终于熨帖了小相公那薄得一泡就皱的脸皮，以五千五百两的价格买下了人家的祖宅。

春花步出会馆时，夜幕低垂，星空如洗。初冬的冷风蹿入衣领，李俏儿立刻递上个貂皮手筒，一转身，便看见那人抱着个木盒，立在墙根，显是等候多时了。她并不预备理睬他，转身向自家马车走去。

谈东樵反应极快，三两步便挡在她与马车之间。

"我送你回住处。"

春花将双手往貂皮手筒里一揣，索性退了一步，却不说话，斜目看着他。

他轻咳了一声："京城不比汴陵，龙蛇混杂。"

李俏儿响亮地"嘁"了一声。

春花淡淡撂下一句："谈大人有心。"

而后收回目光，绕过他，自己先上了车。

谈东樵站在车外，犹疑了一阵，终是跟了上去。

车内温暖如春，有暖香、软靠、烛火、小几、账本、皮毛毡子，是她一贯的舒适风格。

春花一上车，便不再顾及形象，将手筒一扔，轻裘一褪，皓腕大剌剌一举，手指往脑袋上一抠，先把几支沉重的钿钗抠下来，再将几根步摇扒拉下来，当啷扔在小几上。她从小几下拎出个小酒壶，就着壶嘴灌了口温酒，惬意地"呵"了声，随后，眼皮也不抬，放下酒壶，捏起一本账本，往软靠上一靠，竟是自顾自地看了起来。

这一套动作一气呵成，谈东樵盯着她看了半晌，瞧出她并没有要发作的意思，却也丝毫不打算搭理自己。

他深吸了一口气，甫一张口，车帘一掀，李俏儿钻了进来。

"外头冷，我可不坐外面。"

谈东樵只得将满腹的话又吞了回去。

马车行至半途，春花终于从账本上抬眸，不着痕迹地瞥了眼对面的人，但见他剑眉深锁、苦大仇深的样子，沉默得像一座不老的高山，不由得在心里深深叹了口气。她本是最见不得冷场的人，再尴尬的情形，也能寥寥数语轻松化解。但这会儿，她并不想好心地化解他的尴尬。

李俏儿好奇地盯着车中另外两人看了又看，终于忍不住对谈东樵道："这木盒，初时未见你拿，是相亲的小姐送你的定情信物吧？"

谈东樵身躯一震，如梦方醒，想了想，认真道："这是一盒万应丹。她……非要卖给我。"

他已不记得那"江南贵女"长得什么样子，进门打过招呼，尽了礼数，便起身告辞。那女子却拦着他，拿出几盒万应丹，口若悬河地吹捧起来。他怕春花先走了一步，不愿多耽搁，只好买了一盒。

春花目光仍落在账本上，头也不抬，唇边却扯出一抹讥讽："谈大人真是，和谁都能做点生意呢。"

谈东樵默默地将木盒从膝上挪下来，放在皮毛毡子上。枉他有"夜审阴、日断阳"之名，却断不了自己此刻一脑门的官司。他在脑海里将经史子集、律法疏议、道门典籍从头到尾过了一遍，竟没有一个字能用在此刻，倒是依稀记起了十多年前在太学念书的时候，韩抉两句话便将一个洒扫的小宫女逗得娇笑连连。那时他甚为不齿，如今却庆幸，总算还有句话派得上用场。天官大人清了清嗓子，郑重道："你可知，我的心脏与旁人生得不同？"

他这一句没头没脑，春花和李俏儿都愣了一下。

李俏儿道："有什么不一样？"

"别人的心在左边，我的在右边。"

谈东樵把这话说完，便静待她二人发笑。等了许久，春花姿势不变，依旧专注地看着账本，李俏儿则满脸迷惑："真的吗？"

他不由得微微沮丧。虽然他也不觉得有什么好笑，但韩抉确实是这样说的。难道是经年累月，他记错了？正在他放弃希望的时候，春花却兀自扑哧笑出声来。这下，换了谈东樵与李俏儿一头雾水。

春花侧瞄他一眼，问："你学这俏皮话的时候，是不是有一男一女，男的挨着女的左肩膀坐着？"

谈东樵回忆了一下，确是如此。

春花的双眸亮闪闪地弯了起来："但你此刻坐在我右边，所以这话学得不对。"

谈东樵皱眉不解："为何不对？"

"这话的意思，原本是让你说——旁人的心都在左边，而你的心，在我……"她原本唇带笑意，说到此处，蓦地住了嘴，双颊顿时漫上一层淡淡的红晕。

谈东樵被她的笑靥牵住了眼神，目光灼灼望着她："我的心，在何处？"

她轻咬下唇，笑意瞬间便消失不见了，取而代之的是一丝极淡的羞愤。半响，春花板着脸，轻轻将账本掀过一页："我记得谈大人修的是无心道，左边、右边，怕是都没有心。"

未几，马车戛然而停。原来春花在京中的临时住处离得这样近。

春花拢了拢衣衫，淡淡道了声："多谢谈大人相送。"

径自下车，刚走出几步，左腕忽遭一牵。她慢吞吞地回头，牵住她的人谨慎而郑重地凝望着她："我错了，你……莫要生气。"

他活了二十八年，从未觉得自己蠢笨……却原来，前二十八年的蠢笨，都巨细无遗地攒到了今天。

他自问所作所为不违法度、不失道义，且尽出自一片善意，但在情这一物上，却似乎犯下了滔天的罪过，握有生杀予夺大权的，世间只她一人。

天官大人仿佛失足跌入了一个未知的领域，从前二十八年的人生准则，已全然不再奏效。

春花默然片刻，平心静气地道："好，我不生气。"

谈东樵没料到她如此好商量，心中一宽，但立刻察觉，事情并非他想象的那般简单。果然，她近乎温柔耐心地偏头看他："但你错在何处？"

他怔了怔。这也是他自会馆中出来后，一直思考的问题，以他的缜密，思考了一路竟仍是无解。

是错在，未辨明情形便对她动怒？

是错在，武断地以为她会随意托付终身？

是错在，三年前那一场放纵，结下了难以割舍又无处安放的因缘？

是错在，说好了一别两宽，他却念念不忘，忍不住纠缠？

抑或错在，他一个本不该有心的人，却在阴差阳错中生出了温柔心？

她的手被小心地包裹在他的掌心里，桃僵落在他手背上，肌肤相触，花容在前，却似乎依然隔着云端。

谈东樵不会说俏皮话，更不会哄人开心。若非要哄，那他只能以拙示人、以诚相待。

"所谓相亲，是姨母之命。我本无意婚盟，今日所见的不论是谁……"他顿了顿，坦诚的目光落在她脸上，"除了你，我此生绝无可能与任何女子成婚。"

春花沉默了，却并没有丝毫开心的神色。

良久，她垂眸，意义不明地笑了笑。

"我早知谈大人无意婚盟，又何必因我而例外？

"三年前，是我招惹了你，你不必因此觉得对我负有责任。"

她将手从他手中轻轻扯出。

"或许三年前的事，对于你而言是个亟待修补的污点。但……我无意补救，亦不后悔。"

冰黑的夜空中，忽然飘落尘埃般的"白盐"，京城的初雪不期而至。

春花盈盈一礼，转身拾阶入门，留下那人独立夜中，细雪落满肩头。

住处是来京城前托了陈葛先赁下的，除了春花，还有石渠、衡儿均已入京，春花想着，待购置了宅院，一切安顿妥当，明年开春再将祖父长孙恕接过来。

进了宅院，前庭中，有一人执伞等候。

春花先是一愣，而后露出喜色："十哥什么时候到的？"

"午后先去京城的几个工事看了一圈，也是刚到。"

祝十布满疤痕的脸上温和一笑，将伞挪到她头上。

"衡儿玩疯了不肯睡，石渠兄正在哄。我见下了雪，便出来迎一迎你。"

"多谢十哥。"两人共撑一伞，往内院走去。

"宅子已买下了，价钱比我之前预想的高了一些，但总归还是桩好买卖。"春花说起这事，颇有些沾沾自喜。

祝十道："你看上的宅子当然是好的。"

他停了下，终于还是忍不住，问："见着他了？"

春花一愣，旋即明白过来，他定是在门内看到了自己与谈东樵分别的一幕。

"嗯。只是碰巧遇见。"

"他知道……你来京城是为了他吗？"

春花步子一顿。

她慢慢地转过脸来，展颜一笑："倒也不全是为了他。"

"这几年，长孙家的生意版图已遍布皇朝，比起汴陵，京城确是个更合适的枢纽，消息也更灵通些。再则，哥哥苦读了三年，正要赶明年的科考。"

祝十将手在她头顶上放了放："那，至少有一部分是为了他。"

春花低头，像个普通人家的女孩儿在自己兄长面前那样，不好意思地笑了。

"是，有一部分是为了他。"

祝十不动声色地按捺下了什么。

"你可知，你们之间，除了两地之隔，还有官商之别、世俗之礼。更遑论，两个同样有胸怀抱负的人怎么可能彼此妥协，相伴一生？"

"我知道。"春花洒脱一笑。

"我只是想努力一下。"


情爱这东西，春花自问懂得不多。但努力，她是最擅长的。

春花幼时经过一间古玩行，对山屏上一支血玉如意一见倾心，便回去央爷爷买下。爷爷说，最多只出五十两，古玩行却要价三百两。于是她日日经过那古玩行，不厌其烦地一遍遍问价，努力和掌柜成了忘年交。掌柜有心帮她，碰上别的顾客来问，都暗暗以高价挡下。再后来，古玩行要搬家，出清存货，掌柜提前通知了她，她便真以五十两买下了那血玉如意。

她对那血玉如意爱不释手，把玩了五六年，终于有一日玩腻了，随手不知丢在了什么地方。爷爷说她没有心肝，不配用好东西，得到了便不珍惜，她却不以为然。那五六年，她是很珍惜的。那人在她心里住了三年，两人之间如隔重山，也许一切的努力最终只是徒劳，他们依旧陌路无缘。

若他真的够倒霉，栽在她手里——

至少能珍惜个五六……不，七八十年吧。


一场初雪，下至黎明方霁。

谈老太师的作息颇有条理，寅时起身，先打一套八段锦，风雨无阻。

他推开卧房门，眼前的情景令他大为意外。

向来行止有度、分寸极严的孙儿跪在门前，头肩上落了一层厚厚的积雪。

"东樵，你这是……"

谈东樵端正地叩头，层雪从肩上滑落。

"东樵有一事，须禀告尊长。"

## 章五·鸾交凤友

雪后次日，春花与寻静宜在城外金明池约了个茶叙。两人刻意避过了池畔的春花酒楼，在斜对面的上阳楼订了雅间。春花今日心情如沐春风，一进门，便打头说了句奉承话："寻大美人，几日不见，你是不是又瘦了！"

寻静宜似嗔非嗔地瞪她一眼："莫要调笑，我有正经事同你商量。"

她将桌上一个木盒往前一推："你可认得，这是什么？"

春花开了木盒，里头整齐摆放着十颗赭红的丹丸。

"万应丹？"

寻静宜有些意外："你认识？"

"我刚来京城数日，便已听许多人提过这玩意儿。阿葛在家里囤了几十盒，就连谈大人昨日也被忽悠买了一盒。"

寻静宜怔了怔，第一反应是想问她，何时见过谈大人。所幸责任感占了上风，她只好压下心底无比八卦的呐喊，继续道："我请许大夫验过了，这万应丹里头的成分配比，与咱们家的祛湿丸几乎一样，但价钱嘛……

"却是祛湿丸的十倍不止。"

春花药铺的祛湿丸，薄利多销，一颗折合二十文钱，而十颗一盒的万应丹，在京城贵人中却能卖到二两银子一盒，几乎是普通百姓一个月的口粮钱。

春花挑眉："都说京城人傻钱多，难道真是我们来晚了？"

寻静宜叹了口气："你正经些。我怀疑万应丹背后，有些不可告人的勾当。"

春花听她如此说，也便收起了嬉笑的神情："你细细地说。"

寻静宜道："前几日有位怀胎的妇人来咱们医堂就诊，许大夫给开了保胎药三剂，不料没过几日，孕妇的家人闹到药堂来，说孕妇下身大出血，已足四月的胎儿就这么流掉了。"

春花一怔："莫非药不对症？"

"医堂不敢随意处置，便报了官。后来官府查明，那孕妇不仅吃了咱们药铺的保胎药，还连续服食了多日的万应丹。那万应丹中，含有分量不少的薏仁，虚寒的怀胎妇人是绝不可用的。"

"万应堂的伙计难道没有详细向病患解释用药禁忌？"

寻静宜冷笑："你这话问到点子上了。万应堂根本不是个大门两边开的药铺，也没有什么卖药的伙计，它只是一块招牌罢了。"

"我与许大夫将这些担忧尽数禀报了京兆尹，衙门却说，万应丹无毒无害，买卖自愿，并无疑点，反而说我们恶意滥诉，嫉妒人家挣得多。"寻静宜忧虑道，"万应丹风靡一时，确实对咱们春花药铺的生意有些影响。但这并不是我担忧的主因。即便是梁家当年，也只是在药材来源上有些说不清，但卖给百姓的药品，安全与疗效都必是靠得住的。你我两家经营医药多年，深知此业最忌急功近利，若有疏失，必是贻害百姓的大罪。这些年，我虽学着经营香药局与药铺，但经验还是局限在铺子里。万应丹这事，搅得我日思夜想、茶饭不宁，想来想去，也只有同你商量。"

春花神情凝重起来："一无伙计，二无店铺，药品也是虚头巴脑，价格高得离谱，却能卖得处处可见？"

如此说来，这万应堂果然有些门道。

她起身，招呼李俏儿取来笔墨，在案上布开一张大纸："你将那万应堂的老板背景、药材供应、售卖方式和利润来源详细与我说说。"

寻静宜笑了。

这些年的合作，她对春花的处事习惯再熟悉不过，这妮子见多识广，脑子灵活，胆大心细，手下又勤快。春花动脑子时常喜欢在本子上写写画画，记下些思考的絮语。而若是见她摊开一张大纸，细细勾画，那便是郑重其事要大干一场了。

"还有一件事，我不知当讲不当讲。"

春花睨她一眼："那一年药材库清点，我俩挤在一张榻上睡了三个晚上，你如今都忘了吗？你我之间，还有什么不当讲的？"

寻静宜："……"

这丫头，人是极靠谱的，就是嘴上不大靠谱。

她招呼春花来到窗前："你看对面，你家春花酒楼的伙计们都在做什么？"

春花早将酒楼生意交给了陈葛掌管。这家分店是京城第三家春花酒楼，今年刚刚开业，虽然卖的是汴陵风味的招牌菜，但地段与装潢都是上上等的，自开业之后，在京城贵人之间风靡一时，一座难求。

春花眸中带着些笑意，向寻静宜所指处望去，笑容却倏然凝住。春花酒楼的伙计们人人手捧着两盒万应丹，正挨桌挨房地展示，个个眉飞色舞、口沫横飞。

"你不是好奇，万应丹为何畅销不衰吗？其中便有你家陈葛大掌柜一份大功。"

春花沉默了。

良久，她转身，敲着眼前的桌案："这才是你找我来最重要的意图吧？想提醒我，陈葛背着我，利用长孙家的产业，做万应堂的生意。"

寻静宜温婉一笑："常言道，'疏不间亲'。这几年陈葛与长孙家同气连枝，如家人一般，我是个外人，自然不好随意说他什么。"

纤纤玉手轻巧地端起一个茶碗，递到春花面前，风姿雍容得不像话。

"但你是我最好的朋友。眼睁睁看着朋友被挖墙脚却什么都不做，那还算什么朋友？"


日暮天黄，华灯初上，长孙家的厨娘在小花厅布了晚膳，便去请主人们来用膳。

长孙衡快满五岁了，正是喜欢问问题的年纪，围着长孙石渠一个劲儿地问："爹爹，为什么今天有这么多好吃的呀？都有谁来吃饭啊？

"静宜姑姑来吗？十叔叔来吗？葛舅舅来吗？

"那，是他们的话，我可以先吃一口吗？"

春花与祝十在桌前坐下时，石渠正竖着食指教训儿子："葛舅舅都还没到呢，你先忍一忍。"

衡儿不依，开始如小肉虫一般扭摆起来，一副泫然欲泣的样子。

春花敲敲桌子："衡儿，夹一颗四喜丸子。"

衡儿大喜，从石渠怀里挣出来，向四喜丸子伸出魔掌。

"一会儿葛舅舅来了问：'丸子怎么少了一颗啊？'我们就说是衡儿偷吃的。"

肉乎乎的小掌在四喜丸子上停了下来。衡儿在面子和食物之间挣扎了半天，愤然瞪了姑姑一眼，又连坐地瞪了爹爹一眼，气鼓鼓地坐回去，不说话了。

祝十笑起来："你欺负起小孩儿，真是得心应手。"

不久，陈葛踏着重重的步子进来了。他俊俏的脸上心事重重，虽瞧见衡儿时，立刻绽出笑意，抱起哄了一会儿，但放下孩子，又恢复了铁青的脸色。

石渠笑嘻嘻道："明日阿十要去黔南谈生意，今夜这顿饭算是为他饯行了。阿葛，你日日说忙，也是好久没有回家吃饭了。"他执箸一指，"你看，这都是你爱吃的，水晶肴蹄、软兜长鱼，还有阿十爱吃的秋露石耳、白袍虾仁。难得春花今日回家早，特意吩咐了厨下做的。"

陈葛原本心不在焉，听闻此言，面色陡然一变，愤然道："这是什么家？是你们的家，却不是我家！"

石渠和祝十一怔："阿葛，你这是什么意思？"

陈葛冷冷一哼："这就要问我们说一不二的春花老板了。

"你凭什么封我的铺子、裁我的伙计，还盘我的货？"

春花正为祝十夹一个肥润的大虾仁，神色不动，垂眸道："不是说好了，饭桌上不谈生意吗？"

陈葛一怒："这是生意的事吗？你收走了所有的万应丹，还跟伙计们说，'今后敢卖万应丹者，逐出春花酒楼，永不录用'，是也不是？"

春花点点头。

"你以为我卖万应丹是为了中饱私囊？他们万应堂生意做得这样大，我们就不能学习借鉴一下吗？非要像在汴陵那样，起早贪黑、劳碌奔波吗？"

春花淡淡扫他一眼，命奶娘把衡儿抱离。

"阿葛，你非要在这里闹，我就同你好好掰扯掰扯。

"我听说，你在万应堂已混到了个香主的位置，底下有十几个令主、一百多个店主，每个人入堂都要交一笔不菲的银子，名为囤货费，实则是入堂费。按他们的说法，你每个月，靠这些人头便能净收五千多两银子。你也是多年的生意人，摸着良心说，这些银子，是从你们二两银子一盒的万应丹中来的吗？"

陈葛一怔，半晌扭开头，道："不然还能从哪里来？"

春花沉着脸，将筷子往桌上重重一拍："从入堂费里来！

"一人入堂，一家入堂，全村卖丹。真正卖万应丹的人，都是想靠它一夜暴富的人！卖家就是买家，买家就是卖家，真实的行市里根本就没人需要这玩意儿。而你们，吃的不是买丹卖丹的价差，而是抓人头的第一份投名状！"

"那又怎么样？我不是挣到钱了吗？一家春花酒楼，一个月的净利才多少？最火的那家也不过五千两！我一个月轻轻松松挣五千两，不偷不抢，难道不是我的本事？"

"那你挣的五千两呢？"

他嘴唇动了动，却没说话。

春花冷笑："你每月挣到的钱，无一例外，又投进万应堂去买丹了吧？"

陈葛沉默了。

春花叹了声："贪则愈贪，再无止境。阿葛，这种生意，只能吃到一时的光鲜。过些时日，没了新的人头可抓，那万应堂背后老板将所有银钱一卷，你们这些香主、令主、店主和普通堂众手上便只剩一堆永远卖不出去的万应丹。你还算有些家底，但那些底层的堂众，图着暴利，将家财都变卖了，投进去买丹，以后可怎么活？"她将手轻轻放在陈葛臂上，"阿葛，这不是生意，是骗局。迷途知返，亡羊补牢，为时未晚。"

陈葛垂首，思绪起伏挣扎良久，眸中蓦地闪过一抹异色。他一把挥开了春花，幸而祝十反应极快，一把托住她腰肢，才不至于让她摔在桌上。

祝十面现怒色："陈葛，你做什么？"

陈葛神情动了动，又硬起心肠怒喝："我知道，你们都看不上我，因为我和你们都不一样！"

春花一震，微微动容。陈葛是个二五子，这事他们都知道，却很少谈论。她从未想过，陈葛心中如此介意这种不同。

"长孙春花，我告诉你，生意不是只有你一种做法，我陈葛也不可能一直屈居你之下！"

撂下这口不择言的怒语，陈葛掉头负气而去。

石渠一惊，待要去追，春花硬声道："让他去！"

石渠有些无奈地回头看她。

她有些倦怠地闭上双眼："他本是个独行客，自由放诞，受不得拘束，能和咱们家有这几年的缘分，已是不易。他若想走，我绝不拦，但……是非黑白，一定要教他清楚。"

## 章六·山阴道上

这一顿饭吃得食不甘味，各自闹心。膳罢，石渠去陪衡儿玩耍，春花则送祝十出去。

出了正堂，已是夜照玄阴，暮云杳杳，冷风拂面，祝十便解了身上大氅，为春花披上。

春花道了谢，瞥见他神色："十哥觉得阿葛这事我处置得不妥？"

祝十没有立刻回答。

他想了想："我记得两年前，石渠和阿葛饮酒，饮得大醉，瘫在亭中，其后石渠先醒来，一眼便看见原本阿葛趴着的地方有一只毛茸狐狸。

"那狐狸还睁着醉眼唤他。石渠兄吓得一路跑去找你，恰好被我撞上。"

春花想起石渠肝胆俱裂的模样，不禁微笑。

那时，是祝十好言安抚了石渠。他说老五与人都是世间平等的生灵，不应区别以待。是人的时候，能做家人、朋友；是老五的时候，为什么就不能了呢？

石渠虽然吓得如筛糠一般，却还是把祝十的话听进去了，虽然初时心里有些打鼓，但慢慢地便也接受了。

"我自问，从未以区别心对待过阿葛。"春花认真道。

"若今日是石渠，或是我做出了如阿葛一般的事情，你会如何做？"

春花一愣："你们怎会做出这样的事！"

祝十笑了："春花，你这人防心重，心肠又硬，翻脸比翻书快。要得到你的信任，需要长年累月的努力，但要失去你的信任，太容易了。"他面上微不可察地掠过一丝隐痛，"阿葛曾与你为敌，使过些不入流的手段，你虽肯用他，内心深处怕是从未信任过他。出了此事，你一不向他查实，二不听他辩解，又是封账又是杀威，把那些收拾异心管事的雷霆手段一使，阿葛哪有招架之力。"

祝十将目光投向极远处："阿葛犯了错，自有律法制裁。该如何定罪，你那位谈大人比我们清楚。作为家人，更应当了解他的苦衷，再以包容之心劝他迷途知返，而非大动干戈，让他越陷越深。"他顿了顿，"这也是我最为痛悔之事。

"再问你一次，若是石渠或我做了这样的事，你会如何处理？"

春花张了张嘴，在祝十清澈的眼神中，一时竟不知该说什么。

半晌，她道："十哥，你这么好，真该有个好女子，疼你、爱你才是。"

两人行至门前，春花将身上大氅脱下送还。

"十哥的提醒，春花明白了。阿葛虽然有时糊涂，但未必糊涂到了这地步。万应堂中，或许另有隐情。"

祝十笑了，从怀里掏出个乌铜的面具系上，遮住残损的半边容颜，接过大氅，飞身上马："我明早直接启程，来去两月，应能在春寒之前赶回来。黔南风物佳，春花有什么想要的？十哥为你带回。"

春花立在马下，飞扬一笑。

"黔南产烈酒，十哥捎一坛回来吧。"

　

尘催轻骑，祝十一路策马来到郊外的垂云观。知客的小道姑一见是他，也不多问，径直放他进了后园。后园有一上了深锁的大门，门边站着个天生哑巴的少年，容貌极为丑陋，见祝十过来，径自开锁进门。里面传来咿咿呀呀的声音，随后，是木轮咯吱咯吱滚过石径的声音。

祝十便对着高墙，跪了下去："儿要去黔南两月，望父亲一切安康，待儿回来，再向父亲请安。"

吴王夫妇原本被圈禁在天牢之中。大约一年前，吴王妃染了重疾身亡，吴王哀痛过度，双腿竟没了知觉，无法行走，只能靠轮椅行动。

垂云观的乐安真人出家前是位郡主，按辈分该称吴王一声"叔父"，便向皇帝求了恩典，将吴王从天牢中迁出来，到垂云观中安养。

祝十得知了这个消息，便忍不住在垂云观外徘徊，刚好遇上了乐安真人，对方还一眼认出了他。乐安与他也算童年玩伴，替他隐瞒了身份，还安排他偶尔与吴王隔墙对话。

那哑巴少年是个身份下贱、无父无母的乞儿，因偷盗食物几乎被人当街打死。恰遇着乐安真人的车马经过，出家人慈悲为怀，赔了金银，救下他一条命。他无处可去，乐安真人便收留了他，连名字也未取一个，只叫他"小哑巴"。

小哑巴也有用处，譬如深夜密见钦犯这样的事，也只有哑巴能保守秘密。

高墙之内，沉沉地咳了两声。吴王的话音虚弱，已不足以越过高墙。

祝十忐忑地等着，不久，小哑巴从门内出来，对祝十比画了一番。

"坐轮椅的说，让你以后不用来了，忘了过去，过新的生活。"

"他身体还好吗？"

"不好，大夫说最多能撑一年。"

祝十沉默了。

小哑巴继续比画："真人让你去见她。"

祝十犹豫了一瞬，还是跟着小哑巴去了后堂。

乐安真人是个二十岁出头的女子，两年前受道门点化，出家修行。一身素净道袍非但没有让她蒙上沉闷苦涩的阴影，反而更加衬托出她的天生丽质，妩媚的眉眼中还暗藏着一丝清冷的英气。

祝十进来的时候，一眼望见她衣襟微乱，雪白的颈上有一点朱红的吻痕，显是刚刚享受过一场欢愉。他脸上微微一烫，连忙移开目光，跟着进来的小哑巴却死死地盯着那吻痕，半天才垂下头。

乐安捋了捋凌乱的鬓发，不以为意地笑道："看什么？"

小哑巴暗暗握了拳，退到房门之外。

祝十则咳了声。

京中贵女位高者，确有许多不愿受世俗婚姻羁绊，出家为女道士，实则放浪形骸、四处留情。

"表哥心里在想，我怎么这样不检点？"

祝十道："人各有所乐，旁人无权置喙。"

乐安挑眉看他："但……表哥不愿与乐安同乐。表哥心中早有佳人，即便她心里对你毫不在意，你也不肯另做他求。"她莲步轻移，挨得极近，吐气如兰，"表哥，你一不建功立业，二不鲜衣美食，三不与有情人做欢乐事，岂不是白来人间一场？"

祝十退后一步："乐安，我已是残念之躯，既配不上她，也配不上你。"

乐安冷笑："那你还活着做什么？何不立即去死？"

祝十知道她性情如此，也不生气："我的命是她捡回来的，若还能对她有一点用处，我就满足了。"

乐安怔了怔，久久无语。半晌，她回身坐下，脸上再无戏谑挑衅，只淡然道："表哥去黔南，多久回来？"

"腊月之前，必赶回来。"

乐安静了一瞬："要赶回来为她庆生吗？我晓得。"她轻轻哼了一声，"表哥，我只有一个请求，你这回出门，为她带什么礼物，就同样为我带一份。"

祝十虽不解，但也觉并不难办，便一口应下。

他深深一揖："乐安，多谢了。"


祝十离去后，乐安转身步入内室。

香闺之中，云纱垂幔，暖香旖旎，她脱下一身道袍，满肩青丝滑落，如灵蛇般爬入芙蓉帐中。床上裸身的俊美男子在半梦中嘟囔了一声，似乎是问她去哪儿了。

乐安道："见了个客人。"

男人睁开惺忪的眼，皱眉瞪着她："你除了我，还有别的客人？"

乐安啐了他一口："是真的客人，不是你这样的'客人'。"

男人还要细问，她脸色倏然一沉，甩开环抱过来的臂膀："你管好你的万应堂便是，怎么敢来管我？"

男人见她翻脸，登时慌了神，好言哄道："冤家，我哪里敢管你！若没有你给我的好虫儿，哪来的万应堂？"

乐安冷哼："你和我相好，都是为了我的虫儿吧？"

男人见越抹越黑，立刻指天为誓："全天下的女人在我眼里都是丑八怪，我心里只有你！乐安，我就是嫉妒，嫉妒所有出现在你身边的男人！就连你收留的那小哑巴多看你一眼，我都想把他的眼珠子挖出来！"

极端的嫉妒情话讨好了乐安，她展颜一笑："我捡那小哑巴回来，只是为了方便做事，不至于泄密。这你也要吃醋？"

男人立刻觍着脸："我只吃你的醋。"

乐安盯着他，幽幽地叹了口气："冤家。"

男人低沉地笑了。

乐安轻轻唤了声："萧淳！"

男人粗喘中一怔："你叫我什么？"

乐安紧咬下唇，摇了摇头，伸手扳下他那酷似故人的英俊面容，以唇封起他的疑问。

男人当然不叫萧淳，他名唤谢庞，乃金明池中修炼千年的一个老五。数百年前，谢庞化形之时，恰逢一姓萧的新科状元乘船泛舟于金明池上，谢庞觉得他长得不错，便照着化了人形。

两年前，乐安郡主出门游玩，于金明池落水，被谢庞救起，两人自此暗生情愫，因门第相隔，乐安自请出家，两人始能夜夜私会，倒凤颠鸾。但谢庞不知的是，真正的乐安郡主在落水之时便已身死。不过是东海仙子偶然经过金明池，人面桃花，惊鸿一瞥，心有不甘，遂自困于凡人之躯，一晌贪欢。

芙蓉帐内，一片春声。内室之外，小哑巴忠实地守卫着，不让他人靠近，一如往日。

## 章七·虎荡羊群

立冬过后，寒风一阵紧着一阵，金明池上的荷叶也都只剩灰黑的秃枝了。

连日来，断妄司里的气氛越发阴沉，同僚们见了面都是悻悻对视一眼，而后叹一声气。自从天官大人从燕北回来，大家的办案期限缩短了一半，手上的案子却仍是越堆越多。谈东樵仿佛一个万能发条，碰上谁都要拧几圈儿，审案卷比蹴鞠场上的门将盯得还紧。用闻桑的话来说，他俨然有从孔刀再进化成孔屠的架势。就在天官大人的冷脸越来越似上冻水缸的时候，韩抉得出了个结论："他恐怕是遇上什么难事了。"

闻桑挠头："最近司中没有什么疑难大案啊，都是些鸡零狗碎的小案子。"

"咱俩打个赌，这难事，定是个私事。"

"赌赢如何，赌输又如何？"

韩抉道："我赢了，你买我一盒万应丹；你赢了，我买老樊一盒万应丹。"

"哎，凭什么我要替老樊卖万应丹？"

师徒俩大胆猜测，却无处求证，旁敲侧击了许久，全然探不到天官大人的底。

输赢还未见分晓，老樊却出事了。

老樊媳妇在西市北七坊看上了一座小宅院，屋主急用钱，肯以三百两银子成交。这些年老樊辛辛苦苦刚好攒下三百两，这简直是个千载难逢的置业良机。老樊媳妇稳住卖家，回家便要拿钱，却发现老樊把所有的钱都拿去买了万应丹。老樊信誓旦旦地解释，囤的万应丹全卖出去，能净赚三百两，再加上底下还发展了几个店主，单靠抽成，两口子的养老都不用愁了。

老樊媳妇只知道眼看到手的宅院没了，家里只有一堆不认识的药丸，气得号哭连天，引得街坊四邻围观。老樊面皮薄，见媳妇吵闹不休，动手打了她。老樊媳妇也是个刚烈的，愤然收拾东西回了乡下，临走留了一份和离书，说要带着孩子改嫁个老实庄稼汉，再不受他这城里人的气。

老樊在断妄司辛辛苦苦干了十年，只留下一堆万应丹，眼看媳妇也要跑了，只得蔫蔫地来向韩抉请辞。京城居大不易，不如回乡下种田，至少妻儿在身边，有个温饱。

韩抉听了这事，也是心有戚戚焉。他母亲霖国公夫人袁氏为了卖万应丹的事，和霖国公韩彻几乎日日吵架，争斗不休。袁氏埋怨韩彻不支持自己的中年事业；韩彻则抱怨袁氏在万应丹上投入了太多钱财，为卖丹还得罪了许多故交好友。

韩家毕竟家底厚，经得起折腾，老樊却是经不住折腾了。

韩抉正要在老樊的辞呈上签字，谈东樵一脚迈了进来。

"听说你要辞职回乡？"

老樊偷眼看他，战战兢兢地点点头。

"为何请辞？"

"方才……已和韩大人解释过了……"

"若没别的急事，就再说一遍。"谈东樵的声音听不出喜怒，却带着无法抗拒的威势。

老樊只得将家里那点倒灶的事重说了一遍，直说得满脸臊红，唯恐天官大人突生雷霆之怒，骂他污了断妄司的清白威名。

谈东樵却没有动怒，沉吟片刻，问道："你买的那些万应丹，不能向万应堂退货吗？让他们把银子退给你。"

天官大人此前从不和属员们谈论私事，如此有人情味，倒是头回见。但老樊无暇细想，大惊道："不可！堂里都是体面人，还有大香主、令主成千上万地买，我这点钱都要退货，传出去，我老樊真是脸都不要了！"

谈东樵皱眉："你的脸面，比在京城买宅子还重要吗？我记得，嫂夫人盼这宅子盼了许多年。"

老樊面上浮现一丝挣扎，但眸中倏然掠过一抹金光，挣扎便荡然无存了。

"退货是不能退的，我还指望靠万应丹发财呢！"

谈东樵沉默一瞬："也好。韩抉，给他签辞呈，让他走。"

老樊瑟缩了一下，接过辞呈，转身向门外走去。

异变在此时陡生，青影暴起，如鹰隼破风般向老樊袭去。老樊虽有所觉，

098

动作已慢了一步，颈项遭人擒住，被倒提着狠狠摜在地上，摔得他眼冒金星，还未看清眼前情形，法诀已沉沉响起："无定乾坤网！"

捆妖的仙网从老樊腰间激射而出，将自己的主人团团捆住。谈东樵动作未停，撮掌合指，指尖射出许多细细的光丝，直没入老樊左眼。老樊登时如受伤的野兽般放声大叫起来。闻桑见状大惊，欲说什么，却被韩抉拦住。谈东樵丝毫未移，周身气息凝然，指尖光丝愈加绵密地没入老樊眼中，不多久，光丝如索，从老樊眼中拖出一只两寸长、小指腹粗的金色小虫！

这是……

韩抉吃惊大喝："老樊，你何时被人种了只应声虫？"

谈东樵道："应声虫一般为灰白色的。这金色的，不是应声虫，是东海的贪蛊。"

传说东海水晶宫财宝众多，为防盗贼，特以陆上的应声虫与东海宝气相和，产出一种金色的蛊虫，名唤贪蛊。贪蛊分母虫和子虫。见财宝者，只要心中生出贪念，便立刻会被子虫占据心智而毫无所觉。母虫但有言语，只要与中蛊者贪念相合，子虫便无有不信、无有不从。

仿佛做了一场大梦，冷汗从老樊头上不断涌出。谈东樵松开桎梏，老樊便如泄了气的皮球般瘫在地上："我也不知……什么时候……"

"是第三次去万应堂，听谢堂主讲经时！"谢堂主容貌昳丽，举止潇洒，口若悬河，谈笑风生，听过一次谢堂主讲经的人，无不对他心悦诚服、肝脑涂地！

韩抉忧虑地与谈东樵对视一眼，蓦地想起什么，大惊失色："老谈！我娘……今早和我爹大吵了一架，然后就出门去了，正是要去听什么堂主讲经！"

谈东樵神情也是一变："姨母可说了去何处听经？"

"擎天阁！"擎天阁高九层，俯瞰金明池，遥对宫门，四檐铜铃长年迎风轻响，阁顶一座百年铜钟，非皇室亲临，不得奏响。这是京城最高的楼台，也是王公贵族最喜欢的宴饮之所。

"闻桑，立刻召集司众，传令京兆尹，封锁擎天阁！"

闻桑得令而去，谈东樵与韩抉不等司众，先行策马向擎天阁而去。

行程不过数里，骏马如离弦之箭，顷刻间，擎天阁已在眼前。两人勒住马头，还未下马，浑厚的钟鸣毫无预兆地轰然响起。音浪撞破熙攘安乐的京城白日，百姓们纷纷震动，望火楼上的火卒们骚乱起来。

"谁敢擅敲擎天阁钟？！"

惊慌失措的人群从擎天阁中拥出，有人哭喊，有人失魂。

"擎天阁上有妖怪，大妖怪啊！"

谈东樵伸手抓住一个："是什么妖怪？"

"大螃蟹……大狐狸啊！"

怎么又是水产又是走兽的？

事涉至亲，韩抉少见地惊慌，也抓住一个眼熟的，问："可见着霖国公夫人了吗？"

那人显是认识他，扬手往阁上一指，嘴里哆嗦了半天才说出半句囫囵话："在……上头……三个女的，被妖怪……"

谈东樵一凛，一把拽住恨不得立刻扑进去的韩抉："那老五意在求财，不会轻易害命，你功夫稀松，还是我一个人上去看看。"

他逆人流而上，行至半途，灵台上突然轻轻被叩了三下。

而后，一个无比熟悉的嗓音忐忑响起："喀喀，谈大人？"

他倏然愣住。

三年来，这还是第一次，她通过桃僵唤他。这些日子以来，他日日都在思索她所说的话，思索她要的究竟是什么。入赘之事尚未得到祖父首肯，他自觉还未有资格去见她，谁知她却在这节骨眼儿上出声了。

谈东樵心情有些复杂，脚下却未停："春花，此刻不是好时候，擎天阁钟撞响，有妖物作祟，待我了解此间事，再去找你。"

对面默了一瞬，忽然有些不好意思："那个……擎天阁钟，是我撞的。"

谈东樵陡然收住步子。

灵台上蓦然溢出一长串惊叫："呜哇……好大的螃蟹……谈大人，救命啊！"

擎天阁顶，春花老板一手扯着霖国公夫人，另一手扯着寻静宜，缩在铜钟后面。

铜钟外，磨盘大的黑毛青壳大螃蟹正张牙舞爪。

春花心里只有一个念头：今年中秋，还是该多吃几只蟹的啊！


事情要从早上说起。

春花托了既做万应丹生意，又卖给了她一套宅院的陈嬷嬷引荐她进入万应堂。陈嬷嬷知她是只肥羊，信以为真，立刻告诉她，这日万应堂谢堂主亲自在擎天阁讲经，有幸当面聆听的，都是京中权贵和堂里高层的香主。春花花了一百两银子，从陈嬷嬷手里买到了亲耳聆听谢堂主讲经的宝贵机会。

李俏儿奉命监视了陈葛数日，探得陈葛也要去擎天阁听经。春花想，既是听经，应当是个高雅端庄的场子，便拉上寻静宜一起去开眼。

两位女老板特地挑了两身高雅端庄的素净衫裙，登上擎天阁，却发现在座人人都穿得珠光宝气、花红柳绿。

寻静宜颇不适应，皱眉低声对春花道："卖个药丸，能讲出什么经？"

春花也没见过这阵仗："大约……是讲致富经？"

挨着她二人，坐着一位中年贵妇，听见两人耳语，神秘兮兮凑近道："不仅是致富经，更是修身、齐家之经，可澄明心志，去除杂念，修得大功德，收得大福报。"

春花："……"

寻静宜无语："听上去，这位谢堂主只差一步就要成佛了。"

中年贵妇听了，竟然并不觉得是讽刺，认真道："谢堂主是点化我们的恩师，若非对众生心怀悲悯，早就能成佛了。"

她上下打量春花和寻静宜一番，心里已先对更貌美的一人有了几分好感，亲亲热热拉住对方的手："这位姑娘，是第一回来吧？家住何方，父母经营何业，可曾婚配啊？喜欢什么样的才俊，本夫人可为你多多留意！"

寻静宜默默垂下头，向春花使了个眼色。

春花不着痕迹地将寻静宜的手扯出来："我家这妹妹，确实还未婚配呢！敢问夫人府上何处？"

热心的中年贵妇挺了挺胸脯，骄傲道："你们不是京城人吧，竟然不识本夫人？"

姗姗来迟的陈嬷嬷气喘吁吁地在一旁坐下，见了她们，连忙又站起："春花老板，这位便是霖国公夫人！"

春花一怔。

"您是……韩小公爷的母亲？"

袁氏上下打量她："你认识我那没出息的儿子？"

春花蓦地像绽开一朵谁看了都立刻生出亲近之心的笑花，反手回握住袁氏的手："我说怎么一见您就觉得面善呢！夫人生得实在太年轻了，怎么也不敢想您有个成年的儿子啊！

"夫人，其实我也未曾婚配呢！"

## 章八·蚕绩蟹匡

春花本是见个和尚也能扯两篇佛经的人，又善于在耐心的聆听中挑拣出关键的言语适时应和，不过三言两语，便成功博得了袁氏的好感。袁氏只觉得这姑娘亲切又善解人意，从前与年轻一辈打交道的挫败感统统被驱散，恨不得收了她做干女儿。

"儿子成人了，不服管教。我家那死老鬼除了上朝，便是约棋友下棋。与其做个没用的闲人，倒不如出来做点生意，也贴补些家用。听说江南有许多女子都出门经商，比男人都厉害！"

春花笑盈盈地将手扶在袁氏小臂上："袁姨说得是，女人手里有了钱，腰板也直呢。"

几人闲坐叙话，不多时，忽闻鼓铙喧哗，鞭炮争鸣，四个青衣少女手执鲜花在前，金翠步障遮挡浮尘，引出一个风度翩翩的玉面郎君。阁中有一方寸大的小高台，那郎君迤迤然登台，转身向众人风流潇洒地一揖："诸位同侪，不才谢庞，有礼了。"

谢庞着一身蟹壳青衣，袖缘绣黑线，面目沉稳温和，有点高深莫测，又有点平易近人，正是那种女人会暗中恋慕，男人也渴望跟随的男人。

袁氏对春花和寻静宜耳语："我家有个呆外甥，也好着青衣，一年四季好似套个冰灯在身上，冷飕飕的，比谢堂主这如沐春风的气度可差远啦！"

春花自然知道这呆外甥是谁，忍不住道："春风轻浮烦扰，依我看，冰灯也很不错。"

寻静宜最知道她底细，"扑哧"一声，漏出轻笑。

便在这时，两人望见陈葛也进了阁中，连忙埋低了头颅。所幸他一脸心事重重，随意找了个空位坐下，丝毫没有察觉异样。

谢庞已在小高台上口若悬河地开讲："我知道，诸位同侪今日能来此，都是冲破了家人和世俗的重重阻挠。他们不理解我们，不支持我们，但我们自己知道自己做的是何等宏伟事业。不要怕，那些阻拦我们上进的人，无非是害怕我们有了赚钱的本事就不要他们了。诸位，我们要包容我们愚昧守旧的家人，原谅他们，带他们来听一听、看一看。万应堂是个温暖人心的大家庭，在座的都是彼此的兄弟姐妹。"

"谢堂主说得好，我家那老头就是个愚昧守旧的人！"袁氏想起早上刚吵完的架，十分愤愤。

春花默了下。这位谢堂主，真是深谙挑拨离间之道。

今日他讲的是《杨朱经》，讲"六欲皆得其宜也"[1]"知生之暂来，知死之暂往"[2]，人生在世当求"全生"，以"存我为贵"。讲罢经，谢庞命随侍的少女取出几幅卷轴，其上绘着几位级别最高的香主新置的宅院、车马、画舫，新娶的美貌姜室，奢华鲜丽，令人心旌意动。

初听上去，谢庞所言颇有道理，振聋发聩。但他只讲了利己和从欲，不讲节制和兼利。堂众听了古圣贤的名头热闹，又听了随心所欲的身心舒畅，末了

---

1　出自《吕氏春秋》。

2　出自《列子·杨朱》。

便以为，只要听谢庞堂主的，便能挣到数不清的金银财宝，过上他这样风流潇洒的生活，且能将所有不敢宣之于口的欲望变得无比高尚。

讲到激动处，谢庞高举起双手，大声道："大家都知道汴陵有位女财神，名唤长孙春花，买卖做得极大，但她最初，不也是靠卖药丸发家的吗？长孙春花可以，你们也可以！焉知三五年后，座中诸位不会有李春花、赵春花、陈春花？"

春花坐在下方，听得此言，不由得猛然一震。

台下堂众中大多数人并不知道长孙家是如何发家的，或者也不在乎，他们沉浸在无所不能的想象中，挥舞起四肢，连连应声喝彩，眼中只有那极度骄奢淫逸的享乐和毫无根基的豪情壮志。

便在此时，自台上弥漫出一股淡淡的金气，无数如绣线般纤细的金色小虫在金气中飘浮，向每一个聆听谢庞讲经的堂众飘去。而众人神情倦倦，竟对这异象毫无所觉。一只金线虫停在陈嬷嬷面前，毫无声息地钻入她眼珠中去了。寻静宜、袁氏和陈嬷嬷都正襟危坐，神情渐渐迷乱激动。春花惊得面无人色，似乎只有她能看到这奇特而诡异的情景。

她急拍寻静宜肩膀："闭眼！"

寻静宜一愣，下意识闭上双眼，向她袭来的金线虫无处可入，便掉头向袁氏而去。寻静宜倏然惊醒，仿佛做了一场虚空大梦，一时竟有些昏沉。

"春花，这……"

春花面容一沉，又在袁氏肩上重重一拍，要如法炮制，袁氏却丝毫不为所动，扯开她的手，双目仿佛黏在谢庞身上。春花一急，将左手挡在袁氏眼前，忽觉腕上桃僵一热，金线虫在距离她两寸的空中倏然化为了齑粉，飘落在地。方寸高台上，谢庞蓦然警觉，微凸的利眸如电般射向堂下，一眼就望见了春花。只这一眼，春花便知道对方绝非善类。

这大概就是冤孽吧，她一个本分生意人，三年来过得太太平平，到京城刚见了某人一面，就又碰上妖魔鬼怪了。早知如此，她就不该拉寻静宜一起来看热闹，嗯，她自己也不该来。

但事已至此，她只得先发制人。她霍然起立，飞快地捏住一只在空中飘浮的虫子，大喊一声："妖怪放虫害人，大家小心！"

这一嗓声嘶力竭，险些破音，阁中众人纷纷一惊。有少数几个第一次听讲经的，立刻如寻静宜一般醒悟，察觉了眼前飘浮着的金线虫，惊恐尖叫起来："这是什么虫？"

更多的人，却只是茫然四顾、不知所措。

谢庞一惊，怒道："是谁在此妖言惑众？"

除了少数几个新人，老堂众登时齐齐回首，对春花怒目相向，眸中一抹金光同时闪过。

寻静宜吓得发怯："春花，要不咱们先回去吧。"

春花微微愣神。她知道，此处都是谢庞的堂众，对他深信不疑，万一群情激愤，恐多是非，但……环视周遭，如袁氏、陈嬷嬷、陈葛这般，人人都懵懂地睁着双眸，浑然不知自己落入了什么样的圈套。

春花将手中捏着的金线虫往寻静宜手里一塞："你先走，出去便去寻谈大人，就说此处有妖物，他姨母也在此。"

寻静宜知她必有计较，只得道："你多小心。"转身向外走去。

春花神色坦荡，仰首迎向谢庞的逼视，负手徐徐登台，面向惊愕的众人："方才听了谢堂主讲经，觉得实在精彩。有几个问题，想向谢堂主请教。

"敢问谢堂主，入万应堂者，可有门槛？"

谢庞冷声道："锐意进取者，皆可入我万应堂。"

"那就是没有门槛了。"

春花摇头一笑："第二个问题，自打盘古开天以来，可曾有过什么好东西，是无须苦读、苦练、苦修，只要有几个亲朋好友，嘴上说一句'上进'，就能握在手中的？"

众人同时一默。

"从前没有这样的好东西，今后也不可能会有。这世上，赚钱的法子很多，鱼有鱼路，虾有虾道。正道赚钱的法子，总脱不开三样：智、巧、勤。卖万应丹，沾着哪一样？"

谢庞眯起眼："你究竟是谁？"

春花深吸一口气："不才，正是谢堂主刚刚提到过的，长孙春花。"

众人大惊。

"让各位见笑，我并不是靠卖药丸起家的。祖上三代开钱庄，到了我这一代，才有些积蓄，加上些许努力和时运，将产业扩大。我自幼研习看账，随祖父上货船，踏过千山万水。开药铺之前，我在药材行做过三个月学徒；开营造行之前，我走遍汴陵所有营造工地。时至今日，我仍是日日卯时出门，子时方才睡下。

"若有人说，不论是谁，都能通过同一条路发家致富，那这条路，必然是条死路，而这人，也必然是个骗子！"

谢庞脸色大变，面容立时森冷："这人不是长孙春花，是个妖女！她看不得我们万应堂生意兴隆，要断咱们财路！各位同侪，今日万不能让这妖女跑了，否则咱们辛苦得来的赚钱机会，就会毁在她手中！"

这指责毫无根据，悖妄至极，底下众人却丝毫不疑，双目发红，纷纷站起身来，堵住春花去路。

"对！她是个妖女，别让她跑了！"

"抓住她，关起来！"

"她不让我们发财，打死她！"

忽有一人飘然跃至，挡在春花面前，却是陈葛。他脸色青白，眸中金光微烁，口中却道："堂主，她是我的……"话到嘴边，他自己先是一怔。长孙春花，算是他什么人呢？

然而此时不容多想，他深吸口气："是我的家人，混进来应是想带我回家。请堂主见谅。"

他回身一扯春花："有什么事回去说，不要在这里闹。"

春花瞪他："阿葛，他在你眼睛里放了虫子！"她转过身："我亲眼所见，谢堂主在你们每个人眼睛里都放了金色的小虫子！你们仔细想想，是一开始就觉得万应丹是个好生意，还是听了一次谢堂主讲经，才突然改变了想法？"

陈葛与众人都是一愣。

这东海贪蛊只是能潜移默化地影响人的倾向，却并不能直接改变人的记忆。果然有几个人认真思索了片刻，道："是啊，我记得刚开始我是很讨厌万应丹的，怎么突然就喜欢了呢？"

谢庞见势不妙，对身后两个青衣丫鬟怒吼一声："还愣着干什么，快拿下！把她的嘴捂上！"

丫鬟应声伸手，欲拉扯春花，却遭春花一把挥开。左腕上细木镯遽然一闪，青芒乍现，那女婢翻了个身，啪地倒在地上，肚腹朝天，变作只椭圆脐、八条腿的青壳母蟹。

众人："……"

霖国公夫人袁氏气喘吁吁地挤到最前排，一眼便看见大变活蟹的一幕，愣了一瞬，高声尖叫起来："啊啊啊啊螃蟹精啊！"

陈葛大惊，双眸警惕地扫视，终盯上了谢庞。

谢庞，谢庞，这名字起得……就很直白。

管不了什么万应丹了，若长孙春花有什么损伤，他那好外甥衡儿能哭个三天三夜，把他耳朵号聋。陈葛回身一闪，变作一只一丈高的红狐狸，将春花护在身后："何方妖物，竟敢伤我家人？"

袁氏几近崩溃："啊啊啊啊狐狸精啊！"她眼睛向上一翻，昏死在当场。

人们终于醒悟过来，宛如炸开蜂巢里的蜜蜂般四处奔逃，互相冲撞后齐齐掉头朝擎天阁狭小的楼梯冲了过去。

## 章九 · 横财炉铸

寻静宜捏着金线虫，刚下到擎天阁的第三层，便被不知从哪儿冒出来的两个青衣丫鬟按住了。金线虫刺溜一扭，便不见了。

丫鬟们轻言轻语商量了一会儿，阁上便乱了起来，许多万应堂的堂众你推我搡地从楼上拥下来。

"螃蟹精啊！"

丫鬟们现出慌乱之色，其中一个说："难道堂主现了原形？"

另一个说："不可惊动断妄司，拉她上钟楼！"

然而楼梯为人流所塞，根本走不通。两个丫鬟便扯住寻静宜，从窗口跃出，飞过数层楼阁，直抵擎天阁的最高处，一把将她扔了进去。

那钟楼四面敞开，全靠一条绳索缒人下去，并无楼梯通向下一层。寻静宜半生娇养，遇到的所有挫折都在商场钩心斗角时，哪里遇到过这样的险境，登时吓得花容失色，失声尖叫起来。

钟楼的下一层，春花掐了会儿袁氏的人中，对方终于悠悠醒转。

春花道："袁姨别怕，静宜去给断妄司报信了！"

话音刚落，敞开的窗口闪现寻静宜飞掠而过的身影。

春花："……"

隔着一层楼板，寻静宜抽泣起来："春花，这里是哪里？救命啊呜呜呜！"

"静宜，你在哪儿？"

"呜呜呜，春花我在楼上，这里有个好大的钟！可是没有楼梯，我下不去！"

谢庞长身玉立，负手冷笑："一个道行微末的二五子加几个凡人，也敢和我万应堂作对？你们知道蟹王爷有几只眼吗？"

他经过多少大风浪，万没想到在小水沟里翻了船。谢庞通体爆出一团水雾，嚓地抖开八条尖腿，现了原形。

陈葛与春花都没见过这么大的螃蟹——蟹盖鼓胀如涂满油的铜钹，边缘如锯齿般锋利，两只沙包大的螯钳长满黑毛，开合间发出如铁剪般毛骨悚然的摩擦声。

春花扯着袁氏，抖了抖："阿葛你……打得赢吗？"

陈葛也抖了抖，悄悄道："打不赢。"

他是个二五子，出生才二十多年，虽省了修炼化人这一步，但和修行几百年变了人的螃蟹精可没法比。

"那咱们还是跑吧。"

 106

陈葛强忍住翻白眼的冲动。现在想起跑了，方才义愤填膺的女英雄呢？

"但是，得先把静宜救下来。"

陈葛竖起红白相间的大尾巴："抱紧我！"

春花听话地抱住他松软的大尾巴，右手在左手腕上轻轻摩挲，喃喃低语了句什么。

袁氏只听了一耳朵，也利索地扑过来，一把抱住。

陈葛："您哪位？"

"带我一起！"

"……"

大螃蟹冷笑着举起两只大螯："谁都别想走！"

间不容发，陈葛喉中"咕噜"一声，向大螃蟹吐出一团硕大的毛团，然后四爪蹬地，从阁台一跃而出，尾巴上坠着两个大活人，飞身跃上钟楼。

谢庞的速度不比他慢，冲破毛团，如一顶逆风的青皮大斗笠一般随之翻上钟楼，锋利的大螯一钳，正中陈葛的后腿。陈葛"嗷"了一声，趴倒在地，后腿被钳之处渗出血来。

"阿葛！"春花和袁氏被摔在一边，寻静宜扑过来，三个手无缚鸡之力的女子抱成一团。

春花怒道："谢庞，你的骗局已被拆穿，万应堂已是强弩之末，你还要冥顽不灵，再造杀孽吗？"

谢庞哈哈大笑，钟楼上倏然漫起道道金光："谁说我要造杀孽？再种一轮贪蛊，你们自会替我辩白，那些堂众，也自然会重回万应堂！"

陈葛拖着一条腿，奋力一跃，狠狠抱住螃蟹的大圆盖子，四个柔软的爪心被扎得直冒鲜血。他疼得紧咬一口银牙："春花，你先走，我来断后！"

春花：我也想先走，可这怎么走啊？

漫天的金丝小虫扑面而来，春花扯着寻静宜和袁氏，将两人推到擎天阁巨大的铜钟后面，自己脚下却绊了一下，"咚"的一声，上半身连带着脑袋重重地撞在鱼形撞槌上。那撞槌晃晃悠悠地飞了出去。"嗡——"擎天阁钟刹那间响彻云霄。

谢庞愣住了，陈葛也愣了愣。春花前额一片涨痛，只觉整个右眼眶都肿起来了，脑子被撞成了一锅菜粥。

寻静宜和袁氏七手八脚地把她搀起来："啊哟，这眼睛肿得……"

春花右手摸着找到了左腕上的镯子，终于牙齿打战地吐出了最后三个字："谈东樵……"

叫三遍名字才答应，是个什么设定？谈东樵你浑蛋！

谈东樵并不晓得这消息是多么艰难才传递出来的，惊闻那头几人连声的尖叫，立即召起一片黑色鸦羽，如乘云般盘旋直上擎天阁。

谢庞八爪一张，把个弱小的狐狸精甩了出去，正举着螯钳往三个女子扑过去，眼前蓦地落下个青衣人。

"又冒出来个找死的？"谢庞冷哼一声，螯钳迎头砸下，却卡在了半空。谈东樵灌注了法力的两指捏住螯钳，缓慢一扭——"嘎巴"一声，钳子裂了，露出一坨滑腻的嫩肉。

谢庞如杀猪——不，如剁蟹一般惨叫起来，横着退了两步，蟹眼支棱着问："你是何方神圣？"

谈东樵负手，凛然道："断妄司，谈东樵。"

整个蟹壳顿时青了几分。谢庞混迹京城多年，当然知道做老五的，最不能惹的就是断妄司了。他修行数百年，大半都修在了嘴上，打斗的本事嘛——吓唬只小狐狸还成，断妄司天官的掌中雷他可不敢领教。不是都把报信的拦下来了吗？怎么还是惊动了断妄司？而且一来就是天官大人本人！磨盘大的蟹一哆，八爪顿时缩了回去，变回了一个青衣的郎君。

"……"

似乎撞衫了，有些不尊重。

谢庞抖了抖，干脆把青衣换成了绿衣。

"天官大人，今日本是万应堂讲经雅集，这几个人并一个狐狸二五子却寻衅滋事、恐吓百姓，实在与在下无关。"

谈东樵却摊开手，掌心有一只死了许久的金线虫。

"这贪蛊，是你所下的？"

"呃……"谢庞的舌头难得打结了。

谈东樵转过脸，目光扫过躲在铜钟后的三人，在春花紫肿的眼眶上停了一瞬，不豫地皱起眉："她脸上的伤，是你打的？"

这他可以解释！谢庞急忙道："不是我打的，是她自己……"

话未说完，谈东樵大袖一挥，无定乾坤网兜头而去，硬是将谢庞打回原形，金色网线横三圈、纵三圈，螃蟹八爪蜷起，肚皮朝天，被捆得稳稳当当。

几个青衣女婢纷纷从四面扑了过来，欲解救自家主人，却被几张无定乾坤网兜头一罩，依葫芦画瓢地捆出十字绳结。钟楼上，顷刻间有了几分菜市场河鲜摊的架势。

春花肿着一只眼睛，只剩另一只能视物，却还是将谈东樵这一串潇洒利落的动作烙在了心底，几乎忍不住要为他叫一声好。要说这一身青衣，还是谈大人穿好看，就算是像冰灯，也是个好看的冰灯。

险境初安，她唇角却止不住地往上翘了翘。望见谈东樵转过身，朝这边走来，春花心中一惊，晓得自己此刻定是狼狈又难看，猛地将脸扭到一侧。

袁氏先她一步，怨怨哀哀地扑了过去：“东樵啊，可把姨母吓死了！”

谈东樵默了一会儿，任她扯住袖子：“姨母受惊了，可有损伤？”

听着中气十足，应是没什么大碍。

谈东樵的目光却情不自禁地落在另一个人的后脑勺上。

韩抉和几个断妄司的属员乘着鸦羽，这才赶到。望见地上满是螃蟹，韩抉愣了一下，才指挥其他人将几个老五收押：“老谈你今日手脚忒快……我娘呢？”

袁氏见亲生儿子来了，立刻丢了外甥，扑进韩抉怀里：“你这死小子，怎么才来啊？你娘都快被妖怪吃了！”

韩抉连忙好言安慰，哄了半天，袁氏才止了泣声。

谈东樵整了整衣袂，向前几步，在春花身旁蹲下，却不问春花，先问：“寻老板可有受伤？”

寻静宜意味深长地看了眼春花：“我是没有什么伤，这位却伤得很重，劳烦谈大人替她好好看看。”

说完，她起身离开两人，往瘸了腿的小狐狸走过去。

春花依旧不出声，也不回头。

谈东樵叹了口气：“你转过来，让我看看伤势，可好？”

春花双肩抖了抖，半晌，十分丧气地道：“我也想转过来，但是……脖子扭着了。”

谈东樵忍俊不禁，只得转到她正面，轻轻抬起她下巴，但见她右眼一圈儿都是青紫，眼皮肿成了个核桃，红唇不愉快地噘起，也不知是在跟谁怄气。

“疼吗？”他柔声问。

春花想回他一句，“废话，哪有不疼的”，然而眼中映入他担忧的神色，话到嘴边却如堵住了一般，鼻子一酸，扑簌簌地落下泪来。

谈东樵一惊：“竟这么疼吗？”

她一瞬间觉得自己窝囊至极，全没有舌战群儒、力挽狂澜的女英雄气魄，丢人丢大发了。她不由得心里更怄，一把将他推开，却也不知自己在气他什么。

谈东樵更是震惊，想了想，捧起她的脸，一掌心运起清凉诀，覆在她右眼上。那气仿佛一团凉丝丝、软茸茸的棉花，温柔地驱走她脸上的痛意。春花的心陡然漏跳了一拍，脸上微微发烫，连忙扭身躲开他的碰触。谈东樵大是不解，更觉得自己在她面前从来都是摸不着头脑。

“可是清凉诀令人不适？那我换一个……”他把修习过的各种降妖心诀在脑

中条分缕析地过了一遍，"要不试试温泉诀？"

这些小法术于除妖用处不大，他研习得少，如今才发现，书到用时方恨少。

春花喉中哽了哽，半晌，才闷闷地道："三声，太久了。"

"呃？"

"叫你三声才答应，太久了。"她咬着下唇，"下次，叫你一声就要答应，晓得吗？"

她说完，面容微酡红，直起身便向陈葛走去："我去看看阿葛的伤势。"

谈东樵则愣在了原地。

陈葛蜷成了个毛团，躺在寻静宜怀里，气若游丝地瞪着那两人，只觉自己的毛色前所未有的鲜亮："我伤得不重，你们忙你们的……"

话音未落，脑袋一偏，晕了过去。

## 章十·翠竹黄花

谢庞的案子牵扯甚广，下至贩夫走卒，如春花酒楼的伙计，上至霖国公夫人这样的皇亲国戚，都受了蒙骗，连老樊这样的衙门中人都涉足其中。如此动摇民生的恶行，朝廷竟然毫无所觉，皇帝雷霆震怒，摘了京兆尹和几个户部主事的帽子，又令左都御史谈东樵总领查办此案。

此类骗财惑人的案子涉及的人员众多，案件细节错综复杂，如何裁定、如何记录都需有些经济谋略之人参与，查问起来，甚至比那些杀人害命的案子还要复杂。何况，几乎所有万应堂众都被下了贪蛊，要筛查名单，再一一作法取出，对人力、物力都是巨大考验。连日来，断妄司中奔走如市，个个焦头烂额。

作为遵纪守法又顾全大局的优秀商户，春花第二日便到断妄司录了个证供。

接待她的是两个比闻桑年纪还小的小捕快，眼圈黑得像也在撞槌上撞过一般，想是通宵录了不少口供。

出门的时候，春花多问了一句："那只螃蟹……呃，谢庞堂主，如何处置呢？"

送她出去的小捕快一脸疲态，不耐烦地瞪了她一眼："这是你该管的事吗？"

说得也是。

春花也不以为忤，刚踏出门，便看见檐下负手立着个人向她微微一笑。

她愣了愣："你怎么来了？"她想着他忙，并未打算惊动他。

谈东樵道："恰碰上一炷香的茶歇，就过来看看你。"目光在她脸上落了落，立刻又移开，"还有些时间，我送你出去。"

"不耽误你问案吗？"

"只送到门口，不耽误。"

春花笑了，睫毛弯弯，眼里闪着暖光："那好。"

两人一问一答，便如认识了半辈子一般闲谈着并肩而去。

刚呵斥过春花的小捕快僵在了原地，只觉一道晴天霹雳打在自己脑瓜上，脚下一软，被旁边的同僚一搀，才勉强站住。

"你方才……见着孔屠笑了吗？"

同僚也是一脸惊慌：

"见着了。"

"而且你听见他刚才说'茶歇'了吗？"茶歇是有的，可什么时候见过孔屠真的歇过？

"这位春花老板，该不会是先帝遗落在民间的公主吧？"

春花丝毫不知自己的身世受到了如此离谱的揣测。

两人都走得很慢。春花见谈东樵一直闭口不语，打趣道："谈大人要亲自审问我两句？你那两位下属口风很紧，问得也很细致，你不必担心，真有什么遗漏，随时差人来问我便是。"

谈东樵却没觉得这是调侃，想了想，道："我确实有个疑问。直撄其锋不是你的性子，为何这次会和谢庞正面对峙？"

春花一怔。

这确实是连日来她也在自问的问题，若是别人来问，她恐怕会自夸一句"路见不平"，但他来问，自该将心中迷思坦率以告。

她认真思忖了片刻，道："那日谢庞讲经，用了我的名头，给受骗的百姓画了个极大的饼。

"我那时极为不解，事后反复地想，也想不明白。原来这世上的大多数人，将钱财看作是用于享乐、满足欲望的东西。"

"难道不是吗？"君子喻于义，小人喻于利，[1] 自古以来重农抑商，也是为此。

春花摇头："我觉得不是。

"金银本无用，因人有智、有力、有巧，能产出从前未有之物，令百姓温饱、娱目、畅怀。人之所长，各有不同，为了给这些了不起的智、力、巧标一个可交换流通的价格，这才有了所谓钱财的东西。

"但看如今之人，竟纷纷要舍弃智力巧思，渴望不劳而获，又爱各自攀比——谁能以更少的努力获得更多的钱财，便将谁视为圣贤。你说，这难道不是天下最可笑之事吗？"

---

1　出自《论语》。

她柳眉如烟轻蹙，认真思索的模样散发着一层令人心折的微光。

这光芒令谈东樵微微动容，蓦地想：我与她，在外人看来如此不同，但在许多想法上，又是何其相似！

他唇角轻轻勾起："经商一途，其实颇为艰苦，时世对女子亦不友好。我从没问过你，为何喜欢从商？"

春花偏头看他："你还记得，你刚到汴陵时送去医馆的那位王嬷嬷吗？"

谈东樵笑容一僵。

这哪里忘得掉。当初她想雇他做账房先生，又担心他人品，便派了不少人来试探他。其中演技最为精湛的，就是那位在城隍庙口突发心疾的老妇人。

春花笑了："我很小的时候，就认识王嬷嬷了。那时她在钱庄里做杂役，收入十分微薄。有一次我碰上她在工余做绣活儿，发现她的纳纱绣法十分好看、独特，但城中流行的是锁针绣，根本无人在意她的绣法。我对王嬷嬷说，将来能把她的绣品卖到大运皇朝的每个角落，她却笑话我，说小女孩儿不能吹牛皮。那时我就在心里暗暗发誓，一定要开个绣庄，将王嬷嬷的绣技发扬光大，让她挣到很多很多的钱。

"我想，天上若真有财神，掌管的绝不是金银这些阿堵物，而是如何令人之智、力、巧顺其天性技能盎然蓬勃，广为散布，从而令天下之人，都能因遥远异乡另一人的才能而受益。"

两人穿过最后一段回廊，四下恰好无人，廊下檐铃飞舞叮咚。春花边说边走，一双眸子如宝石般荧荧发亮，仿佛仍是那个爱吹牛皮的小女孩儿。

谈东樵深深凝望着她，整个心魄都被她占了去，再也无法将目光移开。他蓦然停住脚步，拉住她的手。

"春花。"他心脏狂跳，似乎要破胸而出，"三年前的事，并非污点，而是此生发生在我身上最好的事。是我生了贪念，不能自抑；是我想与你成婚。娶妻也好，入赘也好，不过是身外浮名，我所盼的，只是能与你朝夕相伴罢了。"

他靠得更近，将她整个人笼罩在宽广如渊的气息之中。

"若我从未与你相识，修无心道，也是一生清净。但如今既已相识，若不能相守，此生所有清净，都成了孤苦……春花，我的心意，你可明白吗？"

春花被他扯得收了步子，茫然回望，便如一脚踩空，跌入了他毫无遮掩的一池清潭。她只觉浑身烫得惊人，他热切的凝望仿佛一个最毒的裂魂，将她的魂魄从天灵盖抽出来，劈成了两半。

一半将自己拧成了个麻花，肆意地狂笑，只想扑过去亲亲他清冷好看的眉、眼、唇，然后拉着他出去满街炫耀："我的！我的！我的！"

另一半则深沉矜贵地拈花微笑："春花施主，你忘了我们说好的计划吗？"

只剩一个毫无机灵劲儿的躯壳。春花深吸了好几口气，才颤抖着问出了那个一直想问的问题："你只想着要入赘、成婚，可想过……以后吗？"

谈东樵一愣："以后？"

春花抿了抿唇。哼，瞧他这模样，定是想着成婚以后就是夜夜春宵……喀喀，哪里想过什么别的以后。她凭着强大的意志力，将肆意狂笑的和拈花微笑的两半魂重新收回躯壳。

"谈大人，你的心意，我明白。但我们生意人，若没有想好以后，是不敢下本的，你可明白？"

谈东樵彻底呆住了。

嫁娶之事，确实不是他博学所在，但……寻常人家议亲，绝不会有个姑娘拎着账本拍在面前，说："没有赚头，我可是不会下本的！"这一回他明白了，屡次碰壁，绝不仅仅是自己蠢笨的缘故，眼前这女子，或许是整个大运皇朝最难娶到的女子。

他张了张口，欲说什么，耳边却突然飘来一声不要命的试探："喀喀，师伯……"闻桑从回廊一角讪笑着露出个脑袋，谄媚得仿佛担心见不到明天的日头，"我师父说案卷里有个疑点，叫你过去商议。"

这真是难为他了。天官大人向来以公事为重，他不及时通报，也是要被打断狗腿的。但这会儿……他观师伯的脸色——在私事上也颇有些坎坷啊……

春花轻咳一声，垂眸后退一步："谈大人且去忙吧，什么时候想好了，再来找我也不迟。"

她迤迤然行了一礼，转身负手离去。

谈东樵沉默地盯着她的背影，但见她越走越摇摆，越走越轻快，迈出门槛的时候，几乎是小跳着出去的。

"师伯？"

闻桑听见他师伯深深地叹了口气，仿佛一下子老了几岁。

接下来的几日，断妄司查案奔忙，春花却几乎比断妄司还要忙。

万应堂倒台，在京城商界掀起了轩然大波。一连数日，都有京中老板造访长孙家，一是探听消息，二是商讨取经。还有几家此前主要给万应堂供应原料的商户，经了这个打击，账款再也讨不回来，几乎血本无归，只得求到春花面前。春花挑了几个知根知底的，分了两成春花药铺的供应机会出来给他们，其余的也是爱莫能助。

商户们各自求生，有那弱小无依的小鱼、小虾，被资力雄厚的大鱼一口吞下，也是寻常事。又过了几日，大事终定，春花终于腾出空来，给陈葛设宴压惊。

陈葛眼中的贪蛊已被取出，不须细想，便已明白自己被坑得有多惨。春花贴了一笔钱，又摁着他拿了一大笔钱财出来，补偿那些被他拉入万应堂的伙计和熟人。如此折腾了一轮，陈葛发觉，自己积攒了多年的家财几乎耗尽，只剩了一屋子堆积如山的万应丹。

所幸的是，断妄司认定他也是中了贪蛊，并非谢庞同谋，所以虽有协同蛊惑之举，但只罚了些钱财，并未问罪。

陈葛手脚都受了伤，裹着厚厚的纱布，长孙衡甚是乖觉地拿了勺子，喂他吃一碗肉粥，边喂边道："舅舅不要气啦，以后还能挣很多钱！"

陈葛被他的吉祥话逗乐，亲了亲他的小脸蛋儿，又听他道："就是没有姑姑挣得多嘛。"

陈葛："……

"反正比你爹那个糊涂蛋强！"

长孙衡一听大怒，将勺子一摞："我爹爹才不是糊涂蛋！我爹爹是天下最聪明的人！"

陈葛冷笑："你爹爹就是糊涂蛋！"

"不是！"

"是！"

两个人似乎都只有三岁，吵成一团。石渠在一旁，一脸养儿终能防老的快慰："衡儿，咱们不喂他了，让他自己吃。"

陈葛大怒："自己吃就自己吃！"他摇身一变，变成一只红白毛狐狸，伸出舌头去舔那肉粥。

长孙衡胖乎乎的手臂紧抱住狐狸身子，将脸埋在蓬松柔软的狐狸毛里："舅舅变狐狸了！揉它揉它！"

一桌优雅恬淡的小宴吃得鸡飞狗跳，春花坐在上首，扶额不忍看。

半晌，她挪开自己的茶碗，抿了一口："阿葛。"

狐狸奋力把头从胖娃娃怀抱中挣出来："啥？"

"你没有背着我，再做别的什么伤天害理的事情吧？"

狐狸怔了怔，而后翻了个白眼："当然没有！"

春花笑了："那我就把金明池畔的春花酒楼交还你打理了。"

她放下茶碗，以温柔的神情注视着眼前的两人一狐。

"阿葛，今后做什么，都别忘了咱们是一家人。"

狐狸僵了一下，别扭地背过头去，"嗯"了一声。

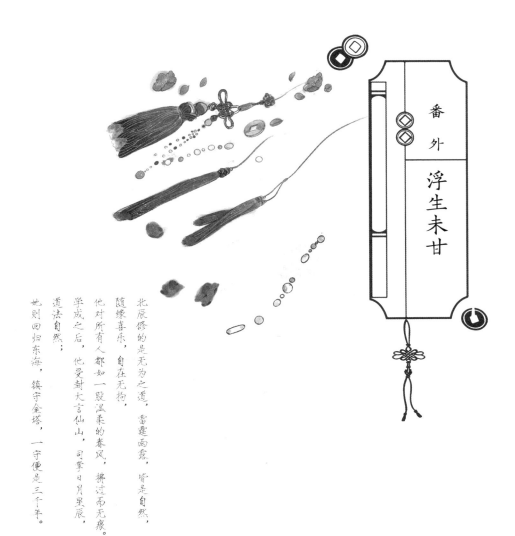

番 外

# 浮生未甘

北辰修的是无为之道，雷霆雨露，皆是自然，随缘喜乐，自在无拘，他对所有人都如一股温柔的春风，拂过而无痕。

学成之后，他受封大言仙山，司掌日月星辰，道法自然；

她则回归东海，镇守金塔，一守便是三千年。

谢庞的案子真正结案，是在半月之后。断妄司查明其骗取钱财合计九百七十万余两，其中三百万两尚能通过变卖资产追回，其余则已荡然无存，而受害百姓竟达万人之多。

　　断妄司对老五自有一套法度，审得谢庞罪行深重，剥夺九百年道行，打回原形，施洗悟咒，放归金明池，若不能彻底参悟前罪，则终生不能再修行。

　　直至谢庞受了刑被打回螃蟹原形，他也未曾招认出那东海贪蛊的来处。谈东樵和韩抉虽疑心此事与东海神族有关，但终究仙凡有别，更无证据，未能继续详查。

　　只是郊外的垂云观，已是连着三日谢绝香客了。

　　哑巴少年走进乐安真人的静室，满目轻纱乱舞，扑鼻酒香餍欲。芙蓉帐底，娇躯醉卧床膝，沉睡不消残酒。他面无表情地走近，目光温柔地沿着优美的起伏曲线攀缘而上，直至对上乐安真人半梦半醒的媚眼。

　　少年倏然一震，连忙低下了头，退后三步。

　　乐安的唇角勾出一抹轻蔑的笑："你这样下贱的孩子，也有情欲吗？"

　　少年脊背僵硬，不动如山。良久，他抬起头，目光灼灼望着她，比了几个手势："何为情？何为欲？"

　　乐安一愣，而后饶有兴致地笑了，居然耐心地回答："情、欲本为一体，又怎能截然分开？真要计较，欲是大胆释放，而情则是……小心收藏罢。"

　　少年释然，又比画道："我想小心'收藏'你。"

　　乐安哈哈大笑起来，直笑得流出了眼泪，才缓缓止住。她盯着少年看了一阵，见他竟没有一丝玩笑的意思，无来由生出薄怒："滚！你也配和我谈情欲？"劈手掷出一个青瓷酒壶，砸在少年额头上。

　　少年额头滴血，白着脸退出了静室。

　　乐安又大笑起来，拎起一个白玉酒坛，拔开坛塞，便往口中倾倒。

　　不知过了多久，静室中蓦然响起一声低低的叹息。

　　乐安停住动作，像是迷惘了一阵，而后披上道袍，整肃了妆容，袍袖一挥，紧闭门窗："父君既然来了，为何不现身？"

半空中波光微漾，不久，紫髯的东海水君在那波光中现出身影。

"甘华。"他长长地叹了一声，"你简直丢尽了东海的颜面。"

乐安，即甘华公主，漫不经心地来到小桌前坐下，给东海水君倒了一杯酒，又给自己倒了一杯："我早说过，父君便当作从未有过我这个女儿吧。"

东海水君痛心疾首地拍着桌子："混账话！当日你为萧淳不顾一切，幸好北辰元君与财神春花因善心助你平安度过情劫。你本该感恩戴德，却忘恩负义，反诬他二人有私情，害他们被贬下凡。这还不算，你在凡间兴风作浪，为他们历劫之途多设劫难，还动用了东海的贪蛊！北辰和春花尚且有好脾气，那天衢圣君难道是吃素的吗？你是生怕他回天庭之后，没有证据给你定罪吗？

"本君儿女众多，却只有你一个拜入天尊门下，本指望你将来能做东海脸面，位列神君……甘华，你怎能如此不争气？！"

他们东海水族，以飞龙族为尊。龙族不似天庭般森严，习俗是成年后可在族内择一异性伴侣传宗接代，但各自依旧以修行为要，不得耽于情爱，更不得与天界仙人或凡人相恋。甘华的父君曾与多个飞龙女子相好，但亦只为绵延血脉，从无情意。

甘华苦笑了一声："我只想寻一自己心悦，对方也真心悦我之人。父君只想我成为东海的脸面，却不容我成为自己。"

"天道不容你做自己！"

甘华倏然回视她的父君："父君错了！

"天道容我犯错、容我受罚、容我历劫、容我悔改，一切因果，都由我自己承担。不是天道容不得我，是父君的道容不得我！"

东海水君被气得七窍生烟，胡须倒竖："你所说的'做自己'，就是跟凡间男子鬼混？没了萧淳，又找了个螃蟹精；走了螃蟹精，又招惹了个丑陋下贱的……"

"父君！"甘华霍然喝止，终究不愿将父女之间的最后一点体面也撕破，眼尾染上一层霜意，"你当初，究竟为何去找北辰元君来劝我与萧淳分开？"

东海水君一愣，默然不语。

甘华冷笑："是不是因为你知道，三千年前我与他同门学道之时，曾真心实意地恋慕过他？"

东海的荣光，公主甘华，不该爱上凡人萧淳，更不该爱上自己的师兄北辰。入古上天尊门下的第一日，她在缥缈青崖外迷失了方向，群狼环伺，险象环生，忽然一头洁白的鹿从天而降，驱走了群狼，引她回缥缈仙山师尊座下。

她那时年纪小不懂事，鲁莽问道："师尊，这鹿真是好看，能否送与我做神兽？"

师尊拈花，滴一滴清露入她眉心："甘华，这是你师兄北辰。"

她惊愕回望，白鹿如烟跃下，烟霞中现出素衣翩然的温柔仙人。

自那一瞬，情根已种，情念已生。

北辰修的是无为之道，雷霆雨露，皆是自然，随缘喜乐，自在无拘，他对所有人都如一股温柔的春风，拂过而无痕。学成之后，他受封大言仙山，司掌日月星辰，道法自然；她则回归东海，镇守金塔，一守便是三千年。

三千年了，她将自己卑微诞妄的情思小心收藏在心底，不敢擅自泄露。

直到那一日碧螺亭设宴，她原本是真心实意地想要感谢他们二人的，但杯酒倾满，水落石出，那深为喜悦的注视、温柔诱哄的讨好、隐而未明的情意，旁人看不明白，难道她还看不明白吗？

这些自我标榜清心寡欲的仙人，对情爱如此不屑一顾，何其虚伪！

也许北辰根本不懂她的心思，但没关系，她会让他懂得。那些日日夜夜刻骨的思念和徘徊、时忧时喜的怅惘和自我麻痹，终有一日也会像纠缠她那样纠缠他们。

甘华燃起了此生全部的不甘。

何为爱而不得，何为情深缘浅，何为辜负背叛，她要让他们一次尝尽！

甘华轻抚衣袂，飘然起身，背对东海水君。

"父君，最初我恋慕北辰，你将我吊在水宫珊瑚塔下三日夜，命我掐断念想，从此不再提此妄念，我做到了。后来，你又让北辰亲手斩断我与萧淳的情意，在我心上又插一刀。天道为何非要对我一个穷追猛打？"

东海水君面色一阵阵发白，再也支撑不起为人父的威严："甘华，你做的事，目下尚能遮掩，迷途知返，犹未为晚。若等天衢圣君返回天庭，你必受重罚！"

"上极乐天境也好，下阿鼻地狱也罢，我一身承担，天道说如何，便如何吧。但非逼我守你们的道，继续做东海的脸面、你的荣光，不行。

"父君，我会回东海，但不是现在。北辰去黔南了，答应要带一坛烈酒给我，我想喝一杯再走。也许此次分别，便是天人相隔，再不能见了。"

至迷之人，劝无可劝，东海水君长叹了一声，拂袖划出一道鄰光，扬尘杳去。

甘华拎起一壶今生酒，灌入愁肠，祭她的前尘。酒液混着龙族的泪水洒落，一时竟分不清是甜美还是苦涩。

不知过了多久，她再度陷入毫无意义的昏睡，酒坛倒在脸畔，浸湿了如羽的眼睫。

再后来，一双坚实而小心翼翼的手将她轻轻托起，安放在床榻之上。那手为她擦干鬓发，脱去外袍，又带着谨慎和虔诚为她盖上衾被。

而后，那从不说话的少年退后两步，静默注视她许久，忽然沙哑地开口了。

他说：

"甘华，你错了。情，不是小心收藏。

"情是成全。"

『一鲸落，万物生。
少了我这朵春花，当有千千万万朵春花，
自旷野中破土而生。』

——长孙春花

第八卷 酌彼春酒

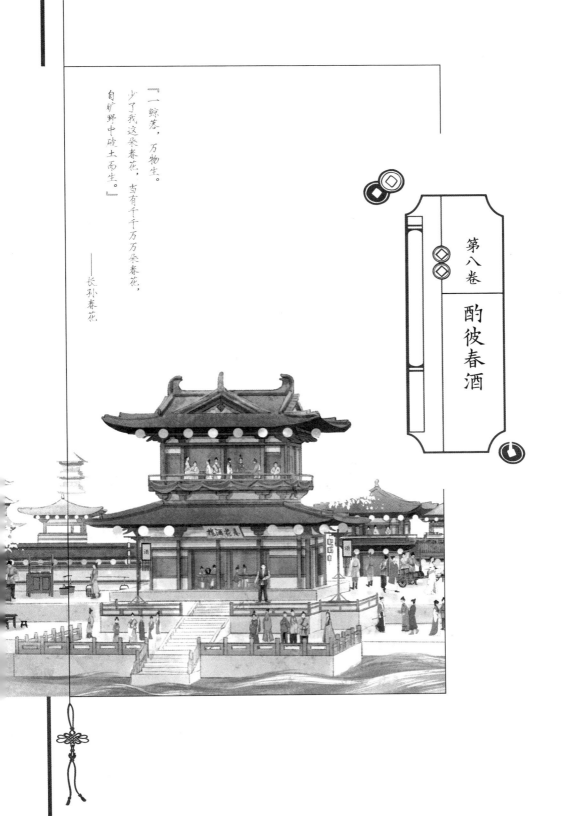

## 章一 · 君子有酒

断妄司连熬了几个大夜，终于将螃蟹老五谢庞的骗局大案各项细节审定，一干老五由断妄司定罪论处，涉嫌从犯的凡人则交刑部议罪，具体的资产折价、赔偿事宜则移交了户部——清算。

谈东樵好不容易腾出空去造访长孙府，却吃了个闭门羹。

"我家东家出门赴宴去了。"

"去了哪家赴宴？"

门人笑嘻嘻道："记得是位显贵公卿夫人，还请了城中许多未婚的青年才俊，有经商的，也有做官的。早上出门的时候，石渠少爷还说，东家出门这一趟，能把终身大事办了最好。"

谈东樵心里极轻微地咯噔了一下。

他转身欲离去，蓦地又顿住："那位显贵公卿夫人……该不会是霖国公夫人吧？"

"欸，对对对，就是她！"

一股不祥的预感涌上了心头，天官大人跃上骏马，向霖国公府飞驰而去。

天官大人下了马，疾行入府，管家回禀，夫人确实是在后园花厅中宴饮，却不迎他入园，而是请他在前厅等候夫人出来相见。谈东樵隐隐觉得有异，却一时又捉摸不透。

不久，霖国公夫人袁氏亲自出来迎他，神情却是匆匆敷衍，一开口便道："东樵，今日姨母有重要的客人，咱们姨甥之间，若没什么急事，便过几日再聊不迟。"说完便要撇下他往回走。

谈东樵连忙拦住，也顾不得旁敲侧击了，索性单刀直入："姨母所说重要的客人，是长孙春花吗？"

袁氏讶异："你如何得知？

122

"春花这丫头，聪明又贴心，在擎天阁上还救了姨母一命。姨母想着，得找机会报这大恩呀！正好她还未婚配，身边又没什么合适的男子，姨母便邀了几位京城商界的青年才俊，还有几个官宦人家的公子哥儿，专挑了人品端正、相貌出挑又知情识趣的，看春花丫头喜欢哪个，就为她撮合哪个。嘻，姨母也没什么别的本事，就做媒这一条，最擅长不过啦！"

谈东樵深吸口气："姨母设宴，为何不请外甥？"

袁氏斜着眼盯着他："上回姨母都在你面前起过誓了，今后再也不管你的婚事。这些相亲的宴席，哪里再敢叫你呢？"

这理由充分而具体，谈东樵一时竟哑口无言。

这死孩子，也有被掉得说不出话的时候，真是天道轮回，报应不爽。袁氏在心里给自己狠狠地鼓了回掌，一下子将积压二十八年的恶气都出出来了。

"莫非，东樵也要替春花丫头掌掌眼？那几个孩子都是你看着长大的，心里怕你怕得紧，若是你在，他们哪还能谈笑自如？"

这倒是给谈东樵硬塞了一个好理由，他冷冷哼了一声："京中还有什么未婚的青年才俊？斗鸡走狗的纨绔倒是有几个。"

袁氏抿了抿唇，摇头叹道："也罢，你随我同去看看吧。你且和气些，别吓着孩子们。"

袁氏精心挑选的才俊，有户部徐大人家的幼子、礼部赵大人的幼子、上阳楼李老板的次子，都是京中颇有些名气的贵胄公子，个个容貌俊秀、风度翩翩。其中名位最高，众人都敬几分的，是安德侯家的小侯爷范景年。为了不使赴宴的其他女客拘谨，袁氏还贴心地请了安德侯家的小姐范芸、徐大人家的长女徐英同来。

春花来赴这场宴，倒并不知是场相亲宴。她与寻静宜、李俏儿同来，一入席，寻静宜便吸引了所有人的注意，尤其是小侯爷范景年，眼珠子几乎要失在寻静宜身上。

幸而有霖国公夫人坐镇，这些贵胄公子也都算有些家教，纷纷收敛了心思，展露起彬彬有礼的和善风度。一场清雅小集，在座的又都是青年男女，吟诗谈赋，饮酒赏雪，再行些小令，宾主都颇为尽欢。

众人行了几回酒令，即席簪花赋诗，都由寻静宜拔得头筹。范小侯爷往日是这些公子哥里最出挑的，此刻起了些不服和卖弄之心，道："寻老板惊才绝艳，我等男子俱不能及，再比行酒令，恐怕不公。咱们换一个玩法，如何？"

寻静宜怔了怔，她本不擅长应付这些场合，从商三年来，虽能与熟人谈笑往来，但在陌生人面前，还是难免局促。

幸好春花笑道："范小侯爷想玩什么？"

范景年道："你们从汴陵来，恐怕不知道，如今京城最时兴的是打双陆，就连陛下和娘娘也时常通宵掷彩行马呢。"

他这话一出，徐小姐先笑了："范小侯爷打双陆京中第一，就连陛下也经常招您进宫伴驾。咱们座中，哪有人是您的敌手？"

寻静宜有些紧张，低声对春花道："我可不会打双陆。"

春花安抚地拍了拍她手背："范小侯爷，静宜不会，就由我代她打吧。"

范景年左右环视，见霖国公夫人离席不在，一时轻狂心起，嬉笑道："代打可以，但双陆与酒令不同，可是要押注的。这赌注，还是得寻老板亲自出。"

春花眸中微微一冷，语声依旧平静："范小侯爷要什么赌注？"

范景年得意扬扬："若我胜了，便在上阳楼设一小席，请寻老板拨冗单独赴宴，如何？"

众人均是一愣。寻静宜倏然面色雪白。

原本是相安无事的雅宴，只因有容貌出众的女子在场，便有那身居高位的男人抑不住遐思，将父母教过的体统尽喂入狗肚子里去了。而行走于白日、无愧于心的女子，却常常需要谨小慎微，以免世俗将种种龌龊想象加诸己身。

寻静宜狠咬住下唇，几番隐忍，才没有起身便走。她虽柔弱，却并不蠢，此刻若因对方的弦外之意而羞愤，只会遂了他的阴暗心思。女子抛头露面，自然不易，但她晓得，该变的是这世道，并不是自己。她双手在袖中紧握成拳，指甲深深陷进软肉之中，正思索该如何回应，手背被一只温暖的手轻轻握住。

春花执起酒杯，遥遥向范景年举杯："范小侯爷这赌注，立得可太谦虚了。"

范景年一愣："何出此言？"

"既为赌注，应当是诚心正意地去讨要却讨不到的东西，才合立为赌注。就譬如我，想请范小侯爷押下的赌注，便是贵侯府中珍藏的'春昼'一坛，若是红口白牙地要，范小侯爷定是不肯给的。"

"春昼"之名，享誉天下，真正喝过的人却极少。只因这酒由京城碧桃垆侯娘子手酿，侯娘子脾性古怪，一年只出十三坛。去年的十三坛，有六坛进了宫，另外六坛由京中几家达官贵人在宴请贵客时饮去，只余一坛收在安德侯府中。

但范景年无暇追究她如何得知自家府中还有一坛"春昼"，耳听春花似笑非笑的话语，面上渐渐现出薄怒来。

"范小侯爷想请人吃饭，还要立个赌注。看来平日，都没人真心乐意和您同桌吃饭呢。"

座中有人扑哧笑出声来，但碍着侯府的颜面，才立刻压下，未敢放肆。

范景年面上一阵青，一阵红，一时竟不知是该发难还是该忍下。只纠结了一瞬，他便永远地错失了良机。

一道冷冽的声音幽幽响起："这几个，就是姨母请来的青年才俊？"

座中的贵胄公子们对这声音，没有不熟悉的，当下都变了颜色，"哗啦"一声，全都站起来了。范景年手中酒杯当啷跌落，黄汤洒了一地。门扇开启，冷风迎头灌入，他清醒了几分，吓得腿直发软："谈……谈叔！"

论起辈分，范景年的祖父还是谈老太师的门生。论起交情嘛，范景年十八岁时年少轻狂，纵马西市，被谈东樵撞了个正着，不由分说捆去了京兆尹衙门，亲自盯着京兆尹按律打了他三十板子，让他三个月没能下床。范景年陪皇帝陛下打双陆，都不及在谈东樵眼皮底下来得慌张。这瘟神，怎么会出现在这里？他不是最讨厌宴饮交际的吗？

他手脚止不住地哆嗦，正想找个地洞钻进去躲起来时，听见那个瘟神轻哼了一声："范小侯爷要打双陆？不如我来陪你打。"

"……"

"我只以自己立赌注，做不得别人的主。若你赢了，便由我拨冗，与你在上阳楼单独吃一顿饭，如何？"

"……"

范景年快哭出来了。

"至于你的赌注嘛……"谈东樵停顿了一下，转头问春花："你想要什么？"

春花抿唇，微笑："我想要侯府那一坛'春昼'。"

谈东樵点点头，对范景年道："若你输了，便输我一坛'春昼'，你可答应？"

范景年哪敢不应，嘴唇打战了半响，鼓起勇气问："谈叔，我没别的意思，您……会打双陆吗？"谈老太师曾进谏过皇帝多次，打双陆乃贪情丧志之奇技淫巧，人君当远离之。打死范景年也不信谈东樵会打双陆。

果然，谈东樵迟疑了。

这时却有人不识时务地举起一只手："双陆的规则十分简单，我可以教教谈大人。"

范景年死死瞪住春花。这是什么仇，什么怨？

那个瘟神极和悦地说了一句："那就有劳春花老板了。"

范景年犹不认命，垂死挣扎道："谈叔是修道的高人，掷彩作弊太容易，这不公平。"

话音刚落，那愁人的春花老板又不嫌事大地开口了："这也好办，我替谈大人掷骰子，可行？"

然后，众人便看见万年冰块脸的谈东樵大人勾起唇角，笑了笑。

"可行。"

那一瞬间，范景年产生了幻觉——若那位春花老板问一句，"把范小侯爷的脑袋割下来当球踢好不好"，他谈叔也会和颜悦色地说声"好"。

而春花已经乐呵呵地站到了谈东樵身边，双手合并一击："既然这么公平、公开、公正，咱们就开始吧！"

## 章二·杯酒言欢

众人都饮了些酒，兴致正高，又是喜好热闹的人，于是招呼着仆婢们摆开棋盘，铺上黑白双色玉马。就连平日从不碰棋牌的寻静宜也好奇地与李俏儿挤在一边观看。

谈东樵在一侧坐了，示意范景年也落座。范景年酒意已醒了大半，束手束脚地立在一旁，猛然被招呼了一声，忙道"不敢"。

谈东樵皱眉："既已下了注，局中无长幼，你且坐吧。"

范景年无法，只得哆哆嗦嗦坐下了。

春花立在谈东樵身侧，指着棋盘，将双陆的规则娓娓道来。

"白马自右归左，黑马自左归右，马先出尽则为胜。走数以骰子掷点为准。这棋的精要，其实与生意场颇为相似——掷点无常，攻守兼备，但行至半途，要始终记得自己手上有什么东西，要往何处去。"

这话说得带些双关，谈东樵情不自禁地抬头，盯着她顾盼生姿的明眸。

她靠得颇近，语速有些快，如雨天屋檐下的水瓮，滴滴答答不停。应是喝了些酒，淡淡酒香混着素馨香气浸润着他的鼻息，红玉的骰子在莹白的掌心轻轻滚动，极为悦目。指点之时，偶有指尖擦过他手背，又或是乌发滑落数丝，缱绻地垂在他肩袖的衣料暗纹之上。

他喉头一涩，忽然心旌不能自抑。他从未有过这样的感受——身处如闹市般的嘈杂之中，竟如二人独处般轻快适意，似乎可以就这样，一直待到天荒地老。

"走马常有欲速则不达之况，途中可伺机攻其弱子，又须注意多子抱团方能聚合成势，塞其道路。就譬如开局第一掷，便有二十一种变化……"

她说得十分讲究，虽然只解释了玉马的布局，又解释了些名词，如弱子、河界、内家、外局等，实则将棋局中可能出现的困境和可以利用的机遇都提了一下。

范景年忍不住道："春花老板真乃个中高手，再说下去，倒不如亲自下场。"

春花微微一笑，收住了言语，低头看向谈东樵："听明白了吗？"

他点点头，受教地答："听明白了。"手中恰倒满了一杯清茶，递到她手边。

春花正说得有些口干，十分顺手地接过来，咕嘟咕嘟喝下去。

谈东樵便也十分顺口地说了声："喝慢些。"

范景年瞧瞧这个，再瞧瞧那个，忽然醍醐灌顶，茅塞顿开，祖传十八代的智慧一夕喷薄而出。他腾地从座位上站起来："你们这些没眼色的奴婢，快给春花老板看个座！"

这一局双陆打得颇为精彩。范景年是打马高手，虽然一时还拿不定主意要输要赢，总还是用一贯的棋路。谈东樵是新手，但心算能力极强，一眼便能算到三步之外，抱志坚守，稳扎稳打，棋局一时胶着。

春花只出了个掷骰子的手，嘴里却不闲着，每掷出一个点数，便有些"咦""哦"的感叹声出来。谈东樵从她这语气中听出些提示，顺势追击，不过片刻，竟然就占了上风。

末了，范景年颓然地将手中骰子一扔："谈叔，侄儿输了。"

谈东樵还未开口，春花便已大喜，拍手笑道："小侯爷愿赌服输，那'春昼'……"

"即刻命人送去谈……"范景年蓦地反应过来，目光投向谈东樵，"送去春花老板府上。"

春花欢腾道："那就却之不恭了。春花谢过小侯爷，也谢过谈大人。"

羽扇般的睫毛飞快地向谈东樵忽扇了两下，他便情不自禁地弯了弯唇角，淡淡一笑。

袁氏立在人群外，将他这一抹笑意收入眼帘。


宴罢人散，谈东樵欲送春花等人出去，却被袁氏叫住。

"东樵，你且留一留。"袁氏神色颇为凝重，"姨母有些要紧的事要与你商量。"

春花向他使了个安心的眼色，便与寻静宜等一同告辞了。

谈东樵心不在焉地在袁氏对面坐下。

袁氏先是沉默了一会儿，只静静喝茶，待仆婢们都走开了，才道："姨母说过，不再过问你的婚事。这话，是认真的。"

"东樵知道。"

"但姨母还是要提醒你——"袁氏神情少有地肃穆，"旁人都可以，长孙春花，不行。"

谈东樵登时一愣。

袁氏盯着他起伏不定的神色，冷笑一声："怎么，你以为姨母是个睁眼瞎，看不出你们两人之间的默契？"

谈东樵一时无暇顾及袁氏是何时看出端倪的，脑中只回响着那句"不行"。

沉默良久，他谨慎地向袁氏一揖："姨母既然颇为欣赏春花，连范小侯爷都能介绍给她，为何我却不行？"

袁氏嗤了一声："范家那小纨绔能和你比吗？他这辈子无论是仕途还是经济都没什么指望，若能娶个有钱的妻室，便是大幸了。可你——

"你是谈家的祖望！你祖父之后，你便是朝中清流之首，陛下的股肱之臣！你怎能娶一个商贾之女？"

"只要是清白经营，于民有利，于社稷有功，商贾之女又有什么关系？"

"她可不只是个商贾之女！好人家的女孩儿，个个藏在闺中如珠如宝，哪有这样四处抛头露面的？即便是婚后谨守妇德，闭门不出，婚前的名誉已然败坏，如何还能弥补？你祖父一生最爱惜名节，怎能容忍有这样的孙媳？"

"姨母！"谈东樵忍住怒气，沉声道，"所谓闺誉门楣，在东樵看来，都是小节。信义仁善，才是为人之大德。长孙春花是我心中最好的女子，我敬她、慕她，请姨母不要羞辱她。"

袁氏眸中有些不期然后的震动，一时竟说不出话来，怔怔望着这陌生的外甥。

谈东樵叹了口气，起身到一侧，敛袍跪下，庄重道："父母不在，姨母便如母亲一般，终身大事自当坦陈。东樵已决意入赘长孙家，且已向祖父禀告。"

袁氏震惊地捂住嘴，长久都说不出话来。

她身后帘幕之内，蓦地有人大呼："入赘？"

韩抉抱着脑袋，活见鬼一样伸出个脑袋："老谈你也太藏得住事了吧？"

袁氏翻了个白眼，提腿过去，一把拧住韩抉的耳朵："小兔崽子，你可没说他们都进展到这地步了哇！"

"哎哎，我哪知道，您这外甥看着闷声不响的，手底下动作这么快！"

"我在擎天阁上就瞧出来了，冰灯一样的小子，什么时候这么好声好气地和人说过话。"

"那是，什么都逃不过您的火眼金睛哪。老谈好不容易熬到休沐，您可好，专挑了这一天，把人骗到咱们府上来了。这又装出一副古板守旧、棒打鸳鸯的样子，我还以为您去哪个戏班现学的呢！"

"我这不是怕他闷葫芦，想激他一下嘛，谁知这孩子，竟是个自己会争气的……呜呜……"

袁氏掏出帕子，用一端揩着湿润的眼角："东樵，姨母刚才都是吓唬你的，并不是真的看不起春花。"

谈东樵："……"

"你自幼便是一副清心寡欲的样子，尤其跟了老道士修什么无心道，就更加没有人味了。有时姨母觉得，你只是在人间路过一段，克日便要远行。现下看到你如此喜爱一个女子，总算有些烟火之气了。姨母心里真是高兴啊！"

谈东樵困惑了一瞬："姨母不反对我……入赘？"

袁氏嘴唇翕动片刻："入赘这事，确实太突然。若是韩抉提出，我定要骂他个狗血喷头。"

韩抉："……"

"但东樵，你可不是个冒失的孩子，既然这样说了，必定是不得不如此。"她伸手覆上谈东樵手背，"这世上的大多数人，一生随俗奔波，却没碰上半颗真心。愿得一心人，白头不相离。[1]东樵，入赘也好，娶妻也好，都是世俗礼节，姨母真心盼的，是你心中不再冰冷无情。有一人知心，携手余生，才能看见这红尘的万丈风景。"

谈东樵有些恍惚。他确实没有料到，袁氏会如此开明。袁氏与霖国公情深意笃，是京城中尽人皆知的模范夫妻，大约正因为如此，才更重情意而轻体统吧。

有一人知心，携手余生，看红尘万丈风景。就是如此吗？

这就是春花所说的"以后"？

谈东樵深思良久，忽然诚心诚意地跪伏在地："东樵有两件为难事，想请托姨母。"

袁氏和韩抉都被他这大礼惊着了，袁氏道："你先起来，好好说。"

他固执地跪着不动，认真道："一件，是祖父执拗，不肯同意入赘之事，还请姨母设法相助说服。"

袁氏点点头："你祖父那老古板，是需要费些功夫。此事，姨母来想办法。"

谈东樵恭敬地叩了个头，又道："还有一事……是关于春花的。"

"如何？"

"成婚不过漫漫长途中一行脚歇处，春花说，更重要的是'以后'。东樵想请教姨母，怎么才是令她心安喜乐的'以后'？而我，又该如何做，才能有这样的'以后'？"

莹然泪水从袁氏眼中涌出，一时连绢帕也止不住，她呜咽起来："我那姐姐泉下有知，也能安心了！"

莫非这就是卤水点豆腐，一物降一物？


## 章三·酌彼春酒


春花回到家，与几个候着的掌柜议了遍事，再抬头看更漏，已近子时了。正打算回房歇息，门子来报，道安德侯府已将一坛"春昼"送过来了。除了酒，

---

1 出自汉代卓文君的《白头吟》。

还有一张长长的礼单，都是些布匹、首饰、香粉、妙玩。送礼的人口甜如蜜，说是安德侯府的一份小小心意，早知春花老板喜欢，莫说"春昼"，便是琼浆玉液也该早早送来。

李俏儿将礼单送进来，不解地问："东家，他们堂堂侯府，怎么对咱们这么客气？"

春花瞅着那礼单，半晌，笑了一声："俏儿，我记得阿葛说过，一坛'春昼'在京中的市价大约是一千两。"

"嗯，不过去年的'春昼'都已开了，今年的还未出，有钱也买不到呀。"

"你去封两千两银子，跟那送礼的人回去，亲自送还，就说是'春昼'的价钱。还有其他的礼物，一样不落，都退回去，就说长孙家感激侯府抬爱，但向来是本分经营，不敢擅领贵恩。"

李俏儿一愣："人家心甘情愿地送，为什么不收？"

"送得虽心甘情愿，却不是冲咱们。"春花有条不紊地将礼单折起，"谈大人是守正修德的君子，不能坏了他清誉。"

李俏儿接过礼单，转身要走，又倒回来："东家，我也觉得，谈大人今日真是器宇不凡。"

春花唇角一弯，"嗯"了一声，才醒悟过来，面上顿时一热："我何时说过他器宇不凡了？"

"您是没说，可是都写在脸上了哪！"她笑嘻嘻躲开春花挠过来的"爪子"，一溜烟地跑了。

春花："……"

这丫头大约是跟着她久了，越发刁钻了。

心情大好，春花于是拍着桌子道："来人啊，快给我热一壶'春昼'！"

婢女热了酒，倒在白瓷小杯中，酒液甘红，奇香扑鼻，捧在手中，果然像捧着一个春日的早晨。那正是：春酒盛来琥珀光，暗闻兰麝几般香。[1]

仰脖倾杯而下，酒液如湍急清冽的小溪，冲遍四肢百骸，彻底温暖了肺腑。脑中登时一热，便似有千万只欣喜的雀儿绕着眉梢闹起来，平生所遇的欢乐事一件一件尽数浮现在心头：譬如她七岁时第一次打算盘便赢了石渠，被爷爷大力称赞；又譬如十九岁那年终于当上了汴陵商会的会长，商会那群老头儿看不惯她又拿她没有办法。

还有那日，那人说三年前的事，是发生在他身上，最好的事。

嘻嘻。

---

1 出自唐代权德舆的《放歌行》。

真畅快啊！"春昼"果然名不虚传！

难怪陈葛追着她求了半年，要把侯娘子的碧桃垆买下来。若是能想到量产的法子，让寻常百姓都喝得起，"钱途"定是不可限量。春花心头一热，顿时觉得室内闷得难耐，不禁一跃而起，推门而出。来到檐下，但见满天星在，流月如霭，两盏风灯如在梦中般摇摇摆摆，她蓦地恍惚了。

赚钱可以先放一放，眼下，她有件更重要的事情要做。

春花抬起左腕，将桃僵拢在指尖，轻轻地唤起那人的姓名。三个字，每个字都如蜜糖流淌过舌尖。

"谈大人，你在吗？"

只一瞬，那边便有了回音，声音透着些错愕。

"你遇上危险了？"

这话说的，没遇上危险，就不能叫他吗？

春花哼了一声，目光在周遭梭巡了一圈儿："是有些危险……"

视线落在檐角上，一只大肚蜘蛛正在瑟瑟结网。

"有蜘蛛精呢。"

镯子对面立刻焦急起来："你在何处？"

"我就在家中，书房门口啊。"她顿了顿，凑近去看那蜘蛛，"好大的蜘蛛，肚子有簸箕那么大，腿有高跷那么长……呜呜，谈大人，救命啊……"

她演绎得声情并茂，酒意上涌，脚下便有些不稳，忽然脚腕一软，跌坐下去。

"欸？"

跌到半路，屁股的撞痛感没有如期而来，反而落入了一个温暖宽广的怀抱。

"谈大人？"

指甲盖儿大的小蜘蛛在檐角奋力地织着网，浑然不知自己遭遇了一场不白之冤。谈东樵托着她的腰肢，看了眼那可怜的蜘蛛，又低头看向这说瞎话从不打草稿的女人："这就是你说的，蜘蛛精？"

"……"

"腿有高跷那么长，嗯？"

春花垂眸，毫不羞愧地干笑了声："你来得……好像有点快啊。"

真是的，她的好演技，都没有了用武之地。她抓住他的手臂，勉强将自己撑起来，抬起还留着一丝清明的眼睛："谈大人，方才我叫你的时候，你在哪儿？"

谈东樵神色一僵，淡淡地移开眼。

"恰好在附近，听见你唤我，便立刻赶来了……你喝醉了？"她从霖国公府离开的时候好像没这么离谱。

"喝了点儿，但没醉。"春花笑嘻嘻地睨着他，一把抓住他衣领，"谈大人，你不要顾左右而言他，说实话，刚才你在哪儿？"

撒谎成精的人，还好意思让别人说实话。谈东樵深深地叹了口气，但骨子里刻着的板正还是让他如实回答："在你家门口。"

他从霖国公府出来，片刻也没耽搁，立刻赶到长孙府，到了门前，才察觉人家户牖紧闭，原来已过了子时。心中反复演练了多次的说辞堵在了喉咙口，他只觉进也不是，退也不是，便这么在长孙府门前愣愣地站了许久。

站着站着，自己也觉得无趣，打算回府时，有软语轻拂过灵台。

"谈大人，你在吗？"

春花收回双手，捧着脸，嗤嗤笑起来，像只偷吃到鱼的狸猫。

"谈大人，你是不是有很多话，要跟我说呀？"

谈东樵低头，将她的可爱与狡猾全部拢进眼底。

"是。"

"是不是心急如焚，非要把此事说出来不可？"

"是。"

"那你进来说吧，我有好酒。"她拉起他微凉的手，一路拉进她的书房兼闺房。

京城这处，虽是临时寓所，也被她布置得很是舒适，与汴陵的书房几乎一模一样。谈东樵心中涌起一股温柔情思，软得像天边的白云。

春花把他按在榻上坐下，给自己倒了一杯"春昼"，给他也倒了一杯，才道："说吧。"

谈东樵道："你上次问我，可曾想过以后。我从前未曾想过，这几日却是认真想了。"

春花屏住呼吸，故作轻松地端起酒杯往唇边送。

"我已分别禀报了祖父与姨母两位长辈，我想入赘长孙家。"

"噗！"

两千两一坛的"春昼"喷了他一脸。

"你跟谈老太师和霖国公夫人都说了，你要入赘？"

谈东樵镇静地以袖擦干脸。

"他们……怎么说？"恐怕肺都要气炸了吧？

"祖父还是不允，但我意已决，姨母也愿意助我说服祖父。本想等取得了祖父允准，再向你求亲，但……"他靠近些，目光炯炯地望定她，"我好像……等不及了。"

春花一愣。

"姨母说我连从前都没有，谈什么以后。我想了想，确实如此。我从前只晓得读书、修行、查案，生在人世间，似远远地路过一般，若哪天突然走了，似乎也没什么遗憾。但如今有你，我才想，好好看看这人间。

"春花，我不知道你想要的以后是什么，但除了天道、法度、良心不能违，别的，我都可以。"

厚木醇清的气息拂在她鼻尖，他轻轻抬起她下颌，温润的唇靠得极近。

"我一生，只做这一桩生意，押上全部本钱，有错必改，有难同当，不讨价、不还价、不记账，不欺、不妄、不悔。"

春花怔怔地望着他，双肩难以自抑地颤抖起来。一只软犄角的小鹿在她心里四蹄如飞地冲撞起来，她舔了舔干涩的嘴唇："你……非要这么老实吗？"

无招胜有招，他就这么不遮不留，让她这奸商怎么办？

正当此时，窗上蓦地响起两声敲击。

婢女在外头喊："小姐，陈葛大掌柜来了。"

春花："……"

这么晚了，这死狐狸要干什么？

"有什么事，让他明天再说！"

窗外犹豫了一瞬，还是道："陈大掌柜说了，十万火急！"

她非把陈葛尾巴上的毛一根一根薅下来不可。

果然，谈东樵这木头立刻退后了几步，移开视线："你若有事，就先去忙吧，待明日……"

"不行！"春花斩钉截铁，"你就在这儿等着，我去去就来。"

她走出几步，又回身不放心地叮嘱："若是等得无聊，你就帮我看一会儿账本。"

"总之，不准走。若我回来看不见你……"她支着脑袋想了半天，一时也想不到有什么可威胁他的，于是颇有气势地"哼"了一声，表达了一个模糊而严重的警示。

谈东樵剑眉一挑，不大厚道地笑了："遵命。"


春花走后，谈东樵先是在小榻上坐着发了一会儿呆，而后，想起她的吩咐，于是来到书案前，替她将几摞账本按时序、门类分别整理，将案上笔墨、纸张都归置一番。

这位女东家，有时心思细腻，有时则粗心又毛躁。她脑子伶俐，遇到需要条分缕析的事，便随手抽一张纸，将那些天马行空的想法写满纸张，只是写了又不收拾，扔得到处都是。恍惚间，他好像又成了那个叫严衍的账房先生，跟在东家屁股后头收拾残局。

拾掇得差不多了，谈东樵在书案后坐下，正要取一本账本来看，却突然瞥见账本底下，有本黄色封皮的册子露出半个角。封皮的角落上，拙劣地画着一棵树、一朵花。

画技一般，但意思到了。

他沉吟半晌，还是伸手将那册子抽了出来。

封皮上明晃晃地写着两个大字：以后。

看来，这就是春花老板的"本钱"了。

他看，还是不看呢？

谈东樵沉默地瞪着那可笑又可爱的小册子，看了许久。

他也不是……非要这么老实。

## 章四·且醉花间

陈葛的急事，与这一坛"春昼"有关。

碧桃垆是京城南城墙下一家偏僻的小酒馆，似乎大运皇朝开国的时候，就已经在那儿了。虽然是老字号，却一直是小本经营，从未有扩大店面或多雇伙计的意思。这一代的东家是个女子，名唤侯樱，性情孤僻冷漠，从不与人相交，却仗着家传的酿酒技艺，在京城酒业占着一把不大不小的交椅。

碧桃垆有两个传了许多代的镇店酒方：一名"春昼"，一名"霜枝"。"春昼"如春，饮者拊掌大笑，喜不自胜；"霜枝"似雪，饮者黯然销魂，忧怀悲凄。"春昼"一年十三坛，"霜枝"一年十六坛，碧桃垆每年产够了数，便关门谢客，仿佛跟钱过不去似的。

陈葛管着京城的春花酒楼，酒品的采购是最重要的一项开支。他这一年来克尽厥职，已和京城大部分的酒坊签下了供酒的契约，凡是春花酒楼订货，不仅要保障货量和品质，还要给出行内最低的价格，但偏就在碧桃垆碰了一鼻子灰。

侯娘子冷冰冰地告诉他，"春昼"和"霜枝"，再没有多的了。至于普通的碧桃酒，有了再来拿货，但也得随她心情。陈葛受了气，发下狠来，扬言要买下碧桃垆，改名作"春花酒垆"。

这事，春花原本不置可否。但今晚饮了一壶"春昼"，她改变了想法。

确实如陈葛所说，长孙家的酒楼生意已做到极致，若要扩张，还得寻求新的方向，向上游去开酒垆，是个不错的选择。

碧桃垆是小本生意，东家不善经营，酿酒的才艺却是突出。碧桃垆若能并入长孙家旗下，不仅能为原本的酒楼生意节省成本，也能开拓新的利润来源。

陈葛听说春花得了坛"春昼"，急赤白脸地赶过来，问她要主意。

"外人不知，我却打听清楚了，碧桃垆里头，安德侯府也占着股份呢，碧桃垆开门的营业铺子，赁的也是安德侯府的产业。你既然能从侯府要下一坛'春昼'，能不能托侯府在侯娘子面前说一说好话？"

春花只觉陈葛浑身不顺眼，板起脸道："'春昼'是我打双陆赢回来的，侯府的人表面不说什么，心里怕还记恨呢。"

"平时嘴甜得抹了蜜的人，怎么偏在刀口上得罪人？"陈葛恨铁不成钢地瞪她，"我这么费尽心思，还不是为了长孙家的产业？咱们做生意的，外人看着光鲜，其实如同逆水行舟，只许你越做越大，不许你往回收拢。每日一睁眼，汴陵有一群小股东等着分红，酒楼里有一群厨子、伙计等着工钱，人人都想明日比今日好。这些重担，不都得咱们背在身上吗？"

他气闷地往椅子上一坐，忽然想到什么，直起身子："春花老板，你是功成名就了，挣下的家业一辈子也花不完，如今只想着找个如意郎君，舒舒服服过下半辈子。可是你手底下这些人呢？咱们后头跟着的小股东呢？铺子里的伙计呢？他们的以后，你都不考虑考虑吗？"

春花微微一愣。

今夜的欢欣情愫在陈葛的这一问中，冷却了下来。陈葛的难处，她其实感同身受。她总问谈大人"以后"，其实自己的以后，也并未想清楚。

早年间，在汴陵开一家小小钱庄时，做梦都是把生意做大、做强，做到三江五湖，伸到各行各业。现如今，"春花"二字在钱庄、酒楼、布匹、营造等行业都已是最强的金字招牌，她却说不出一句"然后"了。

然后，又该往哪里走呢？要继续做大做强，买下更多的铺子，吸纳更多的合作伙伴，将标着"春花"两字的点金手伸向更远的地方？

春花沉默了许久。久到陈葛以为她动了怒，志忑地要出声，她才长吁了口气："阿葛，我近来在生意上确实有些怠懒，对不住你。购下碧桃垆，确实是咱们进军酒业最好的选择，机会稍纵即逝，一定要把握住。"

她甚少对下属说这样的软话，陈葛不禁讶然。

春花负手在堂上来回踱了几步，思忖良久，终于有了计策："她不是为钱，必是有更看重的东西。"

她掏出随身的小印："你拿我的帖子，去京城商会中几位老板府上一一拜望，问清楚这几件事。"

她面授机宜，如此这般，条分缕析，末了，又补充道："打蛇须打七寸，我相信没有不合适的生意，只有不合适的价钱。我会去写信给咱们汴陵商会和产业旗下所有掌柜，定要做成这笔生意。"

陈葛大喜过望："我的姑奶奶，总算你还有点良心。兄弟祝你和如意郎君白头偕老、恩爱无双。"

春花白了他一眼："快滚快滚。"

陈葛哈哈大笑，招呼下人送上一个小酒坛。

"'春昼'难得，'霜枝'亦是稀少。我从上阳楼高价买了一小坛'霜枝'，东家尝过就知道，碧桃垆价值几何。"

送走了踌躇满志的陈葛，春花又盘算了片刻，将诸事梳理后，这才安下心来。

她正打算回房休息，倏然觉得有什么不对。

陈葛来之前，她在干什么来着？

春花狠狠一拍脑门，书房里还有位天官大人！

她看一眼更漏，竟已过去了半个多时辰！她还掐着脖子吓唬人家不准走，自己却忘了个干净……谈大人定要生气，不理她了。春花一路小跑回来，推开书房门，才长出了一口气——人还在。

青衫的男子肩脊端正地立在书案前，一手负在身后，另一手持着本册子端在眼前。

倒是听话。

她掩上门，再转过身来："谈大人久等了……欸？"

那封皮的颜色，怎么有点眼熟？

仿佛被一道天雷从天灵盖劈到脚后跟，春花老板像个尾巴被点着的炮仗般冲了过去，劈手去抢那黄皮册子。谈东樵极快地一收手，将册子举过头顶。她口舌打结，八爪章鱼般攀着他往上蹿，但两人身高差距过于悬殊，她不停蹦跶也够不着半角纸皮。

"你……还我！"

谈东樵挑起眉，含笑望着她。平日八风吹不动的春花老板摇身一变，成了只跳脚炸毛的小狸猫。

"晚了。我都看三遍了。"

他唇角弯弯，一手微微用力，将张牙舞爪的"狸猫"禁锢在怀里，另一手高举册子，仰头念上面的字句——

除夕，契丹小羊羔肉很不好咬，若谈大人在，定能切得好入口。

上元打双陆，逢不着对手。谈大人会打双陆吗？不会我可以教他。

三月十二日，郊外春草又发，想去踏青骑马。谈大人在做什么呢？

今日厨娘超常发挥，鸡汤面很好吃，我吃了两碗。谈大人长得耐看如何？又不会做鸡汤面。

又是七夕，鸳鸯湖上都是一对儿一对儿的，真是碍眼。若是谈大人在，同去游湖也是好的。

如意班新出了两折苦情戏，谈大人恐怕不喜欢。他该看些欢快的戏本子，多笑一笑，不要总是板着脸。

静宜说，在孔明灯上写下两人的名字，两人就能朝夕相见。这么幼稚，谈大人大约不肯做。

跟哥哥和衡儿打雪仗，一败涂地。若有谈大人当帮手，当能杀他们个片甲不留。


他指尖灵活，翻过去几页，露出一个画得十分粗糙的小人，身上点着两点，一处在右胸，另一处在左臂。旁边草率地写着一堆小字：谈大人身上伤疤不少，可惜只记下了两处，且待以后补全。

又翻过几页：不能入赘，亦不能娶亲，凭什么不能有折中的办法？静宜说我在这事上钻了牛角尖，看来是真的。

再见谈大人，定要矜持冷漠、不失气度、高贵冷艳地问他：可有考虑过以后？

再翻过一页：……高贵冷艳太难了，还须修炼。

"……"

小"狸猫"逐渐放弃了无谓的挣扎，收起了爪牙，埋下头，羞臊地呻吟了一声。

这真是打鹰的被鹰啄了眼。

"你别念了。

"再念，我生气了。"

谈东樵住了口，将那黄皮册子放回桌上，双手环住她腰肢，轻轻一带，便将她托到书案上坐着："真生气了？"

春花耷拉着脑袋，脸涨得像紫茄子："你偷看人家杂记，好不要脸。"

谈东樵摸了摸脸："这位东家，不是你支使我来看账本的吗？"

"你如今都不是我的账房先生了，何必听我支使？"

他沉沉地笑了，钩起她下巴："在我这里，你永远都是东家。"

她的呼吸骤然一停，十指蜷得更小，望进他如天海般澄澈的眼眸。

谈东樵低头，吻了吻她冰凉的鼻尖："打双陆、游湖、骑马、看戏、放孔明灯、打雪仗，我都愿意，你想做多少遍，咱们就做多少遍。我虽未下过厨，但……还是可以学着煮一碗鸡汤面。"

春花愣住了，良久，双眸微微湿润。

命运待她太厚，有至亲疼爱，有挚友相交，有志业可酬。她如今还想惜得这眼前人，是不是太贪心了？

谈东樵看懂了她的心思，灵台中的轩辕柏沙沙作响，微雨如丝洒落，细密而庞大的温柔情意自泥土中蔓生成藤。于是他心想，这便是天罗地网，在劫难逃。

温热的唇终于难以自持，轻轻落在她唇上。

"春花，你想要的以后，就是我的以后。你心里的账，我都记下了，今后余生，一笔一笔替你讨还。"

是日，春心如昼，星火朝夕，一发燎原。


## 章五 · 春老犹眠

冬晴转觉冰霜厉，日散俄还海岳春。[1]

这些日子以来，谈老太师都睡得不太安宁，食量也减了半，年轻时伏案过久落下后颈的寒痛也复发了，晨起的时候，竟然蔫蔫地打不起精神，就连八段锦也懒得打。

想当年北境临敌，朝中主战、主和两派日日争闹不休，老太师夹在两派之间，但以一片忠诚报国之心相对，从无动摇纠结，也能日日吃得饱、睡得香。如今，不过一点小小家事，竟至如此烦扰。

看来，他是真的老了。

谈老太师喟叹了一声，推开居室的门，眼皮也未抬，便冷声道："你也不必再求，今日还是一样。若要入赘，就从老头子我的尸骨上踏过去吧。"

话音掷地有声，在庭院中盘桓回响了两圈，就消弭在冷冽的晨风中。然而庭中空空，竟然无人回应。老太师呆了一瞬，唤来老仆询问，才知道孙儿昨夜并未归家。

"不仅昨夜，前几日也是日出方归。大约公事繁忙，都在衙门的班房歇息了。"

谈老太师皱起眉："他不是每日早上跪在这里……"他停顿了一下，对自己接下来要说出的词句难以忍受——"求我答应他入赘吗？"

"啊，少爷可能是觉得求也没用，放弃了吧。"

"就他那个不撞南墙不回头的性子……'放弃'两个字怎么写，他知道吗？"

老仆自然知晓这爷孙俩如出一辙的脾气，讪讪笑了两声，不敢再答。

谈老太师冷冷哼了一声，出门去了。


老太师上了年纪以后，只在太学挂了个名职，平日多有民间书院邀请他去

---

1　出自明代李梦阳的《辛巳立春》。

讲学，他也不收束脩和车马费，对着一张张有着勃勃生机的年轻脸面，将毕生所领的大道倾囊相授，心中已是无限欢喜。

今日请他去授课的，是城东的长鹭书院。长鹭者，取其青云直上之意，书院中多是皇朝各地选拔而来的学子，贫富不论，个个都满腹经纶。

谈老太师提前一刻到了书院明堂，一时有些震惊。

他讲的是《中庸》解义，乃是四书中最为难自己的一部——往常听课的学子都是稀稀落落的。不料，今日明堂内不仅座无虚席，里外还站了三层，围得水泄不通。

"这些孩子……都是来听老朽讲课的？"

后辈一心向学，老太师顿时遮掩不住面上的欣喜。

书院学官尴尬地笑了两声："谈老，我们还请了另一位老师排在您前头，您可先往后堂去，有茶水伺候。"

老太师有些失望，又想，既是一同授课，那这些学生也未必是冲着自己来的。

于是他点点头，边向后堂走，边问："前头授课的是哪位大贤？"

学官搓着手，笑道："您或许听过，乃是如今皇朝中生意做得最气派的女财神，长孙家春花老板。"

谈老太师蓦地止住了步子。

学官以为他自矜身份，不愿与商贾同席授课，连忙解释："如今孩子们的出路，无非两条，仕途和经济。仕途这条，您是贤能大德，但走得通的孩子终究是少数，大多数孩子，还是得走经济一条。年轻人不通实务，听一听实干的能人怎么做事，也是有裨益的。"

谈老太师沉默了。良久，老人叹了口气："你们如今教学生，满口都是仕途、经济，诚明、慎独却都不讲了？"

那学官以为得罪了他，惶然便要赔罪，又听老太师道："老朽倒要听听，这位春花老板都讲些什么学问。"


春花应邀到书院讲课，倒也不是第一回了。一则，长孙家产业也需要招募些有才能的读书人；二则，书院里的后生个个脑子灵、主意多，将来的生意，还得在他们身上做，多听听他们的想法，于她也是极好的。

她在读书治学上只是稀松，但讲些生意场上的逸闻趣事，抖几个嘴上机灵，后生们都听得十分起劲，快要收尾时，忽见一个形容肃穆庄重的耄耋老者从明堂底下行至前排。书院的学官见了他，都露出万分敬畏的神情，迅速让出个位子。

春花不由得多看了那老者一眼，对方也不甚友好地盯回来。这眼神并非出自恶意，而是自矜、自清者高傲的审视。春花忽然产生了吊诡的熟悉感，某位大人刚认识她的时候，也经常用这样的眼神望着她。她心里微微发毛，转身喝茶的时候，低声问学官："那位老先生是？"

"啊，那位是谈老太师。您别看他穿着朴素，朝中大员有一半以上都是他的门生。他任过两朝帝师，是儒林中最德高望重的泰斗。今日也请了他授课，您这儿讲完，下一个就到他。"

春花头皮一麻，额角密密地沁出汗来，于是再不敢插科打诨，规规矩矩地将事情说完。末了，她偷眼去看谈老太师，但见他面无表情、喜怒不明。

一席讲完，几个学子围上来，热烈地问着些难以回答的问题。若在平常，春花当然有好耐性一一解释，此时却觉得度日如年。而明堂之中，人潮渐渐散去，不多时，便走得只剩一半了。

春花留意着外头的情形，不由得诧异，便问一个站在身旁的学子是何原因。"后头不是还有谈老太师的课吗？"

那学子低声道："今日的课全凭自愿，大伙儿都是听说您要来，这才纷纷挤进来。谈老太师讲《中庸》，要人行大道、安天命，一顶顶大帽子扣下来，早就过时了，谁还乐意听？"

春花的心往下沉了一下。

世情如此，如谈老太师和谈东樵这样的人，今后会越来越少，而如谢庞那样的人，也许会越来越多。

这并非她所愿。

她深吸一口气，转身回到台上："诸位，请听我一言。"

正嬉笑着打算离开的学子们顿住了。

"诸位可听说过万应丹吗？"

学子们沸腾起来。近来京中涉及千万两钱财的大案，谁没听说过？

春花言简意赅地将谢庞如何设局、如何行骗，万应丹如何看似无害却能令人倾家荡产说了一遍。

"我知道，今日诸位来听我授课，不是因为敬佩我的学识或品行，只因为听闻我逢着些运势，挣了不小的家业。诸位喜欢听仕途、经济，喜欢听事半功倍的法门，不喜欢听那些修身齐家的大道理。"

学子们被她说中了心思，各自脸红垂首。

春花咳了一声："但我想提醒各位，所谓钱财，不过是途中乘骑的车马。宝马香车固然好，但生平之大幸，并不在乘车或行路，而在于所去的地方，是否是心之所向。

"稍后，有位老大人，不辞年老辛苦，要为诸位讲一讲修身的道理。我读过的书不算多，但也很想和诸位一起，聆听他老人家的教诲。诸位或许要问，'一介商人，学《中庸》何用'？"她低头，自嘲地一笑，"若不识中和之道，我和谢庞那样的妄人，又有何不同？"

她行到谈老太师面前，恭恭敬敬地长拜下去："请谈老师开讲。"

谈老太师面色铁青地瞪着她，嘴唇翕动，却什么也说不出来。

学子们低声交换着意见，不久，纷纷回到原位坐下，静等下一场开课。

这一堂课，谈老太师讲得五味杂陈。

一方面，这是他几年来，头回觉得自己和年轻后生的距离没那么远。授课中眼神交互、唇舌交锋，都令老太师心怀醺畅、意犹未尽；另一方面，堂下第一排坐着的那个小丫头脸上的笑意，实在是大大不顺眼。

课罢，老太师步出书院，正打算安步当车，溜达回家，却撞上那不顺眼的丫头盈盈笑着等候。

"谈老，天寒行路，对膝盖不好，还是我用车送您回府吧。"

谈老太师斜了她一眼，但伸手不打笑脸人，只得忍耐道："老朽右膝有疾，你是如何知道的？是那小子告诉你的？"他那孙子虽还算孝顺，却不是什么体贴的人。

春花摇摇头："谈老，我家亦是双亲不在，只有祖父一位长辈。我祖父比您后生几岁，膝盖也是早早不好了。老人家上了六十岁，正该多注意保暖才是。我车上常备一双貂绒护膝，一会儿给您戴上。"

谈老太师冷哼了一声，本想绕过她离开，终究忍不住喝道："你巧言令色，刻意讨好，无非是想让老朽答应，让东樵入赘你长孙家罢了！"

春花轻咳了一声："谈老您错了。今日若是别个老先生来讲课，我也会如此做。"她不避不防地直视谈老太师，"其实同不同意入赘，都是您和谈大人之间的事，和我并不相干。不论是否与谈大人成婚，长孙春花永远是长孙春花，人不会变，心不会变，想做的事情也不会变。"

谈老太师一怔，半晌道："你装腔作势、心怀不诚，变与不变，有何不同？"

春花挑眉："今日您在堂上，我在堂下，一席聆训，我已经是您的学生了。老师不敢坐学生的车，究竟是学生心怀不诚，还是老师您心怀不诚呢？"

谈老太师气得浑身发抖，张嘴欲骂，却不知从何骂起，一张沟壑老脸涨得通红。良久，狠狠一跺脚，转身上了长孙家马车："老朽执教五十多年，两朝帝师，还怕坐你的马车？"

春花笑了。

她叫过车夫，叮嘱他往车中多放两个暖炉，添一张褥子，务必将老人舒服平安地送回谈府。自己则拢了拢大氅，领着李俏儿，沿着积雪初融的街道徐徐离去。

"俏儿，咱们两人，就溜达着回去吧。"

李俏儿笑嘻嘻道："东家，你又被骂了。"

"嘻，人活在世上，哪有不被骂的。何况老人家骂我，也有他的道理。"

"但总不至于被骂了还这么开心吧？"

"我才知道，原来谈大人的爷爷和他一样可爱哪！"

## 章六 · 长笑酹酊

没过几日，霖国公夫人便备了行仪，正式上谈家游说谈老太师。

开场还能好声好气地寒暄，无奈谈老太师是块刀枪不入的铁板，袁氏把漂亮话说了一箩筐，他竟毫不动容。新仇旧恨涌上心头，袁氏终于忍不住，大声指责谈老太师食古不化、沽名钓誉，是个老犟驴。谈老太师怒发冲冠，拂袖欲离场，却被袁氏拦住，唇枪舌剑，避无可避。

原来，当初本该嫁入谈家的不是谈东樵的母亲，而是袁氏。但袁氏已与当时的霖国公世子韩彻私订了终身，如何肯被拆散？谈母便自愿代妹妹嫁入了谈府。

"姐姐出嫁前，满心欣悦地安慰我，说谈家是忠厚人家，绝不会苛待她。我姐姐熟读诗书，腹内自有乾坤，成亲后，你们谈家却只把她当个花瓶供在深宅，既要严守妇道闺训，又得不到夫君的真情，好不容易生下了东樵，夫君过世又给了她重重一击，竟至寡欢而死。"袁氏不无悔恨地指着谈老太师，"是我亲手将姐姐推入了火坑！你们谈家人心中若有半点温情，我姐姐何至于此？

"上天垂怜，没有让东樵变成个和您一样的木头人。他是个重孝道的孩子，您不点头，他不会随意处置自己的婚姻大事。但您也得见好就收。黄土埋到脖子、香火都难续的人，还抱着块老牌匾不撒手，您害不害臊？"

谈老太师气得七窍生烟："老朽阻拦他入赘，难道是为了自己？女家富贵，那丫头更是个有大主意的，东樵这孩子忠厚老实，真入了长孙家，还不是任由那丫头拿捏？"

袁氏嗤笑一声："您对自己孙子是有什么误解？'活阎王'的大名号都传遍整个皇朝了，谁敢拿捏他？您自己拿捏得住他吗？"

"入赘男子，为世俗所轻，绝对不行！那丫头也不行，巧言令色，口蜜腹剑，包藏祸心，不合为人妇！"

"一个坐拥上百家店铺的女老板，嫁进谈家来，晨昏定省，伺候三餐茶饭，跪在家祠里听您讲那些陈腐文章？怕是脑子进水了才会这么想不开吧？啊哟哟，你谈家的门槛是黄金打造的不成？"

"你……你……你……"

"老太师这样，不如让东樵剃了头去当和尚算了！"

谈老太师被逼进墙角，走又走不开，骂又骂不得，当真是秀才遇上了黑旋风，直气得满面紫涨，七窍生烟，一口气没提上来，晕了过去。幸好有位杜太医在附近医馆问诊，立刻请了来，几针下去，老太师才转危为安。

谈家的风波持续了数日，到谈东樵将这些经过扼要转述给春花听的时候，已经过去了小半个月。

收购碧桃垆的事情也不顺利，京城商会的几位酒楼行业的大老板都上门做过说客，那位侯娘子却依旧是八风吹不动。陈葛回来转述，侯娘子称自己开这碧桃垆，不是为了赚钱，所以给再高的价钱，她都不卖。

情场与商场双双失意，春花趴在桌上，说不出地气馁。

"成亲可太麻烦了。要不咱们就这般来往，不成亲也成。"她嘟嘟囔囔地抱怨。

对面的严正君子拍案而起："不成！"

"若是担心有孩子，生下来我自己养得活。我幼时跟爷爷走船到滇北一带，听说有一族人就是这样走婚，家里女人说了算，男人满村窜，生下了孩子，只知有舅，不知有父……"

"绝对不行！"

谈东樵咬牙切齿地瞪着她，一脸"除非从我尸体上踏过去"的样子。

"这也不行，那也不行。谈大人，那你说怎么办？"她用亮晶晶的眸子凝望着他，谈东樵沉默了。

良久，他叹了口气，执起她的手，握在自己手心。

"你我是要共度一生的，如今这点波折，不过是头一个坎儿。咱们两人，心向一处，同心同德，总能想到解决的办法。"

他掌心惯执剑落下的厚茧硬硬地摩着她指尖，春花的心却慢慢柔软起来。她反手握住他的手，将脸贴在上面："谈大人，你为何一口答应入赘，都不和我讨价还价？"

谈东樵目光落在她含笑的俏丽脸面上，一时挪不开眼。

"如今这世道对女子不公，若嫁入谈府，莫说那些三规六训你无暇应付，便是一个'谈夫人'的称谓，也足以将你过往的努力全部抹杀。你自有天地驰骋，我只想做你的港湾，并不想做你的枷锁。"

春花一愣，心中怦然难静。

花言巧语她听过无数，却总是因他的寥寥数语深为震动。他不许来世，也不许生死，只有此刻一份务实而坦诚的深情，令她收起戏谑，郑重以报。

"谈大人，"她仰头，钩住他的脖子，亲亲他唇角，"我可太稀罕你了。"

谈东樵沉沉地笑起来，胸中愉悦震动。

"咱们来拟个章程吧。"

"嗯？"

春花转身在书案上铺开一张大纸。

"嫁娶和入赘，都不过是前人画下的框。咱们想要的婚姻，其实和哪个都靠不上。"她执起狼毫，饱蘸墨汁，"你我想过什么样的日子，只有我们自己说了才算。"

她在纸上第一列下笔，肆无忌惮地写下两个大字：婚契。

"我不要你入姓，也不嫁入谈府。咱们将钱财、屋宅、亲长赡养、后代名姓这些通通在婚契上立明，谁也不压谁一头，彼此平等，相敬如宾。立成之后，我让罗子言改一改，咱们签字画押，再拿去给老太师瞧瞧，看他还有什么理由不同意。"

谈东樵被她这大胆的言论惊了惊，思忖了片刻，剑眉慢慢舒展开来。他轻轻揽住她腰肢，朗笑道："那就请春花老板立约吧。

"我只有一条请求——"

"什么？"

"你总称我'谈大人'，不觉得疏远吗？"

春花抿唇一笑："'谈大人'很好啊，若不在称谓上尊重些，我怕会忍不住欺负你呢。"

谈东樵高高地挑起眉。

"你若不喜欢，"春花笑嘻嘻地望着他，"那我就叫你……

"……小东东？"

"……"

这称呼，听上去还有几分耳熟，是怎么回事？

只提了一条，谈大人就铩羽而归。在反复拒绝了"小东东"之后，谈大人勉为其难地接受了继续被称为"谈大人"。

不过，日子还长着呢。


立好的婚契呈到了谈府和霖国公府，袁氏自然是大喜过望，直夸春花机灵懂事，谈老太师却迟迟没有回音。到第三日上，却出了大事，春花正在药铺里和寻静宜抽验新进的一批药材，药铺的伙计大呼小叫地冲进来："两位东家，陈葛大掌柜被打伤了！"

春花大惊失色："何人打伤？"

陈葛修为虽稀松，好歹是个二五子，寻常人谁能伤得了他？

"正是碧桃垆的侯娘子，她原来……是个妖怪！"

原来陈葛又带了礼品，前去碧桃垆见侯娘子，不知怎的商谈得不妥，起了争执。陈葛失手打破了一坛窖藏的老酒，激得侯娘子失了常性，竟现出原形来。侯娘子真身乃是一只通体银毛的白猿，有整层屋舍那么大，一巴掌便将陈葛掀倒在地。

京中有灵气波动，断妄司虽然收到了消息，但终究不能立刻赶到。眼看陈葛的性命就要交待在此处，京郊垂云观修道的乐安真人恰巧经过，施法制住了白猿，从猿掌底下将陈葛救了起来。

春花听得心中一紧："阿葛现在怎么样了？"

"乐安真人说，陈掌柜是被妖怪所伤，普通大夫治不了，把他带回垂云观医治了。"

"那……侯娘子如何了？"

"那白猿啊，有位闻捕头带人赶到，不知使了什么法术把她变回人形，锁拿回衙门了。"

寻静宜道："碧桃垆那侯娘子虽然脾气不好，但从前也没闹出过什么风波，怎么突然和阿葛起了性命之争？"

春花忧虑道："既然断妄司已经介入，定能查个清楚。眼下最重要的，还是阿葛的伤势。"

于是将手上的事简单交代一番，驱车前往京郊的垂云观去了。


高山绝云霓，深谷断无光。[1] 垂云观所在地极为偏僻，马车行过崎岖山路，抵达山谷中的观门时，冬雨已捎带着阴霾和寒雾兜身而至。

今日派了李俏儿去城外接一趟镖，所以只有春花一人来此。春花看一眼晦暗的天色，不知怎的，猛然打了个寒噤。

知客的小道姑将她引进精舍之中，等候了许久，也不见人来。

又过了一会儿，一个衣衫破旧的少年上来看茶，深深瞥了她一眼，立刻又低下头去。春花便问："请问小哥，乐安真人在何处？"

少年只摇头，却不说话。

竟是个哑巴。

春花有些不好意思，想了想，又道："小哥，今日乐安真人带回来一个受伤

---

1　出自南北朝鲍照的《登翻车岘诗》。

的人，你可知在何处？若是他平安，你就点点头；若他有危险，你就领我去找他可好？"

少年沉默地望了她一会儿，终于点了点头。

春花这才宽下了心："那我就在此等候乐安真人？"

少年又点点头，目光绕着她上下梭巡了一圈，遽然笑了，露出一口白牙。春花被他看得有些发毛，只得装作不经意地转过身去，端详墙壁上的壁画。壁上绘着一幅洛神图，内容却不是川上女仙惊鸿一舞，而是伏羲女投江而死，化为洛神。壁画色彩浓烈，洛神双目含悲，笼罩一股凄凉幽森之气。

春花身上更冷，正坐立不安，忽听一道沙哑的嗓音从身后传来："仙人，亦在局中了。"

她倏然回身，身后除了那少年，并无他人。

## 章七 · 餐松饮涧

"方才，是你在说话吗？"

少年盯着春花，良久，摇了摇头。

春花背上密密麻麻地起了一层鸡皮疙瘩。

"你……从前见过我？"

少年毫无表情地摇了摇头，看不出任何破绽。

"连哑巴都能聊上几句，不愧是春花老板。"

红衣道姑手持拂尘，含笑踏入精舍，声音如玉魄般冰凉。

乐安真人看上去不过二十岁出头，眉目间颇有刚毅坚韧之色，貌美而冷，令人心折。

"陈大掌柜的皮肉伤没什么大碍，但白猿掌上有些妖毒，还须以法力清理。如今妖毒已尽去，陈大掌柜稍后便会醒转，春花老板可将他带回去好生休养。"

春花上前两步，深深拜下："多谢乐安真人救了阿葛性命。今日来得急切，未准备谢礼，稍后着人送来。长孙春花有恩必报，他日乐安真人但有差遣，尽管开口。"

乐安真人掠过她，在上方的太师椅上坐了。

"春花老板大名如雷贯耳，能卖你一个人情，也是乐安的幸事。"她垂眸微微一笑，"不过，乐安只是投桃报李罢了，我表哥长思还托庇在你门下，多承照顾。"

春花一愣，倒没想到，乐安真人和祝十还有这层关系。祝十身份不为外人知，倘若泄露，恐生事端。她瞥了一眼那不知是真哑还是假哑的少年，默然片刻，终是道："春花……不明白真人的意思。"

乐安真人笑了笑："春花老板口风很严，这是好事。"顺着她目光看向那少年，了然道："小哑巴，你且出去，我与春花老板有话说。"

小哑巴柔顺地点了点头。

乐安真人目送他出了门，才道："这孩子是个哑儿，春花老板不必担忧。"

她倚在那伏羲女投江的壁画下，面目竟和画上的伏羲女有几分相似，更添了诡异。春花心中不禁生出些不安。

"那孩子，真不会说话吗？"

"他从小就被我捡回来，养了好几年。也曾请过大夫来看，都说是天生的废喉咙，救不得了。"

春花道："真人是修道之人，难道没有什么法术，能让天暗之人开口？"

乐安真人不明白她为何将话题转到这上头，有些不耐烦，但仍道："法术没听说过，倒是有一种人，名唤'窨者'。"

"何为窨者？"

"传说是前世死得极为孤苦之人，心中有执念不肯去，便在地府求判官，放他下一世得偿所愿。怨魂不喝孟婆汤，带着前世记忆转世投胎，出生便是奇丑无比、一世无亲、口不能言，是为窨者。窨者一生只能说三句话，说完便死，但这三句话，都一定会成真。"

春花面色一暗。

"真人怎知那孩子不是窨者？"

乐安真人微怔，旋即大笑："窨者只是个传说，我从没见过。何况抱执念转世者，若不是有大仇要报，便是贪功名富贵。这孩子从未说过一句话，没有杀过人，也没有什么功名富贵沾身，怎么可能是窨者？这世上又丑又哑的苦孩子，多着呢。"

她如此笃定，春花也不好再多言，又行了一礼，便要去看陈葛。

乐安真人却叫住了她："春花老板，恰逢这机缘，我有一事不明，还想请教。"

春花只得坐回去："不敢言教，请真人示下。"

"百姓们都说你是……女财神，不知这人间，是否真有财神？"

春花一愣。

"女财神之说，纯属谬谈。至于世上是不是有财神，我一个凡夫俗子，如何能知？"

"若世上真有财神，春花老板以为，应当是什么样子的？"

"若有财神，必然是要使世间钱财公平分配，多劳者多得，有智才者多得，不劳、不智，只占着天时地利盘剥他人者无所得。"

乐安真人以玉手支颐，眸中隐隐含笑："若财神有了情爱私心，该怎么办？若财神自己占着天时地利，盘剥他人，又该怎么办？"

这几个问题问得实在天马行空，春花心中暗暗纳罕，只得应付道："情爱私心，自然会腐蚀公正。"

"哦？"乐安真人挑眉。

"但红尘之中，谁没有情爱私心呢？所以，这人间，本不该有财神。"

乐安真人神色一凛，似乎陷入神游中，久久没有说话。春花唤了她一声，她仿佛从梦中惊醒，收起脸上的笑意，站起身来。

"时候差不多了，陈大掌柜也该醒了，请随我来。"

春花点点头，跟在她身后出门。

乐安在门前站住，半侧过身："春花老板说得甚好。人间，本不该有财神。"


陈葛的伤势确实不重，那白猿在他肩背上留下一个乌青手印和几处刺伤，五脏六腑倒是无碍。

陈葛由小哑巴扶着坐起，春花随着乐安真人踏入房中，连忙唤他，他却避开了春花的目光，垂首不语。

"阿葛，你怎么了？"春花欲伸手去碰他额头，他却猝然向后一缩，躲开了她的碰触。

乐安真人在一旁道："陈大掌柜中了妖毒，精神还有些错乱，认不出熟人也是有可能的。"

春花愣怔了一瞬。

乐安真人再道："春花老板不必担忧，接回去慢慢调养几日，也就恢复了。"

春花点点头，心道：回去还是要请羊大夫来瞧瞧。伸手要扶他起身，陈葛向侧一躲，险些摔跌，还是小哑巴眼明手快地将他扶起。

乐安真人叹了一声："他不愿你碰，就让小哑巴送他出去吧。"


回程的马车上，陈葛将自己缩成一个小团，远远地与春花各据马车一角。春花无奈，只得与他拉开距离。问他许多话，他也不答，更不与她目光接触。

马车停在长孙府门口，长孙石渠与长孙衡早收到了消息，一见这场面，立刻扑过来，一个叫"阿葛"，一个叫"舅舅"，把陈葛吵得面现痛苦，那些惊惧的神情，却慢慢地消散了。

"别吵了，我头疼。"他终于沙哑地开口。

一大一小把陈葛扶入厢房中，陈葛却并不排斥他们两人的碰触，神色也恢复了正常。春花微微心安，果然还是阿葛。待要上前说话，陈葛却又露出闪躲之色，直往长孙石渠背后缩。

石渠愣了一下，没心没肺地笑道："阿葛你怎么了？这是春花，又不是洪水猛兽。"

春花收住了脚步，心中一沉。阿葛不是不认得她。分明是认出来了，却又惧怕她。可是，阿葛有什么理由要惧怕她呢？她区区一个弱女子，连只鸡都打不过。

羊大夫已候在府中，将陈葛的伤势重新检视了一遍，确信外伤没有大碍，精神也没有什么问题，一切都如乐安真人所说。

春花将自己的疑惑说出，羊大夫道："大约真是受了惊吓吧。那白猿是个女子，也许和你有几分相像。"

春花不语了。

不是这样的。乐安真人亦是女子，但陈葛对她并未流露出恐惧之意。何况，陈葛向来张狂招摇，根本不是个胆小的人。她不由得回忆起垂云观的壁画，那哑巴少年，那一声令人毛骨悚然的话语，还有乐安真人那貌似亲切友善，实则暗藏锋芒的笑容。

春花走出房门，唤过李俏儿："咱们镖局的老赵是京城的地头蛇。你去找他查一查，京郊垂云观的乐安真人，到底是什么来头，有什么隐秘传闻。"

李俏儿应了"是"，偏着头笑嘻嘻道："东家，外头有人找。"

春花一愣。

因为陈葛的事，兵荒马乱地忙了这一日，此刻夜幕已是低垂，谁还会来找呢？

"东家忘了，今日本来约了谁出门？"

"啊呀！"春花一拍脑袋。

京城戏园子里新出了个生离死别的苦情本子，今日本来约了谈东樵去看戏的。计划看了戏，两人去瞧瞧她刚买下的宅子，其中有些布置，她还想问他的意见。

这下可好，她忘了个干净。

她急急冲进花厅，青衣瘦削的男子正襟危坐，慢条斯理地啜着茶，神情中并无不耐或怒意。

"那个……谈大人……"她嗫嚅地靠近。

谈东樵挑起眉望她，放下茶盅。

"嗯？"

"事发突然，忘了遣人去告诉你一声……"

"哦。"

"是我不对，你若不快，下回也照样放我一回鸽子。"

谈东樵失笑："我怎会不快？你家里出了事，我该及时察觉，过来帮你才对。只是……"

"怎么？"

他幽幽地叹了口气："你我都是忙人，今后这样的失约，恐怕是常事。"

春花撇嘴："怕什么？今日不成，约明日，总有一日能约上。既然喜欢了你这样的人，等一等也无妨。"

谈东樵神情瞬间柔软，轻轻摩挲她头顶："我也是这样想。"

春花绽出笑意，今日所受的惊吓和不安如云雾般裹着她脚不沾地，此刻终于落到了实处。她缓缓伸手抱住眼前人的腰，将自己埋到他胸口："今天可真是漫长。"

谈东樵将下巴搁在她发心，低声道："今后遇上事，记得用镯子唤我。"

春花仰头："没遇上事呢？"

"也随时候命。"

她将脑袋埋回他衣襟里，嗤嗤笑起来。

谈东樵有些无奈，叹道："老五混迹在凡人中，体质却终究异于常人，常有发怒失控之举，所幸陈葛并无大碍。案子是老樊在审，侯樱自述，因为陈葛打碎了她精酿多年的酒坛，才一时控制不住怒意。按律，断妄司封她内丹三月，缴纳些罚金赔付，关押十日。"

春花薄怒："阿葛的伤势看起来不重，但我总怕有些后遗症。"

"若后续发现其他的病症，可将情况告知断妄司，依律重判。"

"……"

总觉得这处罚太轻。但他既说按律如此，春花也不好再说什么。这是长孙家在京城酒业的第一回收购，本该做得风光体面，却遇上这么个煮不熟、蒸不烂的主，欺负到她头上来了。律法能做的有限，却不妨她在律法之外，用些别的手段。汴陵的梁家，就是侯樱的前车之鉴。

她摇一摇头，将心思沉回当下。

"谈大人，今日去不成戏园子，也看不成宅子了，咱们改明日去？"

黑眸亮晶晶地望着他，谈东樵有些不忍："春花，对不住。"

"呃？"

"东南海上有恶蛟作乱，侵扰商船。陛下有旨，命我率人前往镇压，明日一早启程。"

## 章八·渌蚁柔旨

席不暇暖，惊闻话别。

春花呆了一下，嗫嚅了片刻，一时竟不知该说什么。

"恶蛟……危险吗？"

他不是会哄人的人，沉吟片刻，道："危险，但沿岸民不聊生，不得不去。"

"……"

"断妄司在水上收妖的经验不足，不过一系列工事机巧都已安排妥当，应当不会有问题，你放心。"

他这么说，教她如何放心？

春花自己便是个到处惹事冲锋的，从来只有爷爷和哥哥担心她，这回，轮到她担心别人了。这滋味真是不好受，总觉得得做些什么，又使不上力。她苦思良久，命人去房中取了个黄铜匣子出来："这是三十丸玲珑百转丹，你带上，性命攸关时，服下一颗，便是阎王来了，也能拖上一刻钟。"

饶是谈东樵见多识广，也怔了一下。这灵药在澄心观地下曾救过他一命，其后他问过韩抉，原来这药丸原料极其珍惜，一颗的市价高达三千两。

这是将几乎全部私藏都掏出来给他了。

"这么贵重的药，你自己留着，以备不时之需。"

春花笑道："我自己随身带着两颗呢。这是吊命的药，却不能治病，多了也无益。你多带些，万一遇上事，能救的可不止一条命。"

谈东樵知道她说得有理，犹豫了片刻，终于收下。

"你……不生气吗？"两人初定情，尊长还未彻底谅解，婚仪也在筹备之中，他却要抛下她远行。

春花低头思忖片刻，道："不快是有的，但我想了想，和你一起，本就不指望日日画眉举案。倘有一日我因为不得已，要抛下你远行，你也会等我，对吗？"

谈东樵凝视着她："那是自然。"

金风玉露一相逢，便胜却人间无数。[1]

"春花，我看出祖父已经谅解了我们的婚事，只是碍于体面，还需时日。我此去恐怕要一月以上，你……待我回来，我们便成婚。"

盈盈水眸倒映着桃花青山："好。"


纷沓的脚步响起，长孙石渠扯着衡儿，气喘吁吁地从后堂跑过来："可算赶上了！

"谈大人，我有话对你说！"

长孙衡和爹爹一起大喘着气："我……我也有话对你说！"

寻静宜负着手，跟在后面踱步过来，浅笑："我跟这两个可不是一起的，我

---

1　出自宋代秦观的《鹊桥仙·纤云弄巧》。

是来看热闹的。"

春花与谈东樵互视一眼，两两挑眉。

石渠好容易抚平了气息，在两人面前站定，气沉丹田，大喝一声："你是不是想娶我妹子？"

旁边一个缩小版的"他"，一模一样地又起腰，奶声奶气地吼："你是不是想娶我姑姑？"

春花抚额。

谈东樵愕然望着这一大一小，旋即莞尔："是。"

他答得坦荡又迅速。石渠愣了会儿，又现出怒色。

"你想娶她，问过我这当哥哥的答不答应吗？"

长孙衡依葫芦画瓢："问过我这当侄儿的答不答应吗？"

春花微微红了脸："哥哥，你又犯什么毛病？"

寻静宜笑着把她拉到一边："你哥这症状，不发出来，容易得病，还是容他发一发为好。"

"……"

春花正无语，便见谈东樵掸了掸衣袍，深深一揖："石渠兄说得是，还请石渠兄与衡哥儿首肯，并报老太爷垂承。"

石渠大概料不到谈东樵会这么配合，愣了半晌，还是衡儿踢了他小腿肚一脚，低声道："爹爹，吓唬他！"

"对对对，吓唬他。"

石渠醒悟，忙又收拾出一副威武慷慨的长兄模样："这个……男女婚嫁，乃是成理。你们两情相悦，为兄又是个明事理的，当然不会棒打鸳鸯。

"你们的婚事，我已写信向爷爷禀报，爷爷也已经答应了。正所谓'长兄如父'……"

寻静宜终于忍耐不住，"扑哧"一声笑了。

春花低吟了一声，背过身去，实在没眼看。

"我身为长兄，还是得叮嘱你几句。"

谈东樵微微一笑："石渠兄请说。"

"谈东樵！"石渠大吼一声，春花和寻静宜被他吓了一哆嗦，"你虽有权有势，但今后若敢欺负春花，我爷爷、我……"

"还有衡儿！"长孙衡脆声补充。

"对！我们……"

"还有舅舅！"

"对，还有阿葛……"

152

"还有静宜姑姑！"

石渠的气势在这一阵拾遗中垮了不少，他轻轻一咳，扯了衡儿一把。

"总之，你若欺负春花，我们所有人，都不会放过你！"

谈东樵沉沉地笑了起来。

寻静宜低声对春花道："你哥哥知道，谈大人在京城的诨号是'活阎王'吗？"

"他知道。你瞧他这气壮山河的架势，心里恐怕已经吓尿了。"

石渠微不可察地打了个冷战。爷爷交代的这事，可真是难为他了。但再为难，当哥哥的必须把场面撑起来。他把胸膛挺得高高的："你笑什么？"

谈东樵道："大舅哥叮嘱得是，谈某时刻谨记。"

"……"

这一声"大舅哥"唤得石渠通体舒畅，飘飘欲仙，当下将胸膛挺得更高："那个……成了婚以后，若她欺负你，你该怎么办？"

谈东樵已摸出他的路数，从善如流："任打任骂，绝不还手。"

石渠重重地拍了拍他肩膀，真心实意地感慨："好兄弟！今后就有劳了！这丫头，铁齿铜牙一张嘴，能咬死人……你大舅哥我从小可没少吃亏，你今后的日子，可有的受呢……"

春花实在听不下去，翻了个白眼，拽住他领子就往回扯。

"谈大人你先走！我和哥哥好好聊聊。"

衡儿跟在后头，大呼小叫。寻静宜盈盈向谈东樵施了一礼，也转身随之而去。

谈东樵立在厅中，隐约还听到里头有吵嚷声传来——

"哥哥你长本事啦？《中庸》背熟了吗？"

"长孙春花，你能不能放尊重点！"

"长孙石渠，你能不能靠谱点！"

他面上浮起难得的柔和笑意。

活在人间二十八年，常年寄居逆旅，旁观世间百态，只以天道法度衡量。到了此刻，忽然发觉，自己离红尘如此之近，终于身在局中了。

谈东樵转身，大步离去。

心知归处，便是去得再远，也无忐忑，只有满满的充实喜悦。


翌日，谈东樵便带着闻桑等人离了京。

再几日，春花遣人采购冬季用度，都是些棉服被褥、暖汤食材之类，也送了几份去谈府和霖国公府。猜到谈老太师不喜奢靡，送到谈府的都是俭朴耐用的一类。

她本担心谈老太师不收，却没料到下人来报，谈老太师顺顺当当地收下了，还有一份回礼。

那古板的老爷子，还知道回礼？

春花半信半疑地接过一个檀木旧匣子，打开一看，里头整齐地躺着一摞书——都是足本的《颜氏家训》。

春花一时有些无语。

"静宜，你最有学识，来看看，这老爷子给我送《颜氏家训》是什么意思？"

寻静宜今日休闲，跑来长孙家喝茶，见状放下茶盏，笑道："谈老太师以家训训你，呵，他是要给你个下马威呢。"

春花怔了怔，半晌大笑："看来这位老太爷，确实打算接纳我了。"

寻静宜挑眉："接纳归接纳。今后如何侍奉长辈，你心里可有主意？"

春花将那《颜氏家训》掷回匣中，唤过下人："你替我去谈府传个话。就说老太爷送的厚礼我收到了。今后一定照着这本家训，清朗家风，训诲夫君，请老太爷放心。"

……家训嘛，谁来训谁，且得拭目以待呢。

寻静宜吃着半块云片糕，闻听这话，险些将糕屑吸到鼻子里去，哈哈大笑起来。

笑毕，她整肃回大家闺秀的端庄，轻咳了一声："你的婚姻大事先放一边。我且问你，那碧桃垆的收购，你打算怎么办？"

春花叹了口气。

陈葛这几日终于恢复了些，能自己下床走动，见着她，也不再惊惧了，但神情还是有些不自然。她问陈葛，在垂云观中可有什么对他不利之事。他摇头，道，乐安真人只悉心为他疗伤，别的什么也没有。她再问，那日在碧桃垆，究竟是为何与侯娘子起了冲突。

陈葛沉默了一阵，道："我带了礼物，好言相劝，她却出言不逊。"

看陈葛那神情，侯娘子大约是说了癞蛤蟆想吃天鹅肉，或者狐假虎威一类的话，才让陈葛大怒。

"我一时激愤，踹倒了一把椅子，却连带砸碎了她刚挖出来的一坛新酒。我知道不好，便说要赔偿，她根本听不进去，立时发起了狂，见风就化了原形。哼，我若知道她是只千年的猿猴，怎么会去招惹？"

这话倒是实诚。

陈葛垂首片刻，倏然抬头看了她一眼："这桩生意，多少双眼睛看着呢。若是失败了，咱们在京城的路就难走了。我听说，碧桃垆背后是安德侯府，会不会是侯府故意和你作对？"

陈葛的话如一把剑，悬在了她心上。当时还未有具体的方略，这几日走访了几家行内的老朋友，打探了不少消息，如今寻静宜问起时，她已有了主意。

"碧桃垆酿酒的原料除了大米、高粱，还有一味是在终南山中的特产红桐子。那一片都是茶厂洪老板的地，往年，侯樱都是从洪老板处进货。"她露齿一笑，"我和洪老板谈了笔生意，今后三年的红桐子，我都包了，他不准再卖给任何人。"

寻静宜诧异："你用什么交换？"

"春花酒楼今后三年的茶品，都从洪老板那里采购。"

"这对洪老板，确实是一笔划算的买卖。"

"粮市上我也放出了风声，谁给碧桃垆供货，就是和我长孙春花作对。"春花好整以暇地饮下一杯茶，"碧桃垆在各钱庄还有几千两欠款。一个月内，侯樱弹尽粮绝，无力付息，只能跪在我面前，求我买下碧桃垆。"

"这样的手段，未免太狠了。"

春花冷笑："商场上本就是弱肉强食，何况，也是她侯樱不仁在先。阿葛在我手下做事有几年了，何曾受过这样的羞辱？这口气，我定要为他讨回来！"

寻静宜愕然，上回见她如此神情，还是对梁家赶尽杀绝的时候。

如今的汴陵商界，已没有什么梁家了。

## 章九·醉迷狂象

冬日渐深，北风已起，京城的街面上结了厚厚的一层霜，孩童们再不推搡跑叫，腿脚不好的老者，也都闭门不出。一年年都是如此过，而高门大户的宴饮欢歌，并不因严寒而冷落。

正乃是，百岁如流，富贵冷灰。[1]

侯樱从断妄司法牢中放出来，扑面的寒风顿时要将她单薄干瘦的身躯吹走。她裹了裹衣衫，涉霜而行。南城墙根儿下的碧桃垆，今日又是歇业。老伙计王叔坐在并不旺的火盆边烤火，见侯樱回来，欢天喜地地张罗饭食。

侯樱在火盆边坐下："老七和顺子呢？"

王叔叹了口气："您出了这样的事，他们哪里还待得住，上半个月的工钱也不要，都跑了。"

侯樱怔了怔："无妨，再招人就行了。"

王叔听她这毫无感情的话音，忽然间就受不了了，把汤勺往锅里一扔："东家，您这又是何苦？人家春花老板的价钱出得不错，您就是苦干十年，靠着这铺子也挣不了那么多钱啊！"

---

1  出自唐代司空图的《二十四诗品》。

侯樱搓了搓冻僵的手："她要的可不只是我这铺子，还有我过往所有酿酒的方子。唉，王叔，你不懂。"

王叔脸色更不好了。

"我是不懂。但东家，咱们这碧桃垆也开不下去了呀！"

侯樱脸上终于现出些异样："为何？"

"现在京中人人都知道，您和春花老板不对付，还打伤了她手底下的大掌柜。前日我去找洪老板买红桐子，他后仓明明屯着几十斤货，却一粒都不肯卖给我！不仅如此，我家老婆子去粮市买米，米行的伙计听说她男人在碧桃垆做事，都不肯卖米给她了！巧妇难为无米之炊，咱们的大米、高粱、红桐子都断了货，这酒馆还怎么开？"

侯樱默然。

王叔急得直抓头发。

这个女东家，性子古怪得要命，除了痴迷酿酒，别的全不关心，平日话少得八棍子打不出一个屁来，但凡说出一句话，能把听的人噎死，若不是有安德侯府长年帮衬着，再加上她酿酒确实有些本事，真是要饿死一屋子人。

"东家，胳膊扭不过大腿，您就听我一句劝，去找春花老板赔个礼、认个错，人家那么大个老板，也不至于把咱们往死里整。"

侯樱直愣愣地望着自己的双手，半晌，忽道："王叔，我明白了。"

王叔一蒙："你明白什么了？"

"你要是也想走，就走吧，柜上还有五两银子，你支走四两，给我留一两就成。"

王叔脸上青红交错，瞪了她半晌，蓦地狠狠一跺脚。

"我走！我也走！"王叔果然去柜上翻出银箱，胡乱掏了一把，掉头就走。原本封好的大门被他咣当冲开一扇，刺骨的寒风席卷着霜刮了进来。灶上热着的粥咕嘟咕嘟地开了，似在催人做点什么。火盆里的炭由红转白，眼看就要熄灭了。侯樱裹紧了衣袍，一点都没有挪窝的意思。

凡人真是麻烦的动物，话多，事也多。一千年了，她还是学不会和他们说话，也还是留不住一个人。


也不知过了多久，冷风稍收，几缕晨光洒进了铺子，伴随着的，是沉沉的脚步声和一声轻咳。安德侯府小侯爷范景年提着衣摆，一进来就先把手掌在鼻前扇了两下："侯娘子，你这铺子多久没打扫了？都是尘。"

侯樱恹恹地看他一眼："你怎么来了？"

"现下也就是小侯爷我，还能大发善心来看你一眼。"范景年将铺子里的陈设从屋檐到地缝都打量一番，"何况，这房子还是范家的呢。"

侯樱微微皱起眉。

很久以前，她在钟南山下救过一个快饿死的秀才，喂了他两颗还未长熟的青桃子。后来那秀才考中了状元，非说要娶她报恩。他脑子也许有病——娶她算报恩吗？他长得又不是很俊秀，何况她心里已经有一个要等的人了。

再后来，状元娶了位公主，当了大官，封了安德侯。安德侯知道她别的不会，只懂酿酒，就劝她在京城里开个酒垆，铺子他来买，名字也是他取的，叫碧桃垆。她本来讨厌在人群中来往，只想躲在钟南山里酿酒，但安德侯说，你既然要等那个人，在人群里等，总比在山里等要容易。

她觉得很有道理。

然后，又过了一百多年，她等的那个人还没有等到。

第一代的安德侯留下遗训，碧桃垆永不纳租，范家子孙都要把这位侯娘子当作老祖宗一般敬爱。刚开始的几十年，安德侯府把这祖训奉如圭臬，但随着时光流逝，祖宗的遗训逐渐褪了色，碧桃垆交起了房租，有时，侯府还要顺走她一坛酒。

这些，侯樱都是无所谓的，反正她开这碧桃垆也不是为了挣钱，只是为了等一个人。

她唯一烦心的事，就是要和含糊其词的凡人打交道，而这位范小侯爷，更是说车轱辘话的能手。就像他今日过来，明明是无事不登三宝殿，却非要先闲扯几句有眼睛就能看见的事情，不说来意，单等她问。

侯樱叹了口气："范景年，有屁快放。"

范景年脸色有些不好："侯樱，你可真是野性难驯。听说春花酒楼的陈大掌柜被你一巴掌打得去了半条命，像你这样的人，就该滚回山林里当母猴子。"

侯樱道："你要是不介意，我也可以打你一巴掌。"

范景年警惕地往门边退了一步，终是住了口。他在门槛外站了一会儿，又觉得这么走了有些可惜，便还是转过身来："侯娘子，你在牢里待了十天，也该学个教训，还是赶紧把碧桃垆卖给长孙春花吧。"

侯樱不解："我卖不卖，跟你又有什么关系？"

范景年怒瞪她："范家在碧桃垆也是有股份的！而且这房子在你手底下，一年只能收五十两租，若是卖给春花老板，五百两、五千两都是有可能的。"

侯樱确定他是想钱想疯了。

"你仗着命长，赖着我们范家这么多年，真是好不要脸！"

"我不卖。"

"你不卖，莫说钱庄的利钱，就是给侯府的租子都交不上！王叔跟你说了吧？京城里多少商户在长孙春花手底下讨饭吃，你得罪了她，哪怕她不亲自为难你，旁人哪个敢跟你做生意？"

侯樱大奇："你们侯府也怕长孙春花？"

范景年从鼻子里哼了一声。

"长孙春花算什么……但她有个相好，那是断妄司的头头，太师的孙子，京城人称'活阎王'，和霖国公府、当今陛下都沾着亲呢！断妄司你知道吧？那可是专管你们这些妖魔鬼怪的衙门。你这回被关进大牢，不就是断妄司使了手段？"范景年装模作样地叹口气，"侯娘子，他们都是一家人，你斗得过吗？真惹得人家不高兴，不肯花钱买，将你这碧桃垆一把火烧了，你也没辙。"

这话一落，侯樱登时就不说话了。

范景年以为说动了她，连忙趁热打铁："长孙春花出的价钱，真的不错。你拿了钱，再开三家铺子也是够的。你不是要找人吗？你把这钱做个悬赏，广发天下，还怕找不到那个人？便是真找不到了，那楼里那么多俊男子，有钱还怕他们不伺候？"

侯樱还是不说话。

就在范景年以为她魂魄出窍的时候，侯樱突然站了起来，清冷的声音一如往常，不带感情。

"原来是这样。"

"啥？"

"原来你们凡人，都是这样想的。"

范景年正摸不着头脑，却又听这油盐不进的母猴子说了一句："好，我卖。"

范景年大惊："你说什么？再说一遍？"

"你给长孙春花传个话，就说碧桃垆，我卖给她了。"


春花正在花厅中，与京城商会会长齐老板谈一份十年的合作契约。弯勾鼻讼师罗子言在一旁侍墨，寻静宜亲自点茶，几人谈笑风生、言笑晏晏。

齐老板年过六旬，却还是精明强干，身体也康健，朗声道："春花老板这么年轻，却有如此雄心壮志，恐怕再过几年，我这京城商会会长的位子也要让给你啊！我看你不只是汴陵的女财神，你是咱们大运皇朝的女财神，是天下的女财神！"

春花笑着摇手："齐老这么说，真是折杀后辈了。您有底子，我有银子，咱们强强联手，一起发财。这可不是我一个人的功业啊！"

她前几日出门受了些风寒，说话带着浓浓的鼻音，却丝毫无损风度，三言两语，便将齐老板哄得心旷神怡。

"老朽听说，再过些日子，就是春花老板二十三岁的生辰？我们老哥几个商量，想在金明池畔设一盛宴，把商会的老板们都请来，给春花老板贺个寿！"

春花一怔："未免有些铺张了吧？"

齐老板大手一挥："就是要铺张，要大搞特搞！老朽要告诉京城所有的人，谁要跟春花老板过不去，就是跟银子过不去！哈哈哈，除了碧桃垆那位，谁会跟银子过不去呢？"

说曹操曹操到，正当此时，安德侯府派了下人来禀，说是侯娘子同意将碧桃垆出售了。春花和寻静宜对看一眼，都有些意外，反而齐老板哈哈大笑起来："春花老板果然有手段！老朽说得没错吧，谁会和银子过不去呢？"

春花淡淡一笑，侧首问罗子言："侯樱昨日出狱，对吧？"

"是。"

"怎么一出狱，就转了性子？"

罗子言用笔端戳戳头："大约是在牢里……想通了？"

春花又问那回报的人："既然侯娘子答应了，何时可以交接？"

那人懵懂道："我们小侯爷说，随时、随时可以。"

齐老板一拍掌："那可太好了！"他站起身，"春花老板，择日不如撞日，刚好老朽随你做个见证，咱们一起去碧桃垆把契约签了吧。"

春花一愣。

事出突然，安德侯府的小侯爷也夹在里头，由不得她不多想。

然而，架不住齐老板一腔盛情，春花只得领着寻静宜、罗子言，带上拟好的契约，驱车往南城而去。


离南城墙还有半条街，马车外突然吵嚷起来。

一层毫无由来的阴霾笼上心头，春花掀起车帘："外头怎么回事？"

车夫回道："东家，前头好像起火了。"

寻静宜讶然道："出了火灾，前头定是乱得很，要不咱们改日再去碧桃垆吧。"

"不！"春花倏然大喝，"快去碧桃垆！"

马车艰难地穿越人流，终于在离南城墙数十丈远的地方停下。

春花连大氅也不及披，几乎是跃下了马车，凛冽的寒风迎面扑来，如密密钢针扎进她骨头里。她飞奔到近处，终于因浓烟而止步。

碧桃垆在霜天中燃着怒焰，与之一同陷入火海的，还有毗邻的三间矮房。火舌飞舞，火光映红了半个天空。

百姓四散奔逃，有家宅、店铺受了牵累的人，脸上粘着黑灰，拖家带口地哭喊。着皂衣的潜火军扛着水袋、唧筒从四面拥过去，水流激射，却只是杯水车薪。

不知何时，齐老板由罗子言搀着，来到了春花身旁。

"这……"老人挑选着词句，"春花老板，这也不是你的错。谁能猜到，那女人竟是个神经病呢？"

春花没有听到他的话。她从未见过侯樱，却在纷乱的人影和火光之中，一眼认出了侯樱。侯樱生得很瘦，皮肤蜡黄，穿得也单薄，一双圆形大眼睛如夜明珠般灼灼发亮。她就站在自己与火海之间，冷冷地望着自己，目光里都是桀骜不驯，还有很多别的东西，春花也并不陌生。

天上陡然划过闪电，大雨夹着雪花降临了。春花被闪电炫目了一瞬，再去看侯樱，却悚然一惊。

那不是侯樱。

那是春花自己。

十二年前，擎着火把，挡在寻仁瑞和长孙家钱庄中间的自己。

区别只是，十二年前，她并没有真的烧掉祖传的钱庄。而侯樱，烧了个彻底。

春花蓦然惊觉，出了一身大汗。

罗子言和寻静宜在她耳边大呼，声音却似从遥远的地方传来，她头颅时冷时热，痛得仿佛要炸开一般。终于，仿佛最后一根细细的神经崩断，她晕了过去。

## 章十·拣尽寒枝

碧桃垆的火，将南城墙根儿的一排房子烧得干干净净，万幸的是，并没有损及人命。纵火是大罪，侯樱刚从断妄司法牢放出来两天，又被关了回去。

春花受了风寒，整夜高烧不退。羊大夫给她灌了两服浓浓的汤药，又扎了几针，她才悠悠醒来，一醒来便问："侯樱呢？"

罗子言知道她的脾性，早已将事情打听清楚，守在她床前，单等她问。

听罢，春花沉默良久，撑着便要起身。

石渠难得垮下脸，拦住她："你们在外头做生意，件件事情都急得像催命。但再紧要的事情也比不上你的身子，今日你敢从床上起来，我就写信……告诉爷爷！"

这一招虽弱，却管用。

春花捂胸剧咳，半天才平息下来。

"你们……都出去，我想一个人待一会儿。"

石渠还要说什么，寻静宜拽他一把："我们走吧，让她好好想一想。"

一行人离去，春花才发觉脑中乱嗡嗡一团，理也理不清。

这些年来，经历过许多磨难险阻，有人在商场上对她阴谋陷害，更有人要取她性命，哪一个不比这场火灾更加惊险？这一次，却是不同的。侯樱的眼睛，如明晃晃的烈日，将她心底的每个阴暗角落照得无所遁形。

蓦地想起了什么，她扶着闷痛的额头，披衣从床上坐起来，慢慢挪到床头，从小柜里拿出一个玉色的小酒壶。那是陈葛送给她的，侯樱亲手酿制的"霜枝"。

"春昼"如春，得意欢喜；"霜枝"似雪，忧怀悲戚。

这些日子以来，都是得意欢喜，她确实该尝一尝"霜枝"的味道了。

酒如冷泉，淋入肺腑，散入血脉，仿佛将每个细小的毛孔都冻住了。

她打了个冷战，自肝肠中油然生出一股悲绝幻灭之感。

富贵本浮云，情义如烟散，所有的壮志功业、柔情蜜意，终了都不过是一场空罢了，何必要来？何必要去？

她低头，看一眼那酒壶，心悦诚服地赞了一声："好酒！"

倒头便沉沉睡去了。


春花做了一场大梦。

寂黑中，一切都没有尽头，她漂浮在无声的深潭上，宛如婴孩。

倏然，水波一点，雪白的猫踏水而来，用熟悉的橙黄圆眼盯着她，幽幽叹了口气："长孙春花，你还恋栈这红尘吗？"

春花："……"

"你注定在二十二岁上横死，何苦再纠缠尘缘？"

"仙姿，别装了，我知道是你。

"能变个人样吗？你走了这么久，我很想你。"

白猫趔趄了一下："你……还是不肯死，对吧？"

春花苦笑了一声："不仅不想死，我还想活很长时间，想实现很多梦想，想和……谈大人白头偕老。"

白猫一哽："你道心已不稳，长此下去，恐无善果。"

"我不知道你说的道心是什么，但人活的是现世。但行好事，何必要问归途？"

白猫用胖爪扶了扶额头，还待说什么，倏地，一声呲骂响起："孽障，又偷我仙器……"

深潭、白猫都如一张薄薄的画纸，瞬间被揉成一团，图影消失不见。

"仙姿！"春花喊了一声，却没有得到回音。

黑暗快速袭来，她被席卷着向不知名的深渊下坠。

忽然烈火烧起来了，热浪扑面向她袭来，她大喊起来，却没有人来救火。她在火场中拼命奔跑，却怎么也逃不脱，仿佛又中了裂魂香，半个善魂从天灵盖里抽出来，飘在半空中，冷冷地盯着火中奔逃的躯壳。

只见那躯壳的形态不断变幻，一会儿是侯樱，一会儿是自己。再一会儿，却变成了一只肥硕的老鼠，盘踞在一座金银珠宝山的顶部，四周逐渐升起密不透风的聚金法阵。

她惊叫了一声，从诡异多变的梦中醒来，汗涔涔湿了一身。


窗棂漏入几缕破晓晨光，原来已是清晨。

春花哆哆嗦嗦地用右手摸到左腕，在冰凉的桃僵上碰了碰。

"谈大人。"

对面没有立刻回答，又等了一会儿，谈东樵的回音才传了回来。

"春花，我在。"

他的声音温暖而干净，立刻便如一道暖流注入她心田。

春花鼻翼一酸，泪水忽然就滴了下来。

"谈大人，我好像……做错了事。"

对面静了一瞬，而后，轻轻道："可是触犯了朝廷律法？"

她摇摇头："现下的朝廷律法不管这个。也许百年千年以后，会有更细致的律法吧。"

"可是有违天道？"

"商场上，弱肉强食，公平竞争，大鱼吃小鱼，似乎也是天道。从商者，若是不争，还有什么路走？"

"那……为何觉得自己错了？"

春花沉默了。

有些准则，没有衙门可以审判，只存在于人的内心。但错，就是错。

谈东樵等不到她的回应，轻叹了一声："春花，你早已不是个普通的商人，而是雄踞百业的商业霸主。也不是每个人都有你这般幸运，能得到许多人的爱重和支持。这世上许多人，绕树三匝，却无枝可依。强者的公平和弱者的公平，并不是一回事。财富和权势一样，累积过多时，会对他人拥有强大的影响力，强者若不谨小慎微，便是恣意作恶。

"你也许只是……太过强大了。"

春花怔住了。

挣下再多的家业，积累再多的人脉，她始终还当自己是那个拿着火把，怀着破釜沉舟的恐慌心情的小姑娘，一步一步如履薄冰，费心筹谋。

原来，她已经是真正的强者。

她垂眸良久，轻声道："谈大人，你做过错事吗？"

对面停顿了片刻："做过。"

她有些诧异。

"是什么样的错事？"她总觉得，他是不会犯错的。

"我辜负了深爱的女子，让她等了三年。"

"……"

他语气严肃，她却脸颊发烫。

"那你是如何明白自己错了呢？"

"看不清是非对错的时候，不妨回过头去，想想自己的来处，什么是初心，什么是一时执迷。"就譬如他，诘问内心时，忽然明了，什么嫁娶入赘，什么清誉功名，都不过是浮云遮望眼罢了，他顿了顿，"春花，你做的错事，可还来得及补救？"

"应该……还来得及。"

他轻轻地吁了口气。

"那便好。

"人活在世，何曾有不犯错的？所谓圣人，亦不过是时时取出初心，拂拭灰尘罢了。"

春花震了震。初心蒙了尘，恐怕得从锦灰堆里扒出来，才能扑打干净。

"谈大人……若我犯了无法补救的大罪，你会如何做？"

谈东樵毫不犹豫地道："依法量刑，论罪处罚。"

她呆了呆，又听他继续道："但若你还活着，我会一直在原地等你。"他说完，迟迟没有听到她的回答，不由得悬起了心，"春花，我的话，让你难过了吗？"

春花摇头，终于轻轻笑了起来："本该如此。"

听见她话中的笑意，谈东樵悬着的心终于放了下来。

"春花，我此刻有要务，不能和你多聊……我知道过些日子是你的生辰，可惜此间事情未了，我……赶不回去为你庆生了。"

春花心中一暖："无妨，齐老板他们说要在金明池畔摆五十桌宴，为我祝寿呢。你安心办案。我知道你道法高深，但还是要诸事谨慎才是。"

她停了停，轻柔地说："谈大人，我等你回来。"


桃僵灵光熄灭，谈东樵将凝聚的神识从灵台中散出，巨大的疲惫与痛楚排山倒海般涌了上来。闻桑慌忙撑住他身子，轻轻放回榻上，只见他身下的床褥，再度被涌出的鲜血洇湿。一旁的老大夫叹了口气："老朽从未见过，有人肋间被啃了个大窟窿，还能一口气说那么多话。"

海上恶蛟常于水下触船，使人坠海，咬人腋下吮血，直至全身血液都被吸干。断妄司众人与恶蛟大战了三日三夜，但船只遭它破坏，众人纷纷落水。闻桑落得离恶蛟最近，险些被恶蛟咬中，是谈东樵将他一把推开，自己却被恶蛟的长牙咬在肋间。

千钧一发之际，谈东樵撑着最后一口气，将青釭剑送入了恶蛟的脑心。他失血过多，已入濒死之境，幸好闻桑给他塞了一颗玲珑百转丹，吊住了一口气，上得岸来，延医诊治，才保住了性命。

谈东樵昏迷了三天三夜，一个时辰前刚刚醒转，喝了口热药汤，便听见灵台中有人唤他。

闻桑长长地叹了口气："师伯，你都这样了，就不能不搭理她吗？"

谈东樵声音再也无法维持平稳，宛如吊在一丝细细的线上，不住地颤抖："她……声音不对，应是受了极大的打击。"

谈东樵艰难地抬起眼睑，望着老大夫："大夫，我是否……"

"不行。"老大夫见多识广，哪会不知道他的意思。

"老朽知道，你想赶回去见你那心上人，但就你身上这个窟窿，至少半个月后才能下床。舟车劳顿，你要是赶这点时间，就让你那心上人抱着你的尸首，哭去吧！"

话说到这份上，谈东樵也不好再说什么。周身强撑的那口真气散去，他合上双目，终于陷入昏睡之中。

闻桑默默地在心里感慨：这可真是老房子着了火，没得救了。

## 章十一·冷石猿影

侯樱又回到了那间熟悉的囚室。她隔壁关着一只黄老虎——它暴脾气失控咬伤了人，受了杖刑，监禁三月。

侯樱在这里又住了三天，那黄老虎的媳妇已经来送三回饭了，有一回还带了个虎头虎脑的小男孩儿。比起隔壁的热闹，她这里显得格外冷清。

黄老虎吃完了媳妇送的东坡肉，一面剔牙一面评价："早个八百年，老子也是辽东秃瓢子岭的一霸，你这小猴就是我牙缝里的一块肉！"

侯樱默默往后一退："那你怎么不留在秃瓢子岭当霸王，却要来人间？"

黄老虎嘿嘿笑道："这不是娶了媳妇吗？你见哪个好汉娶了媳妇还能当霸王的？"

侯樱："……"

"小猴儿，这几天都没人来看你，你没有家人吗？"

侯樱摇摇头。

这时，狱卒喊了一声："侯樱，有人来看你！"

春花踏进法牢的时候，脚步还有些虚浮。罗子言撑了她一把，她才稳住身躯。侯樱瘦小的身子隐藏在囚室的阴影中，只有一双圆眼睛泛着幽光。

"我见过你。"侯樱的声音清冷而细，很难想象，这样的女子，却有放火烧掉自己多年心血的决绝，"你就是长孙春花。"

春花深吸了口气："不错。"

侯樱扯出一个无声的笑："碧桃垆，我已经烧了。我手上再没有什么你需要的东西了。"

春花沉默了一瞬。

"侯樱，我很抱歉。不论你信不信，这并不是我想要的结果。"

阴影里，侯樱轻轻嗤了一声，就不再说话了。

春花的伶牙俐齿忽然失了灵。

她踌躇了片刻，尝试打破沉寂："罗讼师已向断妄司阐明，逼你烧屋，是我的过错。你烧毁的民舍，由我替你赔偿。若能取得所有受害者的谅解，断妄司应允，只处你监禁一个月，不再另行处罚。"

一室静寂。

"侯樱，一个月的时间不长，难为你忍耐些。等你出来，我出资为你重建碧桃垆，你想修成什么样，就修成什么样。"

囚室内，依然毫无动静。

"我今日，见了曾在你铺子里做工做了十年的王叔，他给你做了肉粥，我带来了。"

罗子言从拎着的提篮中拿出一个小瓮，放在牢门口。

侯樱还是没有回音。

罗子言有些丧气："东家，这女人出了名的脾气古怪。自己开的铺子，说烧就烧；请了多年的老伙计，说撵就撵。她对咱们怀恨在心，咱们又何必用热脸贴她的冷屁股呢？您身子还未痊愈，要不……还是回吧。"

春花没有动。

"子言，自恃才高者，常有几分傲骨；待人至诚者，往往表面疏离。这事一开始就是我的错。我不该让阿葛来同她打交道。"

罗子言苦笑："可好话说了一箩筐，她也不搭理咱们呀！"

春花沉默了。

她在囚室门口静立了许久，就在罗子言以为她已经放弃的时候，她蓦地又开口："侯樱，我喝过你的'春昼'，也喝过你的'霜枝'，有一事，我苦思不解。为何'春昼'一年十三坛，霜枝却能产十六坛？"

罗子言有些摸不着头脑。

这没头没尾的一问，侯樱会有反应吗？

但片刻之后，囚室内响起了冷冷的答话："因为这世上，悲伤总比欢喜多三坛。"

春花似乎也不意外。

一个人再冷漠，对自己倾注了毕生热情的事业，也会忍不住说上两句的。

她点了点头，如闲谈般继续问："我听王叔说，你开这碧桃垆，是为了等一个人。怎么忍心烧了它？不等了吗？"

侯樱默了一会儿，道："你想买碧桃垆，我不卖，就没有活路。那位范小侯爷说，你和断妄司的头儿是相好，若惹得你不快，一把火就能烧了碧桃垆，也能随时把我关进断妄司。你看，我这不又进来了吗？"

"……"

"与其等你烧，不如我自己烧。"

侯樱叹了口气："我等的人，定是等不到了。我想明白了，这么污秽的人间，他怎么留得住。"

春花哽了许久，半晌道："侯樱，人间确有不少阴暗污秽之事，但也许……没有你想的那么多。"

"没有吗？"

"你之所以被关进断妄司，不是因为得罪了我，而是因为烧毁了无辜百姓的居所。范小侯爷惯会胡说八道。我和断妄司的谈天官，确有些渊源，但他行事向来公正，绝不偏私，你……不要误会他。"

侯樱不说话了。

那位范小侯爷，确实素行不良，常常胡说八道。

"你……说起那个谈天官，语气有点熟悉。他是你在等的人吗？"

春花也不讳言："是。"

"你也等很久了吗？"

"恐怕……没有你这么久，但又感觉，已经很久了。"

侯樱："那你和我，还是有点一样。"

春花笑了："我也觉得，我和你有点一样。"

侯樱停了一下，生硬地道："你脸上的笑，很假，看了让人生气。"

春花摸摸脸，收起笑意："这样呢？"

"这样好一些，看着，不大像个人了。"

春花一时不知道她是在夸自己还是在骂自己。

她想了想，忆起王叔对侯樱古怪脾性的描述。

"侯樱，凡人是很奇怪的，并不是所有人都能看出对方脸上是真笑还是假笑。你若不笑，他们就以为你要打杀他们；你笑了，至少最初的时候，他们各自心里能抱有一点善意。"

侯樱认真思索了一会儿："原来是这样。我一直不明白，为什么他们见了我都要笑，还要劝我多笑笑。"

囚室里响起了窸窸窣窣的衣物摩擦声，侯樱干黄的脸显露在小窗漏进的日光里。

她目光落在春花身上，认真打量对方："和你说话，很舒服。"

是久违的舒服，说出来的话，不会被扭曲成嘲讽、诅咒或谩骂，而是那话语本来的样子。

春花微笑："听你这么说，我很开心。"

"我在人间，和很多凡人说不上话。他们好像脑子都有问题，总能从我的话里听出莫名其妙的意思。就像老王叔，他说因为在碧桃垆做工买不到米，我就让他走，还给他四两银子，他却生气了，也不知道气什么。

"那个侯爷，当年我随手给了他两颗桃吃，是他自己追着我报恩，立誓要子孙都帮我开这碧桃垆，结果到这一代，又说是我黏着他们家不放。

"你那个陈大掌柜，是个二五子，也很奇怪。他说你们春花旗下在汴陵、扬州、岭南开了几百家铺子，认识数不胜数的大商人。奇怪，这和碧桃垆有什么关系？"

她忽然话多起来，与其说是说给春花听，倒不如说是说给自己听。

春花认真地听着，过了一会儿，忽然笑道："如果一开始，是我去找你，要买碧桃垆，你会考虑卖吗？"

侯樱毫不犹豫地摇头："不卖。碧桃垆现在这样就很好，我很喜欢。"

但忽然想起，碧桃垆已经被自己烧了。

她愣了一会儿："我说的是没烧的时候。"

侯樱脸上露出一丝怀念，半晌，斜着眼，连名带姓地唤："长孙春花，你为什么要买碧桃垆？你懂酿酒吗？"

春花被她问得一愣："我……只懂喝酒，不懂酿酒。"

是啊，她为什么非要买下碧桃垆呢？她沉吟良久："一年只产十三坛'春昼'，这是个好故事。我把这故事讲给汴陵的小股东们听，他们会对'春花'二字下属的产业布局和未来发展更加有信心，从而将他们在其他地方挣来的财富，源源不断地投入到'春花'这两个字里。"

侯樱疑惑："然后呢？这些财富都归你支配，你要用来做什么？"

"自然是做大做强。"

"怎么算是做大做强？"

春花呆住，倏然苦笑："大约是……去买下一个碧桃炉吧。"

侯樱嗤笑："你还奇怪我为什么不把碧桃炉卖给你？"

宛如醍醐灌顶，一场大梦初醒。

春花长叹了一声："是我错了，大错特错。侯樱，你真是智者。"

她弯下腰，将犹有余温的小瓮捧到侯樱面前："侯樱，王叔说，他不生你的气了，并且还愿意回碧桃炉做工。"

侯樱一怔："真的？"

春花点点头："你是不是……有一点开心？"

侯樱想了一下："有那么一点吧。"

罗子言揭开小瓮的盖子，肉粥的暖香瞬间飘满了整个囚室。

隔壁饱食大睡的黄老虎立刻被粥香唤醒了："欸，真香！那小猴儿，谁给你送的粥？给我也来点！"

侯樱从铁栅的缝隙里伸出手，啪地合上了小瓮的盖子。

"不给你。"

春花大笑起来："侯樱，也许我们可以做朋友呢。等你出来，咱们一起重建碧桃炉吧。

"还有你要等的人，我也可以陪你一起等。"

侯樱鄙夷地看她一眼："你命短，陪不了。"

"能陪多久是多久吧。说不定我死之前，你就等到了呢。"


这一夜，春花梦到了会纳纱绣法的王嬷嬷。

小小的女娃张狂地说："王嬷嬷，你要相信，只有我，才能把你的绣品卖到大运皇朝的每个角落。"

王嬷嬷笑着骂："吹牛皮的小丫头！即使美梦能成真，这做梦的人，还非得是你？"

春花从梦中惊坐而起，冷汗在背脊上密密地冒了一层。

亡羊补牢，为时未晚。

## 章十二·琼瑰盈怀

后来的日子，春花忙得脚不沾地。

在京城购置的老宅终于改造得差不多了，她亲自跑了两次验收，颇为满意。东厢朴实厚重，庭院开阔；西厢高轩软床，花鸟怡人，正适合两位老祖父各自居住。

侯樱还在狱中服刑，但春花已将赔偿损失、重建屋舍的诸事亲自抓了起来，就连安德侯府也得了一份赔偿金。赔偿颇为丰厚，既能在更好的地段重建家园，那些受损的百姓也就纷纷签下了谅解的文书。

经此一事，长孙春花无往不利的名头多少有些受损，但也有些商界大佬觉得她不计前嫌地为侯樱收拾了烂摊子，实在坦荡仗义。知道她有意在京城收购酒垆，已有多家酒业向她递了帖子，请她前往勘验。

市面上起了传言，说春花老板嗜酒如命，又恰逢过几日是她生辰，于是长孙府中连着多日都有人抬进大坛大坛的美酒。

寻静宜恰好在长孙府，见了这阵势，不住地感叹："你这些好酒，喝个七八十年，不成问题。"

春花抚额："我可算明白，为何楚王好细腰，宫中多饿死。"

寻静宜笑道："过两日你生辰，齐老板在金明池畔设宴，据说请了几百位老板，你将这些好酒全抬了去，也不浪费。"

"这法子好！"

寻静宜掩口笑道："就怕哪位老板恰好喝出这是自己送你的好酒。"

春花苦笑："那又何妨？他们不会真以为我有那么大的肚子，能装下所有人送的酒吧？"

寻静宜哈哈大笑，笑罢，才醒悟自己恬静淡雅的风度裂成了渣，不由得轻咳了一声："同你说件正事。"

"北地沙匪又起，朝廷虽派了兵前往清剿，终是需要时间。有些药材的运路受阻，其中尤以丹参最为常用，各家药铺受到影响，纷纷又开始囤积丹参，丹参价格一时飞涨。"

"咱们库里还有些丹参，是该囤积居奇，还是该如常按市价售卖，我来问问你的意思。"

春花蹙起眉，认真思忖片刻，欲说什么，忽又止住："静宜，你掌管医药也有几年了，我想听听你自己的意见。"

寻静宜怔了怔，沉吟片刻，道："丹参是相对廉价的救命药，这么一闹，必定影响民生。我的想法是，咱们管不了其他同行，但咱们自己可以管控丹参供应，所有由春花药铺的大夫开出去的方子，确需丹参救命的，仍以原价售卖，其余人出价再高，也一律不卖。"她停顿了一瞬，看了眼春花的面色，补道，"当然，这样做，就如利器在手却不亮剑，有些同行这一阵赚得盆满钵满，咱们只能干看着。若是过了这一阵，货价大跌大涨，一个踩不准，恐怕还会亏本。"

春花捧着一盏茶，却并不喝，弓指在桌上轻轻叩了几下，倏然笑了。

"静宜，你这个对策很好。我写几封信，递给京中其他几位药铺老板，说明咱们的策略，请他们参详。"

寻静宜一惊："你不怕他们背后给你放冷箭吗？"

"若我没写这封信，他们才会放冷箭。"春花笑道，"京城药业，咱们最大。事情摊到台面上来，就是给几位老叔叔立了榜样，众目睽睽之下，他们很难不跟进。消息放出去，民众也会安心，不再盲目囤货，那些底下搞小动作的，便没了文章可做。"

"但这么做，大家统一对策，咱们就名和利都捞不着了。"

春花沉默片刻："静宜，如果说我从侯樱的事情中学到了什么，那就是……强者作恶而不自知，实在是太容易了。小心为善，最终能做到的，也仅仅是不作恶而已。这也许就是，强者的代价吧。"她顿了顿，"静宜，你是我最好的朋友，又同为女子，有些事，那些斗了一辈子的叔伯不懂，你却能懂。其实今日，我还有一件事，要和你商量。"

她将这些日子以来的迷思、纠结、自省，如竹筒倒豆子般通通说了出来，只觉通体畅快，仿佛卸下了千斤的重担。

寻静宜见她神情如此凝重，不由得也正色以对，凝神静听。然而听着听着，她神情逐渐转为震惊无措。

"你现下和我说的这些，是认真的吗？"

春花微笑："是认真的，而且，我已经着手准备了。"

寻静宜一时不知该不该劝。

正当此时，门外突然传来一阵急促的脚步声，"咣"的一声，书房的门被重重推开，陈葛撞了进来："长孙春花，你为何又封我账？"

春花竟似一点也不意外，好整以暇地放下茶盏："例行查账而已，你急什么？"

"你查账我不管，但我刚和岭南的徐老板谈好了要开三家分店，你把账封了，我怎么开？"

春花抬起眼皮，看他一眼："新店的事情，你就先搁置几日，等我生辰过后，再说。"

陈葛面上现出不忿："就是因为我把碧桃垆的事办砸了，你特意给我找不痛快，对不对？我惹了事，你出来收拾残局。如今人人骂我无能，却说你是个善心活菩萨，那么拧巴的女泼猴都被你收服了，过几日，恐怕真能把碧桃垆卖给你。春花老板，你好威风啊！"

寻静宜还沉浸在方才春花所说的话中，这会儿才惊醒过来，忙道："阿葛，你不要激动，先听春花怎么说。"

陈葛哼了一声，抱臂在胸前。

春花看一眼寻静宜，深吸口气："阿葛，碧桃垆的事，错全在我。你都是按我的意思去与侯樱交涉的，你没有错。"

陈葛轻嗤一声，待怒气稍平，一屁股在一旁的椅子上坐下。

"不过有一件事，我想再问你一次，只问这最后一次。"

陈葛一怔："什么？"

"那日，侯樱狂性大发，现出原形打伤了你，真的只是因为你失手打破了酒坛吗？"

陈葛错愕了一瞬，继而勃然大怒："你这是什么意思？你是说，是我动了手脚，才让侯樱现了原形吗？"

春花高深莫测地盯着他："我只问你，是也不是？"

"不是！"陈葛大喝。

"我知道你去牢里见了那泼猴子几回，也不知她给你灌了什么迷魂汤！咱们买她的碧桃垆，明码标价，有什么错？即便动用了些非常手段，但也是八仙过海，各显神通，终究没有掐着她脖子让她卖吧？她自己疯了烧房子，又和我们有什么关系？"他越说越激动，霍然立起，指着春花的鼻子，"春花，你手握旁人毕生都难以想象的资本，却如此妇人之仁，能成什么大事？不想做商人，难道要做圣人吗？"

春花沉默了。良久，她迎着他的愤怒站起身："阿葛，我不想做圣人，只是想做自己罢了。自古以来多少事情，都是毁在那些以为只有自己才能成大事的人手里，从此公心成了私心，梦想成了妄想。若是忘了初心，你我，都不过是被时运裹挟的棋子罢了。"

她平和而笃定的神情反而令陈葛心中猛然一沉。

"春花，你想做什么？"

"我想弥补自己犯下的过错。"

陈葛有些恐慌，不禁放柔了声音，不确定地试探："你已经帮侯樱赔了钱，助她减罪，又答应帮她重开碧桃垆，还不够吗？"

"不，阿葛，这样还不够。"

陈葛倏然意识到了什么："春花，你可不要乱来。"

春花笑了笑："阿葛，在许多事情上，你我可以说是'道不同，不相为谋'。不过你放心，无论如何，我不会亏待你。"

陈葛死死地瞪着她，良久，愤然转身，摔门而去。

一室寂寂。

半晌，寻静宜叹了一声："阿葛若知道你真正想做的事，恐怕杀了你的心都有了。"

春花苦笑："无妨，他总有一日会明白的。"

她抿了一口茶，才发觉茶汤已凉。于是命人进来换茶，又笑嘻嘻道："还有一件好事。十哥捎回信来，说他已经在回京路上了，定能在我生辰前赶回来。"

寻静宜却还是满面忧虑："春花，你当真……考虑清楚了吗？这可是天大的事。"

春花睨视着她："但你没有激烈反对，想必也是认同了其中的道理。"

寻静宜不作声了。忽然，她的手被春花握住。

"静宜，你是我最好的朋友，是我最信赖的人。我已经做了决定，你可愿帮我？"

寻静宜默然良久，终于点了点头。

## 章十三 · 沃野繁花

春花的二十三岁生辰，以一个艳阳高照的冬日暖晨开始。

石渠和衡儿起了个大早，一大一小穿得花团锦簇，揣着手在檐下等她。春花一出闺门，石渠就掏出提前封好的大红包："臭丫头，生辰喜乐呀！"

衡儿笑成个小粉团儿，十分郑重地行了个礼："姑姑生辰喜乐呀！"

春花接过红包，捏捏衡儿的小脸蛋："哥哥哪来这么多的银子？"

石渠挺了挺胸脯："来京后，我收了几个小弟子，这是人家给的束脩……当然，还有些是爷爷添的，一起给你做个生辰礼。"唯恐她嫌少，他又补充，"哥哥知道你日进斗金，但这次不同，这是哥哥的血汗钱，你可要好好收用。"

一股暖流漫过心坎，春花只觉心软得如幼时最馋的那一口麦饴。

"哥哥……"

爷爷从前数落石渠，她很少替他说话，后来因苏玿之事，又拖了石渠做冤大头。但石渠从未说过半句埋怨她的话。不论她如何选择，爷爷和哥哥都是最支持她的人。

"我自幼恃宠而骄、肆意妄为……是不是让哥哥受了不少委屈？"

石渠咧开大大的笑，伸手要摸春花的头顶，又见她今日盛装钗环，只好尴尬放下。

"你一出生就没了气息，爷爷求遍了满天神佛，才从阎王手里抢出你这条小命来，当然要好好疼爱。小春花，被偏爱者常不自知，但你心地善良，总是替他人着想，带给哥哥的欢喜比委屈要多百倍、千倍。反而是哥哥无能，将千斤的重担压在你一人身上。"

春花愣怔了一会儿。

"哥哥，我今日要做一件大事，也许对长孙家有不小的影响。"

石渠怔了怔，半晌笑道："你想做什么，拿定了主意，就去做吧。"他握住春花的手，"其实爷爷和哥哥并不需要你成为天下首富才能快乐。哪怕粗茶淡饭，只要一家人平安团圆，就是人间乐土。"

目光落在她微湿的眼眸上，石渠重重一拍脑袋："看我，说什么呢！一大早的，快把小寿星惹哭了！"他一把拉起春花，"快走快走！我听说阿葛寻了好久，才寻到一坛二十三年的女儿红，给你做寿礼！"

"二十三年的女儿红？"

"怎么，就不兴别家也有年纪大了不肯嫁人的姑娘？"

"长孙石渠！"


金明池畔，筵席大开。京中商界名流几乎全都到场，还有长孙家产业里一百多位精明强干的掌柜管事。为显示京城的豪奢做派，齐老板大手笔开了八十余桌，满目皆是金浆玉醴、佳肴美馔，金盘异果，银瓮奇花。

春花被一路延请到首席，来回推辞了许久，还是请齐老板先坐了，才在他身侧坐下。举目一望，同席的有寻静宜、陈葛，还有几位京城商会的同行。

"怎么，十哥还没到？"她问寻静宜。

"本该昨晚就到京城的，现下还未有消息。我已命小厮去他府上催请了。"

春花向齐老板道："可否再等片刻，待我家十哥到了，再开席？"

齐老板大手一挥："那是自然！"

寻静宜的心思并不在祝十身上，她忧心忡忡地望着春花的笑颜，忍不住低声问："你可想好了？踏出这一步，再无回头路。"

春花点点头："想好了。"

她胆大妄为了二十三年，不差这一回。

她目光投向坐在寻静宜另一侧的陈葛，微笑："阿葛，听闻你得了坛二十三年的女儿红。"

陈葛看着有些心不在焉，正不知在想什么，被春花猛然一问，惊了一下，而后方才醒悟："不错。"

陈葛转身命人呈上酒壶，为春花斟满一杯。

"春花，生意事且生意谈，今日是你生辰，我确是一片真心祝你平安喜乐、福寿百年。这一杯女儿红，你可得喝。"

春花大笑："我风寒初愈，羊大夫只准我饮三杯酒。第一杯就饮你这杯女儿红！"

寻静宜见他二人不再剑拔弩张，心中甚慰，笑道："那第二杯，你要喝谁的酒？"

春花还未答话，一人朗声道："自然该喝我的酒！"

戴着半边乌铜面具的清瘦青年抱着一坛酒，穿越重重人海，不知何时，已站在了春花身前。

"十哥！我还以为你赶不回来了呢！"

祝十的眼眸中映照出她惊喜的笑靥，氤氲如温柔的良夜。

"你的生辰，我怎可不在？"

祝十双手捧出酒坛："这是十哥从黔南带回的苗疆烈酒，据说是苗女以痴情蛊酿给心上人喝的。喝了她的酒，生老病死，也不会离她而去。春花，你可敢喝？"

这些奇奇怪怪的讲究最对春花脾性，她立时下巴一扬："那我可非得喝一杯了。"

当下命人另取了杯子，斟满待饮。

祝十在同席落了座，只向寻静宜点了点头，便不再说话了。

齐老板抚掌大笑："那春花老板的第三杯，就交给老朽了！既然人已到齐，咱们就开席吧！"

觥筹交错，笑语飞声，春花与其他人谈笑之际，目光偶然落在祝十身上，他唇边带笑，眉宇间却凝着淡淡愁绪，仿佛怀着万重的心事。

春花隔着觥筹，向他比了个口型："你还好吗？"

祝十眉目舒展了些，向她摇了摇头："没什么急事，容后再说。"

筵席既开，齐老板作为席间主持，自然得先说几句。他先是称颂了一番春花对京城商界和皇朝境内商业所做的贡献，又感叹了一遍后浪强劲，他这个前浪，恐怕很快就要被拍在沙滩上了。

众人心知他是自嘲，都哈哈大笑。但能让京城商会会长如此抬举，恐怕过不了多久，长孙春花就是名副其实的商业霸主了。齐老板颇多感慨，自己先饮了一杯，又招起众人齐齐举杯："祝愿春花老板生辰喜乐、福寿开怀！"

饮罢一轮，便有人低低议论起来："这位春花老板这样年轻，就享尽富贵、得尽风光，嘁，难道不怕折寿吗？"

同桌之人连忙捂住他的嘴："别瞎说！人家都传她是财神下凡呢！"

齐老板年老耳怠，没听见这些议论，春花可一句不落。她见陈葛面现不豫，当即摆了摆手："阿葛，不要生事。"

陈葛只得强按下怒气。

春花深吸了一口气，端起眼前的第一杯酒，手竟微微颤抖。

"诸位！"她清了清嗓子，喧闹的座中便慢慢寂静，"春花今日有恙在身，不克酒力，只能小饮三杯。但有些话，积压肺腑已久，借着这三杯酒，向诸位一吐为快。

"在座诸位中，多少都与长孙家产业有过生意往来，有些曾在许多重要的时刻给过春花教诲和忠告，还有些甚至是看着春花长大的。诸位是春花的伙伴，也是春花的老师。春花行至今日，受诸位恩惠厚重，这第一杯酒，便感谢诸位前辈师长的抬爱和支持！"

她仰首，倾尽了杯中的女儿红，老酒柔醇，顿时焙暖了一腔肺腑。

座中众人听她言辞谦逊，也不由得感慨，纷纷以酒遥祝。

春花掬起那杯苗疆烈酒："这第二杯酒，春花敬所有的商人。"

众人一愣。

"自古士农工商，商人地位最卑，风评最贱。有人说商人不事生产，见利忘义，却攫取了这世间的许多财富。春花觉得，此话不公。世间有人多智，有人巧思，有人力大，但一身之行，只能惠及眼前。有了好的商人，有了公平合理的交易，其他的人才能安心做好一件事，尽展自身所长。而专心钻研一门技艺的人越来越多，这世间的所有人，才会越来越好。春花自幼的理想，就是成为一个好的商人。

"当今盛世，重商之风已成，民生富裕，百业兴盛，新物迭出。这也是诸位勤恳多年的功绩。是诸位让春花懂得，商人亦可居利思义、利物爱人！"

她话语诚恳慷慨，颇为动人，众人听了，不由得叫起好来。

便在这一片叫好中，春花仰首喝下了第二杯酒。烈酒如刀，火辣辣地灌入肝肠，整个人仿佛烧起来一般。

她正要端起第三杯酒，远处突然传来一声吵嚷。

齐老板皱眉："是什么人？"

有下人来报："是个衣衫破旧的老者，说要送贺礼给春花老板。"

齐老板道："既是送贺礼，就该以待客之礼请进来。"

下人犹豫了一下，果然回身将那老者请了进来。

春花定睛一看，竟是碧桃垆的老王叔。

王叔手里抱了个碧玉小坛："春花老板，我家侯娘子吩咐我送一坛新酒，权作寿礼，祝春花老板生辰喜乐、平安康健。"

在场众人，谁不知道碧桃垆侯娘子和长孙春花的这一桩纠葛？当下各自窃语猜测，自不待言。

春花有些意外："王叔，你们碧桃垆的酒，不是都被一把火烧了吗？"

王叔笑道："寻常的酒自然都烧了。但这一坛，是我家侯娘子研制的新酒，埋了一坛在南城墙外的桃树下，故此无事。"

"哦？"侯樱倒是没提过她研制了新酒。

"侯娘子说，酒乃人间至味，'春昼'是极致欢喜，'霜枝'是极致悲凉，都不对。这一坛新酒，她酿了十年方成，一直没有取名，上次见过了春花老板，忽然便想到了。"

春花一愣，想来这酒名和自己有关。

"这酒，叫什么名字？"

"侯娘子说，新酒名叫'憾生'。"

众人皆是一愣。

陈葛霍然起立："这么不吉利的名字，竟送来祝寿？"

春花飞快地叱了一声："阿葛，我看这名字很好，吉利得很！这世上何人无憾？怀憾而生，才是活生生的一生。"

不知怎的，她下意识看向祝十："十哥，你说是也不是？"

祝十还不知她和陈葛、侯樱之间的渊源，淡淡一笑："你说得是。"

春花粲然一笑："齐老板还请见谅，这第三杯酒，我要饮这'憾生'了！"

侍者取过酒坛上前，为春花斟满一杯"憾生"。浓郁厚重的酒香瞬间飘满席间，似苦似甘，层层叠叠的欢喜与哀愁，融为了一体。

春花将杯中"憾生"一饮而尽，不由得大呼一声："好酒！"

侯樱果然是个妙人！

蒸腾的酒意，带起了她无限的意气胸怀。

"这第三杯酒，原是有一件大事，要告知各位。"春花放下手中酒杯，站起身，向四面诚恳地拱了拱手，"这世上的一切两难困境，其实都有解法。真正不能解的，是自己心中的执念而已。我的执念，就是这'春花'二字。但近日，我终于醒悟了一个道理：并非所有的梦想，都要以我'长孙春花'之名实现。

"我今决定，自即日起，以主业为类，拆分长孙家旗下全部产业。所有产业均不再用'春花'名号，除钱庄外，其他产业，长孙家只持小股，不再掌控经营。

"药铺医馆，由寻静宜掌理；镖局营造，由祝十掌理；酒楼茶庄，由陈葛掌理；其余生意亦由现任掌事接管，更名换号。

"从此之后，产业之间，不再同心，无须相互照应，不得勾连设障、欺压同行，更不得店大欺客、贻害民生。

"长孙春花最初只是个钱庄老板，祖上传下钱庄，有名字，叫作尚贤钱庄。从今以后，我会好好地做这尚贤钱庄的老板。"

一席阔谈尽了，春花心中，终于块垒尽消。

庭中阒然。

良久，齐老板终于回过味来，颤声道："春花老板，正是因为有你坐镇中心，大家集结在你'长孙春花'的名号之下，才能同气连枝、一呼百应。你如今……嗐，这不是自断羽翼吗？"

春花颔首，诚心诚意地福下身去："齐老板，诚如您所说，春花旗下，同气连枝。但春花之外，只恐寸草难生。大运皇朝商人经营数代，商业已成鼎盛之势，货物可带三江，人人皆有奇智。正所谓……"酒意晕红了她的脸颊，她轻轻扶住桌案，向着众人高声道，"一鲸落，万物生。少了我这朵春花，当有千千万万朵春花，自旷野中破土而生。"

## 章十四·一枕憾生

时及季冬，万物藏迹，金明池上鼓乐初平，倏然一片寒鸦渡水而去，嗒嗒响彻了云霄。寒风侵袭，池畔的几棵长生柏沙沙地响起来。

楼阁之上，筵席之中，人们如同做了一场大梦，此时方醒，各自举目相顾，确认方才听见看见的，并不是一场幻觉。

陈葛霍然站起："我不同意！"

春花觉得有趣，咧嘴笑了："阿葛，你不是一直想自己拿主意，一展抱负吗？我如今给你这个机会，有何不好？"

陈葛一愣。

他一直以为，春花暗中谋划着要削他的权，却没料到，是要将酒楼茶庄生意真正交到他手上，所以，他为什么更生气了呢？

春花笑得更深："阿葛，就算咱们意见常常不同，但……你还是喜欢跟我一起做事，对吗？"

这时候，还能如此厚脸皮！陈葛脸上青白交错，憋屈得说不出话来。

年高德劭的齐老板叹了口气："春花老板，你做这样的决定，胸襟固然广阔，却也是将几位大掌事放在火上煎烤啊！"

春花微笑，将目光安然投向寻静宜和祝十，只见两人向她微微颔首，最后，依然落在陈葛身上："他们都是我最信得过的人。"

齐老板默了一瞬，骤然哈哈大笑："既然春花老板主意已定，老朽也就只有恭贺了！"他捧起一杯梨花白，"虽有三杯之限，但今日不同往日，春花老板可愿暂破一戒，与老朽共饮这第四杯酒？"

春花还未开口，便有人从旁上前。

"齐老，这第四杯，就由我代饮吧。"祝十淡淡地瞪了春花一眼："看你口唇发白，眉眼却发红，这是酒毒之征。明明风寒未愈，还要强撑。"

春花不着痕迹地以手撑住桌面，面上仍笑嘻嘻道："只多一杯，倒还能饮，何况是齐老的酒。"

齐老板抚髯大笑："不愧是春花老板，爽快！"

祝十紧蹙着墨眉，却也拿她没有办法，只得默然退了一步。

春花接过玉杯，与齐老板的杯子在空中轻轻一碰，含笑移至唇边。


酒未沾唇，异变陡生。

一股不知从何而来的巨力宛如一把大锤，在她肝胆心肺上重重击落。排山倒海般的痛楚瞬间传遍四肢百骸。从肺腑中急蹿出一股腥甜，沿着鼻腔喉头喷涌而出，酒杯中淡黄的酒液顿时被浸染得殷红。

指尖已丧失了触觉，她就这么眼睁睁望着那玉杯自指尖坠落，碎了一地。她茫然抬头，金明池的红棚、碧水、苍松都失去了原本的色彩，逐渐暗淡成黑白两色，然后，身子便如在云雾中一般，缓慢地坠落了下去，仿佛有无数双手抢上来托住她。

有人高喊，有人哭泣，有人低哄，有人脚步忙乱地奔走。所有的声音似乎都从无比遥远的地方传来。意识如漂荡在洪荒大潮中的一叶小舟，看不见来路，辨不清去向，只能清晰地照见自己。

她想：啊，好像是中毒了。

有人一边哭泣，一边从她腰间掏出点什么，迅速塞在她嘴里，又涩又苦。那东西干涩地卡在食道里，迅即点亮了她的目力、听觉与触觉，巨大的存在感如巨浪拍袭过来。冰凉的手指捧着她的脸颊，眼前逐渐清晰的，是寻静宜喜极而泣的双眼。

"她吃下去了！玲珑百转丹！"

陈葛乱哄哄地喊着："羊大夫！羊大夫！"

祝十的声音颤抖而难以置信："春花！春花！"

齐老板的声音则是惊恐万分："老朽这杯酒，她还没喝呀！这……谁会下毒呢？"

春花在心底深深叹了口气。

人心乱，事便更乱。

那凶恶的毒药并未停止在她体内搅动风云，巨大的疼痛如凶兽的撕咬，席卷全身，玲珑百转丹与毒性僵持着，勉强替她抢出一线清明。豆大的泪珠滴在春花脸上，抱着她的手臂倏然紧了紧。

寻静宜的声音陡然平静，充满了力量："你们都让开！"

她沉着嗓子，一字一句地说："陈葛、祝十，你们都……站远些。

"她喝了三杯酒，其中两杯是你们二人所赠，你们……都有嫌疑。"

世界突然安静了，久违的新鲜空气呼啸着涌入。

春花能感觉到，寻静宜正用全身的力气压抑着紧张与恐慌。

"让羊大夫过来！

"齐老板，烦您派个人，去把春花方才喝过的三坛酒都取来，不要被人趁乱做了手脚。"

浓重的药味扑鼻而来，羊大夫颤抖着执起春花的手腕，试脉良久，蓦地一震。

寻静宜喊了他一声："羊大夫，这是什么毒？"

羊大夫惊疑不定地张了张嘴："筋骨俱僵，神魂裂尽，这好像是……'黄粱梦'。"

寻静宜听得糊涂："怎么救？"

羊大夫一哽，终于还是踟蹰道：

"黄粱梦，终须醒。无解药，无归途。"

寻静宜一愣。

"可她吃了玲珑百转丹，分明好转了呀！你看她眼珠、嘴唇都会动了！"

"玲珑百转丹，吊命一刻，但……也只能留她一刻，终非解毒之法。"

"那我再喂她吃一颗……"

"再多也没有用，玲珑百转，只留一刻。"

寻静宜静默了，取而代之的是陈葛的怒喊："老山羊你个庸医，放的什么羊屁？"

羊大夫长叹了一声："'黄粱梦'是上古异兽魔龙心血与仙人噩梦混炼而成的毒药，我只在羊族古籍中读到过。魔龙灭绝，仙人从无噩梦，这些几乎都是不可能存在之物。既然有人能炼出'黄粱梦'，又怎会留下解法？"

这时，齐老板派去的侍者慌张回报："老爷，春花老板刚才喝过的那三坛酒，不知被什么人一起打碎了扔在地上……也分不出哪个是哪个了。"

众人一时茫然。

春花茫然听着外界的一切声响，一个念头如海滩上的峭石，从退去的潮水中渐渐浮现。她可能……要死了。

世上的人啊，数以亿计。有的清晨出门上工，被惊马撞死；有的辛劳养家，心力衰竭累死；有的娘胎里带来疾病，不幸夭折；还有的，被极端爱恨纠缠围困，自我了断。

可她长孙春花，被一个不知是谁的人，因一个不知从哪儿冒出来的恶念，被一种刚刚听说的莫名其妙的毒，给毒死了。

据说人在死前，一生会如走马灯般，在眼前尽数掠过。

其实不然。

将死之际，是无暇去恨的。春花无心追问是谁下了那"黄粱梦"之毒，眼前浮现的，全都是她心心念念深爱的人。她只盼他们，每一个都平安喜乐、长命富贵，直到百年。

"长孙春花，你还恋栈这红尘吗？"

当然恋栈。

但此生有好友知心相交，亲人慈念常伴，情人缱绻执手，还有笃信不移的理想孜孜以求。

夫有何憾？

就在这一片死寂中，祝十蓦然出声："救人要紧。这世上不止你一个大夫，我去寻良医！"他深深地看了寻静宜怀中的春花一眼，咬紧牙关，掉头飞奔出门外，上马而去。

陈葛眼珠血红地瞪了羊大夫一眼，忽然狠狠一跺脚："这邪性的毒药，定是那疯婆子侯樱搞出来的！我去找她，不交出解药，我活剥了她！"话音刚落，陈葛竟也飞驰而去。只留下寻静宜抱着春花，颓坐在地上。

低头去看春花，但见她圆睁的眼中，已悄然涌出泪来。寻静宜呼吸一滞，一把握住春花的手："羊大夫，你可有法子，让春花能说话？"

羊大夫思忖片刻："或可一试。"

他掏出银针，在春花水突、气舍、承浆三处穴位下针。不过数息，春花长长地吁出一口气，口唇终于能够嚅动。

寻静宜附耳过去："春花，你说什么？"

浓重沙哑的语句勉强能够辨听，她说的是："……拦住阿葛，不是侯樱。

"不是侯樱，不是十哥，不是阿葛。不要冤枉……等谈大人回来。"

热泪再度从寻静宜眼中夺眶而出。

"好，我命人去把阿葛劝回来！我们都撑住，等谈大人回来查清楚！你也要撑住，等谈大人回来！"

春花轻轻地抽了一口气，似乎是苦涩地笑了一声。

她浑身发抖，出口的每一个字似乎都用尽所有气力。

"静宜，以后……都交给你了。

"好疼啊……我想……回家。哥哥……在家。"

寻静宜怔怔地望着她。

蓦然环住她的颈子："好，我们回家。"


东海之畔，断妄司众人已打点好行装，预备回京。

谈东樵胸前裹着厚厚的纱布，吊着一只胳膊，披衣从榻上坐起。闻桑要上前来扶，被他摇首避开。他来到窗前，但见黄天沉沉，乌云堆积，飓风暴雨又要起了。便在此时，灵台上响起一声轻轻的叩击。

谈东樵会心道："春花，生辰喜乐。"

桃僵的那一端，女子的声音缓慢而轻柔，仿佛不是从口中发出，而是在柔肠中辗转了千遍："谈大人，你什么时候回来啊？"

车马橐橐声起，与情人的絮语交织在一处，格外焦急，也格外缱绻。

谈东樵低低一笑："此刻便要启程，十日后到。"

"那很好啊。"对面犹豫了一瞬，"谈大人，我好像……没法陪你走完余生了。"

谈东樵一怔。

对面叹了一声："你说过，若不能和我相守，就只能一生孤苦。其实……不是这样的。这世间，不止我一个人值得心动，也不止男女之爱这一味值得牵绊。你……不要只在查案、修道、读书中过完这一生。要励精图治，也要娱乐消遣；要爱人，也要被爱。躬身入局，尽己悲欢，才是人间。"

谈东樵愣怔着听罢。不安如点墨入水，瞬间晕染。

"春花，你……"

"我如今将桃僵亲手取下，让静宜代为交还给你。一切允诺，即日作废，今后男婚女嫁，再不相干。

"谈大人，像侯樱那样，数百年只等一个人，太苦了。你……不要忘了我，但也不要……一直记着我，好不好？"

千里之外，桃僵被一只纤弱无力的手缓缓取下，宛如当初从灵台上斩下一般，痛彻肺腑。

音信遂绝，谈东樵遽然惊醒。不顾满身伤痛，他大步奔出屋舍，跃上一匹快马，向西北方向奔驰而出。与此同时，载着桃僵主人的马车"吱呀"一声，停在了京城长孙府的门前。

长孙石渠和长孙衡正在前庭玩一场蹴鞠，小皮球沾得两人满身都是泥印子。

听见车马声，父子俩抱着球迎出来："怎么宴席结束得这样早？"

车帘掀开，却无人走出。

良久，低低的泣声响起，再也没有停歇。

一缕无定的微风自京城而起，跨越山河湖海，直抵繁华如市的汴陵。

微风绕着婀娜婉转的汴水打了个转，穿过人潮如织的南北商市街，穿过饭庄、钱庄、布庄、药铺、典当、胭脂首饰铺、柴米盐铁铺、书画珍玩铺、衣帽鞋履铺、花鸟鱼虫铺、香局绣局、武馆棋社、茶园酒肆，在咿咿呀呀的戏园子外流连了一会儿，又被一声唱破的高腔吓得掉头就跑。

微风拂过如镜的鸳鸯湖，在湖心撩起阵阵涟漪，这才乘着水汽，回到长孙府老宅。

曚昽的日光底下，长孙恕正坐在摇椅上打瞌睡。

蓦地，耳边响起一声清脆而甜美的喊声："爷爷！"

恍惚中，刚比他膝盖高一点的小孙女儿坐在石桌前，奋笔写一张大字，写完以后，仰起小脸向他献宝。

爷爷！老人倏然睁开眼，周遭却空无一人。

他呆滞了片刻，忽然拄杖而起，蹒跚着穿过庭院。

回到卧房，老人颤颤巍巍地打开床头小柜的深锁，取出一个因经年摩挲而漆亮的盒子，小心地打开。盒中，一朵精雕细琢的金报春盈盈绽放。老人松了一口气。然而下一刻，报春花的色泽却幽幽转淡了。"噗"的一声，金色报春花碎成了一抔细细的金粉。

老人呆住了。

"春花，我的小春花呢？"

一室寂寂。

老人瞬间了悟了什么，一顿一顿跌坐在地，终于，如孩童一般号啕大哭起来。

金粉被那无定的微风一吹，转瞬便消散了，仿佛从未出现在这红尘世间。

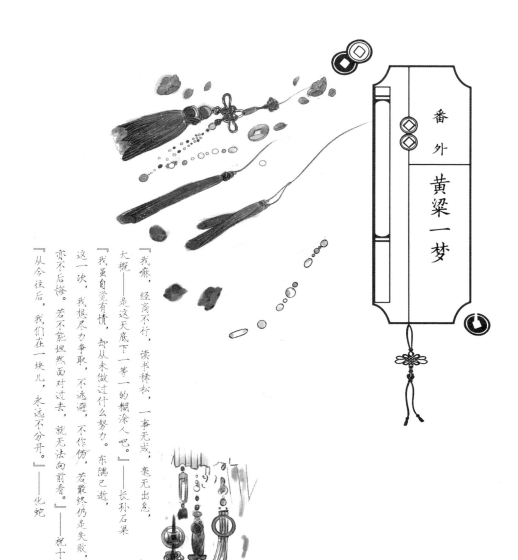

番外

黄粱一梦

『我嘛，经商不行，读书稀松，一事无成，毫无出息，大概——是这天底下一等一的糊涂人吧。』——长孙石渠

『我虽自觉有情，却从未做过什么努力。东隅已逝，这一次，我想尽力争取，不逃避，不作伪，若最终仍是失败，亦不后悔。若不能坦然面对过去，就无法向前看。』——祝十

『从今往后，我们在一块儿，永远不分开。』——化蛇

## 第三坛酒

千年前的终南山，钟灵毓秀，物产丰饶。

山顶，有一座古老的道观。道士们一心修道，梦想飞升成仙。密林深处的猿猴们见得多了，便也学着道士们餐风饮露，打坐修行。其中，便有一只小白猿，懵懵懂懂地修行了三百年，忽然就接了天地灵气，能口吐人言。

小白猿成了精，竟也生出些人的巧思。终南山特产一种红桐子，颇有风味，猿猴们总是成群结队地采摘来食用。小白猿见山间有农人酿酒，便学了凡人的法子，将红桐子添加在内，在洞府里酿成了猴儿酒。猿猴们都很喜欢它酿的酒，大家饮了酒，就在洞穴里联臂起舞，大喊大叫，肆无忌惮。

忽有一日，小白猿独个儿喝醉了酒，被一只美丽的花蝴蝶诱出了洞。它在密林中奔跑跳跃，沉迷不知归路，一不小心，掉进了猎户设下的陈年陷阱。捕猛兽的夹子夹断了它的右腿骨，它在陷阱下哀哀叫了两天，又冻、又饿、又疼，全身的血几乎都要流尽了。原来凡人不仅会耕种、酿酒、打坐，还会设陷阱骗小猴子的性命。

濒死之际，一个颇为好看的脑袋从陷阱上伸出来："小猴子，你怎么这么倒霉啊？"

那是一个白白净净的小道士。

小道士把它带回了道观，一边为它包扎固定伤处，一边絮絮叨叨地讲他的事。譬如师父太严厉，打坐太辛苦，炼丹熏眼睛，修仙好寂寞，诸如此类。

小白猿听了，很是替他发愁。

虽然是它的救命恩人，但这人……也实在太没出息了吧。

道士们都说人间苦，要修仙才有活路，只有这小道士每天乐呵呵的，说他不想成仙，只想做人。他喜欢和师父、师兄师弟们在一块儿，喜欢山林间的悠闲自在，也喜欢山下小镇的热闹烟火。

没出息的小道士把小白猿藏在自己的房中，每天喂它吃青桃子，还用温水给它擦拭皮毛。小白猿在道观里住了三个月，不仅腿脚愈合如初，还长胖了不少。

从那以后，小白猿和小道士就成了朋友。小道士教小白猿打坐炼丹，小白猿则教小道士爬树攀藤，它还酿了许多猴子酒，请他喝。

小道士很喜欢小白猿酿的酒，说那酒的味道令人欢喜，就像春天的早晨。

"不如就叫'春昼'吧。"

小白猿直拍手："好！"

小道士吓了一跳。他还是头一次见到会说话的猴子。但他们毕竟是好朋友嘛。好朋友，就是不管对方是什么，都得是好朋友。

小道士认真地想了好几天，对小白猿说："你既然会说人话，就得取个人的名字。"

小白猿茫然地睁着一双大眼睛。

"看你的眼睛又大又圆，像两颗熟透的樱桃。那就，叫侯樱吧！"


时逢末世，皇帝沉迷长生术，盘剥百姓，民不聊生。道观没有香火，也渐渐支撑不下去了。又过了些日子，小道士的师兄师弟们各奔了前程，只剩小道士和师父两个人。

师父终于对成仙一途绝望。他说："与其追寻那虚无缥缈的仙人，倒不如修个现世富贵。"

小道士没听懂师父的意思。他以为，师父是要守清贫道，和他相依为命，安分守己。

师父却独自下了山，进了朝廷，觐见了皇帝。

"陛下，终南山中有得道仙猿，会酿酒，能人言。若能擒住，剥出内丹，服用后，自可长生不老，福寿永昌。"

年老昏庸的皇帝大喜："但仙猿有术法，如何能擒得？"

"贫道的小徒与仙猿有交，贫道曾亲眼看见他与那猿猴以人语交谈。陛下可如此如此……"

数日后，师父从山下回来了，还带了三千兵马。披坚执锐的军士们把小道士捆成了个粽子，挂在树下，每日用沾了盐的鞭子打他。

师父一边哭，一边劝："好徒弟，你就把那猿猴的下落说出来吧！只要你肯说，咱们师徒两个一世富贵，再也不愁啦！你是有仙缘的人，潜心修行，总有一天能得大道，何必做这糊涂人！"

密林之中，倏然响起一声清亮的猿鸣。树冠沙沙摇动，有东西穿越密林，如风而来。

三千兵马立刻擎出兵刃，严阵以待。

已经几近昏迷的小道士忽然醒了过来，大笑起来："我不要成仙！我宁可做十世糊涂人，也不要当神仙！"

他向着遥远的密林大喊："侯樱，你不要过来啊！

"你好好地藏起来，再也不要相信人！等我转世投胎，一定会来找你！到时，我们再做好朋友！"

侯樱在密林的边缘停住了。

她隐身在高高的树枝上，从枝叶的缝隙中，眼睁睁地看着小道士口里冒出一股鲜血，然后脑袋一歪，死掉了。

那一日，尖厉而悲伤的猿鸣传遍了整个终南山。

皇帝派来的三千兵马向着猿鸣追去，在密林中搜了十天十夜，没有找到一只猿猴。消息传回京城，愤怒的皇帝命人把老道士捆在一棵树上，放了一把火，把整个终南山顶烧了个干净。

道观、山洞、清泉、红桐子，都没有了。

后来，起义的军队攻进了皇宫。老皇帝终于绝了长生不老的念头，奄奄一息，被吊死在了城墙上。

再后来，便是军阀混战、兵荒马乱的数百年。


侯樱第一次离开终南山的时候，人类的火种肆虐的痕迹已经看不见了，山顶重生出密林，红桐子依然丰饶地从树上结出。而山下，已经是一个新的太平朝代。她第一次幻化人形，新奇地走在山路上，却遇见了一个快要饿死的小秀才。

她犹豫了一会儿，想着小道士劝过她，再也不要相信人。

但是……他快要饿死了啊。

一时不忍心，她还是摸出两颗青桃子，揉碎了喂给他吃。

小秀才狼吞虎咽地吃完桃子，终于有了点活气，怔怔地望着她："我是不是在哪儿见过你？"

她啐了他一口。

从前小道士说过，山下话本儿里的花心凡人都是用这句话来勾搭姑娘的。

她没有再理会小秀才，转身便走。


整整三个月，侯樱寻遍了所有的道观，却一直没找到她的小道士。

一天，她来到京城，正碰上新科状元郎打马游街。欸，那小秀才看着蠢兮兮的，竟能考上状元？小秀才……不，小状元一看到她，就冲过来拉着她不放。他说要找她报恩，要娶她为妻。

侯樱翻了个白眼："我已经有要等的人了呢！"

他是这世上最好的小道士，总有一天，她会等到他。毕竟，是他亲口答应过的。

又过了很多很多年。

侯樱终于刑满，从断妄司的法牢中走出来，门口竟然有个人在等她。

不是王叔。

她皱着眉，打量着眼前的青年："我不认识你。"

青年嘴角带着笑纹，现下却没有笑意。

"我叫石渠，长孙石渠。长孙春花是我妹妹。"

侯樱一怔，犹豫了一下才道："长孙春花不是死了吗？"

石渠看了她一眼，又很快地低下头："是的。"

他这样子，令侯樱疑心自己又说错了什么话。

她想了想："我知道，有人说，是我在酒里下毒，毒死了长孙春花。"她弯着腰，歪着头，去看石渠的眼睛，"你也这么觉得？是来……找我报仇的？"

石渠摇摇头，现出些疲惫。

"春花走之前说过……不是你。春花相信你，我也相信你。"

侯樱点点头，突然就对长孙春花的死有点遗憾了。

石渠还盯着她看，她连忙补充了一句："确实不是我。"

石渠"嗯"了一声。

"静宜被一大堆事情缠得分不开身，就让我跑一趟，接你出来。有些想找你麻烦的人，看到我和你一起，就不会再找麻烦了。"

侯樱"哦"了一声。这很合理。

石渠抱着个包裹，和侯樱并肩向城南走去。

"新的碧桃垆已经建起来了，格局没有变，只是新一些。春花说过，你就喜欢碧桃垆原来的样子。

"我这里还有些银子，静宜让我交给你。今后你不必再交租金，安德侯府也不会再来烦你。"

他偶尔侧过头，见侯樱有些心不在焉，突然问了一句："我听说，你开这酒垆，是为了等一个人？"

"是啊。"

"你……还记得他的长相吗？"

侯樱摇摇头。

人类的相貌她本就欣赏不来，何况，小道士死后，都过了那么那么多年。

石渠有些无语，忽然就微笑了。

"那……如果他真站在你面前，你怎么能认出他呢？"

侯樱愣了一下。她从来没想过这个问题，一直觉得，只要小道士站在她面前，她一定一眼就认得。可是，她早就忘了他的长相呀！

"我……只记得他转世投胎之前，是个长得挺好看的小道士。"

石渠又笑："他转世投胎后，也许就不是个道士了呢，也许成了商人、书生、农夫、猎人……也许投了女胎，变成个女娃娃呢？"

侯樱蒙住了。

终其千年，她都在等一个白白净净的小道士，可是，他也许已经完全不同了呢？

她惊得语无伦次："如果他变得和以前不一样了，我怎么能认出他呢？"

石渠见她着急，遂安慰道："一个人，不管怎么变，总有些东西是不会变的。"

两人一行，来到碧桃垆门前，老王叔已经熬了一锅香喷喷的肉粥，敞开铺门等着她。

石渠把捧了一路的包裹交到侯樱手里，搓了搓手："春花她……是真心想和你做朋友的。但她不在了，我没本事，也只能送些银子，聊表她的心意。"

侯樱盯着那包裹看了一会儿，沉吟着道："在凡人里头，长孙春花还算是一个挺不错的人。我……不讨厌她。"

石渠笑了笑："她是我妹妹，是世上最好的妹妹。"

他面上现出些忧伤与惆怅，叹了口气，转身便要离去。

不知为何，侯樱心中微微一动。

她叫住他："那你呢？你是什么样的人？"

石渠一呆，半晌苦笑："我嘛，经商不行，读书稀松，一事无成，毫无出息，大概——

"是这天底下一等一的糊涂人吧。"

侯樱初时觉得好笑，方勾起了唇角，却猛然僵住了。

青年的淡淡笑颜渐渐化作浮影，和百年前的小秀才、千年前的山中小道士，莹然融为了一个，恰便是——

城郭休过识者稀，哀猿啼处有柴扉。沧江白日樵渔路，日暮归来雨满衣。[1]

---

[1] 出自唐代李商隐的《访隐者不遇成二绝》。

## 第二坛酒

暮云杳杳，玄阴四垂，轻骑踏风而至，停在垂云观前。

戴乌铜面具的青年一手勒住缰绳，另一手按住马腹侧面的褡裢，跃下马来。两个缠着麻绳的小酒坛在褡裢里轻轻碰撞，发出悦耳的声响。祝十从褡裢中取出一个酒坛，将缰绳交给迎面而来的小哑巴："你家真人何在？"

他心情颇为愉悦，扬一扬手里的酒坛："我有苗疆烈酒相赠。"

小哑巴恭敬地做了个请他进去的手势。


乐安坐在堂中，神情怔忪，若有所思。见祝十进来，她站起身来。

堂中四面的壁画都被洗去，只剩灰壁，轻纱柔幔俱已不在，几个乌沉的箱奁凌乱放置着，黑洞洞的大口似乎能吞下即将到来的整个春天。

祝十愕然："乐安，你这是……"

乐安盈盈福下身去："表哥，我要走了。"

"要去何处？莫非……是要还俗回家？"

乐安微微一笑："算是吧。我这一趟，出来得够久了，家中……尚有责任在。吴王叔在观中，自会有后来的观主照看，小哑巴知道内情，今后十哥前来探望，也是无碍的。"

祝十一时不知该说什么。

乐安真人若是还俗，便又是乐安郡主了。同为皇亲贵胄，他比任何人都明白，一个女子被家族招回去尽她的责任，是什么意思。

"你……是自己甘愿的吗？"

乐安自然知道他心中如何猜测，也不多作解释。毕竟他的猜测和实际，也没有太大不同："表哥觉得，我不该回去尽为人女的责任？"

祝十想了想，说："'责任'二字，常被用作支配他人的利器，往往只是为了满足上位者的私欲。你自己要想明白。若是真心不愿，定有别的办法可想。或者说出来，也许表哥能为你做些什么。"

乐安怔怔望着他，倏然红了眼圈。

半晌，她垂下眸子："都是我自己愿意的。

"早就该走了，是我自己嘴馋，贪恋表哥带回的好酒。逢此良夜，表哥可愿与乐安同饮一杯，算是作别？"

她既如此说，祝十也不好再深问，只得点点头。

乐安从祝十手中接过酒坛，转入内室，准备酒具。

祝十坐在堂中，等了片刻，还未等到乐安出来，外头却急慌慌撞进来一个人。小哑巴扯着祝十的袖子，比着手势："那个坐轮椅的人，听说你回来，一下子就不行了！"

半副残躯平躺在榻上，枯瘦得如风干的树枝。吴王蔺熙呼吸微弱，只有一双浑浊的眼睛，死死地盯着远方。

祝十扑到床前："父王！"

乐安跟着进来，执起蔺熙的手，凝神一诊，不禁皱起了眉。

祝十惶然看她："如何？"

乐安默了一瞬，不忍相欺，摇了摇头。

蔺熙的病，早已是药石罔效，若有生志，还可多拖些时日，但他一心求死，身子衰减得一日快似一日。之所以还能拖到现在，是为着再见儿子一面吧。

祝十双手握住父亲枯瘦的手："父王，儿子在此。"

蔺熙的瞳孔放大，穷尽了浑身的力气，终于将眼珠向旁转了一圈，落在了祝十身上。

干裂的唇颤抖如落叶，却一点声音也发不出。

乐安道："他已是强弩之末，但心中有事未尽，苦苦支撑，不肯离去。"

却又有口难言，生生抵挡这临终的苦痛，当真是生不如死。

祝十悲道："父王，是放心不下儿子吧？"

蔺熙的双目渐渐充血，喉中咯咯作响，悲苦到了极致。

祝十怔怔地想了半晌，忽道："父王可知，我这趟为何要去黔南？"

蔺熙的喉中又响了一声，似是应和。

"黔南一地，土质潮湿，地貌多斜坡，又有岩溶、土洞、断层、褶皱，当地百姓建房，常常突然坍塌，苦不堪言。这几年来，我潜心研究祝般留下的来燕楼图，将其中许多营造定功之法抄绘详解，春花又将其分散到各地的春花营造行，用于工匠培养，名为'来燕楼法式'。黔南的工匠们，将来燕楼法式中的筑基、础石、榫卯之法用于当地营造，竟能在山坡上筑石基、搭木橡，辅以九头燕尾榫，建屋终能坚固不倒。

"此次去黔南，是去采集当地的特殊技法应用，集而广之，推往其他地方。去了以后，我才知道，当地百姓在群山之中建了一座楼阁，以感念我们传播技艺、解民困厄的德行。百姓们给那楼阁取名为——

"来燕楼。"

蔺熙暗淡的瞳孔猛然一震。

祝十望着他，继续道："这一座来燕楼，既不是为了逢迎权贵，也不是为了彰显豪奢，更不是为了夸耀技艺，是真正以技艺惠及万民。当地的苗女送了我两坛族中珍藏的美酒，问我这样了不起的功绩，应该归功于谁？"

他苦笑了一声："我答，该归功于两个人：一是营造大师祝般，二是商人长孙春花。

"那楼阁建在山顶上，一孔燕子洞的对面，既无雕梁，也无画栋，朴实庄重。我站在楼前，山间烟雨一过，便有成百上千的白腹雨燕停留其上。父王，那一刻我想，我终于将我们对祝家的罪愆，赎回了微末一点。"

祝十低下头，抹了一把眼泪："儿自幼身子不好，受锦衣玉食供养，被千万般珍重爱护。父王和母妃只教我要活着，却从未教我，人为何而活。前半生豪奢风雅，与来燕楼前那一刻相比，竟是不值一提。我终于明白，人生在世是为了什么。从前只识随波逐流，难怪过不好这一生。"

乐安原本立在一侧，神情无悲无喜，听到此处，倏然一怔，不禁留意地看向祝十，仿佛重新认识了他一般。

祝十未觉察她的注视，将脸颊凑近蔺熙干枯的面容。

"蔺长思已死，祝十是一个全新的人，此生定会珍重生命中每一份际遇，珍重身边重要的人。

"所以父王，你可放心去了。"

一滴殷红的泪水，终于从蔺熙的眼角淌出，瞳孔渐渐暗了下去，眼睑松弛，轻轻合拢。


祝十收殓好父亲的遗体，晨光已至，天色似水洗的银镜，凝如霜雪。

乐安跟在他身后，立在庭院之中。

"表哥，观中已通报朝廷，稍后会有专人前来治丧，只是一切……自然是从简。"

乐安沉吟着斟酌措辞："你方才说，你会珍重身边重要的人。

"你要如何珍重？"

寒漏声声，卯时已过。

祝十面上泪痕未干，举目四望。

"乐安，今日是春花的生辰。"

乐安愣怔地望着他："你……还要去吗？"

祝十点点头："我此次回来，已想好了要告诉她。"

"告诉她什么？"

"一切。我如今是一个什么样的人，今后想要过什么样的人生。还有，我自十年前便一心深爱她，从未改变。"

乐安愣住了。

"她……心里未必有你。你不在的时候，京中都在传闻，她就要与左都御史谈大人成婚了，连宅子都购置好了。"

祝十淡淡地笑了。

"我知道。她心中有谈大人，为了能与他相守，也是付出良多。"

"你既知道，为何还要做这无用之功？"

祝十轻叹："乐安，你可曾深爱过一个人吗？"

"……"

"我虽自觉有情，却从未做过什么努力。东隅已逝，这一次，我想尽力争取，不逃避、不作伪，若最终仍是失败，亦不后悔。"

他转过身来，面向她："若不能坦然面对过去，就无法向前看。"

此时，晨光已照亮了整个庭院，远山黛灰如烟海，天地广阔而苍茫。

祝十双目如黑玉，深深凝望着她："苗疆烈酒，可浇心中块垒。乐安，你我便共饮一盏，饮酒作别吧。"

乐安立在原地，许久不言。

祝十以为她伤怀自身，轻轻拍了拍她肩膀，转头率先向后堂走去。

"表哥！"乐安忽在他身后轻呼，"那酒，我不想喝了。"

祝十顿住脚步，错愕："为何？"

"忧时不宜饮酒，待来日心怀快慰，若能重逢，再与君把盏吧。"

她垂下双眸，掩藏起内心的波动。

祝十只当她多愁善变，摇头一笑。

"你不愿饮，那也无妨。"他思忖片刻，深深拜下，"此来多得表妹照应，今后若有吩咐，祝十肝脑涂地，踏死不顾。"

乐安苦笑了一声："表哥，我不要你肝脑涂地，只盼你……平安顺遂，过好这一生。"


祝十步出垂云观的时候，乐安还站在原地，踟蹰惘然，不知身在何夕。

小哑巴如鬼魅般出现在她身前，沉静地注视她良久，突然比着手势："为何不与他饮酒？你不是等这一天，等了很久吗？"

乐安哑然，却也未因他僭越的追问发怒。

又过了很久，她才终于叹了一声。

"他说得对，若不能坦然面对过去，就无法向前看。"

天边的淡云被风一吹便散，脆弱而易碎。

"我……也该走了。"

她看向小哑巴丑陋而枯槁的脸，倏然将手心放在他蓬松的乱发上。小哑巴浑身剧震。高贵的乐安真人，向来厌恶他的触碰，这还是她第一次主动触碰他。

"小哑巴，人间多苦，你……好自为之吧。"

小哑巴张了张嘴。有一瞬间，乐安疑心他要开口说话了。

但他终究只是个哑巴。

他眷恋地感受着她手心的温度，但不过瞬息，乐安已把手移开。

小哑巴向前一步，比着手势："你还会回来吗？"

乐安摇了摇头。

她踏出几步，忽又停住，侧首向后道："小哑巴，你知道我在那酒里放了什么吗？"

小哑巴默然半晌，终于点了点头。

乐安，即甘华，苦笑："你果然，又偷听我与父君说话了。"


东海水君得了魔龙，将第一滴心血与甘华百年来的梦魇混在一起，炼成了一剂"黄粱梦"。

他将"黄粱梦"交到她手中："甘华，'黄粱梦'对凡人来说，是一味要命的毒药，对仙人来说，却是个烙入灵体的字灵。字灵因药引中的噩梦不同而不同，没想到，以你之梦炼出的字灵，竟是一个'忘'字。饮下'黄粱梦'，你便能抛却前尘，回归正途。

"放心，你不会忘记任何事情。只是会忘记自己经历过的全部情感，真正归于无情罢了。"

甘华想着父君的话，负手看向天际，仿佛在对小哑巴做最后的倾诉，又仿佛是自言自语："许多年前，有一个人对我说过，'谁遣同衾又分手，不如行路本无情'[1]。那时我不以为然，如今想想，确有几分道理。我本想，和祝十一起饮了这酒，但其实……何必管他呢？只我一人忘却凡情，岂不干净！"

小哑巴垂下眸子，敛去异样的神情，发灰的双瞳渐渐染上了一层红晕。

山道上，祝十骑着快马，褡裢里尚有一坛烈酒，飞驰奔向他不确定的一生。


## 第一坛酒


陈葛的神识如一团轻云，在无尽的黑暗里载沉载浮，也不知过了多久，倏然一道玉色的光照进了黑暗，神识倏然落在了实地。巨大的痛楚迅速席卷了他

---

1　出自唐代长孙佐辅的《别友人》。

的四肢百骸，他急促地喘息，怎么也睁不开双眼。

一道温和的声音响起，却不是对他说话："那白猿道行颇深，一掌下去，不仅伤了肺腑，就连神识也震裂了几分。只能以观世镜修补了。"

白猿伤了谁？观世镜又是什么？

陈葛头痛欲裂，记忆如被钩破的纱，扯住一丝，便尽皆浮现。

是了，他今日搜罗了一批最新花样的绫罗绸缎，敲锣打鼓地送去碧桃垆，本想着与侯樱化干戈为玉帛，却又是热脸贴了冷屁股。那婆娘还口出恶语，骂他是只没处骚的狐狸。他一时没按捺住脾气，踹翻了一把椅子，连带着撞碎一个刚挖出来的泥瓮。

侯樱也不知着了什么魔，突然目眦欲裂，浑身参起白毛，现出了真身，乃是一只如屋梁高的白猿。陈葛还不及反应，就被硕大的巴掌一把拍在背脊之上，胸痛如裂，天旋地转。

他本以为性命就要交待在此处了，恰好碧桃垆中还有两个客人坐在小桌上吃酒，一个是女道士，另一个是畏畏缩缩的少年。女道士神通广大，只轻轻一挥袖，便制服了白猿。

陈葛昏迷之前，只记得女道士徐徐向他走来，唇边露出了一抹意味深长的微笑。

想来，自己是被这女道士救了？

一股汹涌的血气从胸中翻腾而起，又被他勉强压下。

侯樱这孽畜，竟敢伤他如此！此仇不报，"陈葛"两个字倒过来写！他愤愤地想。

温柔的嗓音又起："这也是没有办法的事。咱们出家人，慈悲为怀，难道要见死不救吗？"

欸？他们难道还在犹豫要不要救他？别犹豫啦，救了他，长孙春花定会拿出大笔银两酬谢，有什么名贵珍稀的好药，就赶紧拿出来吧！陈葛在心里大吼。无奈喉咙不听使唤，根本说不出话来。

一片沉寂之后，显是有人提出了无声的质疑，温柔嗓音叹了口气："放心，他并不知道观世镜的功用。须得以血滴在镜上，方能看见前世。"

陈葛怔了怔。

他们以为他还未醒，听不见外界话语，所以言语中并无忌讳。

这观世镜，当真能照见前世吗？

他心中不由得紧张起来。

又过了不久，有人将他扶起，往他口中灌了一口腥苦的药汤，他终于忍不住，睁开了双眼。果然是那女道士。一旁立着的丑陋少年放下手中药碗，对着女道士比画了几个手势。

原来是个哑巴，难怪。

女道士似乎丝毫不知方才言语已被他听去了，只觉他是刚刚醒转，大喜道："陈掌柜醒了？

"贫道乃垂云观乐安真人。"

陈葛嘴唇微微翕动，却发不出半点声音，目光从她面上移开，这才发现，一面玉色的镜子悬停在床榻上的半空之中，光温柔地射入他神识。镜中白雾缭绕，仿若仙境。

这就是那观世镜？

看起来，就是一面平平无奇的破镜子嘛。

这时，外间的门扇上蓦然响起敲击声。那乐安真人出去与人说了几句话，又转回来，面露歉意。

"观中有些要务，亟须贫道前往，不得已，只好留陈掌柜独自在此。"她指一指那玉色镜子，"这观世镜是修复神识的灵宝，只需一时三刻，便能将陈掌柜受损的神识修复如初。只是其间，万不可触碰移动，陈掌柜便在此休息，切莫妄动。"

陈葛的目光飘了一下，缓慢地点了点头。

乐安真人微微一笑，领着那哑巴少年转身便走。刚踏出一步，却又似乎放心不下，转身回来叮嘱："陈掌柜，这一时三刻，你千万不要移动，更加不要触碰观世镜，否则将招致贫道也难以预知的后果。"

这女道士，还挺啰唆。

陈葛胡乱"嗯"了一声，做出疼痛难忍的模样，闭上了眼睛。

不久，门扇的响动传来，脚步声缓缓离去。

屏息等了一阵，确定周边再无响动了，陈葛睁开了双眼。

室中果然无人，他长长地出了一口气。虽然脏腑与胸背之间都是剧痛，但手臂尚可移动，只需稍稍使力，他便能触碰到那面观世镜。

呵，这女道士怕是不了解他陈葛是个什么样的人。牵着不走，打着倒退，天大地大，也抵不过他的好奇，若是遇上什么机密，就算把天捅个窟窿，他也得弄明白。

照见自己的前世有什么好处，他不知道，但想来，也没有什么坏处。天教他得了这样的机缘，怎能不试上一试？陈葛在心里嘿嘿一笑，舔了舔腥甜的唇角，仔细回忆乐安真人方才所说的话。手指沾染了口中尚存的血迹，缓缓探向上方的镜面——指尖触及观世镜的一刹那，陈葛的神识如一束整齐的箭，从天灵盖陡然抽射而出，疾射入观世镜那无边的迷雾之中。

仿佛做了一场大梦，再睁开双眼之时，陈葛已身处在一个郁郁葱葱的山谷之中，眼前奇花秀草，蝶舞鸟鸣，美不胜收。

地方是好地方，可是……他的前世呢？

这观世镜，莫不是个骗人的吧？

陈葛稀里糊涂地站了一会儿，忽见前头草丛中有什么东西一下一下地蠕动，再定睛一看，竟是一只火红的小兽，头上顶着两个短小奇怪的犄角。小兽"咿呜"了两声，终于仰起头，明亮湿润的眼睛正与陈葛对望。

陈葛呆住了。

这……该不会是他的前世吧？

还好还好，总算还是只红毛的。

小兽望着他，奶乎乎地又叫了一声，声音软糯又腻歪，带着些娇柔。

陈葛如遭雷击，半晌，大步走过去，拎起小兽的后腿，在屁股底下仔细看了看。他上辈子，居然是个母的！

陈葛忍不住破口大骂："观世镜，我去你大爷的！"

然而话还没出口，一片云雾遮蔽了他的视线，手里一松，小兽已不知何处去了。

眼前又出现景象，是在一片光秃秃的山麓。

火红的小兽似乎长大了一些，趴在一块石头上，伸着舌头喘息，眼眸中尽是饥饿与绝望。

这时，一只成年的红色母狐领着几只小狐，从山麓走过。看见了那快要饿死的小兽。母狐犹豫了一下，还是走过去，伸出舌头，舔了舔它的毛发。小兽呜咽了一声，自发地往母狐腹下钻过去，找到了正在泌乳的源头，一口叼住，拼命吸吮起来。母狐的母性占了上风，低头看着那小兽，轻轻叹息了一声。

从此以后，小兽便耀武扬威地加入了红狐的家庭。

陈葛看得直皱眉。原来自己的前世这么孬，还得蹭吃蹭喝才能活下去。

云雾掠过，小兽又长大了，它头顶的犄角长得又尖又利，样子也比以前威风多了。

母狐又生了三只幼狐，灰突突、毛茸茸的，还未显色。小兽还想凑过去吃奶，却被母狐用头颅温柔地顶开了。它如今只容自己刚生下的孩子围在腹下进食了。

小兽远远地望着，眸中渐渐积攒了戾气，口中倏然低咆了一声，向着母狐和吃奶的小狐冲了过去。

陈葛怔住了，半晌才醒悟过来，大喊："你别过去，你头上的角……"

他话音还没落，小兽已经扎进了母狐腹间。坚硬的犄角将三只幼狐挨个顶开，幼狐还没来得及惨叫一声，就被捅穿了肚皮。

母狐大声悲鸣起来，挣扎着站起来要去看它的孩子，却被小兽一爪按倒。它将脑袋如幼时那样埋入母狐腹中，孜孜地寻找着奶源，却不知自己的犄角已经长成。母狐柔软的胸腹被如利刃划开，鲜血混着内脏涌了出来。

小兽沾了一脸的血，懵懵懂懂地抬起头，僵在了原地。

顷刻之间，血肉、皮毛、尸首布满了翠绿的草地，再无活气。日光逐渐被深沉的黑影挡住，只留下暗无天日的阴霾。

陈葛也僵在了原地。

他蓦然意识到了什么，大声呼道："我不想看了！我不想知道前世了！"

观世镜并没有理睬他。

斗转星移，时空变幻，眼前的火红小兽，不知何时已经长成。它天生异能，御风而行，来去云霄，所有飞过之处，草折木催，鸟兽逃散。它无父无母，无亲无友，只得独自生活在那一片深谷之中。火红小兽以为，它到死也只能独个儿活着了，可直到那日，它遇到了另外一只小兽。它们长得很不一样，皮毛颜色也不同，于是两个约好，一个名叫小蓝，另一个名叫小红。

它们都没有亲人，也没有伴侣，只好彼此为伴。它们的孤单，在这世上只有对方能懂。

小蓝是只雄兽，脾气很凶，性子也很直，但唯独对小红很好。它抱着小红，说："从今往后，我们在一块儿，永远不分开。"

在这世上，小红只有小蓝，小蓝也只有小红。

毫无怜悯之心的天道，却非要把它们分开。

人类真是奇怪的生物，又小、又弱、又蠢，但总是成群结队地出现，多得像海滩上的沙子一般，数也数不过来。人类讨厌它们，并非因为它们做了什么针对人的事情，仅仅是因为，只要它和小蓝一起御风飞过，便会刮倒人类的房屋，掀起海上的巨浪，卷走岸边的孩童。

可是它们有什么错？那岸边的小虫、小鸟，不是一样也被卷走了吗？怎么不见小虫、小鸟也明火执仗、敲锣打鼓地来围剿它们？

小红和小蓝，原是天生良配，所求不过长相厮守、繁衍生息罢了。凭什么只许人间男欢女爱，不许两只小兽长相厮守？

人类称它们为"上古凶兽"，将它们绘成了图像，敬奉给天人，恳求天人替他们除掉这两个祸害。怀着不知名的恐惧，人类给它们取了两个邪恶刁钻的名字。

通体火红，形态如虎，四蹄如牛，双翼如蝙蝠者，乃名穷奇；人面豺身，通身碧蓝，四爪连蹼如遮天大伞，尾长如蛇者，是为化蛇。

观世镜的云雾将陈葛牢牢地束缚在原地，泪水已布满了他的面孔。

"观世镜，你大爷的放我出去！老子不想看了！"

观世镜并没有回答他。

陈葛的神识被云雾高高卷起，送至云端，又从云端猛然跌下，坠落在一片浩浩汤汤的洪波之中。

天上，乌云密布，雷电交加。

小红的身子沉重得如同灌满了铅，遍体都是剑伤，最重的腹下一剑，几乎连肠子都捅出来了。呵，这又算得了什么？那伤它的人更惨，被它在腰腹咬了一口，不知还有没有命在呢。这一回，它学聪明了，幻化成了他们的样子，潜入了他们之中，终于救出了小蓝。

有那么一瞬间，小红以为它们这次真的能赢。

但那些迫害它们的神仙立刻便赶到了。他们个个面容模糊，看不清脸，只能依稀看见服色。

小红不争气，虽然咬住了红衣女神仙的身躯，却还是被收进了青衣男神仙腰间的锁灵囊里。一个哆哆嗦嗦的黄衣女神仙不知从何处冒出来，飞到了镇妖金塔的塔顶。金气汹涌着从她结下的手印里涌出，竟修好了金塔。

一切如万年前一样，小蓝又被收入了金塔。

小红在锁灵囊中大哭，哭小蓝，也哭自己，哭它们逃不过、躲不开，也无法反抗的命运。

陈葛在云雾之中挣扎，卑微而无奈地望着这一切。泪眼模糊中，一道金光刺破了云雾，照亮了镜中的梦境，也照亮了一个人的面孔。

那修补金塔的黄衣女神仙忽地转过脸来，与陈葛正面相对。


垂云观的床榻上，陈葛倏然睁开了血红的眼睛。

玉色的镜子悬停在空中，渐渐收拢起光晕，终至晦暗不明。但这已经够了，他看清了那黄衣女神仙的脸。陈葛大叫了一声，浑身冒出冷汗，蓦地喉头腥甜，吐出一口瘀血。

乐安真人立在榻前，微微皱着眉："陈大掌柜，方才答应了贫道，不碰触观世镜，怎的不守诺言？"

陈葛颤抖着看向她，泪水如泉般涌出，口中句子零落，竟不成语。

乐安真人摇头，叹道："陈大掌柜，在镜中看到了什么？"

他惶惑惊惧，竟不能答。

乐安真人淡淡地笑了："观世镜中不过水月幻境，虽是看到了什么，也不能当真的。"

陈葛默然。

良久，他轻轻吐出一口气："我什么都没看到。"

清晨，陈葛独自坐在静室之中，眼前是那坛即将送给长孙春花的贺礼，二十三年的女儿红。他的指尖轻轻拨动着一个小瓷瓶。他后来又偷偷潜入过垂云观，本想再看一看那观世镜，却终究没有勇气。

这小瓷瓶，是他自乐安真人的精舍中偷摸而来的。他在黑市上找人验过，对凡人，是致命的毒药，似乎还有个花哨的名字，叫作"黄粱梦"。

门外，伙计已在催促："掌柜的，金明池那边快要开宴了，今儿个是东家的生辰，咱们可不能迟到！"

陈葛深吸了一口气，缓缓启了酒坛的盖子，将瓷瓶凑了过去。

昔有北山北，今余东海东。纳凉高树下，直坐落花中。[1]

东海一战，北山穷奇被收入天衢圣君的锁灵囊中，只待七七四十九天，便会灰飞烟灭。但造化蹊跷，四十九日未满，天衢圣君携着锁灵囊，跌入了往生池中，投胎转世为凡人。

往生池的池水洗刷了锁灵囊的灵力，将穷奇受损的神魂冲入轮回，投了狐腹，生作一个恣意张狂的二五子。

北山穷奇，枉担凶兽之名，竟困于小小凡躯，还将血海深仇之人视作至亲。

这一滴"黄粱梦"，他下，还是不下？

---

1　出自南北朝徐陵的《内园逐凉》。

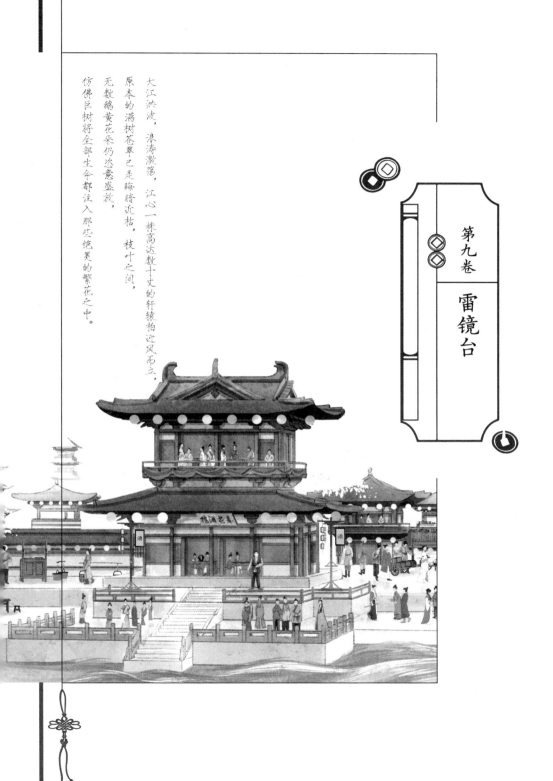

大江洪波，浪涛激荡，江心一株高达数十丈的轩辕柏迎风而立，原本的满树苍翠已是晦暗近枯，枝叶之间，无数鹅黄花朵仍恣意盛放，仿佛巨树将全部生命都注入那些绝美的繁花之中。

第九卷　雷镜台

## 章一 · 月明如乍

大梦观前事，浮名悟此身。[1]

财神春花凡间劫数已尽，尘缘已了，自该返回天庭。好几个小仙娥亲眼所见，她从回澜池里湿淋淋地爬出来的时候，哭得声嘶力竭、扯发捶心，久久难以止息。不过，好歹是顺利应劫，道心无虞，才能重列仙班。

被财帛星君接回宝蟠宫后，春花连着闭关七日，拒不见人。

福禄寿喜并月老、司命几个老神仙议论了很久，说从前也常有下凡历劫的神仙，过不去心里的坎。譬如织女想丈夫、孩子，想了六十来年，丈夫、孩子都作古了，还想他们作甚？又譬如吕洞宾历情劫回天界后，哭着、喊着要回凡间找媳妇，蹲在回澜池畔日日抹泪，可凡间才过了三年，媳妇就改嫁了。

所以说，时间一长，还有什么过不去的？

春花历劫的本子是出自司命之手，他将胸脯拍得震天响，小春花那心态比灵霄宝殿的龙椅还稳，区区二十多年人世俗情，没有放不下的。

果然，到了第十天，春花出关了。

身为师长，赵不平训诲道："你这次下凡历劫，可有所悟？"

春花默然良久，道："徒儿悔悟了两件错事。"

"说来听听。"

"一是，不可操弄人心。人之情爱，有时肤浅，有时刻骨，但不论哪种，都不应被轻视践踏。徒儿从前以为情爱是无用无谓之物，搬弄机巧，还当助他人解脱情爱，认为是修德福报，实在自以为是。此次历劫，徒儿不冤。"

"那第二呢？"

"二是，钱财非恶，但人心不足，便是徒儿自己，也未能幸免。成仙并非一劳永逸的青云进阶，须将初心时时取出自警，勤加拂拭，方能不忘。"

---

1 出自唐代皎然的《秋宵书事寄吴凭处士》。

赵不平面露微笑，轻轻颔首。

"那你这次，可有所得？"

春花怔了怔："并无所得。"

"哦？"

赵不平深深看她一眼。

春花摸摸白猫孟极毛茸茸的后脑勺，慢吞吞一笑："若真说有什么所得，那就是……

"徒儿今后，还是戒酒吧。"


对于财神春花回返天界这件事，天庭上下大小神仙们都是欢喜的。小仙娥们的新奇胭脂水粉又有了供应，老神仙们又有了牌友。天河里的莲蓬熟了，春花领着几百个金子精、玉石精，把莲蓬都采下来，剥好莲子盛在玉碗里，在南天门外摆了个摊儿售卖，一块灵石一碗，大受欢迎，南天门一时挤得水泄不通。

不消两天，春花就咂摸出这里头的妙处来了。她这般呼五喝六，大张旗鼓，还四处流窜，竟然都没人管。简直是，山中无老虎，猴子称大王。

老寿星和司命星君路过南天门，也花了两块灵石，各买了碗莲子当零嘴儿吃。

老寿星不无忧虑地对春花道："你就不怕，天衢圣君回来，秋后算账吗？"

春花一边点着灵石，一边道："等他回来，我早收摊儿了。"

"咯咯，小春花，我听说，你与天衢圣君在凡间，很有些因缘……你就不怕，见了他尴尬吗？"

春花停住了动作，认真想了想，又咧开嘴："我脸皮有多厚，您还不知道吗？只要我不尴尬，尴尬的就是别人。"

老寿星与司命星君对视一眼，各自心里突突了一下。

老寿星把司命拉到一旁，低声问："她好像还不知道那'黄粱梦'的后遗症啊。"

司命的眼睛也有些发直："'黄粱梦'只是令人忘情，不是忘事。凡间种种，如今在她心中，就像是听别人讲述的一段往事，虽巨细靡遗，却毫无触动。瞧她这般欢欢乐乐，和下凡之前也没什么区别，这岂不是最好的结局吗？"

"可是……"

"不如此，难道盼着她像吕洞宾那般要死要活？万一她再扯着那两位神君中的哪一位，非要上雷镜台，可怎么好？"

老寿星叹了口气："还是你深谋远虑啊！"

"那是自然。"

"这一桩葫芦案，难道就这么过去了？"

"不如此，还能如何？"

天界的时光时而婉转，时而周折，但大体是平淡如水的。春花后来倒是尝试向师父打听过天衢圣君与北辰元君两位的境况，却被赵不平迎头教训了一顿。

　　"两位神君一个铁面无私、惩奸除恶，另一个修桥铺路、扶弱济贫，在凡间做的都是造福万民的大事，自然是要长命百岁、寿终正寝，才会重登仙界的。届时他们功德圆满，修为境界更上一层，也是意料中的事。你一个低阶小仙，还是管好自己的修为要紧！

　　"驾云的功夫，学得怎么样了？"

　　春花被骂得一个激灵，从云头上一跟头栽了下来，幸好孟极早有准备，俯身一跃，将她驮了下来。

　　赵不平抚着额头叹气："你这点修为，什么时候才能接掌为师的星位？"

　　春花吐了吐舌头，嬉皮笑脸道："师父，我都不急，您急个什么？"

　　赵不平在她后脑勺上重重敲了一记，却也是无可奈何。

　　日子一天天过去，那些凡间的纷扰人事，她淡忘得极快。谁杀了谁，又是谁想念谁，这些陈谷子烂芝麻的事情，她实在懒得关心，还是吃茶、听戏、搓麻将、打双陆来得有意思。


　　这日，趁着赵不平清点他的凡间好物，春花又领着孟极下凡去听戏。驾云进步了不少，拨开云头，她拣了个灯火最繁华之处，降了下去。果然是一座富丽堂皇的戏台，台下人头攒动，张灯结彩，更有许多糕点果品一溜儿摆开，来往的百姓都可随意取用。

　　台上锦衣美服、丝竹声声，唱的是一折《幽媾》——书生进京赶考，路宿荒园，拾画入室，他梦中娇娘的鬼魂便前来与他相会，端的是一折喜剧。

　　凑热闹最少不了她，春花一手抱着还在打呼噜的白猫，挤进戏台底下的看客中，另一手扯过一位大婶，笑呵呵地问："这是谁家的堂会，好大的气派！"

　　大婶上下打量她，她仍身着一身樱草色半臂襦裙，头顶元宝髻，腰垂茜色丝带长及地面，乍一看和普通的殷实人家小姐别无二致。"姑娘不是本地人吧？咱们这儿的首富花大善人新得了一对龙凤胎，这才办了三天三夜的堂会，与民同乐呢。"大婶一边吃着一块绿豆糕，一边感叹，"花大善人乐善好施，听说与京里哪位高官大人还沾着几分亲，却从不仗势欺人，咱们远近的街坊都来恭祝她大喜，盼她福寿双全呢！"

　　春花用手搭了个"凉棚"，往戏台的另一侧远眺，果然见一个青年男子，左右各抱了个襁褓，一旁是个珠翠满头的娘子，手里端着酒杯，正在敬酒。

　　"那位便是花大善人吧？"她指着那中年男子。

　　大婶摆摆手："那位娘子才是花大善人呢！"

春花怔了怔，拍手大笑："好哇，凡间女子都如此争气了吗？"

大婶饮过酒的脸颊红通通的，忍不住多说了两句："这位花大善人，祖上也不姓花。听说是两家大姓联姻，只得了这么一个女儿，宝贝得不得了，既不肯随父姓，又不肯随母姓，索性便姓花。这下，两家倒都同意了，您说奇不奇怪？"

春花对这些冠姓析产之事不感兴趣。摇头晃脑地听了一会儿戏，目光突然被主位上一个身影吸引。

"大婶，那是何人？"

那人青衣青巾，须发皆白，看上去没有一百也有九十岁了，偏偏脊背还挺得少年人一样笔直，颇有些仙风道骨的样子。他似乎在座中辈分最高，余人都端起酒杯，纷纷向他敬酒。

春花离得远，只看见个背影，耳听那大婶道：

"这老人家，从前没见过啊。莫非……是花大善人那位当大官的长辈？"

大婶口中喃喃有声："祖父的父亲是曾祖父，曾祖父的妹子是曾姑祖母，曾姑祖母的丈夫该是……曾姑祖父？"

春花遥望着那一大家子，大约是五代同堂，一副其乐融融的样子，倏地生出一丝艳羡来。

大婶还在掰着手指头算辈分，戏台上，唱腔倏然缠绵起来，有几个艳词蹦出来，看客们齐齐爆发出高亢的叫好声。

那青衣白发人似有所觉，陡然转身，向戏台下看了过来。

春花不由得屏息，想看看那人的长相，手上却突然一痛。

孟极在她手上不轻不重地挠了一下，掉头扎进一盘甜米糕里去了。

春花叱了一声，连忙去抓那丢人现眼的白猫，灵台上却猛然被叩响了一声，有仙诀传到，一启开，便是赵不平那恨铁不成钢的怒斥："春花丫头，你又跑到哪里去了？"

春花与孟极顿时都僵住，互视了一眼。

又听那仙诀继续道："东海水君寿辰，你带着孟极，替为师去送一趟贺礼吧。"

春花干笑两声，捏了个仙诀传回去："师父，东海水君寿辰，你自己为何不去？"

不过瞬息，有仙诀回来："为师与那东海水君颇有些过节，不想见他。"

春花叹了口气，心道：师父，你细想想，我与东海水君家的过节，难道不比你还深吗？

不过，有事弟子服其劳，就替师父走这一趟又如何？

远处的酒席上，忽然吵嚷起来。半空中，似有青影如鹤飞来，但春花已无暇细看。她尚流连地叹了一声，抱了孟极，轻拂衣袂，一人一猫，瞬间便如江上云雾，消失不见了。

摩肩接踵的人群中，方才与她交谈的大婶被人一把扯住追问，只好蒙然道："啊？那抱猫的喜庆姑娘吗？刚才还在，怎的一转眼，就不见了呢？"

"哎呀，莫不是天上的神仙，还是地下的幽魂？"

戏台上，涂白了脸的书生正欢欢喜喜将娇怯的女鬼迎进门，前腔恰唱道："月明如乍，问今夕何年星汉槎？"[1]

## 章二·白鹤报乡

春花回宝蟠宫挑了套红彩花鸟象牙雕双陆棋子，配描金紫玉棋盘，里三层外三层包好了，隔着《凡间好物大全》朝赵不平喊了一嗓子，又揣了几颗避水珠，便带着孟极往东海去了。

东海水晶宫门口，迎客的是个胸口戴红绸花的皮皮虾。它启开春花送的礼盒看了一眼，再抬起头，神情便带了些怠慢。

"宾客尊名？"

"财帛星君座下，财神春花。"

皮皮虾登时瞪大了眼睛："哦！哦！你就是那个……"

春花满以为他会说，"你就是那个修补好了镇妖金塔的财神娘子"，立时挺起了胸脯，不料对方大声道："你就是那个，一口气顺走了三十斤海蛎子的财神春花！"

"……"

孟极从猫鼻子里轻蔑地嗤出一声："东海这上上下下，都小家子气得很，没得救了。"

皮皮虾引着春花到大殿入席，沿途遇见各种奇形怪状的鱼虾蟹贝，有挂灯笼的，有驮着房子的，还有浑身撞色的。天界的众位仙家多派了童子前来代贺，本人并不前来。看来这位水君在天界的人缘也说不上好，难怪当初为了甘华的事，只能求到北辰头上。

春花落了座，举目张望了一圈，一眼便望见了甘华。她依旧是着一身红衣甲胄，头戴凤翅紫金冠，英气华贵，只是眉宇间并非春花印象中的激烈或郁郁，而是如一潭死水般平静。

春花问皮皮虾："你们甘华公主，似乎与从前有些不一样了。"

皮皮虾上下打量她一眼："你和我们公主很熟吗？"

---

1  出自《牡丹亭》。

"倒也不算。"

皮皮虾喜气洋洋道："我们公主，马上就要和南海水君家的二太子成婚了！"

春花愣了一下。

"原来你们东海神族，是可以直接成婚的吗？不用上雷镜台？"

皮皮虾闻言大怒："上什么雷镜台？不能成婚，公主哪儿来的？"

说得也是。

"飞龙一族，成婚是为了生下优异的后代，亦是互助双修，并非动情，天条也管不了。"

春花长长地"哦"了一声。

孟极眯了眯眼，低声与她耳语："原来不是成婚，是配种。"

"小孟孟！"春花连忙捂住它那吐不出象牙的猫嘴。

当初东海水君那样苦苦地求北辰，要甘华断情弃念，不只是怕她受天条处置，更是怕她不能履行这优育配种的"职责"。

不久，东海水君左拥右簇地出现在了首位。他龙须光滑柔顺，龙角舒展，比上回见面还胖了一圈，可见这些年养尊处优，过得很舒心。水君先是感激了诸位仙友拨冗前来，随即便宣布了东海与南海联姻的喜讯。座中诸仙共同恭贺水君大喜，紧随着便是一轮一轮的恭维和敬酒。

不一会儿，春花余光便瞧见甘华面无表情地起身离席。甘华那未来的种……喀喀……夫君，传说中的南海二太子就坐在她右首，丝毫未察觉她的离开，一直在闷头撬一只大蚝，撬得满头大汗。

春花在心里叹了口气。

她身旁坐着个八条触手的大王乌贼，喝得满脸通红，脑袋肿得硕大。

"早闻财神娘子海量，来，咱哥俩喝一圈儿！"八条触手各捧着只酒杯，齐齐朝她涌过来。

春花瞪着那八只酒杯。

"哥，你这可有点不讲酒德了。"

"是不是看不起你哥？是不是不给哥面子？"

"……"

跟酒疯子，是讲不通道理的。

春花把孟极留下镇场子，自己尿遁躲了出去。

她在花园中两座巨大的红珊瑚中间躲了一会儿，确定大乌贼没追过来，这才长长舒了口气，正打算出去，却在珊瑚缝里看见刚才接待她的皮皮虾走了过去。皮皮虾用袍子下摆兜了一兜海蛎子，东张西望，鬼鬼祟祟，可见不是去干好事。

春花思忖了一瞬，心想闲着也是闲着，便跟了上去。

那皮皮虾兜兜转转，绕过几重珊瑚假山，又下了几层螺梯，终于来到一个偏僻的海沟旁。那海沟上方布满了栅栏，金光四溢，应是以法力加持过的。

此处竟是个牢笼。

皮皮虾弯下身，喊了一声："今日水君寿宴，前头好多好吃的，你想不想吃点儿啊？"

海底骤然嗡嗡震动，似有庞大的气流从脚下涌上来。不过片刻，栅栏底下露出一张脸，却令人意外，不是什么鲸鱼巨鲨，而是一张肉嘟嘟、白嫩嫩、哭唧唧的孩童小脸。

春花躲在一座珊瑚后，看得目瞪口呆。

人类的孩童不可能在海底存活，那孩童看上去不过五六岁大，必然不是人类。可他化形如此年幼，说明本体也只是头幼兽。东海水君究竟为何要动用法牢，囚禁一个看起来完全无害的孩童？

"我要吃！"那娃娃双手抓着栅栏，似乎被烫了一下，又缩回手。

皮皮虾笑道："你等等，我从缝里塞给你。"

它掏出一把海蛎子，作势要放进栅栏内，娃娃便睁大了眼睛，充满期待地望着它。谁知还没碰到栅栏，皮皮虾蓦地又缩回了手："啊哈哈哈，小崽子，你是不是以为我真会喂你吃东西？做梦吧你，哈哈哈！"

那娃娃瞬间就含了一汪泪，闷闷地哭起来，却又故作坚强，咬着嘴唇不肯出声。

皮皮虾便取了个小唧筒，一点一点去吸娃娃流下的眼泪，再装进自己随身的小瓶子里。一边吸，一边念叨："啧啧，魔龙泪，在黑市上也值不少钱呢。"

春花看得心头火起，恨不得把那皮皮虾一脚踹进开水锅，先白灼再椒盐。皮皮虾吸够了魔龙泪，终于大发慈悲，赏了小魔龙几颗海蛎子，笑嘻嘻地走了。

春花又等了一会儿，确定四下无人，这才蹑手蹑脚地走过去。那栅栏都是纯金打造的，以她的金系法术，应当能开一个豁口。正要凝神，小魔龙欢脱地唤了声："姑姑！"

呃……她大约是话本子看多了，差点脱口回一声"过儿"。

春花轻轻瞪了小魔龙一眼："叫什么姑姑，叫姐姐！"她左右张望一阵，"你且莫出声，姐姐想法子救你出来。"

眉心金光大炽，她手中结出手印，口中念念有词："金钱有命，富贵在天，世间万宝，任我差遣！"

小小的金子精们从她袖中手牵手爬出来，朝那金栅栏拥了过去，一把抱住，埋头便蹭。

蹭了半晌，栅栏却岿然不动。小魇龙扁了嘴，眼睛亮晶晶地看着她。春花心里一虚，顿时觉得，自己和那骗他流眼泪的皮皮虾没什么两样："你等等，姐姐再试试哈。"

她又凝神试了一遍，栅栏依然没有丝毫松动的迹象。

也不知是水君往这栅栏上加了什么禁制，还是自己法术不精，大约在凡间太久不用法术，都生疏了，正垂头丧气之时，身后突然一声厉喝："你在这里做什么？"

那挨千刀的皮皮虾，竟去而复返了！春花大惊，还未开口解释，皮皮虾已经扇着额角板扑了过来，一股水流将她冲得倒退了几步。

春花面现怒气："你……"蓦地止住。

爷爷总说她胆如斗大，气比笋短。谈大人也说她常有一时孤勇、奋不顾身之举，该学会三思而后行。他们说得对，越是遇上不平事，越是得镇定，不能冲动。她在心中默默对自己念叨了两句，念罢，却愣了一下。她怎么突然想起凡间的事呢？

春花甩了甩头，沉声道："我喝多了几杯，在花园里闲逛，偶然走到此处。"

皮皮虾一脸我信你个大头虾的样子，一把扯住她："你擅闯禁地，快随我去见水君！"

春花微微变了脸色。

去见水君，最多给师父惹些麻烦，但恐怕小魇龙要受牵连。万一东海把他换了地方藏起来，今后要救就更难了。她正踌躇着思忖应对之策，倏然一道清音传至："四处寻不见财神娘子，怎么走到这里来了？"

春花与皮皮虾双双转过脸，但见戴凤翅紫金冠的红衣女将军容光滟滟，翩然而来。不是甘华，还是哪个？

甘华面容无波，如万年冰玉，目光并不看春花，轻声道："是我与财神娘子约在后花园中。她不识路，才误入我东海禁地，并非蓄意擅闯。"

皮皮虾登时变了个脸，笑得像只牡丹虾："公主！"

皮皮虾又转向春花："原来娘子是公主的客人，啊呀呀，方才实在是小的冒犯了。您大人有大量，可别放在心上。"它脸皮厚得如蚝壳一般，觍着脸道，"既然如此，小的就不打扰二位，先告退了，二位聊，二位聊……"说着，皮皮虾一闪身蹿入最近的珊瑚丛，几个抖尾，便消失不见了。

春花稀奇地望着它的身影，半晌才转过头来与甘华正面相对，一码是一码，这一回，确实是甘华出手相助："多谢甘华公主解围。"

甘华这才将目光落在她身上，淡淡地讥诮："财神娘子，还是这么爱多管闲事。"

春花翻了个白眼。她没接甘华话里夹着的枪棒，而是直奔主题："这小魔龙犯了什么罪，东海要将他囚禁在此？"

甘华嗤笑一声："财神娘子虽不学无术，也该听说过，魔龙口可吞海，能造梦，便是天界诸神，也受不住他一张大口吞噬。如此不受控之物，东海自当看管，不该放他四处游走。"

春花沉默了一瞬："你们东海，取魔龙心血炼制'黄粱梦'，取龙涎制清露饮酒取乐，还有虾兵蟹将收集龙泪去黑市贩卖。呵，真是大公无私的看管。"她终究忍不住逞一时口快，挑眉看向甘华，"公主您也是法力高强之人，天界诸神没几个打得过您。你们东海怎不做个黄金牢笼，把您也关进去看管？"

甘华面上倏然一震，双眸如冷箭直射到春花脸上。

春花腿肚子抖了抖，面上却并不示弱。

半晌，甘华移开了目光："你怎知，我不是在黄金牢笼之中呢？"

春花哑然。联想到她现下的处境，一时倒说不出话来。

她心知，自己今日是绝不可能带走小魔龙了。目光看向黄金栅栏里的小魔龙，她暗暗以目光鼓励，暗示他，自己还会回来的。

甘华睨视着她，不由得冷笑："我晓得你打的什么主意。"

"……"

"天衢圣君与北辰元君即将返回天庭，你心中在想，届时将此事报于他二人知晓，定有一个能为你出头。"

春花皱起眉，这话从她嘴里说出来，怎么就这样难听呢？

"你真以为，和天衢圣君在凡间有了几年的交情，他便会偏私于你？"

春花被她气笑了："天衢圣君也好，北辰元君也罢，我从未想过让他们偏私于我。东海倒行逆施，天衢圣君绝不会坐视不理。我只是个报信人，需要和他有什么交情？"

甘华凝望着她，眸中闪了一下："这是我东海水族族内事务，若连这也要管，天衢圣君未免管得太宽了。"

春花摇头："内务也好，外务也罢，恃强凌弱，绝非公道！"

甘华沉默了。良久，她叹了一声："你走吧，今日之事，就当我还你一个人情。"她深吸了一口气，仿佛接下来所说的话，已在心中盘桓了很久，"你在凡间身中'黄粱梦'而死，虽非我亲手所下，但确与我有关。你设局为我断仙凡孽缘，我亦设局令你凡间历劫，也算是有来有回。你我之间的恩怨，就此过去吧。今后做朋友虽然不能，至少能互不相犯。"

春花怔住了，甘华肯放下过往恩怨，终究是一件好事。

她沉吟片刻，叹了口气："公主，其实最初见你，我心里就有些嫉妒你。"

甘华一怔："嫉妒……我吗？"

她面上只是微微失色，心中却如受狂风席卷的百飓仙岛，凌乱而不知所措。

明明是甘华一直嫉妒着财神春花，嫉妒她可以不受情爱干扰，永远随心所为；嫉妒她拥有自己拼了命都得不到的关怀与爱，却毫无所觉；嫉妒她身边所有的人好像都全力支持着她想做的一切，而自己的眼前，只有越不过的樊笼。

春花不知她心中汹涌暗潮，自顾自道："是啊，你有魄力、有韧性，练得一身高强法力，守护一方安宁，完全是我心中的女英雄。当初……我确实觉得是在帮你的。

"但是后来我明白，是我错了。如人饮水，冷暖自知，我不该操纵人心情感。所谓'断情绝爱'，不过是胆小者的逃避罢了，并不是什么高贵深沉了不起的品质。"

春花低垂着眸子，再三鼓起了勇气，对甘华躬身作了一揖："所以，我今日郑重向你致一回歉。萧淳那事，是我和北辰对不住你。"她抬起双眼，温和而坚定，"在我这儿，从来就没有什么恩怨，是你一直放不过自己。甘华公主，你费尽心思，想让我体会与你一般的煎熬，如今情爱的煎熬我已受过了，而你，真就如意了吗？"

甘华愣住了。

是啊，如今，她终于报了所谓的仇怨，真就如意了吗？

"听闻你即将大婚，我就不恭贺你了。我觉着，与其绞尽脑汁给别人找不痛快……"春花有些不忍地看她一眼，"你还是，先把自己活得像样一些吧。"

她说完这一席话，心知自己交浅言深得厉害，但话已出口，覆水难收，于是并不看甘华的脸色，转身径直离去。也不等宴终，春花沿着原路出了水晶宫，便回天界去了。


她一路驾云，心事重重，到得南天门外，倏然醒悟过来，重重地一拍脑袋："坏了！"她把孟极落在东海水君的寿宴上了！正急急拨转云头，忽见四面丹霞蔽日，彩虹垂天，云蒸霞蔚，千条瑞气将整个天庭映得辉煌耀眼。九霄天外，上神晋位的玄钟长长地鸣了九道。

春花登仙日短，从未见过这么大的阵仗。她被唬得连忙扯住南天门一个相熟的小天将："这是哪位上神功德圆满了？"

小天将扯起顺风耳，听了一会儿八卦，激动地转述给她："不得了啦，是天衢圣君与北辰元君，双双从回澜池返回天庭啦！"

春花呆了一瞬，半晌才消化了小天将的话，拔腿便往回澜池跑去。

那爱操心的小天将在她身后喊："两位神君历劫圆满，都晋了神位。小春花，如今该称天衢上尊和北辰圣君啦！"

微末小仙春花只觉小腿肚一个哆嗦，费了老大劲儿才又从云彩里拔起腿来，一会儿便跑得没影了。

这却是：大罗天上神仙客，濯锦江头花柳春。不为碧鸡称使者，唯令白鹤报乡人。[1]

## 章三·故人嫣然

回澜池畔，斗栏春深，银光似雪，转生红莲如血，朵朵蔓开，灼得人眼疼。春花赶到的时候，老神仙们都到得差不多了。难怪都不去东海，是预备好了上这儿来呢。

春花只得感叹自己消息闭塞，人缘也不及从前了。两位神君在凡间寿数将尽，即将回天庭这事，竟无一个老友提前告与她知。

隔着幢幢人影，春花一眼便望见了那两人。

一个白衣玉冠，眉若春江，清隽的眉宇间带着些不惯应酬的紧绷，却依然是温和浅笑，向仙友们频频稽首；另一个，则是被二十八宿星君中司务最重的几位围得密不透风。

星君们各捧了几摞公文，像是平地起了座五指山。春花费了好大的劲儿，才从案牍缝里窥见那青衣上尊的脸，依旧是峻冷孤高的面容，更添了几分渊渟岳峙的上尊风度，显得越发难以亲近。

一位星君对他喋喋了什么，他倏地皱起了剑眉，周遭寒光一凝，那星君震了震，唯唯诺诺低下头去。春花蓦然收住了脚步。她远远地站在人群之外，一个认知到此刻才清晰地浮上心头——他已不是谈东樵，她亦不是长孙春花了。

谈东樵与长孙春花可以依偎着许下白头之约，而天衢上尊与财神春花，甚至算不上熟人。

凡间的一切，就像戏园子里的一出大戏，看过、哭过、笑过，甚至亲自穿了戏服，涂了油彩，上台去演过，但终究还是要回到现实，过自己的日子。

春花突然庆幸起自己事事有交代的好习惯。

她弥留之际，把桃僵还了他，婚约也解除了，两人的缘分在人间已断。他又活了那么多年，兢兢业业地造福万民，这才能功德圆满，得晋上尊之位。那些冗杂的凡情，于他们二人，都只是故纸堆里经年尘封的过往罢了。

---

1 出自唐代王维的《送王尊师归蜀中拜扫》。

嘻，往前几百年，谁还没做过点轻狂事呢？正所谓"不知者不罪"，天衢上尊要是真觉得那些小情小爱损了他的颜面和威严，大不了她以后尽量绕着他走嘛。春花将这些想法在心里来回掂量了几遍，觉得自己真是机灵、睿智，又识大体。

正在自鸣得意，北辰先看见了她，双眸顿时如大言仙山上辉耀的星子，亮了起来："春花！"

唇边的笑意渐渐扩大，北辰浅笑着静立在池畔，向她张开了双臂。春花顿时委屈得不行。要不是这损友耳根子软，至于下凡折腾这么一回吗？好在，一切都过去了。财神春花与北辰元君——喀喀，是北辰圣君，逗猫惹狗无边逍遥的好日子又回来了！

她撒开了脚丫子，朝北辰奔了过去，一到面前，就毫不手软地一肘杵在他胸前："你怎么死得这么晚！"

北辰捂住被她肘击之处："是我的错。"

春花上下端详他一回："咱们下凡之前说好了，不管发生什么，你都不可记仇！你的话，还算数吗？"

"当然算数。"北辰苦笑一声，"我倒是怕你记恨我……"

春花一愣："我记恨你什么？"

北辰迟疑了一下："你喝下的'黄粱梦'，便是下在我送你的那坛苗疆烈酒之中。"

春花一拍他肩膀："难道是你下的毒？"

北辰无奈地望着她："虽不是我所下，但终究是我失了防备，被人调换……"

"不是你下的便成。"

"你不想知道究竟是何人下毒害你，又是为何下毒？"

春花摆摆手，一副好了伤疤忘了疼的模样。

"凡间事凡间了，管他作甚？何况，我还要感谢那下毒的人呢。要不是他，我怎能这么快返回天界？"

北辰无语了。他端详着春花，确定她果然不晓得"黄粱梦"尚有后遗症。

"凡间之事，你都还记得吗？"

"记得啊。"她倏然凑近，"北辰，你在凡间受的那点情伤，不至于放在心上吧？那都是司命编的本子，你可不要在意啊！"

一瞬间，北辰心中百转千回。

人生数十年，积累的苦痛、懊悔与追忆便如层层堆叠的潮汐，遇上一片毫无章法的乱石荒滩，尽俱失了着力之处，化作了一片残水。

他下意识地转头去看天衢。

隔着无数老神仙，天衢淡淡地朝这边看了一眼，目光落在春花紧抓着北辰衣袖的手上，神情无波，迅速收回了目光。

　　罢了，罢了，这两人，一个冷情，另一个忘情，就他一个人，还在凡情中载沉载浮。

　　北辰的目光落在春花脸上，但见她面色坦然无邪，不由得深深叹了口气。

　　幸好，她还是他认识的那个春花。

　　他看了看天色："时辰尚早，财神娘子可有闲暇去大言仙山饮一杯闲茶？"

　　春花笑嘻嘻回望他："那就却之不恭啦！"

　　两人互一稽首，正待携手驾云离去，半空中骤然现出一颗火球，呼啸着朝春花撞了过来。

　　众人大惊，还未明白是怎么一回事，一道青影如迅捷的鹰隼飞至，将春花向旁轻轻一带。青色大袖轻轻一拂，那火球便硬生生止住了来势，还反向打了个转，四仰八叉地扑在栏杆上。春花稀里糊涂地撞进一个坚实宽厚的胸怀，拼命抓住对方胸前衣襟，才勉强站稳。

　　"多谢仙友……"她抬起头来，话音在看清来人之时戛然而止。

　　天衢揽着她腰肢，将她护在怀中，目光沉怒地望向那火球落处。

　　火球从栏杆底下爬起来，拍着屁股大骂："春花，你大爷的！"

　　"呃……"春花从天衢怀中探出个脑袋，定睛一看，原来是孟极。

　　"你把我孤零零地扔在东海，自己拍拍屁股走了，忘了个干净！你没有良心！"孟极四爪还冒着火星，龇龇向着春花龇牙咧嘴，恨不得扑上来咬她几口，"你知道我跟那大脑袋打了几圈儿吗？你这个负心薄情、没有心肝的……"

　　天衢眉峰成峦，含怒的厉色带着两万多年的威压直逼过来。孟极登时一僵，识时务地停住了絮絮谩骂。火星尽数熄灭，它默默缩成了一个乖巧无害的小毛团。

　　良久，天衢沉沉地吐出两个字："是你。"

　　春花与孟极都愣了一下，然而立刻就醒悟了过来。

　　"那日往生池的化蛇，是你。"

　　天衢的声音不带疑虑，已是板上钉钉的宣判。春花干笑了一声，只觉他落在腰间的手滚烫而有力，甚至勒得她有些疼了。她不安地推拒了一下，天衢似乎这才察觉两人不合理的接近，大掌在她腰间停滞了一瞬，才缓缓松开。春花立刻退开两步，也不敢看他，埋头奔向孟极，将它抱起来。她在心中默念了无数遍"要镇定"，终于鼓起勇气，扯出一抹和善的笑容，转过头来。

　　面对北辰倒是不难，毕竟他们在天界和凡间的相处并无不同。但借她一百个胆子，她也预料不到，会和天衢产生这样的牵扯。自己的功用，大概就是给这两位设一场情劫，好让他们百尺竿头，再飞升一节吧。想通了这一点，春花顿时气壮不少。

"那个……还未恭贺天衢上尊晋位飞升呢！……哦哈哈，小孟孟怎么可能是化蛇呢？上尊定是开玩笑。"

她打着哈哈，天衢却并无笑意，只沉默地望着她。渐渐地，她也笑不下去了。旁边一群老神仙把眼睛擦得贼亮，耳朵竖高，恨不能现掏出瓜子来，一边嗑一边围观。饶是春花有三寸不烂之舌，此刻也是一个字也编不出来。她只得求救般地望向北辰。

北辰果然是个心软的，连忙上来解围："师兄，此间恐怕有些误会。你我初返天庭，不如先各回仙山休整，容后再做计议？"

天衢眸光更深，须臾不离春花，半晌才冷冷道："法司公务积压日久，本尊无甚可休整。师弟若须休整，可先回大言仙山闭关。"

他负手徐徐行远，经过春花身边的时候，留下一句："财神娘子若是一两句话说不清楚，便随本尊去紫阙仙山问话吧。"

春花觉得自己快哭了，跺着脚给北辰拼命使眼色。

北辰只得硬着头皮再道："那师弟便一同去紫阙仙山……"

"不必。"

天衢头也不回："两人同行，难免临场串供，还是单独问话的好。"

北辰虽然同情，却也是爱莫能助，只得耸了耸肩。

春花将脸皱得如苦瓜一般，磨蹭了半晌，又听见那天杀的天衢上尊在云头上唤她："财神娘子？"

她悲愤地长叹了一声，捏了个奇形怪状的云，跟了上去。


北辰的大言仙山随心率性，草木疯长，鸟兽闲适。天衢的紫阙仙山却是一番不同的风物。

仙山常似主人形，紫阙仙山崖壁嶙峋，草木难生，常年有紫色烟云缭绕其中，神秘威严。若不是前头有仙山主人带路，春花还真是摸不到九垠宫的大门。

沿途的紫衣小仙童们停下云头向天衢行礼，面上都是一个模子印出来的平静无波。春花忍不住腹诽：明明都是青葱的小哥哥，全被调教成和他自己一样的小老头。

九垠宫内摆设简洁朴素，毫无半点值得观瞻，连钧案上如山的奏折公文也都堆得整整齐齐，倒是像他的性情。

天衢缓步行至钧案之后，拂衣沉坐，仿佛他从未长久地离开这尊位，只是出门访友归来。

他抬起头，望向在大殿门口搔首踟蹰的春花。

"还不进来？"

春花只得拖着步子，挪到他面前，谨慎地留出三丈距离。小孟孟在她怀里缩成了只鹌鹑，一个劲儿地发抖，实在丢人。诚然她自己，也只比小孟孟争气那么一丢丢。

"上尊要问什么，便问吧。"

天衢却没有立刻开口。

殿内一时空寂无声，落针可闻。

又过了许久，就在春花以为他已经无话可问的时候，天衢倏然出声了：

"你……回返天庭之后，寝食如何？"

"欸？"她万万想不到他问的是这个。

不过，上尊既然垂询了，必有深意。春花想了想，还是老实答道：

"吃得甚好，一顿能吃两笼灌汤包；睡得也好，若无师父叫起来打坐，日日都是要赖床的。"

天衢沉默了一阵，又问："你且运气，神阙、石门、气海三穴之间，可有阻滞？"

春花试着运了运气，周身通畅，毫无阻滞。

"回返天庭这些时日，修行打坐，可有进益？"

春花苦了苦脸，实话实说："修行打坐，我向来不通。不过这些日子，驾云是比从前强些了。你看我方才驾云过来，一次都没栽下去……"

天衢盯着她乌黑的发顶，微不可察地叹了口气。

"你……下凡之前，在灵霄宝殿上言道，恋慕北辰已久，可是实情？"

春花张大了嘴。

这话题，未免转换得太过迅速了吧？

然而自己扯过的谎，跪着也要续上，她低下头："俱是实情。"

"那你如今，还恋慕他？"

春花慌忙摆手。她可不想上雷镜台啊！

"小仙下界一回，深受历练，知晓七情是封喉鸩酒，六欲是附骨之疽，绝不敢再动半点心思！"

天衢默了良久，从位子上站起来，行至她面前三尺处。

"此前将你二人贬下凡间，确实过于草率。所谓'私情'，真相为何，本尊自会查清。"

春花的心因他这话猛地往下一沉。

"喀喀，小仙与北辰圣君都已认罪，劫都历过了，还有什么真相可查？"

"你惯会巧言伪装，又好扭曲规则，为己所用。难保不是为了别的目的，信口胡诌，指鹿为马。"

春花难以置信地瞪着他。

这人，是她肚子里的蛔虫吗？

"至于，你将本尊推下凡间这事……"

他垂眸，见她肉眼可见地哆嗦了一下又迅速低头飞快盘算起来，不由得唇边勾起一抹笑意。

"虽然性质恶劣，动机存疑，贻害深远，但终究只祸及本尊一人。"

他顿了顿，好整以暇地抱起双臂，等着她反驳。

果然，她听了之后，迅速乍毛："上尊且慢。您说我贻害深远，怎么就贻害深远了呢？您如今都晋了上尊，难道不是多亏了我吗？"

天衢沉吟片刻："本尊这一世的情劫，确实多亏了你。"

春花一时语塞。猝然了悟了什么，她身子剧震，惊恐防备地望着他，颤声叫道："你……要是惋惜什么万年童子身之类的东西，我真不是故意的！反正已经没有了，我也补不回给你了呀。"

她抱紧了孟极，戒慎地再退一步："凡间事凡间了。我自问，死得还是很负责任的，该交代的都交代了，该安置的也都安置了，你那桃僵我也还给你了！你后面若是娶妻不顺，或是红鸾不动，可都跟我没关系啊！"

天衢："……"

大殿内一时死寂。

冷峻的脸上终于出现了一丝裂缝，各种古怪的神情在天衢眸中来回涌动了数次，终于在一片汹涌的潮水后归于沉静。良久，他长长地叹息了一声，背过身去，竟不再看她："本尊要问的，都已问过了。你……走吧。"

春花小心翼翼地盯着他的背影看了一会儿："那个……其实我也有话要说。"

天衢脊背一僵，微微屏住了气息："你要说什么？"

春花便竹筒倒豆子一般，将在东海遇到小魔龙的事说了出来。

"上尊，这事，你管是不管？"

天衢木然了一瞬，这才回过神来。

"魔龙确属东海水族，此事，本是东海内务。"他停顿了一下，"但……若真如你所说，东海有恃强凌弱之举，本尊也不会袖手旁观。"

他说得颇有保留，春花却已是喜上眉梢。

"我就知道，你不会坐视不理的。"

她眸中是纯然的信任和笃定，仿佛从不怀疑他会让她失望。

天衢默默咀嚼着那一抹眸光。

春花笑盈盈地行了一礼，转过身，便抱着胖猫蹦蹦跳跳地走了。

## 章四·四角盘中

神仙日子漫漫长，不搞事情心发慌。

但自从天衢上尊与北辰圣君返回天庭，春花搞的事情一件接一件地黄了。

天衢上尊下凡一遭，多少沾染了些烟火气，不再一味硬堵，而是因势利导，网开一面。天庭法司在南天门西十余丈处划出了一片空地，名曰"仙市"，专供仙人们临时摆摊交易。只是增设了一个天将日日巡守，摆摊者不得超出仙市范围，不得阻碍交通，不得贩售天界禁止流通或过于稀缺的高阶仙器。春花那卖莲子的摊子，由此也得以存活。

剑分双刃，这仙市一开，众仙家纷纷使出了十八般武艺，单是卖莲子的摊子便有三家，其中又以何仙姑的生意做得最开，毕竟莲子是她本家，一个吆喝，莲子便乖乖除了"衣服"，拥坐成一碗现剥莲子。

一来二去，春花的摊子便门可罗雀了。

春花于是垂头丧气地收了摊子，去寒池畔的凉亭里找福、禄、寿、喜老神仙们打双陆，换换心情。

然而，天庭法司又颁布了新律例，双陆、叶子戏等不再禁绝，亦可做赌，但赌注一日不得超过两块灵石。

老福星将这规矩和春花一说，气得她把筹子一掷。

"咱们坐这儿吆五喝六地打一天，输赢就两碗莲子？太小家子气了吧？"

老福星最怕事，东张西望了一番，劝道："天衢上尊刚下了这新规，咱们可不好顶风作案哪！"

"这规矩不公，我偏要顶风作案！"

春花把四角棋盘一支，黑白马各站好了位："谁来同我杀一盘？咱们就赌……"她从怀里掏出一把灵石拍在桌上："三块灵石。"

老神仙们你推我阻，还是老寿星最疼春花，犹豫了半天，还是下场同她打起来。

这一盘双陆，老寿星打得心不在焉，春花却是攻城略地。掷下最后两颗骰子，她大笑三声："寿星爷爷，我赢啦！三块灵石拿来！"

她一面低头走棋，一面向上摊开手心，等了半天，既没有收到灵石，也没有听见回应，这才抬起头来，但见四位老神仙不知何时都从石凳上站了起来，战战兢兢地瞪着她身后，身如筛糠，却不出声。

背后无端吹来一股凉风，后脖子嗖嗖发冷，春花何许人也，察言观色、临机应变最是她的长项，登时改口笑道："寿星爷爷，我说笑呢，两块灵石，两块便成。"

老神仙们依旧不敢开口，凉亭中瞬间"安静如鸡"。

半晌，清冷而低沉的嗓音越过她肩膀，传到耳边。

"这桌上，可不止两块灵石啊！"

一只大掌从旁伸过来，将春花方才豪气干云地拍在桌上的一把灵石收入掌中，摊在她面前。

春花慢吞吞地转过脸来，正对天衢上尊凛然正气的凝视。

"你们这算是……顶风作案？"

四个老神仙里有三个毫无义气地嚷起来：

"上尊，跟我们可没关系啊！"

"是啊，都是小春花非要赌的，一上来就要赌三块灵石！"

"对啊，她说你这规矩不公，就是要顶风作案！"

春花一口气险些没上来。

天衢望着春花那一副死猪不怕开水烫的模样，挑起眉："财神娘子觉得这规矩不公？"

这一问，春花可就来劲了。

"本就不公！只赌两块灵石，打双陆还有什么意思？"

天衢踱至棋盘边，修长的手指捻起一只黑色玉马。

"财神娘子觉得，双陆的乐趣，在于赌注大小吗？"

春花气呼呼道："不然呢？"

"本尊还以为，双陆之乐趣，在于掷点无常，攻守兼备，且始终要记得自己手上有什么东西，要往何处去。"

春花怔了怔。

这话听起来颇为耳熟，却想不起在何处听过。

她抿着唇："上尊不会打双陆，自然不懂其中的乐趣。"

天衢淡淡扫了她一眼，又垂下目光。

"财神娘子可愿与本尊杀一盘，权作一赌？"

春花双眼倏然一亮。

且不说她双陆之技打遍天界无敌手，便说能把天衢上尊拉下水这一项功绩，就够她吹嘘一百年。

"上尊要赌什么？我今日灵石带得可不多。"

天衢摇了摇头："本尊不赌灵石。"

"呃……"

"若你赢了，本尊便提高双陆赌局赌注限制至二十块灵石；若是本尊赢了，你便要对新规心悦诚服，老实接受处罚。如何？"

春花眼珠滴溜溜一转，飞快地盘算了一下。

这会儿被他抓了个现行，反正也是要受罚的，算起来她是无本的买卖。要是赢了，倒还有翻盘的机会，怎么算她都不亏。

何况，她怎么会输。

想明白了这一节，她笑嘻嘻地坐下："那就这么说定了，请上尊开局。"

那正是，彩骰清响押盘飞，数点争雄莫露机。惟恨怀英夸敌手，御前夺取翠裘归。[1]

春花棋路大开大合，诡计多端，天衢却是稳扎稳打，毫无破绽，两相争锋不多时，春花已是惊得面无人色。

"那个……我记得，你双陆打得挺差劲啊！"

当年和范小侯爷那脓包对弈，有她的指导，也只是险胜呢。

天衢淡瞥她一眼："士别三日，难道不该刮目相待？"

他说得好正确，她竟无言以对。

天衢掷下最后两颗骰子："你输了。"

他站起身，轻拂衣袂：

"财神娘子，可心服口服？"

春花张口结舌。

这真是，打鹰的被鹰啄了眼。

"服，服得很。"

这老神仙，在凡间的后六十年是日日都在苦练双陆绝技吗？

"可认罚？"

春花嘟嘟囔囔道："上尊就说，怎么罚吧。"

天衢不露痕迹地勾了勾唇角："那就随本尊来吧。"

言罢，他驾起云头，径自离去。

躲得了初一，躲不过十五。

春花只得又捏了朵云，苦哈哈地跟了上去。

四个老神仙目瞪口呆地在凉亭里站了半晌，还是老福星先回过神来，一拍大腿："哎呀！瞅这架势，天衢上尊一定是……"

其余三个老神仙立刻围上来："如何？"

---

1　出自元代谢宗可的《双陆》。

老福星带着一份看破不说破的神秘，徐徐道："一定是在凡间和小春花结了大梁子，回来报复她呢！"

天衢在前，驾云行了半炷香的时间，丝毫没有要停下来的意思。春花跟在后头，脚下的乌龙云已开始有些虚了。她怕自己撑不了多久，只得唤道："哎哎，上尊，还要多久？"

天衢这才回头，看了她一眼，衣袖一挥，便将她带到自己所驾的云上。

春花连忙扯住他衣袖，稳住身形。

共驾一云这件事，她是省了不少力气，就是……两人离得也太近了吧。

天衢倒没说什么，任她牵着衣袖，目不斜视地望着前方。反倒是春花，鼻尖渐渐被一股醇清的气息包裹，本该是安定人心的祥和正气，她却不知怎的，越发烦躁起来。

"上尊，咱们不是去紫阙仙山吗？"

"不是。"

"欸？那咱们去哪儿？"春花惊恐万状地瞪着他的背影。这老神仙，不会使个阴招把她卖了吧？哼，别看他表面上中正磊落，私底下也不见得有多老实呢！

天衢不知她心中揣测，平板道："你去了便知。"

又行了半炷香，两人终于降下云头，落在了一个翠绿的山谷前。

山谷不算陡峭，极目之处都是寻常花木，土地平坦，溪水蜿蜒，数条小径通向山谷中心，远远望去，只见炊烟袅袅，阡陌交通，相闻鸡犬之声，不似仙山，倒像一个凡人结庐的桃花源。

天衢从她手中扯回衣袖，沿着小径便往山谷中走去。

春花慌忙跟上："上尊，咱们是要去前面那村庄吗？怎么不直接飞过去？"

天衢道："谷中用不得仙法，只能如凡人般徒步。"

春花一呆，试了试，果然已无法驾云，体内气劲空空。若是此刻从旁蹿出只野狗，她大约是打不过的。

心里不由得更慌了，她颤声道："上尊，你究竟要如何处罚？伸头一刀，缩头也是一刀，不如就来个痛快吧！"

天衢愕然回头，看了她一眼，然后迅速又转头前行，并不回应。

他腿长，步子迈得颇大，春花一路小跑才勉强跟上，疑心自己听见他低低的笑声，再凝神去听，却又听不见了。

终于行到炊烟升起之处，却是在几座草屋之中。

草屋前，几片篱笆圈出个鸡圈，石块垒出个狗窝，还有几片碧绿的菜畦，再往外，便是几亩田。

田埂上，一个须发皆白的老农弯着腰，正从身旁的木桶里舀出什么，往田里浇。

春花一近前，腥臭臊味便扑鼻而来，她连忙捂住口鼻。

便听见那天杀的天衢上尊在一旁道："你的处罚，就是帮那位老者浇完这一片田的粪肥。"

"……"

"谷中用不得仙法，所以那些偷工减料的法子，就不必试了。"

春花憋得双眼通红，恶狠狠地瞪着天衢，恨不能扑过去咬他两口。

"那你呢？"

"我嘛，"他抱臂退后一步，指指一旁小院里简陋的木椅茶炉，"就在此看着，喝一壶茶。"

她是个最要强的人，尤其这种时候，便是死也不会低头服软的。

天衢饶有兴味地望着她，但见她口中念念有词，狠狠将裤腿卷到膝上，撸起袖子，又掏出块帕子往口鼻上一绑，大步流星地朝那老农走去了。

走出老远，他还能听见，她口中念叨的是：

"富贵本无根，尽从勤中得。"[1]

## 章五·沧海一身

田埂上停了一排不知名的小鸟雀，被路过的春花惊起一串，叽叽喳喳地叫了起来。正拎着木勺浇粪的老农半抬起眼皮，漫不经心地看了她一眼："就是你？"

春花还未反应过来，手里已多了一把臭烘烘的木勺。

老农朝地里指了指："喏，要均匀洒在田中，可不敢对着苗娃儿根下狠浇。一勺大约浇这么……四四方方的一块地。"他将满是老茧的手在面前一比，然后皱着眉瞪着春花，"晓得了不？"

腥臊的臭味更烈，春花本想回他句话，但一股反胃感涌上来，只得勉强点了点头。

老农哼了一声，不冷不热道："现下的年轻人，都这么娇弱吗？"

"……"

说她高贵冷艳优雅智慧，她是认的，说她娇弱，她可不认。财神春花在凡间天界数百年，什么大风大浪没见过？春花咬了咬牙，照着老农的指点，一勺

---

1　出自明代冯梦龙的《醒世恒言》。

一勺浇灌起来。她虽对农活儿全不熟练，但凡是沾了手的事情，无论大小，都是一样认真，浇一勺粪，倒和点一箱银钱一般仔细。老农盯着看了一会儿，间或指点两句，倒也再未说什么难听话。

两人一左一右，不多时便浇好了一亩田。

春花累得满身大汗，双颊通红，嗅觉几乎麻木，就连那粪水也不觉得太臭了。她扯下包住口鼻的帕子，但见老农头上也有亮晶晶的汗珠，便将帕子递过去："老爷爷，您要是不嫌弃，也擦擦汗？"

老农嫌弃地看了那帕子一眼，没有接。

春花也不以为忤，余光瞥见农家小院之中，那青衣上尊正一边扇风一边饮茶，不由得怒从心头起："老爷爷，您也是被那黑心的天衢上尊押到这儿受罚的吗？"

老农没回头，轻轻地哼了一声。

春花便当他承认了，越发地抱不平："他欺压我也就算了，您这么大年纪了，还要受这样的苦！"

老农做得比她快，正行到她身前两丈处，闻听此言，直起身来，回头看她。"你觉得，这是受苦？"

春花理所当然道："可不是嘛！老爷爷，如今连凡间都不这么做活了，百姓们各有机巧，做出许多新奇的农具呢。您看，您这粪勺太短，对腰也不好呀！"

老农听了她这一席话，有些意外，半晌，微微露出个笑容："小丫头，你说的话，有道理，却也不是都有道理。"

"怎么讲？"

"机巧奇技，利在万民，这话不假。但若论修己身，常思取巧，却易失直心。丫头，你有多久，没有老老实实地干点粗活儿了？"

"呃……"

"你不历万民之苦，怎堪为万民之神？"

他言罢，用堆满褶皱的眼角深深看她，也不待她回答，便又转过身，弯下腰，去舀桶里的粪水。春花怔在了原地，久久深思，一时失神忘我，不知身之所在。也不知过了多久，前头的老农咚咚地用粪勺敲起桶边："丫头，傻愣着干什么呢？"

春花这才惊醒，嘴里答应着，手里立刻又忙活起来。

不知为何，那腥臊粪水的恶臭，竟似消失了一般。


昊日如轮，转眼西山，黄昏的橘色光晕笼罩起整个山谷的时候，一老一小终于将那几亩田都施好了粪肥。

老农在前，腰间挂着木勺，春花在后，拎着两个空桶，沿着田埂，背着夕阳，一路往农家小院走去。沿途田里的青苗，似乎比她初来时苗壮了许多。

老农心情颇好，走着走着，朗声大笑，不多时，竟高歌起来："施粪如施金，地力常新壮。日出且来作，日落自安息。凿井为我饮，耕田为我食。沧波寄我身，帝力何有哉！"

春花初听愕然，再听下去，只觉胸怀渐宽，天地广大，无处不可留，亦无处不可去了。

两人终于回到小院中时，屋内灯火已经燃起，几只母鸡咯咯地钻回窝内，一只圆头小狗追着自己的尾巴，满院乱窜。

天衢立在一侧，恭敬地给老农递上一块净白的棉巾。老农大剌剌接过来，满头满脸一擦，棉巾顿时黑如锅底。他也不顾忌，擦着汗便往草屋里去了。天衢又迎上春花，要接过她手中的木桶，却被她狠狠瞪了一眼。

春花绕过他，把木桶放在净池中，先冲净了桶，又将自己周身收拾整洁，而后跟着进了老农所在的那间草屋。

进门后，她对着那老农躬身便拜："春花不识，前辈便是古上天尊，多有得罪，请天尊责罚。"

老农，即古上天尊，坐在小桌前，淡淡地看着她，眉眼却遮拦不住地弯了起来："丫头，你如何知道我便是古上？"

春花老实道："我师父曾教过，古上天尊初为农神，洪荒大潮中舍一身而救亿万生灵，被众仙尊为天尊。"

其实，赵不平还有两句后话，春花没敢说。

"……就是又穷又酸，土了巴叽的。"

古上天尊呵呵一笑："你师父，倒还会说两句好话。但凭这个，你就能猜出我的身份？"

"……也不全是。"春花一指跟着进来的天衢，"这个人，见了谁不是牛皮哄哄的？唯独在您这儿，像鹌鹑一样老实。"

天衢听她这说法，微微一愣，却也只能无奈苦笑。

古上天尊哈哈大笑，连连招手："你这丫头，果然聪慧过人。别跪着了，坐过来尝尝我这闷徒弟的手艺。"

春花依言坐下，这才发现，面前的小桌上齐整地摆着三碗汤面。汤色乳黄，面条雪白，汤上铺着几片翠绿的菜叶、一个白嫩的煎蛋，还有几片煎得边缘焦色的鸡枞。

"这是……鸡汤面？"春花朝门外一看，"不知是托了外头哪只'菩萨'的口福？"

天衢道："院里的母鸡都是师尊的宝贝，这是素鸡汤。"

春花目不转睛地望着那汤面，麻木了一天的鼻子重被食物的气息包裹，香得她想在地上滚两圈儿。她拿筷子尖儿戳戳蛋黄，油嫩的蛋液便涌了出来。

古上天尊以筷敲着碗沿："徒弟，你这可就偏心了。为何她的是个溏心蛋，为师的却是实心的？"

天衢温和地笑了："师尊，您年纪大了，还是煎熟了才好入胃。"

古上天尊把胡子一吹："是呵，溏心只合哄小姑娘。"

天衢咳了一声，但见春花已全身心沉浸在那一碗面里，吃得满脸感动，魂不守舍，不由得心中一软，问道："好吃吗？"

春花吃得满嘴流黄，高高举起一根大拇指。

"比你汴陵府中的厨娘如何？"

春花怔了怔，想了许久，面上仍是茫然："只记得好吃，那味道……却不记得了。"

古上天尊淡淡地看了她一眼，又看向天衢，但见他垂下眸子，心不在焉地拨着碗中的面丝，却不再开口了。


用罢简单的餐食，古上天尊便将天衢与春花一同轰去灶房洗碗。

天衢一面收拾锅碗，一面瞧着春花长长地打了个哈欠，心知她确实是累坏了。在这昊极仙山的深谷中，除了师尊本人，其他神仙与凡人无异，也会饥饿、疲倦、痛苦。

他指了指灶台旁的小马扎："倦了就歇一阵，若有需要，我再叫你。"

看在鸡汤面确实很好吃的分上，春花在心里勉强原谅了他。她坐在小马扎上，哈欠连哈欠地盯着他利落熟练的动作。尊贵高傲的天衢上尊，此刻竟如一个普通凡间男子一般，在灶台前洗洗刷刷。

春花成仙日久，便是在凡间，家境也是优裕，劳心之时虽多，如此劳力，确实是很久都没有的体验。此刻一个令人局促的小马扎，对她来说已是无上安稳舒适。一整天的劳累伴着困意袭来，不一会儿，她便坠入了梦乡。

天衢察觉她呼吸渐转平缓，停住了动作，转过脸去，只见她窝在小马扎和灶台的角落里，一手托腮，红唇微张，长睫如鸦羽般轻颤，仿佛春风吹拂过他心底最柔软的角落。

他怔怔地对着她的睡颜，站了一会儿，终于难以自禁地伸出手。

美人如花隔云端，无数次梦中相见，醒来却仍是一场虚空。

指尖快要触碰到她脸颊之时，背后轻轻响起一声："你随我来。"

天衢回过身，古上天尊站在灶房门口，严厉地看了他一眼，转身回到院中。

暮色低垂，满天星斗，风露已至中宵。

天衢垂手立在古上天尊身后，静立了片刻，听见师尊幽幽叹了一声："这丫头，确实聪颖慧黠，一点就通，悟性极高。你将她带来此地，劳作一日，为师再加以点化，修为直上三百年。恐怕再过些时日，便能晋为星君了。"

天衢诚恳地一揖："多谢师尊。"

"你也不必谢我。你和北辰、甘华，一个闷、一个呆、一个偏，没一个教人省心的，更别说什么'承欢膝下'了。这春花丫头，嘴甜心细，乖巧懂事，又会说俏皮话，看了就让人喜欢。唉，赵不平那老东西，挑徒弟的眼光可比我强多了。"

天衢淡淡一笑："她确实……很讨人喜欢。"

古上天尊冷哼一声："我知道你打的什么主意。"

天衢怔了一下："徒儿从未作隐瞒之想。"

古上天尊瞥他一眼："前几日，北辰那小子已先来过了。他问我，'黄粱梦'可有解法。"

天衢微微屏息："师尊如何答他？"

古上天尊回过身，摇了摇头："没有。"

双拳在袖中倏然握紧，天衢直盯着师尊，仿佛对方拥有这世间所有的答案："徒儿今日将她带来，也是想请师尊当面再看一看，是否有一线希望，倘若……"

"倘若有解，你要如何，与她同上雷镜台吗？这对她，真是一条好的出路吗？"

古上天尊面容肃然："也许她想起了一切，却宁愿自己从未想起呢？也许，她根本就不想与你同上雷镜台呢？"

天衢身子微微一震，半晌，轻叹道："师尊所说的道理，徒儿全都明白，只是……"

不甘心啊。

古上天尊蓦地出手，点在天衢眉心，指尖向远一挥，他灵台中的景象便在这夜空中一览无余。

大江洪波，浪涛激荡，江心一株高达数十丈的轩辕柏迎风而立，原本的满树苍翠已是晦暗近枯，枝叶之间，无数鹅黄花朵仍恣意盛放，仿佛巨树将全部生命都注入那些绝美的繁花之中。

古上天尊眸中终于现出震动之意："天衢，你两万余年的历练，只为一个'情'字，何至于此？"

天衢眸光平静地掠过那满枝娇艳，默然良久，躬身跪下。

"师尊，徒儿想求一个答案。"

古上天尊盯着自己最看重，亦是最引以为傲的大徒弟，也不知过了多久，终于无奈地叹了一声。

"'黄粱梦'乃上古东海魔神为求修道捷径，为自己所炼制的忘情之药。为师也从未见过有人将此药误用在他人之身。天衢，你该知道，这世间并非一切难题都有解法，至少，为师这里没有。"他停了一下，终是于心不忍，又道，"也许，这世上确实存有'黄粱梦'之解法。你若实在不甘，只能逼着那丫头，一样一样去试。但我观她灵体，魔龙心血已深入心脉，强行唤起情念，触及紧要之处，真元受损，亦非危言。你或能执意不改，上下求索，可她的修为，经得住你反复地尝试吗？"

## 章六 · 子夜灯花

春花做了一个很长很长的梦。梦里，她没有死于"黄粱梦"，也没有成为财神春花。她站在浮云与泥土交接的中央，一面是天界，一面是人间。可无论天界与人间，那些她熟悉的人，都站得离她极远，仿佛隔着万重山河。她孤零零地站在中间，抱着脑袋想：究竟是财神春花做了一场梦，变成了长孙春花，还是长孙春花做了一场梦，变成了财神春花呢？假使如今不是梦，能长于梦几多时？

脚下忽然虚空，她只觉一个颠簸，身子晃了晃，猝不及防地醒了。极目之处是一片黑暗，她适应了一会儿，才看见些许微光。漆黑的天际挂着一轮银盘皎月，远山在月光下显出模糊而婉丽的轮廓。草叶与石滩拥着一条如银色丝绦般的河水，蜿蜒伸向群山之外。

而她就在这无边的寂静中悄然移动。

春花挣扎了一下，这才察觉，自己正伏在一个宽广而温暖的背上，双手从后环着那人的颈子，下巴轻轻安放在他肩膀上，合适得令人惊讶。

那人察觉她的蠕动，顿住了前行的脚步。

"醒了？"

春花怔住了。她盯着他青色的衣领，半天才慢吞吞地"嗯"了一声。那人却未如她预期一般，把她一屁股扔在地上，而是托着她的腿弯，向上抬了一下，继续向前走。

"昊极仙山只能徒步进出。你睡着了，我只好背你出来。"他停了一下，又补充道，"若还是疲累，可以再歇息一会儿。此处名唤'子夜河'，前方河浅，涉水而过，便可驾云了。"

春花还是没说什么。

天衢微微定下了心。她一向怠懒，大约趴在他背上省力又舒服，她也懒得动。于是他负着她，涉入浅浅的河水。

蛙鸣阵阵，鸟翅飞扑，行到河中时，波光粼粼的水面之上，蓦然升起了如暖黄星子般的微芒。天衢低着头，没有看见，春花却看见了。

"是孔明灯。"她轻声说。

天衢停住了脚步。

"上尊，放我下来吧。"

天衢一愣："河水冰凉，恐怕浸湿鞋袜。"

春花笑了笑："好歹是个神仙，还怕这个？"

天衢定了一下，终是弯下腰，将她放在水中。

春花脚下站稳，目光却须臾不离那第一个飘起的光点。它从远及近，从低至高，倒映在河水中，宛如汴陵鸳鸯湖上的中秋良夜。

"这里怎会有人放孔明灯？"她欣喜道，但旋即看清了第一盏孔明灯上所写的字迹。

愿爷爷，福寿康宁。

"这是……我放的孔明灯？"她倏然回头，望着天衢。

天衢避开她的目光，同样凝望着那天灯升起之处。

"天灯一物，师尊亦十分喜欢，言道：'人间悲欢，常常尽系于一灯。'子夜河为出谷必经之路，师尊便令河上之人，都能看见与自己有关的天灯。"

他如此说着，第二盏、第三盏……更多的孔明灯也随之冉冉升起了。

愿哥哥，金榜题名。

愿衡儿，茁壮成长。

愿十哥，笑口常开。

愿静宜，早觅知音。

愿阿葛，脾气别那么坏。

春花笑盈盈地指着那一盏盏天灯，将上头的美好愿望一字一句地念出来。

"我想起来了，那一年中秋夜，我们好多人一起，乘着画舫，在鸳鸯湖上放孔明灯。我放了七个，静宜还笑我贪心又累赘……"

她蓦地收了话语，看见自己所放的第七盏孔明灯已远远地飘了过来，上面写着：长孙春花、谈东樵。

底下还有一行略小的字：愿谈大人日日想我，辗转难眠。

"呃……"脸皮再厚的人，也经不住这么敲打。长孙春花做事荒唐，倒教财神春花羞耻难当。春花面上微红，转脸羞愧地觑看天衢，却见他黑眸莹然明亮，紧盯着她，她不由得心中一震。今日的种种与这一盏天灯呼应在一处，一个自己都难以相信的想法终于冒了出来。

春花动容，有些犹疑地哑声道："天衢上尊……"

228

天灯的点点光芒倒映在天衢温和的眸中，他分明没有移动，却似乎靠得更近了。

"如何？"

"你是不是……还钟情于我？"

他眼底的光芒瞬间闪烁，变幻成无数令人惊诧的细碎光影。

春花疑心他不会回答这无理而莽撞的问话，但他答得极快。

"是。"

他声音低沉而笃定，面上亦丝毫不见尴尬。

春花沉默了。

许久之后，她艰难开口："可是……我如今已不钟情于你了。"她舔了舔干涩的嘴唇，"我知道，长孙春花恋慕谈东樵。我也知道她为什么恋慕谈东樵。可我已不是长孙春花了。她经历过的那些爱恨，我既无法理解，也做不到感同身受……我本以为上尊你也是一样。"

天衢沉静地注视着她："我不一样。"

她张口结舌地瞪着他。

他目光向上，落在春花身后的河面上。

"你从前，也总是这样仰头看着我，但眸中，总有一种无法隐藏的欢喜。

"春花……"

天衢以手轻抚她鬓边零落的碎发，撩至耳后。

"若天意眷顾，我愿倾其所有，换那一睹如旧。"

仿佛有一只鲁莽的手猝然攫住了她的心脏，春花的身躯不可抑制地颤抖起来。

周边倏然光芒大炽，她错愕地转过身。

数不清的天灯如灿烂星汉，在河面上缓缓升起，橘黄色的点点光晕照亮了整条子夜河。每一盏天灯上，都写着两个名字：谈东樵、长孙春花。

没有一个是她自己的笔迹。

巨大的惶恐如无边云雾将春花团团围困在中央，一如当年在青衣镇的喜堂之外，她目睹着甘华爱情的死亡，怀有万般同情，却无法理解。此刻她目睹天衢的情意，如此坦率而诚恳，却感受不到半点喜悦。

那似乎是一种远高于她自身存在的深刻，她却全然无法感知，就好像丢失了一件生死攸关的珍宝，再也找不回来了。

不知是愧疚还是难过，如无情的刀扎进她的心脉，刹那间，心痛如绞，难以承受的痛楚从心尖一直蔓延到指间，周身的血脉仿佛一下子被冰冻住一般，凌寒刺骨，春花挣扎着痛呼了一声，终于捂着心口，昏了过去。

她最后看到的景象，是天水一线的点点灯花之下，那人担忧骇然的面容。

财神春花久久不返，赵不平和宝蟠宫众神兽四处打听，终于从福禄寿喜星处听说，春花是被天衢上尊亲自带走处罚去了。赵不平又急又怒，领着孟极在宝蟠宫门口等了一天一夜。到天光初现之时，天衢打横抱着春花，出现在宫门口。

一仙一兽连忙冲过去："春花怎么了？"

天衢的声音清冷无波："她心脉受激，本尊已用法力护住她真元，应无大碍了。"

他停顿了一下，补充："只是还须休息数日，方能苏醒。"

赵不平恶狠狠地瞪着他："上尊身份尊贵，若换了别人，小仙早就一脚踢出去了。"

孟极也恶狠狠地瞪着他，粗声道："就是！若不是我们星君打不过你，早就一脚把你踢出去了！"

赵不平瞪那胖猫一眼，又转向天衢："上尊不要怪我多言。春花在您眼中，只是个低阶小仙，但在宝蟠宫，是我老赵捧在心尖尖上的爱徒，将来这财帛星君之位，也是要传给她的！不管您和她在凡间有什么前尘旧事，她如今已回返天界，若再有损伤，便是闹到古上天尊那老土包子面前，我老赵也要讨个说法！"

天衢将春花轻轻放在床榻之上，目光在她苍白的脸颊上流连了片刻，无声地叹了一声。

他转向赵不平，躬身一揖："此次，确是天衢鲁莽。天衢亦深悔不已，请星君见谅。"

对方如此卑微诚恳，倒教赵不平的怒气没了落脚的地方。他仔细查看了春花的心脉真元，确定并无大碍，这才长出了一口气："既然也没出什么大事，我老赵也不是那小肚鸡肠的人，就不计较了！"

忽然又觉得不放心，赵不平睨视着天衢："可是今后……"

天衢沉默良久："今后，不会再有这样的事情发生。"

赵不平哼了一声，勉强算是认可了他的承诺。

天衢自顾自愣怔了一会儿，忽又向赵不平一拜："天衢还有一事相求。"

他在春花身畔坐下，一手合指作刃，银光一闪，瞬间没入眉心灵台。赵不平和孟极都吓了一跳，惊恐地望着他。天衢额间沁出微汗，不久，银光转弱，指尖从眉心缓缓撤出，摊开手掌，掌中已多了一段纤细曲折的木枝。他忍耐地闭了闭眼，重新睁开双眸时，面容已恢复了平静。他以手覆上那木枝，再离开时，木枝已化作一只雕满纤细花蕾的镯子。

"这是……"赵不平惊呼了一声。

天衢未答，只是轻轻捉起春花的手，将镯子温柔地套了进去。

"可是……"赵不平还想说什么，却被天衢一手制止。

他将春花的手握在手心，喃喃念了一句，那镯子蓦地隐匿不见了。

"这……"

赵不平已不知该说什么。

天衢低声道："桃僵只为守护，她自己是看不见的。星君放心，今后若非性命攸关，天衢与令徒……"他迟滞了一下，终于还是说出了口，"不会再有任何牵扯。"

天衢敛裾起身，再向赵不平致了一礼，转身向宝蟠宫外走去，竟不回头。

赵不平与孟极对望了一眼，齐齐默然。

孟极轻轻跃上床榻，缩成一个小毛团，暖烘烘地蹭到春花颈边，伸出舌头舔了舔她脸颊。

春花的眉头倏然紧蹙，睡得极不安稳，梦中，似有梦魇追赶。

## 章七·海裔各天

春花晋位星君的那一日，九天玄钟长鸣了三声，仙鹤吟诵，紫霞蒸蔚，万里黄花绽放。

登仙不足千岁，便能晋位星君，这样的事从前从未有过。便是遥远北极仙岛上的白熊仙翁也传了仙诀过来打听，这位最年轻的星君究竟是何方神圣。

天衢上尊刚颁下严令，不论什么喜事，严禁大操大办。再加上事出突然，福、禄、寿、喜几个老神仙没有准备，便临时凑了点茶酒瓜果，在宝蟠宫摆了个小席面，聊作庆贺。

最开心的当数财帛星君赵不平。他本以为这个偏科严重的小徒弟至少还要修个五百年，才能上得了台面，没想到好日子就在眼前。

春花自己倒是颇为淡定。自从上回真元受损，也不知是吃错了什么药，她破天荒地将全部精力投入在打坐修行上，整个人沉静稳重了不少，夸她一句"宠辱不惊"，也不过分。

赵不平酒量比脚脖子还浅，一杯上头，便脸红脖子粗地掏出财星法印："为师可算是熬出头啦！小春花，你今日接下这劳什子法印，这财帛星君的破差事可就跟我老赵再没关系啦！为师我，终于可以专心编我的《凡间好物大全》啦！

"我八百年前在破庙门口捡的快饿死的小丫头，竟然晋位星君了！哈哈哈，天界谁不说我老赵会收徒弟！"

春花抚着额，简直没眼看。老神仙们见他闹腾，只好哄着他先去歇息。其后，众人再贺过春花晋位，便也纷纷散了。没过多久，守宫的貔貅来报，北辰圣君前来向春花星君道喜。北辰家大业大，惯不空手，这回捎来个万宝乾坤袋，还有一株问灵仙草给春花做贺礼。

春花两眼放光，立刻欢欢喜喜地收下了。

万宝乾坤袋虽费时费力，倒不算稀罕，但问灵仙草是稳固灵根真元的顶级仙药，万年来只现世过三株，也不知他从哪个世外仙山又刨了一株出来。又听说北辰刚从东海返回，春花便追问起小魇龙的情况。北辰喝了口茶，缓缓说出两个消息。一是甘华公主与南海二太子的大婚就定在下月十二日，届时东海水君将同时宣布，立甘华公主为后继之君。再过不久，东海便会有一位女水君了。二是海龙族作乱造反，集结了一万族人起事。东海水君已命甘华公主整顿水军，前往平叛。

海龙族与飞龙族的旧怨可以说上三天三夜，伺机作乱也不是一两次了，这回打着的旗号，正是要夺回魇龙。

东海水君家的这些破事，就没个消停的时候。

春花不解道："魇龙既是海龙族血脉，放他回海龙族，不是合情合理吗？"

北辰看她一眼："魇龙确有吞天噬海之力，上古诸仙陨落，多半都是遭魇龙吞噬而亡。魇龙尚未绝迹之时，都是由东海王族以锁龙之困阵监管。海龙族这上万年来野心勃勃，若得了魇龙，也不会把他当作普通幼兽悉心抚养，而会借助魇龙之力，大张旗鼓地谋取水君之位。"

春花撇了撇嘴："现在那位水君，差事干得很是差劲。若我手底下有这么个掌柜，早被解雇一百回了。"

北辰叹了一声："如今天庭并未捉着东海水君什么大的错处。责一人易，安民心难，倘若东海因权位之争大乱，只恐生灵涂炭。"

春花知道他所言有理，但仍觉愤愤："那小魇龙，我总觉得在哪里见过他，十分亲切，却又想不起来。"

北辰犹豫了一下，还是提醒了她："春花，那小魇龙与你确有些渊源。"

北辰于是将白海龙、绿海龙如何肩负繁衍魇龙之责，如何托了长孙石渠借腹生子，那小魇龙出世之时又是如何吞下了安乐壶中散落的财宝，使汴陵城免于一场危难，重说与她听。

春花这才恍然大悟："难怪他唤我'姑姑'。"

她叹了一声，越想越不是滋味。

"那孩子已经没了父母。族人当他是件神兵利器，东海水君当他是宝矿金山，根本没人真的在乎他。不论留在龙宫，还是落入海龙族手中，他都不会有什么好下场。他既唤我一声'姑姑'，我难道不能去东海讨他一回？"

北辰大惊："东海战火已起，你此刻去，只是添乱。我这次去东海巡视战事，水君已亲口承诺，将善待小魇龙，上次那样的欺辱，不会再发生了。至于他的去留，待东海之战平息，天衢上尊将会亲自裁决。"

春花还想说什么，北辰尤为郑重地看了她一眼："你万不可莽撞。我已托了火德星君，炼制一样既能锁住魔龙异能，又不妨碍他自由来去的灵锁。只是这灵锁非一日之功，还要等上些时日。待灵锁一成，给那小魔龙戴上，东海便再没了监禁他的理由。"

春花一愣。这倒的确是个两全的法子。

她不禁有些刮目相待："北辰，你从前可不会这样操心。"

司掌日月更替固然重要，却是个最中规中矩、按部就班的差事。从前的北辰圣君逍遥避世，最不通俗务。当初为了甘华的孽缘，东海水君把他缠得简直无计可施。

北辰笑道："大约是受了你的影响。"

凡人多苦。神仙看似逍遥，翻手为云，覆手为雨，却有多少生灵的悲欢都系于其一念抉择。他下凡一遭，忽然多了许多想做的事情，也多了许多想守护的人。

"我吗？"春花疑惑地思索了一会儿，恍然大悟，"你指的是长孙春花。"

北辰怔住了。

她似乎理所当然地觉得，长孙春花和自己，本是两个人。

他不禁陷入惘然，若有所思。

春花端详他一眼，又垂下眸子，状若随意地问："还有件事，我一直想不明白。你可愿据实以告？"

北辰回过神，笑道："你我之间，有什么不能说？"

春花点了点头，半晌，蓦地抬头盯住他，唇边噙着一抹笑："你和天衢上尊，究竟瞒了我什么事？"


她只是下凡历了个劫，并没有把脑子落在凡间。这一溜老神仙，从天衢、北辰，到福、禄、寿、喜，再到她师父和孟极，合起伙来瞒了她一件大事，欺负她看不出来吗？天衢与北辰出回澜池，她却被赵不平支去东海。东海水君和宝蟠宫交情很好吗？

甘华说自己也服了"黄粱梦"，言下之意，那"黄粱梦"不仅对凡人有效，而且对仙人亦有什么说不得的功效。但若是什么有害修为的东西，甘华怎肯自己服下？

昊极仙山之中，天衢说，他依然钟情于她。然后不知怎的，她就晕过去了。她醒来之后，师父解释，是她此前修行不得法，伤了灵根，走火入魔之时恰好被天衢上尊搭救，这才转危为安。

这些日子以来，她照着从前修行的法子，反复检视真元灵脉，并未再出现什么走火入魔的迹象，倒是灵力进益一日千里，一不小心，还升了个星君。

而今日，北辰前来道贺，话头一起，就透着怪异。

方才，她终于想明白怪在哪里。哪有人送贺礼送双份的？还不是配齐的一对儿。那万宝乾坤袋像是北辰会送的东西，问灵仙草，却不是他的风格。请火德星君为小魔龙打造灵锁这样周全得体又不惹众议的法子，更不是北辰能想出来的。

春花深吸了一口气，目光灼灼地逼视着北辰："是谁送的问灵仙草？是谁请火德星君打造的灵锁？是谁去东海要水君承诺善待那孩子？

"那'黄粱梦'，究竟让我失去了什么？"

北辰哑口无言。

春花再叹："你瞒不过我，也拗不过我，不要做无谓的挣扎，快说！"


东海。

浮云蔽颓阳，洪波振大壑。[1] 天衢上尊与东海水君双双站在龙晶仙岛之上，飓风吹得袍袖猎猎。此处为守卫东海龙宫的最后一道防线，甘华公主已率领主力前往七百里外与海龙族正面交战。

"水君，与海龙族之争，还是以议和为先。"天衢顿了顿，向九天拱手，"长生天帝亦是这个意思。"

水君眼珠骨碌碌一转："上尊，并非本君不肯议和，实在是那海龙族欺人太甚！向这等乱臣贼子示弱，哪有尽头？今日他们得了寸，明日便要进尺！"

天衢倏然看向他，目光转厉。

水君舌头打了个结，吞吐道："上尊法力无边，若能如当日对阵化蛇、穷奇般，助本君镇平海龙族叛乱，何愁不能还东海安宁？"

天衢听得冷笑了一声："化蛇、穷奇为害苍生，乃是公敌。但海龙、飞龙两族数万年前本是一家，却因权位之争结怨，其后多少流血战事，都是怨上加怨。水君，本是同根生，相煎何太急？水君若无化解积怨的心胸魄力，天庭亦会考虑另择贤明。"

水君听他把话说得如此重，不由得着慌起来。

"这个……议和也不是不可以。从前他们打过来，各种巧立名目，都是索要一些财宝，大不了……这回多给他们些好处……"

天衢沉声打断他："水君莫要装糊涂。不只是海龙族，其他东海水族近年来

---

1　出自唐代李白的《古风五十九首》。

都对水君的作为颇有不满。此次甘华公主与南海二太子联姻，难道不是为了联合南海龙族，弹压东海内的异声吗？"

水君登时一哽。

"那依上尊之意，当如何处置？"

天衢尚未回答，一道惊雷骤然划破了长空。顷刻之间，乌沉沉的低云压满天际，波涛与天光瞬间晦暗，凝合成诡异的墨蓝色。无数电光蓦地穿透乌云，升腾的飓风卷着旋涡怒袭而来。一股不祥的预感同时在天衢和水君的心中升起，便是在这时，一个满身浴血的东海将士从云端栽落，直坠到天衢面前。

水君大惊失色，一个箭步冲上去，将那将士抱起来："乌将军！"

大脑袋的乌将军八只触手断了七只，颤声道："水君！我军大败，甘华公主……身受重伤，被海龙族生擒！"

水君难以置信地大呼："怎会如此？海龙族那几个后生，哪一个是我女儿甘华的对手？"

乌将军吐出一口黑血，半晌才断断续续道："海龙族联合了……"

"谁？"

"北山穷奇！"

## 章八·霜纨夺色

这一战，飞龙族折损近半，除了甘华公主，还有几员大将遭擒。海龙族与飞龙族交战多年，虽然视彼此为仇雠，但两边始终还是把两族之争看作龙族内部的争斗。谁能想到，海龙族军中竟然潜藏着一头上古凶兽呢？

甘华被反剪着双手，头朝下浸在水牢中，胸腹之间，两个血洞汩汩地淌着血，那是穷奇的利齿留下的痕迹。一只黄海龙拽着头发把她的头从水中拎出来，她在模糊中看见两个她恨不能生啖其血肉的人影：一个是海龙族的老族长蠡瑚；另一个，则是重新恢复了女身的穷奇。

穷奇着一身红衣，眉目刚肃，做男子时俊美柔媚，做女子时则显得格外英气，是个宜男宜女的长相。

"甘华公主，你也有落在我手上的时候。"

甘华面色苍白，眉睫尽湿，双目却仍盛满了桀骜："无耻小人！有种咱们单打独斗，大战三百回合！你藏身在海龙军中偷袭，算什么本事？"

穷奇语带讥诮："兵不厌诈！我从前就是太老实，才总是被你们踩在脚下！若不是用了这计谋，怎能生擒法力高强的甘华公主？"

甘华圆睁着双目，眼里几乎滴出血来："我只恨在凡间的时候，没能绝了你的灵根。"

穷奇睨视着她，勾一勾唇："甘华公主，咱们明人不说暗话，你在凡间动的手脚，难道还少吗？你不是不想，只是不能。那陈葛不过是个凡胎，杀了也只能助我重归灵体罢了。"

甘华奋起浑身之力要往穷奇身上撞去，却被那黄海龙攥着头发扯回来，胸腹的伤口和发丝裂断的痛楚同时涌上来，她死也不肯痛呼出声。

"你们要杀要剐，何不给个痛快！"

穷奇哼了一声："我们怎么会杀你呢？公主，你可是东海未来的水君，与南海水族的联姻更是两族联合的象征。你对于飞龙族的意义，就如那小魔龙对于海龙族的意义，且还有大用呢！"

甘华怔了一下。

这是第二次有人说她和小魔龙相像了，而她，竟无法反驳。

"你那老父亲，很快便会巴巴儿地派人上门来求和了。"

甘华回过神来，几乎把一口银牙咬碎："你做梦！天衢上尊已到东海，你逃不过天界法网！"

蠹瑚一惊，拉了穷奇一把："穷奇，海龙族只想夺回水君之位，并不想和天庭作对！"

穷奇冷笑了三声："咱们有人质在手，怕他作甚？天庭难道不管甘华公主的死活？"

"飞龙族最是狡诈。万一咱们条件都谈拢了，他们又反悔了怎么办？"

穷奇沉默了一瞬："我自有计较。"

她挥了挥手："给我割了这臭娘儿们的头发，送到飞龙族去！"


龙晶仙岛，东海水君得了消息，哭成个老泪人："上尊，求您千万想个法子，救一救我女儿甘华！"

天衢望着报信人手里捧着的一束乌发："你再将穷奇提的三个条件说一遍。"

报信人声音发颤地重复：

"一、释放化蛇，且天界承诺，永不再为难穷奇、化蛇两头凶兽；

"二、将魔龙归还海龙族；

"三、东海水君退位让贤，由海龙族择贤而立。"

天衢沉默了一阵："可有的谈吗？"

报信人擦一擦额头的大汗："穷奇说，三个条件，缺一不可。"

天衢扫视了东海水君一眼，道："你去军前报一声，请穷奇与蠹瑚老族长在两军阵中相见，本尊与东海水君同往。"

那报信之人唯唯诺诺地去了。

天衢思忖片刻，捏了个仙诀，召北辰立刻前来东海商议。

水君苦着脸道："上尊，本君知道，那三个条件太过猖狂，天庭绝不可能答应。但穷奇这孽障野性难驯，万一怠慢了她，真害了甘华性命，如何是好啊？"

天衢叹了口气："海龙族意在魇龙，且族人众多，倒不难应付。只是不知他们如何与穷奇串通，最终打的是什么主意。甘华在他们手中，终究投鼠忌器。水君，待北辰一到，由他在后方整军，你我见了穷奇，伺机应变，甘华或有生机。"

水君茫然无措，却也没有更好的办法了。

不久，那报信之人回来，却是面现难色："上尊，穷奇不肯与您面谈议和。"

天衢一怔："为何？"

"穷奇言道，飞龙族诡诈，天界诸神虚伪。四海八荒之中，她只信得过一个人。要议和，她只和那个人谈。"

水君抢着问："她要和谁谈？"

报信人咳了一声："财神春花。"


春花扯着北辰的袖子，从云头上落下来。一落地就听见自己的名字，她恍了恍神，险些扭到脚，还没反应过来，斜方一个紫胡子水君冲过来，挡在面前："这真是说曹操曹操到！春花星君救命啊！"

春花打量他一瞬，心头大感不妙，扭头就往云上蹦："看来我来得不巧……"

水君一把把她拽下来："春花星君，我女儿甘华的性命，都仰仗您了！"

北辰也是一脸蒙，将目光投向天衢，却见那一位神色更是不悦，皱着眉瞪他："你带她来做什么？"

北辰苦笑："你传来仙诀之时，她恰好在一旁，非要跟来。换了是你，拗得过吗？"

天衢一愣，竟没有话说，迟疑了片刻，只得将穷奇的要求同二人说了一遍。

春花听罢，拔腿又要走。

水君死命扯住她衣袖，攥在手心："春花星君救命！"

春花杏眼圆睁："我不去！"

春花踢一脚北辰："北辰，我有没有跟你说过，再管东海这摊子破事，我就是个棒槌？"

北辰："你确实说过。"

她冲着水君的耳朵眼嚷："水君老头儿，你看我长得像个棒槌吗？"

天衢又是好笑，又是无奈，终于大发善心，从水君手中抢出春花的衣袖，把她护在身后。

"水君，财神司掌人间财富，你东海水族的争端，确非她职责所在。何况她战力稀松……"天衢余光瞥见她因这评价小小地瞪了他一眼，"到了穷奇面前，恐怕反为掣肘。"

水君混浊的老眼在天衢和春花之间绕了两圈："上尊不肯让春花星君涉险，莫非因为在凡间与她有过私情？"

春花愣了一瞬，撸着袖子便往前冲："我战力是稀松，打你还是够用！"

北辰慌忙拦住她，喝道："水君，春花为何不愿管甘华的事，旁人不知，你心里没数吗？"

水君一哽，瞬间竟说不出话来。

天衢面色微沉："此事不必再议。水君，请你遣人回报穷奇，若要议和，只能和本尊谈。"

水君木然良久，默默滴下两滴老泪，蓦地向春花拜倒："春花星君，确实是东海对不住您。"

他双手长揖过头顶，转向天衢："上尊，有一事欺瞒已久，老朽心中不安，今日正可一吐为快。"

天衢、北辰与春花三人俱是一愣，便听那水君颤声道："当日北辰圣君与春花星君的私情，纯属子虚乌有，乃是我那糊涂女儿甘华一手陷害。究其缘由，还是甘华与凡人萧淳相恋，触犯天条。"

他将当日的情由细细说来，分缕不遗。天衢初时面上只是寻常，听着听着，眸色渐转严厉，看向北辰与春花，但见那两人一个抓耳，另一个挠腮，纷纷看向一旁。

静默了一瞬，天衢慢慢道："本尊记得，春花星君当时说，北辰仙君丰神俊朗、芝兰玉树，你心中恋慕已久？"

"……"

"还说，北辰仙君也觉得你是聪明伶俐、貌美如花……"

春花剧烈地咳起来："上尊您记性真好……"

天衢又转向北辰："下凡之前，师弟曾言，对春花之情，不知所起，察觉之日，便已情深。"

春花听得一愣。这话北辰何时说的，她怎么没听过？她看向北辰，他却微微扭脸避开，不与她目光相对。

"北辰愧对师尊与师兄教诲。"

水君说这一番话，却不是为了让他们脚趾抠地的。

他瞪着这算旧账的三人，急道："春花星君！你怨恨东海，也是情有可原。

但此次议和不仅关系甘华的性命，还关系着东海千万生灵，乃至沿岸无数百姓的安定！大局为重，求春花星君不看僧面看佛面，搭救东海这一次吧！"他顿了顿，又急急补充，"老朽包庇子女，欺瞒天界，昏聩无德，待此间事了，甘愿辞去水君一职，由天庭论罪处罚。若能让春花星君解气，但凭处置，老朽绝无二话！"

春花沉默了。

她当然看得出来，水君说这一席话，都是为了救自己的女儿，和千万生灵一根毛的关系都没有。但这只恋栈权位、自私又小家子气的老龙，竟真的肯为了甘华放弃水君之位，不免令人意外。她在心里叹了一声，知道自己那吃软不吃硬的毛病又犯了。良久，春花低垂着脑袋，烦不胜烦地问："上尊，那凶兽穷奇，为何指名要我去议和？"

当初封印化蛇之时，她远远地见过穷奇一次，只记得是头红得像火的大凶兽，别的就不晓得了。

北辰默默地叹了口气："春花，其实你与穷奇，也有些渊源。"

于是将穷奇如何被收入锁灵囊中，因七七四十九日未到，便跟着天衢一起落入了往生池，转世投胎成了个二五子陈葛，又详述了一遍。

"你在凡间离世之后，他便也不知所终了。我与谈……与天衢一度都以为他是杀害你的凶手，四处缉查，却从未再见过他。"

春花这还是头回听说凡间自己死后的事，不由得看了天衢一眼，但见他低垂着眉目，神色不动。

春花苦笑了一声："如此说来，现下这个情境，我也有几分责任。"

北辰一怔，还未开口，已听天衢沉声道："你莫要什么都揽上身。财神掌天下民生，职责亦是举足轻重。你做好自己的本分工作即可，无须冒他人之风险。"

春花低着头，盯着自己的鞋尖："也不是这么说。其实我今日来，本就是想看看，能不能帮上点忙。只是没想到，竟砸下来这么个大责任。不过，事关千万生灵嘛……"

她慢慢抬起头，小心地望着天衢："若对方确实是头陌生的凶兽，我就不掺和了。但……既然是阿葛，我想，还是有些办法的。"

天衢仍是不语。

她偏着头，不知怎的，竟读懂了他眸中的担忧，下意识讨好地一笑："你要是还不放心，要不就把那个桃僵镯拿出来，再给我套一回？"

"……"

天衢面上无波，心中却是五味杂陈，沉吟了许久，终于叹了口气："也罢。水君，就由你、我与春花星君三人一同前去吧。"

## 章九 · 凡骨空影

甘华从震耳欲聋的吵嚷中醒来，脑中仍是一片迷蒙。或许是人形在水中浸泡得久了，整个人都是昏沉而肿胀的，她不由得想起自己还是一只小龙的时候，未化人形，未习法力，也还未将整个东海的责任背负在肩上。

她最喜欢一头扎进百飓仙岛底下的海沟，往深处游，一直游到看不见日光的地方。深海里幽静的黑蓝与夜空其实是一样的，弥漫着点点浅淡的磷光，仿佛瀚宇中的星辰。

那是孤独而宁静的自由。

她睁开眼睛，负责看管她的那只黄海龙将丑陋的大眼睛正对着她，眼里闪着嘲讽和耻笑。

"甘华公主。"他咯咯地笑了一声，"哦，不对，你已经不是什么公主了。"

甘华一愣："你说什么？"

黄海龙又扯起她那被剪得参差不齐的发尾，强迫她将耳朵向着营外。

"刚才飞龙族军中传了消息过来，你父君向天庭告发了你，说你与凡人相恋，触犯了天条。天庭的那个什么上尊大为震怒，已经免去了你的仙职。你父君为了保住水君之位，只好把你逐出了飞龙族。嘿嘿，如今你已是个有罪的谪仙、飞龙族的弃子，再不是什么公主了。"他停了一下，又道，"哦，对了，听说南海二太子一收到消息，就送了退婚的文书过来。啧啧，你们这些君王贵胄，真是翻脸无情啊！"

甘华呆住了，许久才找回自己的声音。

"不可能，父君不会这么对我。"她嘴唇雪白，颤抖得如同一片风中的落叶，"我是……东海的骄傲，是三千年来唯一一个拜入师尊门下的龙族！父君说过，'东海若无甘华，就如长夜漫漫，望不见晓星'！"

黄海龙大笑起来："那可不巧，今儿你这颗晓星，恐怕得陨落了。看这架势，飞龙族把你换回去也派不上什么用场，倒不如提点别的条件。啊，蠡瑚族长和穷奇大仙正在两军阵中同飞龙族和天界谈判呢！我听说，他们推了一位议和的使节，好像叫什么迎春、报春的……"

甘华遽然一震："是财神春花？"

"啊，没错，就是她。"

心口瞬间一片冰冷，甘华苦笑了起来。

财神春花或许忘了凡情，却不会忘记自己对她做过的一切，挟怨报复，也是常情。命运兜转，这是报应，还是孽缘？自己的命运，又落在了那个女人手上。

海龙族以排水之术，在两军之间开出一个巨大的水龙漩涡，露出海底的一片珊瑚贝林。两军议和的水帐，就设在这珊瑚林之内。春花站在水帐之外，透过凝胶一般的帐壁，隐约望见里面一个红衣的身影。

她深吸了一口气，对身后的水君低声道："水君，我再说一遍，你要是绷不住拆了我的台，我可拔腿就走，再不管你们东海这档子烂事了。"

水君唯唯诺诺地点头，擦了把额头的汗。

这时，水帐自动分开，裂出一道门。

天衢看了一眼春花："无论出现什么变数，跟着我。万不可轻举妄动。"

春花点点头，三人互视一眼，齐齐踏入了水帐之中。

穷奇大马金刀地斜靠在一座红色晶石打造的拱座内，肩扛一把牙刃，一脚踩在座上，神情似笑非笑地注视着进来的三人。

"老飞龙，好久不见。"

她又向天衢点点头："天衢上尊，我劝你不要轻举妄动。水帐之中设了禁制，固然困不住你，但困住这两个废柴还是问题不大的。既是议和，大家还是拿出点诚意，不要背地里偷鸡摸狗。"

蠡瑚族长坐在一侧，偷眼觑了一下天衢的脸色，小声道："是啊，海龙族本不想与天界作对，只是想讨回本属于自己的东西罢了。"

天衢的目光在他两人身上淡淡掠过，轻哼了一声，撩衣坐下。

春花与水君便跟着在他两侧坐下。水君神情慌乱，坐立不安，春花倒是泰然自若，只是一直垂着眸子，不看对面，全然一副心不在焉，只是被迫来走个过场的样子。

天衢一展袍袖："我等应邀到此，亦是带着一片诚意，唯愿东海能够止戈平争，水族安居乐业。"

"蠡瑚老族长。"他目光朝蠡瑚一慑，蠡瑚顿时低头不敢迎视。

"看您这意思，海龙族是尽归穷奇麾下了，您的条件也不必提，就都由穷奇代言了吧。"

蠡瑚一怔，张了张嘴，待要分辩，便听穷奇冷笑着打断。

"天衢，我与蠡瑚老族长若是分开，都是势孤力弱，天界和海龙族，哪个会把我们放在眼里？"她目光淡淡掠过蠡瑚，"只有联合，我们才有谈判的筹码。我和蠡瑚老族长早已坚定了决心，我们的条件，缺一不可。你若打着各个击破的主意，那可是白费心机了。"

这话成功地安抚住了蠡瑚。果然，他神情中浮现对过往的不甘与遗憾，重重地往玄武岩案上一拍："不错！穷奇的意思就是我的意思。我的意思，也是穷奇的意思。天衢上尊，咱们议和便议和，挑拨离间的话，就不要说了。否则，重回战场上杀一场，岂不更是痛快！"

天衢默了一会儿，知道他们二人来此之前早已防着这招。看来要行那二桃杀三士的策略，怕是不通了。

"那就闲话少提，说说你们的条件吧。"

穷奇哈哈一笑："三个条件，我不是早就告知你了吗？"

天衢摇摇头——

"那三个条件，太过苛刻，天界绝无可能接受。第一，化蛇与你，天命均属洪泽水兽，若是长期相聚，不仅东海沿岸，整个人间大陆都将化为泽国。若是轻纵了化蛇，让你们长相厮守，天界如何向亿万凡间生灵交代？

"第二，魇龙虽为海龙血脉，但身怀上古大能，海龙族若能掌控，则上古时便不会有那样多的仙尊陨落于魇龙之口了。海龙族一心争权夺利，真得了魇龙，东海将再无安宁。

"第三，东海水君固然有错，但天界自有惩处。即便水君退位，自当由天界会同东海水族同力推选一位新君，怎可由海龙族择定？"

他神色平静地摊开手。

"故此那三个条件，我们一个也不能答应。"

穷奇与蠡瑚都没想到，天衢竟半点都不让步，对视了一眼，一时静默。

半晌，穷奇噌地立起来，冷笑着道："说什么带着诚意来，我看是半点诚意也无。蠡瑚，我们何必来此虚耗时光！"

蠡瑚愣怔着应了一声，目光下意识落在春花身上，不由得一拍岩案："春花星君，早听说你口才了得、精明强干，怎么来了一声也不吭？"

他恍然生疑，指着天衢怒道："上尊，你该不会弄了个假的来糊弄我们吧？"

穷奇眸中极快地闪过了什么，咬牙道："蠡瑚，他们根本不是来议和的！咱们还是回去，把那几个飞龙族将领并甘华公主都一刀杀了，再一起攻上龙晶仙岛吧！"

言罢，她也不去看春花，一把拖住蠡瑚，就往水帐外走。刚踏出两步，一道清冽的声音陡然响起，如同初春的溪水，浇融了这剑拔弩张的对局。

"且慢。"春花抬起头，缓缓地转过来，盯着穷奇的侧脸，"阿葛，我还没说话，你怎么就着急走？"

穷奇定住了。记忆中的长孙春花，倘若她愿意，随时随地便能一句话吸引所有人的注意力。财神春花也是一样。穷奇因着她的称呼，轻微地震了一下，而后回过头去。自春花进来以后，这是两人第一次正面对视。

"我不是陈葛，不再是了。"

春花挑眉："我喜欢叫你'阿葛'，这样亲切。"

是她，还是那么不要脸。

穷奇确信这不是个假的财神春花。

她沉默了一会儿："不要叫我'阿葛'。"

春花神情凝了一下，倏然一笑："好，不叫你'阿葛'。"

她向呆愣的蠡瑚老族长挤挤眼："老族长，快把这位脾气不好的穷奇大人领回去坐下吧。咱们这才进入正题呢。"

伸手不打笑脸人，天界神祇向来高高在上、沉默冰冷，蠡瑚还从未见过这样友善可亲的小星君，不由得心生几分好感。他暗暗扯了扯穷奇的衣袍。穷奇瞪了他一眼，回身又坐下，冷冷望着春花："我倒要看看，你能说出些什么不一样的话。"

春花一手轻松地放在案上，另一手支颐，笑嘻嘻道："阿葛，你穿红衣真好看。"

穷奇眸中有怒火闪现。

"你做女子比做男子时更好看，难怪我那时就在心里把你当姐妹。"

穷奇的暴脾气再也按捺不住了，霍然又站起来。

"两军对垒，流血漂橹，你在这儿放什么狗屁呢？"

蠡瑚老族长惊得面无人色，直愣愣瞪着这专摸老虎屁股的小姑娘。

穷奇一拳捶在岩案上，坚实的玄武岩登时裂开一条大缝。

"少废话，给老子说正事！就那三个条件，你们是答应还是不答应？不答应就滚蛋！"

水帐之中，顿时陷入了尴尬的静谧。

天衢仿若未闻，只安静地低头思忖着什么。东海水君急得如热锅上的蚂蚁，小声道："啊呀呀，不是说好了不叫她'阿葛'吗？"

春花漫不经心地扫了水君一眼，目光仍落在穷奇目眦尽裂的神态上。

她蓦然收起笑意，叹了一声。

"阿葛，这漫天要价的习惯，你还是改不过来。"

春花慢慢放下双臂，脊背后靠在椅背上，目光炯炯地望着穷奇的双眸。

"我是教过你，开价要比底价高，才能给自己留出退让的空间。但一上来就漫天要价，会打击对方的诚意，也降低了自己在行市中的口碑信誉。所以说初次报价，定要有惠而非最惠。这些你都忘了吗？

"你若真能随时从谈判桌上抽身走人，就不会执意要我出面了。真如你所说，你们杀了甘华与几位将领，挥军直上龙宫，不痛快吗？那位甘华公主与我旧怨不少，我可是乐见其成的。至于飞龙族嘛，这水君虽然做人不地道，身子倒很硬朗，再生几个不是问题，假以时日，总能再出个东海骄傲。"

水君面上青一块白一块，但想起之前的承诺，也只能苦笑沉默，由着她信口胡说。

"可是，然后呢？即便你们真能打败飞龙族，拿下龙宫，你与化蛇，不过是继续过着躲避天界追捕的日子，海龙族能庇护你们吗？他们坐了东海的君位，自己的破事尚且不知道如何捋顺呢。"

"阿葛，没有退路的不是天界，不是飞龙族，不是海龙族。我们这一次谈不拢，下一次还可接着谈。可你，未必再有机会了。你知道自己只有这一次平等谈判的机会，只有这一次，有可能拿到你真正想要的东西，所以一定要见到我。你只相信我，亦知道有我在，谈成的机会才能大一些，对吗？

"你之所以指名让我来，就是因为想赌一赌，我会不会有一点站在你这边的意思，对吗？"

穷奇愕然，嘴唇动了动，似要反驳，却又无力反驳。

良久，她沉沉道："三千世界，吾独一身。没有人会真正站在我这一边。"春花温柔地凝视着她："阿葛，这世上没有一个人是彻底孤单的。现在就告诉你，我就站在你这边。"

穷奇剧烈一震，不禁深深望进她的双眸，想努力辨认，她说的究竟是真话还是谎言。

春花直起了身子，向穷奇倾身过去，毫不躲避她的凝视。

"春花在此起誓，阿葛心中最在乎、最无法释怀的那件事，只要不危害众生，春花便是拼了性命，也会为你争到。"

她说完这一席话，终于长长地呼出一口气："好了，阿葛，现在把你的底牌拿出来吧。"


## 章十·壶沉琥珀

穷奇沉默地望着她，眼眸中有星微水光一闪："春花，你是最会说漂亮话的。我险些要以为，你并没有饮下'黄粱梦'，也未曾忘情。"

天衢一震，陡然转头去看春花。

而她竟然毫不意外，神色未变，只淡淡一笑："阿葛，情与理，倒也没有那么泾渭分明。我不与你叙旧情，只同你讲道理。"

穷奇端详她，似乎想分辨出"黄粱梦"留下的确凿痕迹。

良久，她喟叹一声："听你这么说，我就放心了。只是……还不够。"

她缓缓坐下，眼眸却亮了起来，如黑夜里乍起的荧惑。

"我的底牌，不是你想看就能看的。"

春花也不意外："那你要如何？"

荧惑一闪——

"倘若我亮了底牌，你们不同意，我与蠡瑚立刻回转大营，先杀甘华，再调集兵马，强攻龙晶仙岛。"

"若我们同意呢？"

"若天界答应，那我和蠡瑚，要和你——财神春花，订下血契。今后不论是天界、我或海龙族，但有违契，不仅血肉无存，魂魄亦要灰飞烟灭。"

春花还未说话，天衢已厉声大喝："不行！"

他剑眉攒峰，面含冷怒："即便是要订血契，也该本尊来订。她一个小小财神，如何做得了天庭的主？"

话说得这么直白，未免伤感情了。春花轻咳了一声，终究还是识时务地应和："那个……天衢上尊说得是呀。"

穷奇将牙刃往身后一背，一脚踩在椅上，直指向春花："我只信她。"

蠡瑚也十分意外，低声道："穷奇！你和一个小星君立血契，万一天庭弃车保帅，我们……"

穷奇漫不经心地咧开嘴角。

"首先，她……"穷奇的手指一移，"对咱们这位天衢上尊来说，不是一枚能弃的棋子。反而他自己订了血契，难保不会有弃车保帅之举。"

"更重要的是，"穷奇的手指移回春花鼻尖，"这个女人，比万年的猴子还精，绝不会不分青红皂白地把自己垫进来。她肯订下血契，我才能相信，天庭确有履约的诚意。"

她睨视着春花，轻轻哼了一声："这是你教我的，忘了吗？只和自己信任的人做生意。"

天衢只觉怒气按捺不住地向上腾。

"穷奇，你未免太过张狂！本尊……"

"我答应。"

天衢话还未说完，春花已经简单明快地合掌，话音掷地有声。他的怒气拐了个弯，一头撞在身边这不知天高地厚的女子身上："你胡说什么？"

来之前她答应过，若有变数，绝不轻举妄动。现在这算什么？

穷奇委实怔了怔："你……答应得未免也太快了。"

春花叹了口气："阿葛，你这样谨慎，可见你那底牌对天界极为有利。你不担心他们不答应，只是担心他们翻脸不认罢了。"

"横竖还有退路，大不了掀桌子回去打嘛。你且说来听听，若真能谈拢，我与你订血契便是。"她摆摆手，丝毫不避讳地将自己的打算说给对方听。

天衢还要说什么，她一手轻按他手背："上尊，阿葛信我，我信你。你能订的血契，我便能订。"

天衢一怔，垂眸去看两人肌肤相触之处。春花也察觉自己的僭越，连忙干笑了一声，老鼠蹿洞般把手缩了回来。

水帐中骤然鸦雀无声。

穷奇倚回座中，一时竟然无语。

在凡间，无论是生意场，还是双陆局，陈葛总是输给长孙春花，初时是不服气的，觉得她全凭口舌与诡诈，后来跟得她久了，多少明白了些，眼辨机要，心怀至诚，舍得利害，阳谋则无敌，余下所有，不过话语机锋罢了。

她目光灼灼地望着春花，只觉心底一点一点温热起来。

忘情者固然忘情，却不会丢失自己。对她有情者，亦不会忘记曾经的点滴。

"春花……"穷奇的指尖在玄武岩案上轻轻画了一个圈，手指陡然一叩，"我的底牌，就是'黄粱梦'。"

她放下牙刃，从怀中掏出一个小瓶，浑身散发的戾气瞬间卸去了一半，偏于邪媚的容颜瞬间明艳起来。

"我与化蛇，都诞生于数万年前那场洪荒大潮之中。生来无亲无朋，不识真情。同在天涯沦落，所能相依者，唯有彼此。天道既生我等，却又令我们不得相爱，相聚则凡间洪泽千里，黎民遭殃。春花，你说，这天道，对我们公平吗？"

春花默了会儿，反倒是天衢沉声回道："世间从来不公，所以才有天界诸神，从芜杂尘世中抢出些许公平。你们要情，黎民要活，哪个更该得公平？"

穷奇却没有反驳。

她眼睫轻垂，闪了几下，才轻声道："你这话，我从前是听不进去的。到人间走了一遭，竟然有些明白。"

凡人无能无用，庸庸碌碌，却活得有意思。从前的穷奇，视凡人如蝼蚁，但如今那些蝼蚁之中，亦有她曾深深在乎的人。

穷奇叹了一声——

"那三个条件，我重提一次。

"其一，释放化蛇。天庭承诺，除非他出塔后再危害黎民，否则不可追究于他；其二，魔龙必须归还海龙族；其三，飞龙族水君之位，必须罢免。"

东海水君竖着耳朵，以为自己听错了。

"这三个条件，和之前的不是一模一样吗？"

穷奇轻蔑地看他一眼，继续道：

"作为交换，我与蠚瑚亦承诺三件事。

"其一，海龙族索求魇龙，只为自保，不再受飞龙族欺辱，故此得魇龙后，海龙族愿受天庭监管，承诺绝不以魇龙之力欺侮飞龙族，更不会对抗天庭；其二，飞龙族水君逊位之后，海龙族承诺绝不落井下石，两族以百颽仙岛为界，划岛而治，停战止戈。"

她停顿了一下，长长地吸了一口气。

"其三，我穷奇，甘愿饮下'黄粱梦'，忘情绝爱，剥去灵根，入凡间为人，与小蓝……"

她眸中水光微盈。

"与化蛇，死生不复相见。"

## 章十一·风露中宵

由财神春花与穷奇、海龙族族长订下血契，这件事情遭到了天庭许多仙人的强烈反对，其中便有北辰圣君、财帛星君、司命星君等多位神君。赞同的仙人亦有不少，毕竟，穷奇、化蛇作乱东海，自洪荒大潮起，一直未能彻底根除，而海龙族与飞龙族之世代内斗，亦令天庭头疼了许多年。倘若能一举解决这两道难题，又何惜区区一个财神春花呢？

长生天帝难得严肃庄重地亲临朝会，听取了神君们的意见之后，他终于察觉，还有两位迟迟未表态。一个是天衢上尊，还有一个，便是财神春花自己。

天帝慈祥地看向他二人："财神春花，事关你自身福祸，你如何看待？"

小神仙春花刚升了星君，这还是头一回和天帝正面打交道。她偷眼看了看天衢，天衢向她微微点头。于是她大胆问道："若我不愿意，天庭会强逼我吗？"

天帝一愣，这小姑娘，真是实在人说实在话。

"天庭非人间朝廷，若你确实不愿，朕担保，绝无人敢强迫于你。"他想了想，补充道，"你登仙日浅，或许不知血契的神圣。血契本就只能自愿缔结，便是古上天尊在此也强迫不得。小姑娘，这血契于你，实是千钧重担。你若不肯，也在情理之中。"

春花听得认真，心道：这位天帝，也是个实在人。

她又看了天衢一眼，而后清了清嗓子："我是个生意人……"

欸，好像不大对。

"喀喀，我曾经是个生意人，窃以为这世上没有做不成的买卖，只有不合适的条件。陛下，订下血契，是为解决东海之乱，还东海千万生灵一个太平世间，春花愿意承担。"

天帝愣住了，他没想到这小姑娘如此托大，不禁忧虑道："血契一旦订立，便是洪荒万代。倘有违契，过错一方身灵俱灭，绝无回旋的余地。倘若未来天庭有过错，虽错不在你，却仍由你一人承担后果。小姑娘，你可明白其中的凶险？"

　　春花点点头："我明白。但和平与信任何其难得，数万载机缘碰巧寄于我身，怎敢不尽力担当？"

　　漂亮话谁都能说，但这小姑娘，真知道自己在说什么吗？

　　天帝正迟疑，又听她继续说道："不过呢，我也不傻。"

　　"所以呢？"

　　"陛下，血契我可以订，但也请天庭答应我一个条件。"

　　天帝沉默了。

　　不知哪位神君怒喝了一声："大胆！竟敢和天庭谈条件？！"

　　春花也不怵，笑嘻嘻道："我年纪轻，没见过世面，虽然有几滴造福万民的热血，但也想好好活着。这……不冲突吧？"

　　天帝盯着她片刻，勾起唇角："赵不平收的好徒弟。"

　　赵不平在众仙里翻着白眼，恨不得把春花拎回宝蟠宫吊起来打一百鞭子。什么好徒弟，蠢徒弟才对！

　　天帝微微一笑："小姑娘，说说你的想法。"

　　春花点点头："陛下，订立血契，看似是纷争的终结，其实只是个开始。东海之乱，虽与穷奇、化蛇作乱有关，但根源还在海龙族与飞龙族连年征战，相互防备，一旦外敌入侵，自乱阵脚，只能向天庭求助。此次血契虽立，但时日一久，两边但遇天灾人祸，又会归责于对方，引致纷争再起。"

　　"呃……你既然看得如此明白，为何还肯订下血契？"

　　春花犹豫了一下。

　　这事，她其实早有想法，只是因订立血契这机缘，才敢拿出来与天帝商量。她下意识地觉得，只要天衢赞同，这想法便真正可行，她也才有勇气在天庭朝会上向天帝提出。她再度对上天衢的目光，但见他遥遥向她颔首微笑，眸中是淡淡的温柔和欣赏。脚下的实地倏然坚定可靠起来，春花深吸口气："请陛下允诺，在百飓仙岛开仙市，东海生灵都可自行来往，交易买卖。"

　　朝会之上，一时静谧无声。

　　天帝沉默良久，才幽幽开口："开仙市，便能止息东海纷争吗？"

　　春花向上首深深一拜，脆声道："海龙族与飞龙族的争端，看似无谓，根源在于不通。而市商之要义，就在于互通有无。通则有往来，往来则有了解，了解则生谅解，谅解能消弭仇恨。财富能作恶，亦可为善。财神司掌天下财帛，正该借财帛之力，导人向善，增进谅解，消弭仇恨。此亦是小仙孜孜以求之愿。

"陛下，我愿与海龙族、穷奇订下血契，也请陛下予我开仙市之权。"

天帝沉吟片刻，目光投向下首唯一一个还未开口说话的人。

"天衢上尊以为如何？"

天衢垂眸揖首："臣以为，可行。"

天帝的目光缓缓掠过天衢的面容，少顷，又落回春花身上，仿佛重新认识了她一回："……这真是，长江后浪推前浪啊！"

"财神春花，"天帝和煦微笑，"你所求之权，朕准了。朕代东海生灵，多谢你的担当。你就……

"放手去干吧。"


春冬移律吕，天地换星霜。[1]经一场大战，东海的烽烟在令人惊异的平静中悄然散去，海龙族与飞龙族各自挂上了休战牌。

三日后，由天衢上尊见证，穷奇、蠢瑚、春花三人，在百飓仙岛之上订下生死血契，万年不废。随后，穷奇履行诺言，自行剥去灵根，由财神春花陪同，前往往生池，下凡投胎成人。

往生池畔，白莲静放，雪苇生霜。穷奇着一身红衣，傲然立在其中，宛如雪地里的一朵红梅。剥去灵根后，她法力尽失，面色苍白，柔弱尽显，眸中的桀骜不驯却分毫未减。她举起手中的"黄粱梦"，正欲饮下，倏然想起什么，又停住了动作，转身看向身后的人。

"春花，此次一别，恐怕再无缘相见了。有些话，我想了很久，还是该对你说。"

春花点点头："阿葛，你说。"

穷奇回过身："在凡间的时候，你酒里的'黄粱梦'，不是我下的。陈葛虽然不懂事，但伤害长孙春花的事，是决计不会做的。"

春花微微动容："阿葛，我知道。"

穷奇唇边泛起淡淡笑意："在凡间的时候，我总是输给你，可至少这一回，我没有输。"

春花微微一怔，便听她继续道："我生于洪荒大潮之中，生来孤苦，并不知晓情为何物。小蓝与我'同病相怜'，他想称霸东海，想自由来去，他的梦想，便也成了我的梦想。我从未想过离开小蓝以后，该如何活着。如今想来，我执着于和他在一起，也只是害怕寂寞罢了。"

她轻轻叹了口气："天界越不允我们在一起，我就越想和他在一起。他被镇

---

1　出自唐代元稹的《咏廿四气诗·立春正月节》。

在金塔中万年，我日思夜想便是攻破东海，救他出来。但我们万年未见，我几乎忘记了他长什么样子了。所谓情爱，剩下的，只是一点不甘执念罢了。

"春花，我已经不爱小蓝了，而是爱上了人间。"

她眼含着一丝希冀，凶兽的戾气早消失得无影无踪。

"这世间，并非只有男女之情一味值得牵绊。入了红尘，我也会有亲人、有朋友，也许不再害怕寂寞，也许会遇到另一个真心相爱的人。人间，多有意思啊！我心中真正所求，只是做一个普通的凡人呀！"她从怀中掏出一个火红的光球，"这是我剥去灵根之前，留下的一个仙诀。待小蓝出塔之时，你替我交给他，告诉他，一切都是我心之所愿，不必迁怒他人。我与他，既不能相濡以沫，那就相忘于江湖吧。放下执念，也许能拥有更多。"

穷奇目光炯炯地望着春花，倏然前踏一步，伸手抱住了她。

"春花，你已忘了凡情，很快我也会忘。但你要记着，在我心中，你是家人。"

这是个简短的拥抱。穷奇说完，退后一步，一口饮尽了手中的"黄粱梦"。她纵声大笑，将瓶子掷于芦苇深处，翩然一跃，就跃入了晶莹的波光之中。


春花立在往生池畔，久久怅然。如雪的芦花飘起，拂过她愣怔的脸。

穷奇爱上了人间。

长孙春花应该也是爱人间的，只是忘记了爱的滋味。

她轻轻叹了口气。身后，微风轻轻吹拂她的脊背，有人低声唤她："春花。"

春花回过身来："上尊，我做得好吗？"

青色衣袂翩飞，天衢低垂着眸子，眉心舒展："你做得很好。"

春花微微一笑："我本来以为，你会反对我订立血契。"

"哦？"

"情爱会扰乱人的判断。你不是……喜欢我吗？"

倒也不必逮着他的肺管子一个劲儿地戳。

天衢深吸了口气："你这是记恨我没有告诉你，'黄粱梦'会令人忘情？"

春花咳了一声。

"罢了，你也不容易，原谅你了。"

天衢想，两人之间，道理好像总是站在她那边的。

春花垂首站在他面前，将手背在身后，用脚尖拨弄着地上的芦花，思考了很久，终于鼓起勇气，抬起头："上尊，如果我也想起了凡间之情，和你一样放不下，你真要和我一起上雷镜台吗？"

天衢微微一怔："或许……会吧。"

春花摇摇头："照我看，那些有情之人，譬如穷奇与化蛇，又譬如甘华与萧淳，最终的结局都是互相辜负与折磨。穷奇说，她万年未见化蛇，对他的情意慢慢也淡了。你对我，应该也一样吧？如果我们能像穷奇和化蛇那样，各自安好，亦有益于世间，不是也很好吗？"

天衢沉默了，黑眸之中，似有烟波起伏不定。

良久，他缓缓道："春花，你、我，穷奇、化蛇，与甘华、萧淳，终究还是不一样的。"

"哪里不一样？"

天衢没有立刻回答。

他思索了片刻："春花，你不是喜欢看戏吗？戏台上的每一段风花雪月、才子佳人，你把它们当故事看，似乎都是一样的。但亲自动过心、用过情，是不一样的。每一段真心的恋慕，都是不一样的。

"你很明事理，也善于计算得失。但情爱之中，没有那么多道理，若不是爱，就是不爱。你不必因为此时不爱我而心怀愧疚。没有人有义务爱另一个人，也没有人能够强迫自己不爱另一个人。

"也许，多年以后，我能彻底放下你，把你当作众生之中普通的一人看待，但此刻还不行。你明白吗？"

春花微微焦躁起来。

她不明白，但知道自己亏欠他甚多，心中亦是苦涩。

见她蹙眉，天衢在心里叹了一声："你不必明白，只要知道就好了。你我的结局如何，和甘华、穷奇都无关，和戏台上的虐恋纠缠亦无关，只关乎你我心中的向往。"

似此星辰，已非昨夜，但总有人，仍于风露之中，静立中宵。[1]

## 章十二·梦渡鲲洋

穷奇下界，天庭承诺待东海之乱平定，便释放化蛇。凶兽去一，剩下一头势单力孤，已不足为患。

长生天帝颁下诏令，废去飞龙族族长越溟东海水君之位，因其滥用权位，不修德政，上瞒天庭，下欺水族，即刻贬为普通水军戍卒，驻守海荒边境苦寒之地三千年。越溟子女亲眷，按其自身罪愆定罚，剥去所有权位。东海水君一职，由大言仙山的北辰圣君暂居，待东海水族安定，推举出新水君后再行任免。

血契的下一条约定，是向海龙族交还魔龙，换回甘华与飞龙族诸将领。具

---

1 改编自清代黄景仁的《绮怀》。

体的安排，由北辰与海龙族族长蠡瑚商定。

甘华浑浑噩噩地被黄海龙押到阵前，但见碧空如水洗般明净，天朗气清。而她自己，也宛如从一场大梦中惊醒。

如今父君逊位被贬，几个兄长法力本就稀松，脱去东海太子的光环，不过是几个普通的飞龙精。而她，虽然能回到龙晶仙岛，但等着她的最好结果，也不过是和父君一样被贬去苦寒之地戍边。

树倒猢狲散，楼塌万人踩。

黄海龙大约知道她此番回去，面临的是天庭严苛的惩罚，口中碎碎地念叨。

"你们飞龙族啊，就是爱面子，打肿了脸也要充胖子。啧啧，瞅瞅现在，面子、里子都丢尽了吧。"说罢，他又感叹一声，"你们那位议和的财神春花，还真有些本事，说到做到，立血契都不带眨眼的，是条好汉。听说还要在百飓仙岛上开仙市，嘿嘿，我媳妇最爱倒腾贝壳首饰，到时让她拿去仙市卖卖看，没准儿就发了呢！"

甘华木然地听着。

被囚的这些日子，她是第一次与海龙族如此近距离相处，也听了许多他们之间的闲聊。

海龙族重血统亲缘，保守耿直，修仙的出息不大，过日子却都很来劲，这也是为什么此前族中没飞升过什么道行高深的仙者，一直被飞龙族压着打。

他们的所有希望，都寄托在生下一头魔龙上。

她都已经想不起来，为什么飞龙族要将海龙族视为异端，比那些真正的异族还要仇恨。两族分明是同根所生，对宗族的笃信与对血统的执迷，简直如出一辙。飞龙族为了守住高位，亦是倾全族之力养了一只蛊，只为了向上爬。

她这一只蛊，已经落到了尘埃中。

海龙族，即将迎来他们的蛊。

旌旗挥舞，兵刃被纷纷丢入水中，溅起层层涟漪，道道虹桥卧波而起。

甘华被从身后推搡了一把。

她从迷茫中清醒过来，望见一道华丽的虹桥延伸到自己脚下。

身后有人催促，是蠡瑚老族长："甘华公……将军，走吧。"

与她一起戴着脚镣踏上虹桥的，还有几位原本臣属飞龙族的将军，个个低头不语。他们本是她过命的同僚，但听闻了她与父君犯下的过错，如今看向她的神情都充满了冷漠。

甘华不再回头，举目前望，对面，北辰牵着小魔龙，一步步往虹桥中央走去。那娃娃扁着嘴，穿着个海蓝色的小肚兜，哭得眼泪鼻涕流了一脸。他颈子上多了个火红的圆环，乍一看，像凡间孩童所戴的长命锁圈，甘华却一眼就看出，那是火德星君打造的灵锁。

她眸中倏然一痛。

当年初入修仙法门之时，父君将她锁在珊瑚洞中三个月。父君说，若她不能筑稳仙基，便无法拜入古上天尊门下，她的兄长们已被证实了都是脓包，将来东海之位只能让给海龙族，而她的父兄、母族、朋友都会死无葬身之地。

父君的话奏了效，她果然在三个月内成功筑稳仙基。消息传遍四海——东海有位天赋异禀的飞龙公主。古上天尊竟真的答应了收她为徒。这可是洪荒大潮以来，他第三次收徒。

后来她当然知道，父君的话，恐吓大于实情，但当时，她是真心实意地信了。三个月中，她满怀着恐惧与自责，想着自己生在这天地之间，也许本就是一种过错。

将她困在珊瑚洞中的灵锁，亦是火德星君所造的。

蠡瑚在身后呵斥，甘华走到近前，耳听着她的师兄北辰婆婆妈妈地安抚着那小魔龙："乖，莫哭了。记得你答应姑姑什么？蠡瑚爷爷会好好照顾你的，姑姑和我也会经常去看你。"

甘华心中升起一股迷茫。

她入师门晚，与大师兄天衢并无交集，只认得二师兄北辰。她第一次受父君召唤，返回东海探亲，师尊命北辰送她出昊极仙山。

他们在子夜河边话别，北辰见她踟蹰不肯离去，以为她眷恋昊极仙山，温柔笑道："师妹放心回去，若你久不回来，师兄去寻你便是。"

她那时，竟也信了。

——可他从未来东海寻过她。


日光如细碎金粉，洒在甘华的眉睫之间。她的师兄北辰终于站在了她面前，周身染着一层温暖的光晕："师妹，师兄来接你回家。"

甘华红了眼眶。她一直以为，这位师兄的温柔和心软，其实都是虚应，对任何人都一样。然而那日烟波浩渺，碧螺亭上，鲜鱼白酒，泥炉煮茶，手捧着一杯龙涎清露，她窥见了他的真心。

蠡瑚老族长向北辰恭敬一揖："北辰圣君，多谢您交还这孩儿，海龙族永远感念您和春花星君的恩德。"

他轻轻一挥手，甘华和几位将军的脚镣顿时化于无形。

北辰向蠡瑚微微一笑，将小魔龙胖乎乎的小手递给他。

"愿东海泰平，再无兵戈。"

甘华的目光越过北辰，落在远处的飞龙族军前。当先立着个青色的身影，正是天衢上尊。他身侧，便是财神春花，一个最会玩弄人心的女子，曾经是她甘华的眼中钉、肉中刺，此刻正满脸笑意，向频频回望的小魔龙招着手。

甘华唇边溢出一丝苦笑。

"黄粱梦"虽是奇毒，却难得，东海巫医试了无数次，只炼成了两樽。

从碧桃垆中施术令侯樱发狂，到令陈葛看到观世镜中的前生，把长孙春花当作自己的仇人，又诱使他偷去一樽"黄粱梦"，都是甘华的计划。可惜穷奇堂堂凶兽，却在凡间生出了一颗人心。一樽，她放进了祝十带回的苗疆烈酒，本打算与祝十一同饮下，却被那小哑巴换到了祝十的马背上，最终还是进了长孙春花的肚子里。

虽然过程非她所料，但结果，终是遂了她的愿。她血不沾手，便教她恨的人都尝到了爱而不得、爱而无果的痛苦。怨已结，仇已了，她却从未感受到丝毫快意，仍然泥足深陷，困于自己的牢笼。她已安心接受父君的掌控，今后，她只是东海的甘华公主而已。那个恣意无状的甘华已经死在了人间。可是，这样的她，只该有一个。她怎能眼睁睁看着海龙族制造出第二个她？

"师兄，"她听见自己用干涩的嗓音发声，"我能和这孩子，说几句话吗？"

北辰和蠡瑚怔了怔，但都没有多想，点了点头。

甘华绽出一抹明丽柔媚的笑，缓缓蹲下身去，与小魔龙平视，玉指漫不经心地抚上他脖子上的锁圈。

"娃娃，怀璧者，一生身不由己，父母亲眷，皆不可信。这是我的宿命，也是你的宿命。"她喟叹了一声，"我无力对抗自己的宿命，但你，还有机会。"

她擦去小魔龙颊上的泪珠，催动自身的灵力，如红色光丝渡进他黑葡萄般的瞳孔。

红色光芒大炽，照亮了虹桥顶上的碧空。

北辰与蠡瑚大惊："甘华，你要做什么？"

北辰与蠡瑚急急催动法力要将甘华推开，然而已经晚了。火德星君所造灵锁，被三千年的水系法力一朝冲破。魔龙的眸中瞬间燃起绿焰，腾云而起，见风便长，呼吸之间，便长成一头遮天蔽日的巨兽。承袭自万古血脉中的野性和怒意化作喉中的怒吼喷薄而出，响彻云霄。天地昏暗，日月无光。

什么海龙、飞龙、天庭仙人，都抵不住魔龙一怒。东海水族，哪个不是自幼听着魔龙震怒吞海的恐怖故事长大的？

两边的水族顿时都溃不成军，蠡瑚与飞龙族将军们惊恐四散，纷纷跃入海，化出原形，向深海游去。

甘华站在魔龙之下、虹桥之上，长声大笑，哑着嗓子向天大喊："娃娃，你自由了，快逃啊！不要让任何人抓住你！不要相信任何人！"

254

这一刻，仿佛她自己也是个彻底自由的人了。

狂怒的魇龙早已失去了理智，在万军惊惶之中，立时抓住了甘华这一声嘶喊。巨大的头颅微微偏转，用绿火焚烧的双目盯紧了甘华。咆哮之中，魇龙的大口缓缓开启，伴着万古无敌之力，向着甘华扑来。这一切，并不在甘华的意料之外。她闭上双眼，张开双臂，迎接自己的结局，便在此时，手臂被猛然一扯。

"你愣着干什么？"

甘华愣住了，睁眼便望见北辰急怒的双眼。

"师兄快走，一切是我咎由自取的。"

她垂下眸子，奋力将北辰向远处一推，却没有推动。

北辰死死握住她的双臂："师妹！"

甘华恍惚了，一瞬间，仿佛回到了两人最初相识的时候。

劲风袭来，吹得仙人亦只能垂泪。

蓦地，身边又多了一个人。

"北辰你个棒槌！这回我铁定跟你绝交！"

这声音，不用看便知道是谁。

金裙飘飞，如沃野中一朵昂扬炽烈的报春花。

甘华呆愣地望着春花挡在她和北辰身前，向暴怒的魇龙挥舞着双臂。

"小菜瓜，快停下，是姑姑啊……"

这是什么破名字。

魇龙似乎呆了一下，然而也只是一瞬。甘华给予的灵力太过庞大，并非它所能掌控的，莫说旁人，便是甘华自己，也无法阻止。

魇龙眸中的烈焰重燃起，巨口已完全张大，足以吞下十个龙晶仙岛。大则为尊，快已无用。便是古上天尊在此，也未有十足把握，能逃出它的吞噬。

天光在三人头顶上寸寸消失，无边的黑暗毫不迟疑地笼罩了下来。

在最后一丝天光的缝隙里，青色光芒陡然射入，挡在了那朵金色报春花之前。藤枝蔓生，将三人护围在中心。

然后，"轰隆"一声，龙吻闭合，天光俱丧，万物归于寂静无声。


东海大乱，海龙与飞龙们再不分你我，蒙头逃窜。黄海龙抱住棵"紫珊瑚"往下坠，谁料那"紫珊瑚"吼了一声，哭得比他还大声。啊，原来是一头紫飞龙。

紫飞龙大哭："兄弟，我飞了太多年，潜水的本事都还给音律老师了！你可得帮帮我！"

黄海龙也管不了那么多，一把扯住他："兄弟，尾巴抖一抖，脑袋抖一抖，翅膀收起来，冲啊！"

两龙手拉着手，往海沟里拼命钻。

也不知过了多久，潜了多深，水面上的喧嚣都听不见了，只剩它们独自面对无垠无光的深海。

半晌，黄海龙咳了一声，松开与对方交握的手，打破了尴尬的沉寂。

"兄弟……有个事不知当讲不当讲。"

"兄弟你说。"

"我好像……吓尿了一丢丢。你不介意吧？"

"啊哈哈，这不巧了嘛……我也尿了呢。"

"……"

"好兄弟，今天发生的事，咱们谁也别说出去。"

"好兄弟！"


## 章十三·魔海龙迷

玉山乘四载，瑶池宴八龙。鼋桥浮少海，鸽盖上中峰。[1]

终南一麓，莽莽苍苍，人迹罕至。松柏掩映的羊肠小道上，一个玄巾青褐麻鞋的小道士正向山顶而行。他挑着一担柴，一边的柴篓里蹲着一只圆头、圆脑、圆眼睛的白毛小猴子，另一边的扁担尖上，停驻着一只白腹剪刀尾的小燕子。

小道士十七八岁年纪，生得还算俊秀，却一脸的没出息。他拖着步子垂着头，一面晃悠着两边的柴篓，一面唉声叹气。走得累了，他把柴篓往地上一放，扁担一卸，直挺挺地在山道上躺成个"大"字。

"又让我去砍柴！师父最爱折腾人！观门前不就有棵大柳树嘛，砍了不就得了！"

小猴子和小燕子跳到他胸口上，一个咿咿呀呀，另一个叽叽喳喳，似乎都在数落他什么。他便吭哧吭哧地反驳："就不许人家不想成仙吗？就不许人家只想躺平吗？"

他想起老迈的师父摸着胡子告诫他的话："你如今也是人家师兄了，做事该有师兄的样子，可不能再不着调了！"

小猴子和小燕子又叫唤了几句，小道士一骨碌从地上爬起来。

"虽然我那师弟牙都没长齐，一脸狐狸相，可毕竟是个活的师弟啊！"

天色陡然暗了下来，乌云堆积，眼看要下雨。

---

1　出自南北朝庾信的《陪驾幸终南山和宇文内史诗》。

小道士蹲在地上，气鼓鼓地消沉了一会儿，叹了口气。

得了，别抱怨了，还是赶紧回观吧。

他刚将扁担挑回肩上，刹那间狂风大作，树摇草惊。小猴子和小燕子都吓了一跳，一左一右地抱着小道士的胳膊，瑟瑟发抖。正当此时，浓云之中倏然劈开一道荧亮的电光，一个庞大的黑影自云端跌落，穿过云雾和高耸的树冠，不偏不倚地朝着小道士砸下来。小道士与小猴子、小燕子齐齐抱着头，大叫起来。然而那黑影在坠落的电光之中不断缩小，直至缩成不足一尺长，"吧唧"一声，栽进山道旁的草丛里，看不见了。瞬息之间，云开雾霁，碧空澄明，方才的妖风怪电仿佛是一场幻觉，只有那幽幽发颤的草叶，证实着一切真实地发生过。

小道士的惊叫在空中打了个旋，不疼不痒地停住了。

他和小猴子、小燕子各对视了一眼，战战兢兢地拎起一根木枝，小心翼翼地靠近那草丛，拨开草叶，定睛一看——有个脑袋大，身子长，尾巴尖，浑身布满了绿白条纹的东西，这是个……

"菜瓜？"

那"菜瓜"在草丛里蠕动了几下，抬起两只小灯笼般的眼睛，直愣愣望定了小道士，半晌，蓦地爆发出一声大哭："爹爹！"

"菜瓜"从草丛里疾蹿而出，一把搂住小道士的颈子，哭得肝肠寸断。

小道士呆了一瞬，目光对上小猴子和小燕子谴责的眼神，猛地哆嗦了一下，委屈大呼：

"慢着慢着！且不说我是个清心寡欲的出家人……便是我真做了什么，这货、这货我也断断是生不出来的呀！"

他费了九牛二虎之力，把那"菜瓜"从脖子上扒拉下来，倒拎着尾巴："你娘没教过你，不要见人就扑上去叫'爹爹'吗？"

"菜瓜"哭得更厉害了："我爹娘都死了，呜呜呜……只有你一个爹爹了……"

小道士顿时不知说什么好了。喏嚅了半天，他小心地把那个"菜瓜"抱在臂弯里，摸摸其硕大的脑袋："别哭了，别哭了。你叫什么名字呀？"

"我姑姑叫我'小菜瓜'……呜呜呜……"

"你姑姑，挺一针见血呀，哈哈哈……"

小菜瓜又扁起嘴，小道士连忙收起笑容："喀喀，你为什么会掉到这里啊？"

这话一出，豆大的泪珠又连串地从小菜瓜眼中涌出。

"呜呜，姑姑让我去蠡瑚爷爷那儿，路上遇到一个漂亮的红衣姐姐。红衣姐姐给我解开了灵锁，还把自己的法力都传给我了！呜呜呜，我从来没有这么多法力嘛，一下子觉得浑身充满了力气，然后就长大了！红衣姐姐叫我'快跑'。

我也不知道为什么要跑，但是好孩子要听话嘛，只有长得特别特别大，才能跑得特别远！"

"啊这，难道是拐卖幼童……喀喀……幼妖？"

小菜瓜呜呜咽咽继续道："可是爹爹你从前说过，做人要讲义气的嘛。就算要跑也不能一个人跑啊。红衣姐姐放了我，肯定会被别人欺负，我就想带着红衣姐姐一起跑。"

小道士点点头："有道理，做人就是要讲义气啊！"

"然后我就张大了嘴，把红衣姐姐吞下去了。"

小道士沉默了一瞬："小菜瓜，你这就有点不地道了吧？"

小菜瓜用细细的爪子拼命抓着他的手背："不是的！我不是要吃掉她，是想等我们一起跑到安全的地方，再把她吐出来！"

"你们这些小妖怪，真的太不卫生了。"小道士默默地反胃了一下。

"那你把她吐出来啊！"

这话一出，小菜瓜更委屈了，"哇"的一声大哭起来："我头一次拥有这么多法力，控制不住，不知怎么回事，一不小心把姑姑、北辰伯伯和天衢伯伯一起吞下去了！呜哇……"

"呃……"小道士掰着手指头，"所以，你吞了四个人，不能一起吐出来吗？"

小菜瓜抽噎了半天："我们魔龙口能吞海，腹中能造梦。如果只是一个人就还好，可是一下子进去了四个人……呜呜，他们的梦都纠缠在一起，我解不开，也吐不出来了……呜呜呜……完蛋了啦！"

原来这小东西叫作魔龙啊！

小道士顿时觉得脑子不够用了。

"人是你吞掉的，就没有什么别的办法吗？"

小猴子在他肩膀上跳了两下，呀呀地说了什么。小道士连忙摆手："那怎么行？把它肚子剖开，它不就死了吗？"

小燕子绕着他脑袋飞了一圈，也叽叽地说了两句。

小道士摇摇头："不行的，等它拉出来，人都变成粪球啦！况且这也太恶心了吧？"

他搔搔头："那个，小菜瓜，我听说如今凡间有些女子嫌自己吃得多，吃完了就抠着喉咙吐出来。喀喀，虽然也很恶心，但……万一有用呢？要不你也抠一抠试试？"

小菜瓜抽噎着说："没用的，除非他们能自己从噩梦中苏醒，否则我也没办法了啊！"

小道士和小猴子、小燕子面面相觑，苦思冥想良久，倏然一拍大腿："有了！

"他们出不来，但可以再进去一个人，把他们唤醒呀！"

小菜瓜吓了一跳："不行不行。万一进去的人也做了噩梦，也困在里面了，可怎么办？"

小道士哈哈一笑："这你就放心吧，道爷我虽然没什么大出息，可从小到大，从没做过噩梦，心态那是稳得很！"

他整了整歪在一边的道巾："小菜瓜，你让我进去，我肯定能把你那什么姑姑、姐姐、叔叔、伯伯都叫出来。"

小菜瓜犹疑地看了他一眼，终于还是决定信任他。

"梦魇纠缠，就像四色丝线乱缠成了个线团，执念不去，噩梦难解。爹爹，你千万要小心一点，只有先找到一个线头，才能解开整个线团。"

它从小道士手上跃下来，张开大嘴，一声轰鸣，顿时长成座小山，横在道上，大嘴宛如一个有去无回的洞窟。

"晓得了！"

小道士瞪着那黑黢黢的大嘴，咽了口口水，也不知听进去了没有。半晌，他一横心，一脚跨进了森森巨口，身躯刚没入黑暗，又迅速地探出来个脑袋："那个……要是我到明天早上还没出来……

"就把这小菜瓜剖了吧。"


小道士进入魇龙腹中，初时一片黑暗，伸手不见五指。他行了半炷香的时间，才渐渐望见了前方隐约的荧光。他心中一喜，连忙加快了脚步，再行一段，蓦地脚下一空，仿佛跌入了一个广袤的山谷之中，也不知掉落了多久，仿佛一只温柔的大手轻轻托住了他，把他放在了实地之上，眼前顿时开阔明亮起来，从未见过的灿烂奇景在他面前缓缓展开。

青、金、白、红四色光线如四个巨大的线团，回绕纠缠在一起，有各自的牵扯，亦有四色重合之处。每个光线团的末端，都紧紧地捆束着一个人。

青、白二色线团中，各捆着一个面容清隽的男子，金、红二色线团中，则各捆着一个女子。小道士仔细去看他们的面容，但见那青、白、金三人的长相都有点难以言喻的眼熟，尤其是金色线团中裹着的女子，亲切美好得令他心中倏地痛了一下。

红色线团之中，那女子的面貌倒是全然陌生。

小道士叹了一口气，嘟囔了一声："这可真是乱线团掉刺窝，理得清才有鬼咧！"

他挠着脑袋，几乎要把自己挠成斑秃，蓦地，淡淡一声响起："你是什么人？"

小道士吓了个哆嗦，定睛一看，才发现，那青、白、金三人都是紧闭双眼，如在梦中，但那红线缠着的红衣女子，竟然是睁着眼的！

小道士大喜："这位姑娘，你、你怎么是醒着的？你醒着，不就可以先出去吗？"

红衣女子带着倦意，神情如同死灰，向他抬了抬手腕。

原来她手上紧系着的红色光线，并未松开。

"可……为什么他们都睡着，只有你醒着呢？"

红衣女子叹了口气："因为我虽被梦魇困缚，但自己是知晓的。而他们的梦魇，连自己都不知晓。"

"原来如此。"小道士恍然大悟，感叹了一声，"那……你能先解开自己的梦魇吗？"

红衣女子苦笑了一声，伸手在腕间红线上轻轻拨了一下。红光陡然大炽，小道士眼前骤然亮起一幅绮丽画卷。五光十色的珊瑚洞府之中，红衣女子被倒吊着悬在窟顶，紫胡子的龙君举着十九节的骨鞭，一鞭一鞭抽打在她身上："甘华！你悔悟了没有？"

甘华周身染血，双眼发红，如一个残破的红风筝，在窟顶轻轻飘荡。

"我不悔！我只是喜欢了师兄，有什么错？我只是想亲口告诉他，有什么错？"

龙君气得浑身发抖，双目含泪："父母生你，是为了让你变强，不是为了让你沉溺情爱！你若擅动情念，万一被天尊赶出昊极仙山，我龙族的千秋大业，便要毁于一旦！"

甘华悲愤大呼："若无法变强，我就不是你的女儿了吗？"

龙君咬着牙："若你无法变强，龙族要你何用？"

骨鞭再一次挥下，如利斧般劈碎了残影。

小道士揉了揉眼睛，再定睛一看，那红衣女子甘华的身上已多了一道与梦中重合的鞭伤，正沥沥地淌着血。

她悲凉地注视着小道士："我已放过了世界，但世界，终不肯放过我。"

小道士呆住了。他目光在甘华枯如死灰的脸上停留了许久，又渐渐掠过其他几人沉睡的脸。不知为何，那金色光团中沉睡女子的容颜更清晰了，仿佛下一秒就会睁开眼睛，向他微笑出声。一股奇异的暖流悄悄注入了他的心房，小道士倏然开口，嗓音温柔而清浅："姑娘，沉溺在自己的噩梦里，是找不到出路的。

"从自己的噩梦中去看世界，世界尽是你的仇雠。你可曾……从世界的眼里，看过你自己呢？与其沉溺在自己的噩梦里，不如试试，帮他人走出噩梦？"

甘华怔住了。她的目光从自己腕上的红线缓缓移开，良久，落在了白色光团困缚的白衣男子脸上。她轻轻叹了口气："你随我来。"

红袖轻拂，小道士只觉身子一轻，便与那叫甘华的女子一起，飘然落入了白色光团之中。

## 章十四·北辰之魔

风过数阵，白光漫过，翠谷乍现。

小道士好半天才看清眼前的图景："这是哪个村儿啊？"

甘华轻声道："这是师尊的昊极仙山。"

炊烟静静冉升，白衣的少年跪立在茅屋之外："师尊。"

古上天尊手里拎着个木桶，从屋后绕到院子里，对着小徒弟直摇头："北辰啊，你看你那师兄，心硬得如石头一般，认定了的事，便是师尊说话都不管用。你倒好，心软得像块豆腐，是个人都能拿捏住你。"

少年北辰垂着头，半晌才道："师尊，徒儿知道这样不好。但，既然已经见着了，如何忍心撒手不管呢？师尊，今日徒儿去东海送仙药，亲耳听见那小公主被关在珊瑚洞窟之中。东海水君也忒狠心，只说什么时候筑稳了仙基，什么时候才能放她出来。"

古上天尊冷笑了一声："那老飞龙打的什么主意，你看不出吗？他故意让你听见女娃娃的哭声，知道你心软，定会求到为师这里，让为师收她为徒。"

听到此处，甘华愣住了。父君从未说过，自己能拜入古上天尊门下，竟是心软的北辰师兄求来的。

梦魇中的少年北辰摸了摸鼻子。

"师尊，您不是早就想收个女弟子吗？"

古上天尊眉毛一竖："为师收徒弟，难道是随便收的吗？"

北辰掰着手指头："师尊您在洪荒大潮中受了重伤，隐居昊极仙山养伤。在子夜河边，有一棵刚长起来的轩辕柏为您遮了一回阴凉，您就收了他为徒。"

"呃……"

"又过了一万多年，您派师兄出山收服凶兽，师兄便被天帝强求了去，接下了天庭法司那苦差事。您在昊极仙山待得穷极无聊，出门闲逛的时候碰到个猎户宰鹿，本来是要蹭一顿鹿肉的，临时发了恻隐之心，把活鹿领回来，又收了个徒弟。"

"说起来，您这头两个徒弟，收得都挺随意的。"

"……"

"师尊常说，师兄冷漠，我呆蠢，没一个好东西。最好再有个女徒弟，嘴甜心暖会来事。"

"呔，为师收徒，向来看的是缘法。"

北辰脊背挺得笔直："那如今徒儿跪在这里，算不算是缘法？"

古上天尊无奈了半晌，终是长叹了一声："甘华那女娃娃，根骨确实上佳，为师收她为徒，也没什么，好歹将她从老飞龙手里捞出来，还能松快松快。只是……"

"只是什么？"

"你才三千岁，就这样爱管闲事，以后可怎么办？慈心太滥，与滥情何异？将来，若真遇上一个能让你另眼相看的人，怕是你也看不清自己的真心。"

白芒一闪，时光荏苒，又过了三千余年。

那一日，北辰刚结束了一场闭关，仙童来报，说财神春花来了好几趟，只为见他，当面道谢。他回忆了许久，才想起，这就是上回那个发邸报求旧衣的小灵官。

"那就请进来吧。"

仙童嗫嚅："她头回来，是三个月前，说咱们花圃中尽是兰竹，萧条寡淡，便从凡间带了些花种子来种。如今正是春日，花也开了，她正在花圃里赏花呢。"

这位财神娘子，倒是一点都不见外。

北辰心中生出淡淡的不悦。他花圃中只种兰竹，便是为了彰显他清净无为、不友不群、生人勿近的出尘做派。这人未经主人同意，擅自引了什么俗气招摇的凡花进来？于是他由仙童引着，一路往花圃而去。

山霭渐散，薄日柔洒，小仙童立在花圃旁，脆生生叫了一句："财神春花！"

那人于满圃如繁星般怒放的金报春中回过头来："啊，北辰大人，您可算出来了。索性今日无事，我请您去凡间听戏呀？您是想听《鸣凤记》《十五贯》，还是《拜月亭》？"

她穿花而行，手捧一丛黄星，眼波如春江，浅笑似梨花，如同跨越了六千个寒冬，才抵达他面前的春天。

知徒莫若师，古上天尊确实一语成谶。

他与那人以友相称数百年，便以为一切心旌意动皆不过是惺惺相惜的友情。他看不清自己的真心，而师妹甘华只消一眼，便已看穿。

银光似雪，簌簌漫过，天界的祥和清净陡然不见，温和恬淡的北辰元君堕入凡尘，历尽苦难，终于成为面目残缺的祝十。他带着一坛苗疆的烈酒，去给心爱的女子祝贺生辰，打着腹稿，这一次定要郑重地告诉她，自己的真心。然而，祝寿酒成了催命酒。他准备好诚挚的情话，虽然知道未必能得到回应，却没想到，连说出口的机会都没有。

春花消逝，寒冬笼彻他的人间。

祝十骑着快马，奔驰在山道上，目光尽处，是一座小小的道观。

旁观着梦境的甘华倏地"咦"了一声。

与她一同旁观的小道士看了她一眼："你认识？"

"这是……垂云观。"

她竟不知，祝十后来又去过垂云观。

是了，那时她已经离开人间，回了东海。她走时未同任何人交代，连那日日跟在她身后的小哑巴，也不知她是何时离去的。

梦魇中，祝十翻身下马，直奔入内。

垂云观已是人去观空，莫说是乐安真人，便是那些知客、道姑和杂役，也都各自散了。祝十只在院中，找到一个丑陋瘦弱的哑巴少年，正执着一把扫帚，扫去地上积雪。祝十大步上前，铮然从腰间抽出长剑，直指那少年："乐安何在？"

小哑巴似乎并不意外他的到来，用黑白分明的眸子盯着他看了一会儿，摇了摇头。他放下扫帚，比了个手势："她已经走了。"

"何时回来？"

小哑巴比画着："大概不会回来了。"

祝十眸中闪过厉色，长剑一翻，逼近一寸："那酒中'黄粱梦'之毒，可是乐安所下的？"

小哑巴怔了怔，倏然绽出一个淡淡的笑容。

怒火占据了祝十的双眸，剑尖抵住了小哑巴的咽喉，在脏兮兮的肌肤上压出一抹血痕："再不说，我先要了你的命！"

小哑巴讥诮地看了他一眼，闭上了眼睛，仿佛在说：随便你。

当此之时，青色身影如鹤飞过，铮然荡开了祝十的剑锋。

"谈东樵，你做什么？"

谈东樵飘然落地，负手挡在小哑巴与祝十之间。

"我朝自有法度，岂可滥用私刑？"

祝十眼眸渐红："你不想知道她为何而死吗？你难道……不想为她报仇吗？"

谈东樵面上极快地掠过一抹痛意，又迅速恢复了肃然："法度昭昭，非为复仇所设，而是为了公理正义，教化世人。正是要查清真相，按罪量刑，才不可擅动私刑。"他顿了一下，轻叹一声，"她若在，也会认同我的做法。"

此话一出，祝十登时无话，半晌，黯然收起了长剑。

谈东樵于是回过身来，剑眸含霜，盯着小哑巴。

"你是……窨者？"

此话一出，小哑巴和梦魇之外的甘华都是一愣。

"上古典籍中记载，窨者貌丑而哑，抱前世执念而生，但生来瞳孔之中带三点红芒，常人不识。一点红芒便是一句诛心真言，三点红芒俱去，便是窨者魂飞骨灭之时。你瞳孔中尚有一点红芒，可见已说了两句真言。"

小哑巴畏于他威严凌厉的注视，慌乱地垂下眸子。

谈东樵从袖中取出一枚殷红物事，托着示于他："你看，这是何物？"

小哑巴一望见他手中物事，登时面色一变，竟欺身上来要抢。

谈东樵闪开他的一扑，沉声冷喝："孽障，你潜入上阳楼后厨，打碎三坛美酒，混作一处，自以为天衣无缝，却被厨娘窥见，还遗落一把珊瑚梳篦。若你不是下毒之人，为何要混淆视听？如今人证、物证俱在，还想抵赖吗？"

梦魇之外，甘华的身躯蓦地晃了一下。小道士察觉她异样，托了她一把，才稳住她身形。泪水悄然盈满了甘华的双眼，她喃喃失声："他怎会有……不是……"

梦魇之中，小哑巴的动作定在原处。良久，他张开枯干的双唇，无声大笑起来。他收回双手，缓缓转向祝十，比了一串手势。

祝十如遭雷击，双目登时涌出热泪，肝胆欲裂。

谈东樵不识手语，皱眉问："他说什么？"

祝十苦笑了一声，咬紧银牙。

"他说'以你之手，送她往生，是你们二人的宿命'。"

小哑巴点头笑起来，展开双手。

祝十注视着小哑巴的动作："他说'一切恶行，都与乐安真人无关，若天道有罚，就罚在他一人身上'。"

谈东樵沉默片刻："你为窨者，究竟为何种执念而来？是为复仇？是为雪憾？"

小哑巴摇了摇头，以手比道："众生皆苦，众生皆罪。我来此处，非为复仇，非为雪憾。"

他整了整破烂的衣衫，目光环视一周，蓦地一愣，停在一个虚空之处。

梦魇之外的甘华呆住了。

他目光留驻，正与此刻的自己对视。

小哑巴眸中似狂喜又似悲苦，如海边大潮乍起乍伏。不知过了多久，他望着虚空中的人，从容地笑了，瞳孔中红芒一闪，竟开口说话："甘华，情爱不是避世的安乐窝，只是一面自鉴的铜镜。我因爱你，照见了自己的卑劣与懦弱，求你，也照见自己的美好与值得。然后……

"就此放下吧。"

瞳孔之中，最后一点红芒骤然熄灭。

白光如魂魄的碎屑，飘然洒落，那丑陋脏污的少年便在这白光之中，魂飞骨灭，化作了一抔尘土。

依作北辰星，千年无转移。欢行白日心，朝东暮还西。[1]

甘华双膝跪地，泪湿双颊。

她忆起了和萧淳私订终身的那一日。她揽镜自照，拿出随身的珊瑚红篦，梳理如泉的长发。他以手接过那珊瑚红篦，替她梳发。两情缱绻，倒映在铜镜之中，美好得如同一个幻境。萧淳的手停在她鬓边，自她身后轻吻她如雪的颈项，激得她连连轻颤，笑若春枝。

便在此时，萧淳含情脉脉地望着镜中花颜，柔声道："甘华，若此生，我先你而亡，我愿化身一面铜镜，常伴你身旁，为你，照见你自己。"

甘华一时忘了自己身在何处。

她已经很久没有想起萧淳了。不管最终的结局多么可憎，与萧淳相恋的那一段日子，确实是她最快乐的时光。

他们都错了。他们以为情爱该是刀枪不入的铁甲盾，该是不知忧愁的安乐窝。

其实只是面镜子罢了。

卑微怯懦的两人，如何能拥有坚硬如盾的爱情？

她环抱着自己，低喃："萧淳，我看见了。"

我看见了自己。

不知过了多久，臂上蓦地遭人推了一把，甘华从迷茫中倏然惊醒。

小道士指着那白光中的图景，对她嚷道："姑娘，那不是你吗？"

孤礁之上，碧螺亭中，红藻卧波，烟岚横黛，三个容光滟滟的仙人正围坐石桌边，烹茶饮酒，谈笑风生。

着嫩黄衣裙的财神春花笑语嫣然："万千魔障之中，情障最难参透，公主也不要太放在心上，总归是过了这一关，今后还要向前看。"

甘华愣怔地望着她的笑颜，又听她大言不惭地说："若是天界没了我财神春花，该是多么无聊哇！"

"那自然是无聊透顶了。"

白衣的北辰元君应和着，为她注满珊瑚杯，眸中尽是温柔情意。只是他不觉，她也不觉。

只有旁观的甘华，看穿了一切。动过情爱之人，怎会不识得情爱？

梦魇外的小道士打了个哆嗦，抖落一身"狗毛"，愤愤地啐了一口。

---

1　出自宋代无名氏的《子夜歌》。

甘华无奈地瞥了他一眼。

梦魇之中，甘华公主已取来了龙涎清露，为眼前的两人斟满。

"两位不妨一试，看看今夜会做一场什么样的梦。"

恶意自她眸中暗生，北辰与春花却毫无所觉。

梦魇外的甘华望着北辰手中的酒杯，蓦地身躯一动。

下一刻，小道士眼前一花，还未看清，甘华已俯身扑入那银白的梦魇之中。

小道士搔着头——还能这么玩？

梦魇内外的两个甘华，如泥入水，融为了一体。

甘华迅捷地伸手，拦住了北辰送往嘴边的酒杯："师兄且慢。"

北辰愣住了。

这梦境在他脑中上演过无数次，从来没有一次是这样的发展。

"师兄，"甘华拿开他手中酒杯，"我觉得，你爱上了春花。"

北辰愣住了。梦魇中的春花自然不会做多余的动作，只捧着酒杯，盈盈看着他。北辰却如坐针毡，几乎不敢面对春花的目光。他苦思良久，猛地抬起头，神情充满悲伤："可是……我们做了几百年的至交好友……"

甘华按住他的肩膀："师兄，你不是想告诉她，有多喜欢她吗？是从初次见面就喜欢了呀！"

北辰喃喃低语："太晚了。我和她已回返天界，她已忘情。何况在人间，她心中恋慕的也是天衢师兄，并不是……"

甘华轻声打断他："师兄，再晚，都来得及。"

这话语，如一滴春霖，润入北辰惶然的双目。

他怔怔地呆立了良久。

梦魇中的碧螺亭、红藻海、春花、珊瑚杯都化成雪白的碎屑，如风吹沙般盘旋在他身周，只有甘华还坚定地握着他的肩膀，目光之中尽是悲悯和温柔。

"是啊，再晚，都来得及。"北辰低声重复。

白沙缓缓散去，灵台澄澈清明。

甘华柔声道："师兄，可以醒来了。"

白色光芒之中，被困缚的白衣神君蓦然睁开了双眼。

北辰之魇，遂解。


## 章十五·天衢之魇


北辰、甘华与小道士落入青色梦魇，但见石滩平坦，河水蜿蜒，天边正落下最后一抹斜阳。北辰与甘华对视一眼。此处他们再熟悉不过，正是黄昏的子夜河。青衣葛巾的少年背负着一柄青釭剑，徐徐向河边走来。他面容较北辰和甘华熟悉的稚嫩许多，但眉宇间的沉稳和清冷，却是万年来从未改变。

河水温柔地拂过河滩，少年立在岸上，无声地叹了一声，涉水过河。

身后倏地一道清音传来："冬藏，你果真要去？"

古上天尊不知从何处飘然现身，落在他身后。

少年冬藏回过神来，平静地向师尊合拳行礼："徒儿心意已决。"

"那穷奇、化蛇乃上古凶兽，天庭十万天兵尚不能降伏。你虽随为师修炼万年有余，也没有必胜的把握。"

"徒儿知道。"

"凡人庸碌，虚伪贪婪，灾劫加身亦是自作自受。上古众仙受凡人之恶牵连，在洪荒大潮中纷纷殒落，只余为师一人。为师一手重建天庭，恢复天界，已是仁至义尽。当年归隐之日，与天庭言明，再不插手俗事。这一趟，你不是非去不可。"

"徒儿明白。但强者凌驾于弱者之上，并非徒儿心中的道。道之所在，虽千万人，吾亦往矣。"

古上天尊哽了一下，道："为师为你起了天演卦，你此去，便是一生入浊世，再无清净。凡间祸福无常，凭你一人之力，又能度得几人？"

"师尊，人度只度一身，法度可度万民。徒儿愿穷己之力，普度众生。"

古上天尊默然，良久方道："冬藏，你随为师修习无情道，为师却不知道，你这究竟是无情还是有情了。"

少年坚毅的面上终于浮现一丝困惑："师尊，要度万民者，究竟该是无情还是有情？"

古上天尊一怔，一瞬间，许多回忆与感慨涌上了向来沉静庄严的法相。

夜幕便在此时缓缓降临，子夜河水清冽而深沉。

古上天尊转过身，背对着自己唯一的弟子，自己万年来的骄傲。

"这个问题，为师也无法回答你。"他顿了顿，忽然将目光投向极远的天际，"我等木系修士，修无情之道最是天然。昔年，为师曾是上古众仙中最为冷酷无情的一个。但洪荒大潮退后，为师在凡间邂逅了一名女子，惊鸿一瞥，生了凡情。"

冬藏一愣："此事，师尊从未提过。"

古上天尊淡淡一笑："为师亲手斩断尘缘，却断不了情念，返回天界之后，心林中便开出了一朵莲花。从那时起，为师便明白了凡人之苦、凡人之执念、凡人之爱恨情仇，亦终于谅解了凡人的私心与罪恶。为彻底斩断凡情，为师建了雷镜台，亲身受九十九道雷劫，仍不能忘情。其后，天帝令欲结仙侣之仙人同上雷镜台受刑，以证真心，便是肇始于此。"

冬藏听得认真，不由得问道："那师尊后来是如何斩断了凡情？"

古上天尊没有回答，而是幽幽叹息了一声，负手涉入子夜河，河水迅速濡湿了鞋袜。沉如紫玉的幽暗之中，一盏孔明灯自河上冉冉升起。

冬藏看得分明，那灯上书着并排的两个名字：古上、芸姜。

"自诩守护天道的人千千万，天道却没有一个放之四海而皆准的答案，你终究守护的，是你自己内心的道。徒儿，你的道，是无情道，还是有情道，只能问你自己。"

冬藏默然沉思，久久不语。

良久，他轻声道："徒儿以为，执法者手握强权，必得无情。无情则无私，无私则无愧。"

古上天尊注视他青涩而刚直的面容，喟然道："凡尘中最值得珍惜的东西，不是那盏孔明灯，而是灯上寄托的思念和祝福。冬藏，你选了无情道，今后子夜河上，恐怕不会有你一盏明灯。"

冬藏点点头："徒弟不悔。"

他这徒弟，自幼认定了什么事，便是九头凶兽也拉不回来。古上天尊只得长叹了一声："冬藏为隐，大道出世，为师为你改名'天衢'，今后这守护天道的重任，就交给你了。你……去吧！"

少年天衢于是向师尊跪了一回，再起身时，眸中坚韧更增了几分。

他背着自己的剑，记着自己的道，涉过无光的子夜河，迈向其后无数次的生死苦战，亦将亿万生灵的重任扛在了肩上，从此之后，再未卸下。


青光乍起，吞噬了少年的背影。再摇落时，少年已经成人，因着一个蹊跷的机缘，落入凡尘，连日驾着快马，奔回京城，迎接他的却是一府的白幡。他如游魂般飘荡入内，见椁，上香。棺已钉死，他终是未见她最后一面。许多的人上前与他互道哀恸，但无一人真正明白他的失悔。

自此刻起，他能想见的余生，尽是荒芜。

下一刻，他已身处她的书房。一室暖香，混着酒香、花香，还有他再熟悉不过的淡淡馨香。书案上堆积的账本多日未看，积了薄薄的一层灰。谈东樵取下几本，眼眸倏地被底下露出的一物灼痛。那是一本黄色封皮的小册子，一角画着一棵树、一朵花，笔法笨拙而天然。

寻静宜立在他身侧，悲悯的目光落在他震惊的脸上："谈大人，世事无常，你又能奈何？你便当作从未遇见过她，照旧修道查案，照旧守护众生……"

他仿佛从即将坠入的悬崖边艰难地探出头来，紧握那黄色册子，如握着最后一根藤蔓："她……不是众生。"

她不是女子、妻子、恋人，世间任何用于称呼他人的名号都不能描述她的独一无二。她是长孙春花，那个唯一的人，令他生了分别心的人。

——打双陆、游湖、骑马、看戏、放孔明灯、打雪仗、煮鸡汤面。

时光零落成青色的碎屑，江月年年在，顷刻一甲子。

鹤发霜鬓的谈老天官年岁已高了，从前认识的那些人，一个个都先他而去了。他此生无家无室，无私无党，为社稷鞠躬尽瘁，两袖清风。若不是汴陵那位长孙家后裔，改了"花"姓的女老板亲自写信相邀，他是断不会走这一遭的。

这大概是他此生最后的机会，再看一眼汴陵了。

他坐在酒席的首位，身边围绕的都是后辈，知他此生孤苦偏执的缘由，于是都唤他一声"曾姑祖父"。

一本戏表自旁边呈上来，照例是该在座辈分最高的人先点戏。

谈东樵接过戏表，粗粗一掠："就点一折《幽媾》吧，是个欢快的本子。"

花娘子一愣："书生夜宿荒宅，遇见女鬼，分明是个阴森的本子吧？"

谈东樵道："遇上的是故人，便是欢快的本子。"

他既如此说，小辈们便不再说什么。

酒席在层楼之上，花娘子指着下方的街市，笑道："曾姑祖父，您还记得吗？此处便是原来的南市街，从前的春花酒楼就是开在这里。"

他淡淡一笑，自然记得，便是在此处，那人从锦幔的马车中探出头来，梨涡乍起，浅笑嫣然："严先生，好巧啊。我请你吃饭？"

人潮汹涌，嘈杂喧嚣，戏台上幽咽缠绵，你侬我侬。

谈东樵闭眼静听着唱腔，不知为何，灵台上陡然一震，似有微小的火焰轻轻灼烧他的眉睫。他蓦然睁开眼，目光宿命般投落在人群之中，一眼便望见了那个身影——樱草色襦裙、茜色丝带、元宝髻，连四处窜跃的白猫都无比眼熟。他呼吸骤停——梨涡、浅笑、颈间的红色小痣，他都看得分明。

逝去的一甲子时光挡不住胸中的狂跳，青影如鹤飞出，直掠向万人中央。他向那樱草色的衣袖伸出手去，这一次无论如何，也要留下她，指尖攥紧，握住的却是一片虚空，在触及衣袖的前一瞬，那倩影竟如流沙，凭空消失不见了。

一手扯住旁边一人："方才那姑娘呢？"

大婶嗓门儿极高地嚷起来："刚才还在，怎的一转眼，就不见了呢？"

谈东樵举目四望，人头攒动，熙熙攘攘，却再无芳踪。

心脏一阵钝痛，他捂着胸，颤颤地倒了下去。

青芒漫过，须发银白的老者平躺在榻上，面容沉静，只有一双曾教无数妖邪丧胆的厉眸仍圆睁着，不肯闭上。

同样垂垂老矣的祝十拄着手杖，由人搀扶着，坐在榻前："听说你要死了，喀喀，我来看看你。"

病榻上的老天官终于将眼珠动了一下。

他双唇轻颤，沙哑地吐出几个字："是她。"

祝十怔了怔："别是你看花了眼，或是什么妖物作祟，从前你办案的时候，不是也有妖物……"

"不是。"榻上的人奇异地笃定，"就是她。"

祝十沉默了。半晌，他迟疑道："若真是她，怎会避而不见呢？"

"她大概，不想见我吧。"

"为何？"

"我违背了初心……既入无情道，就不该对她动情。天意将她夺走，是对我的惩罚。若我再靠近她，只恐又有灾祸要降诸她身。"

祝十愣住了："老东西，这么多年，你竟是这么想的吗？"

将死之人沉沉苦笑了一声，便不再开口了。他的眸子渐渐暗淡下去，是一种几乎接近死灰的颜色。

梦魇之外，北辰眼眸微微湿润。

"我好像知道，天衢师兄的执念是什么了。"

自回返天界，只有一件事、一个人，令他小心翼翼、避之如讳。身在其中，难免执迷。

白袍一振，银影如雪光般涌入梦魇之中。

祝十在最后一刻，握住了谈东樵的手。

"师兄，一切恶，因情而起；一切善，亦因情而生。在你心中，她虽不是众生，但事实上，她就是众生啊！"

暗淡的双眸中，蓦地燃起了一瞬的光亮。

不错，天道，本是存于内心的道。高高在上，不识众生情苦的神，如何守护得了众生？

若道心坚定，护一人，便如护苍生。


凡间的谈东樵寿龄八十八载，亡于一个见而复失的吉庆之夜。

梦魇中的天衢上尊，灵台澄澈，道心复明，轩辕柏抖落枯枝，再生新芽。

青芒消退，三界的执法者淡然醒来。

天衢之魇，遂解。

## 章十六·春花之魇

一踏入金色光团，甘华便愣住了。她没有想到，财神春花的梦魇，竟始于一个大雪茫茫的冬日。江上结满寒冰，江畔连天白草。穿过稀稀拉拉的芦苇荡，一座破败的小庙歪歪斜斜立在泥泞小道旁。小庙上挂着个摇晃的破招牌，依稀看得出"财神"两个字。

小道士倏然将手一指："那家伙，怎么和道爷我小时候长得一模一样？"

天衢、北辰与甘华顺着他的指向望去，又听他叫唤道："欸，那老头儿，不是我师父吗？"

远处，两个身影逆着寒风哆哆嗦嗦地行近。原来是一老一小两个乞丐，老的五十多岁，小的只有六七岁，身上都各穿着件七拼八凑暴着烂絮的旧棉衣。

小乞丐龇着牙，揣着手，噔噔噔冲上财神庙的门槛，指着门口一个竹篮叫道："爷爷，你看这是什么！"

老乞丐慢悠悠踱过去，左右看了半天，从篮子里抱出个花布褓褓来。褓褓的边缘被一只白嫩如藕的小手抓下来，露出个扎两个小辫儿的小脑袋。

小乞丐舔了舔嘴唇："爷爷，这……能吃吗？"

老乞丐给了他一记栗暴："吃什么吃，这是个女娃娃！"

女娃娃应是刚满周岁，眼珠黝黑，唇红齿白，一把抓住老乞丐乱蓬蓬的胡子，笑嘻嘻地咧开刚长了乳牙的嘴："爷爷，爷爷呀……"

老乞丐直愣愣看着她，僵住了。

小乞丐拍手道："她叫你'爷爷'，那我是哥哥吗？"

老乞丐又给了他一个栗暴。

"这兵荒马乱的年月，养你个小兔崽子都够费劲了，还养她？"

女娃娃浑然不知自己被看作个累赘，伸手抱住老乞丐的脖子，一双大眼睛滴溜溜地乱转，迅速落在小乞丐脸上："啊……啊……"她伸出一根手指。

小乞丐连忙指着自己："我是哥哥，哥哥呀！"

女娃娃呆愣了一会儿，迅速学会了新的词语，笨拙地叫道："哥哥，哥哥呀……"

这一声又奶又糯，小乞丐顿时兴奋得乱跳，只恨不能把自己的脑袋割下来给她玩耍。

他从爷爷怀里吃力地抱过女娃娃："我要养她！"

老乞丐翻了个大大的白眼，索性不再看这小兔崽子，自己进破庙避风去了。小乞丐抱着女娃娃，吭哧吭哧地跟进破庙去，扯着嗓门儿嚷起来："她这么小，这么乖，不哭不闹多好养呀，我把吃的都分她一半！"

破庙里燃起微黄的火堆，老乞丐闷着头，并不搭腔。

小乞丐像举着面旌旗一般举着女娃娃，围着火堆晃悠。

"我要给她取个名字！

"就叫'馒头'吧，我可太喜欢吃馒头啦！"

老乞丐实在听不下去："咱们爷儿俩，再加上她，都不知道能不能活着过这个冬天。干脆……"他叹了口气，"就叫她春花吧。"


其时天下大乱，军阀混战，盗贼横行，民不聊生。一老两小三个乞丐寄居在这荒江破庙之中，靠去邻近的市镇乞讨为生，勉强在一拨拨的军队和草寇来往之间存下了性命。春花一日日长大，天性活泼懂事，爱笑嘴又甜，虽然浑身脏污破烂，却掩不住盈盈梨涡。

她心思活泛，跟着爷爷和哥哥走街串巷，察言观色，市镇上的大婶大姨、大叔大爷都爱听她唱两句莲花落、说两句吉祥话。每回乞讨，她都能比爷爷和哥哥多讨回一块黄饼子。有时，她还跟在货郎屁股后面用多余的黄饼子换些稀罕物，转手再卖给镇上的顽童，做的都是只赚不赔的生意。

但时势一日比一日乱，就连城镇村落里的普通百姓，都渐渐地吃不上饭了，乞丐们自然更难讨到吃食。过路的兵匪个个自称"大帅"，拉一拨壮丁，又抢一拨姑娘。村镇里的活人越来越少，路边无人收殓的尸首却越来越多了。

春花十二岁那年的冬天，爷爷得了风寒，一病不起。哥哥为了给爷爷抓药，去邻近的市镇找大夫，被过路的一个大帅抓了壮丁，拼了性命逃出来，却从山上滚下来，摔断了腿。春花把破庙里里外外都拾掇了个遍，攒出来十块黄饼子，数了又数，算了又算。

哥哥摸着断腿，仍改不了嘴上不靠谱的德行："丫头，你就是盘出浆来，那十个饼子也变不成十一个呀。"

爷爷吐出游丝般的一口气："小春花呀，爷爷恐怕是……不行啦！"

春花眸中一暗，却不答话，只固执地抿着唇，将一块黄饼子揣在怀里，又把剩余九块放进讨饭的口袋，塞在哥哥手边。

"爷爷，哥哥，我算好了。十个黄饼子，咱们每天一人一个，能过三天。你们放心，三天之内，我一定再挣回十个黄饼子。"

爷爷从衰败的草堆里微微直起身子，想向她扯出个笑脸，却只笑了一半，就没了力气。他索性仰天躺平，望着漏风的屋顶，喃喃道："爷爷小时候，这里也是个大镇，有码头，有市集。这财神庙门口，红红火火，都是生意人。狗皇帝不做人，天下人乌泱乌泱起来反他，慢慢就打了个稀巴烂，再没有小老百姓的活路。小春花呀，这世道，是没有念想的了。过得了这三天，又怎么过得了后三天？"

春花霍然站起，瞪着他："过得了！

"爷爷，你不是给我起名叫春花吗？咱们爷儿仨，过得了这三天，也过得了后三天。三天再三天，总能看见下一个春天！"

她紧咬着下唇，再深深地看一眼枯瘦的爷爷，看一眼瘫病的哥哥，转身冲出破庙，冲进了冷冽的冬天。

这一回，她绕过几个熟悉的小镇，冒雪跋涉，来到了距离财神庙很远的一个大镇。大镇上也不如从前兴旺，草匪刚过，人人都用警惕的目光瞪着她这生面孔。所幸她浑身脏污，脸上黑不溜秋，并没有人疑心她是个女娃娃。春花走遍了镇子，终于找到一个肯雇她扛货做活儿的掌柜，但要十天后才能结算工钱。

春花好话说尽，终于说服那掌柜三天后就结清工钱。这世道，什么钱银宝贝都没有吃食来得稀罕，她只要十五个黄饼子。

一日终了，她披着满身风霜，跋涉了许久，才在深夜回到属于自己的破庙。她将冻裂又磨破的手藏在身后，笑嘻嘻地告诉爷爷和哥哥，三天后，他们就有十五个黄饼子了。她又打开布袋去数剩下的黄饼子，数来数去，果然还剩七个。

"爷爷，哥哥，你们今天都吃了吗？"

爷爷只剩点头的力气了。哥哥指指自己和爷爷嘴上的面屑，春花便笑开了花，用手指将面屑填进他们嘴里。第二日，她回来照旧数一遍黄饼子。还剩四个。一个黄饼子，就是一条命。

到了第三天，扛货的活儿终于干完，该结算工钱了，掌柜却翻脸不认账了。这本是狗年月里的常事，春花并不意外。那掌柜把她往外搡，春花任他推搡，蓦地趁他不备，从腰里摸出块石头，狠狠砸在他脑袋上。掌柜流了一脸血，趴在地上喊人来抓她。

哼，他怎么能知道，这三天期间，她已经探清了厨房所在。她一路冲进厨房，抓了一袋黄饼子就跑。好似有许多人拿着扫帚、钉耙在后头撵她。她拼了命地跑，身上越来越冷，眼前越来越黑，可脚步就是不停下。她想着，哪怕自己被抓住了打死，也要先让爷爷和哥哥吃上今天的黄饼子。

春花也不知道自己跌跌撞撞跑了多久，终于看到了财神庙摇摇欲坠的破牌匾。

她扶着墙，一步一步地走进破庙："爷爷，哥哥，我带着黄饼子回来了。"

没有人回答她。

她先去摸爷爷的身体，再去摸哥哥的，都已经硬了。

她眼前一阵发黑，扑过去数布袋里的黄饼子，只有一个。

为什么他们吃了黄饼子还会这样？

这时，她看见了死去哥哥僵硬的手，斜斜地指着破败掉漆的财神像。

春花蒙了一瞬，不知从何处生出力气，猛然蹿向财神像的身后。果然，她在神像背后的蛛网和灰烬中，找到了剩下的六个黄饼子，其中一个，被掰掉了一点碎屑。加上布袋里的一个，再加上这三天，她自己吃掉的三个，刚好十个。

从小，爷爷和哥哥就夸她精打细算，脑子灵光。

她可太会算了。

春花抱着黄饼子，一点一点跪倒在财神像前，痛哭失声。

破庙之外，风雪连天。

寒冷和饥饿一点一点地侵占了她的身体，黄饼子散落在手边，可她已经没有力气送到嘴边了。吃了又怎么样呢？爷爷和哥哥都已经不在了，这世界这样大，她要去哪儿？

眼前的景象逐渐模糊起来，就在她即将丧失意识的前一刻，她隐约看见神龛上的财神爷动了动。

灯火瞬间通明，财神爷仿佛活了过来，从神龛上下来，向她走了过来，并捡起一个黄饼子，送到了她嘴边。求生的欲望盖过了一切，她拼命撕咬咀嚼，吃完一个黄饼子，又吃了一个，干硬粗糙的饼屑磨得她喉管生疼。财神爷就站在她眼前，静静地看着她像一头发狂的小兽，撕咬那个黄饼子。

良久，她终于停下了动作，抬头看向他：“你是谁？”

“我乃财帛星君，赵不平。”

春花愣住了。

“你是……财神？”

“不错。”

本已干涩的眼眸一下子又涌出泪水，她悲愤地质问：“你是财神，为什么不救世人？我爷爷和哥哥，都是好人，从来没做过坏事，为什么落得这样的下场？”

赵不平沉默了片刻：“乱世无常，万物皆为刍狗。便是财神，也无用武之地。”

春花含着泪问：“那乱世，何时结束？盛世，又何时到来？”

赵不平道：“七百年后，盛世将至。小丫头，我看你心性坚忍，资质甚佳，你可愿拜我为师，随我修行？”

小小的女娃儿怔怔地咀嚼着方才听到的话，环视破庙一周，目光在两具尸身上长久地停留：“我只是不明白，我爷爷和哥哥，为什么要死。

“是我算得不对吗？为什么？我都把黄饼子带回来了，还是救不了他们？

“想不明白这件事，我不能跟你去。”

赵不平悲悯地看向她，轻轻摸了摸她头顶：“你爷爷和哥哥，都是普通的凡人，心志不坚，感情用事。无情方能识真理。你若随我成仙，当能摒弃一切情念，缜密谋算，权衡利弊，戳破一切虚妄迷障。丫头，你可愿助我掌管世间钱财，令应得者得，应富者富，令天下人都有遮顶之瓦、温饱之粮？"

春花身子剧震，泪眸无声地回望赵不平。

破庙的旧门扇终于不堪寒风重击，倒了下来，刺骨的寒风灌了进来。

春花的目光穿过稀疏的芦苇，穿过白茫茫的江面，投向暗淡无光的雪天。

这世道的下一个春天，是如此遥不可及。

"我愿意。"

梦魇之外，甘华怔怔地伸手触摸自己的脸颊，竟是一片湿意。她心性刚强，很少流泪，少有的几次，也是哭自己不甘的命运。为何落泪？也许是如出一辙的挣扎，如出一辙的不甘。

但在春花这里，天能夺去所有爱她的人，却夺不去她的热忱。

小道士指着甘华叫起来："你腕上的红线！"

甘华低头看去，泪水滴在她腕上，竟悄然将那梦魇的捆缚溶解了。

原来她缺失的，仅仅是一滴共情的泪。

天衢和北辰无暇去看甘华。金芒乍现，小小的春花掩埋了亲人，已随着赵不平腾云直上南天门。

南天门外的小天将一见赵不平，就扯住他急道："星君，福、禄几位老星君正四处找您！宝蟠宫的神兽孟极和寿星的小鹿打了一架，把人家脸都挠破了，正等您去收拾局面呢！"

赵不平愣了一下，口里连骂了几个"孽障"，左右思忖一阵，对春花嘱咐道："你且在此处，不要走动。为师有些俗务处理，去去就回来接你。"

春花乖巧地点了点头，盘膝坐在南天门的柱子底下。

天庭云海茫茫，仙阁竦峙，清冷华贵。那小天将对上她怯怯的目光，干笑了一声，便移开双目，并不与她多说。

她等了很久，师父都没有回来。

一阵悲从中来，不知为何，眼泪又扑簌簌地掉了下来。

便在此时，一个青色颀长的身影自南天门外飘然而至。

守门的小天将一凛，连忙躬身行礼："圣君！"

那圣君面容冰冷无情，低头看着柱子底下脏兮兮的小丫头。

"这是何人？"

小天将轻咳了一声："这是……财帛星君新收的徒弟。"

"为何坐在此处？"

"他临时有事，稍后便来接她。"

天衢圣君摇了摇头，蹲下与小丫头平视："你为何哭泣？"

春花用力擦着脸颊："我……想我爷爷，想我哥哥。"

天衢圣君蹙起眉："你既已登仙界，就该断除凡间情念。"

春花泪眼模糊地望着他："我师父说，'无情方能识真理'。神仙叔叔，真的是这样吗？"

天衢圣君微微颔首："你师父说得不错。放下对一人之情，才能帮助更多的人。"

他直起身来，袍袖一飘，为她抹去脏污，梳平乱发，换上一身鹅黄衣裙，梳一个小仙娥们常梳的元宝髻："别哭了，你师父很快就会回来的。"

他淡淡地留下一句，负手向南天门内而去。


梦魇之外的天衢扎扎实实地愣住了。他着实不记得，曾在这样早的时候和她有过交集。梦魇中的圣君再未回头，但梦魇外的天衢看见，那柱子下坐着的小丫头，泪水从未停止。他心中如被撕开一个口子。

"师兄。"北辰在他身边轻唤了一声，并未多说，他已明了。

梦魇之中，那脊背刚直的圣君陡然止住了脚步。

他缓缓回到那哭泣的小丫头面前："春花。"

小丫头止住哭声，仰脸看他。

他擦去她脸颊上的泪珠："我错了。"

春花浑身剧震："你说什么？"

像是触发了一个隐秘的约定，她慢慢长大，逐渐变回现今的模样，只是眼中的迷茫仍未改变。

天衢温柔地替她抚平一缕额发。

"'无情方能识真理'，这话是错的。你师父是错的，我也是错的。没有用心爱过一人，怎会识得爱众生？"

春花怔怔呆立，半晌道："我怕，有一天我只记得众生，把爷爷和哥哥都忘了。"

天衢叹了一声，轻拥她入怀："忘了也无妨。发生过的事情，总会有人记得。"

那人在他怀里轻轻颤抖了一下，抬起头，望进他深邃的黑眸之中。良久，她破涕而笑，梨涡终又浮现："是啊，总会有人记得。"

春花之魇，遂解。

## 章十七·绿野仙踪

春花自梦魇中倏然惊醒，残留的黑暗未散，她只能望见幢幢的人影，有熟悉但低沉的嗓音在耳边响起，听得不甚确切。但手中蓦然一空，原本紧握着的温热一物被抽离，她心中也猛然一空，下意识伸手向前握住，原来是一只手。那手又要缩开，但这回她牢牢握住，对方只挣扎了一下，便由她了。眼前的景象逐渐清晰，春花这才看清，自己握住的是天衢的手。

她从前觉得，天衢上尊生得虽不算凤表龙姿，但也是很好看的，只因太严肃，看上去像冻了一万年的青萝卜一般难以亲近。这会儿，忽然发觉，他的眉眼鼻唇如照着她的喜好刀刻斧凿出来一般，暖一分便无渊渟岳峙的风度，冷一分又失了从容正直。

丰姿天然，容姿殊世，一身滟滟光泽，恰恰好。

她张了张嘴，感觉得夸两句什么，却觉得没有词语能表达心中的震动。

天衢的黑眸迎上她放肆的打量，不由得一怔。

终南山的小道士见他二人相向静立不语，忍不住毛躁起来，挥手在两人之间摇了摇："嘿，别发愣症啊，咱们还得出去呢！"

春花这才醒悟过来还有旁人，目光落在小道士脸上，不由得怔住了："哥哥？"

小道士搔了搔头："嘿，我虽不是你哥，但听你这么叫，还挺舒坦的哩。"

这吊儿郎当的话语落入耳中，春花眸中湿润了。

你这还不是我哥哥，我把头拔下来给你。

她颤声启唇，待说什么，所在之处光芒乍灭，黑暗顿时吞噬了一切。一刹那脚下地动起伏，仿佛一阵飓风从地底席卷而出，托着他们螺旋向上飞去。黑洞见明，天光铺展。终南山的狭窄山道上，从来没有迎接过这么大的几位神仙。

小菜瓜终于把他们吐了出来，大喜过望，指着小猴子和小燕子，边哭边嚷："你们再不出来，它们俩真要把我给剖开啦，呜呜呜！"

小猴子和小燕子朝小道士扑过去，上下检查他有没有少了个耳朵、手指什么的。小道士十分托大地摆着手："没事没事。嘿嘿，我是谁啊，那可是终南山玉面小飞龙！"

晨光熹微如柔纱，笼上每个人的眼睫。

春花忍俊不禁起来。她清了清嗓子，正要开口，面容猝然僵住，仿佛一把无形的剑戟刺入心脉，从心房最深处抽去了什么，剜心般的剧痛如潮水没顶而来，周身顿时冰寒刺骨，牙齿咯咯打战。

春花颤抖着坠了下去。

天衢遽然变色，一把托住了她。

北辰、小道士与甘华纷纷大惊："她这是怎么了？"

天衢眉峰紧跳，掌心涌出青芒，持续灌进她心口，探触着她心脉中的冲撞。这波动如此熟悉，却比前次还要剧烈百倍，他小心翼翼地平衡、缓解，她的奇经八脉才不至于被撞个稀烂。

良久，他终于轻吁了一声："她心脉受了重创，幸而与穷奇、蠱瑚所订的血契强硬，替她挡了第一击。此刻有我灵力护持，应无大碍。只是……"

后面半句他说不出口。

只是，下一次就不见得有如此幸运了。

师尊的话犹在耳畔：

"你或能执意不改，上下求索，可她的修为，经得住你反复地尝试吗？"

他只顾将她从梦魇中唤醒，却没料到，又强行唤起了她的情念，终是自己冒失了。

天衢眸中尽是复杂。

他应承过赵不平，要断了和她的一切牵扯，却还是如此艰难。

天衢硬生生转过了头。

"北辰，她心脉有伤，须静养数日，方能痊愈。你送她回宝蟠宫吧。"

北辰愣了一下，展臂接过春花。

天衢的手臂在空中停滞了一瞬，才慢慢收回。

北辰不放心道："那这里……"

"我来处理。"

北辰只得叹了一声，以法力负起春花，驾云而起，直上九天。

甘华望着北辰和春花离去的背影，若有所思，却未开口。


小道士瞪圆了眼睛，惊奇地望着活人飞天："原来，你们真是神仙啊？"

他迟疑了一下，忍不住问："那个叫春花的女神仙，真的没关系吗？"

天衢道："放心吧，她会好起来的。"

他转向小道士："今日若非道友出手搭救，我等恐怕难以脱身。我观你仙缘深重，数代有德，却总有蒙昧笼于灵根之上。你可愿随我入仙山清修？假以时日，定能破除因障，飞升仙班。"

"欸？"

一个大馅饼从天上砸下来，小道士有点发蒙。道观里几个师叔，可天天都叫唤着要成仙呢，轮也轮不到他啊！小猴子和小燕子在他两侧肩膀上叽哇乱叫，也不知是劝他不要上当还是劝他把握良机。小道士这辈子从来没这么谨慎地思考过。半晌，他望向天衢："可我，不想成仙啊。"

天衢一怔："你既是修道之人，怎会不想成仙？"

小道士憨憨一笑："这位仙尊，您刚才说，成了仙，就能破除什么因障？可是，你们神仙不也天天做噩梦吗？"

"……"

"你们神仙，张口闭口就是因果、天道、责任、使命，听得我脑袋都要炸了。我看当凡人就很好，喜欢、亲近的人都在身边，想偏心谁就偏心谁，虽然糊涂了点儿，但是快活啊。"

天衢竟无言以对。

半晌，他叹道："道友这六根……确实不大清净。也罢，各人有各人的缘法，终不可强求。"

小道士有点担心自己被强抢了"民男"，抓上天去当神仙，不由得抓紧了扁担："那个……仙尊，时间也不早了，我师父还等着我回去添柴做晚饭……呃……"

他张望一下天色，红日已浮在东方山麓。

天衢倒也不再多言："既如此，道友请自便吧。"

小道士和小猴子、小燕子互看一眼，连忙把扁担扶起来，挑在肩上，又向在场几人各施了一礼，便小跑着往山上去了。

小菜瓜望着他的背影，眼眶里又盈满了泪水："爹爹！"

小菜瓜转头急急地看向天衢，却被他冷沉的目光压了一下，顿时条瓜缩成了圆瓜，不吭声了。


天衢面容微沉，转向甘华："甘华公主，你阵前妄为，将灵力传给魔龙，以致它发狂不能自抑，引起东海大乱，你可知罪？"

甘华木然了一瞬，跪伏在地："甘华知罪，但甘华不服。"

她轻咬下唇："小魔龙若回归海龙族，与被囚禁在飞龙族，又有何异？"

天衢皱眉："海龙族是它血亲，怎会苛待它？"

甘华苦笑："是血亲，便不会苛待它了吗？衣食保暖，只是其一，它真正需要的，是待在真心关心它、爱护它，又不会利用它的人身边。"

天衢微微一震。

小菜瓜趴在地上，腮边带着泪，仍频频向山上小路的尽头张望。

固然，山道上已经没有了凡人的踪迹。

天衢道："小菜瓜，你想……跟他去吗？"

小菜瓜惊讶回望，用力点头。

天衢沉默了，思忖了片刻，他缓缓道："你年纪太小，体内天生之力过于庞大，再加上甘华公主给你的灵力，若无法掌控，在人间也会造成祸患。何况你姑姑已代表天庭与海龙族订下血契，若不将你移交给海龙族，东海便不得安宁。"

小菜瓜扁着嘴，委委屈屈地趴下不动了。

甘华闻言，忍不住冷笑了一声："东海要得安宁，就非要殉一个人不可吗？"

天衢淡淡看她，竟没有发怒。

"小菜瓜，本尊再问你一次，你想留在人间吗？"

小菜瓜用爪子抠着地面，终于期期艾艾道："我……想！我想和爹爹在一起。可是……我不想让姑姑为难，也不想让海龙和飞龙打仗。我想让大家都开开心心的。如果非要我去海龙族才能帮到所有人，那我就去海龙族吧。"

天衢面容柔和了一些。他蹲下来，摸了摸小菜瓜的大脑袋："将你移送海龙族，是法；你想留在凡间，和你爹爹在一起，是情。法与情，常常不能两全，但也未必总是不能两全。执法者如不尽己所能，法中求情，便是无能懒政。"

甘华听得一愣，倏然抬头去看他。

天衢从怀中取出那火德星君打造的灵锁："小菜瓜，你想留在凡间，就要戴上这灵锁，锁住你的法力，不至于伤害到他人。你可愿意？"

小菜瓜的大眼睛登时亮得惊人，欣喜若狂："我愿意！"犹疑立刻浮上心头，"可是姑姑……"

天衢柔声道："海龙族那里，本尊会亲自登门解释。将你养在凡间，对东海未尝不是一件好事。若蠡瑚不放心，可派几名族人前来人间，陪你一同修道，教你控制体内法力，直至你长大成年。如此安排，也算是将你移交给海龙族了。不违血契，也无损东海安宁。"

豆大的泪水吧嗒吧嗒从小菜瓜眼里掉出来，它用细细的爪子紧紧抱住天衢的衣角，大哭道："呜呜呜……真的太好了！"

灵锁轻轻扣在小菜瓜颈上，天衢拍了拍它脑瓜儿："虽在人间，但仍须修德修心，不可恣意妄为。本尊与春……与你姑姑，也会常来看你，你可明白？"

"呜呜呜……明白！

"呜呜呜……谢谢姑父！"

天衢被它这称呼惊了一下，很是无奈。

"选好了路，你便去吧。"

小菜瓜摇身一变，变成个五六岁的男娃娃。娃娃退后两步，向天衢拜了三拜，抹了一把眼泪，转身沿着山道向山上跑去。

天衢转过身，面对着甘华，再度问道："甘华公主，你可知罪？可服气吗？"

甘华默了一瞬，终于诚心诚意地俯下身去："甘华知罪，心服口服。唯求上尊依法从重论罪，甘华愿粉身碎骨，以赎过往罪愆，绝无怨言。"

山顶的道观中，晨光耀眼。

小道士把肩挑的柴火放进柴房，蹑手蹑脚地穿过院子。小猴子和小燕子跟在他身后，一样地鬼祟，手法、脚法都无比熟练。一只麻鞋突然从房门中飞出，正中小道士的鼻梁。他"哎哟"一声捂住脸，灰白胡子的老道士手擎着另一只麻鞋，已冲到他面前了："天杀的小兔崽子，这一夜又死哪儿去了？你师弟哭了一夜，尿布都没换！"

老道士一手熟练地掐住他耳朵，另一手把麻鞋底抽在他屁股上。

"不长记性的小畜生！遭瘟的孽障！"

小道士挨了三鞋底，使出吃奶的劲儿挣脱出来："师父，这回真不是我贪玩！我遇着神仙了，要度我成仙呢！我想着，我成仙了师父可怎么办？谁给您养老啊？喀喀，您看我这不就回来了吗？师父您看在我一片孝心的分儿上……"

老道士信他个鬼，将麻鞋砸在他脑袋上，顺手抄起墙边的扫帚："你个嘴里没有半句实话的浑球！哪个神仙眼睛瞎了，度你成仙？老头子我早晚要被你气死！打死你个混账！"

老道士与小道士如毛驴牵磨一般兜着院子转了十几圈儿，终于没了力气，扶着膝盖喘息。

这便是停战的苗头了。小道士干笑着想赔几句好话，还没组织好，门口气喘吁吁地爬进来个小娃娃。

老道士愣了一会儿："这是谁家孩子？"

娃娃奶乎乎地叫了一声："爹爹！"

老道士和小道士都呆住了。老道士道："乖娃娃，你叫他什么？"

小娃娃笑嘻嘻指一指小道士："爹爹呀！"

"……"

屋里，有孩子不嫌事大地哭起来。

老道士在极度虚无和怀疑的心情中崩溃地大吼了一声，猫鼠追逐再度开始，一老一小满院狂奔。

小道士哭号起来："救命啊！师父要打死徒弟啦！

"呜呜呜，我错了，我不当凡人了，我要成仙！"

小猴子和小燕子安安静静地待在墙角石阶上，向小娃娃招了招手，小可爱们于是排排坐了，兴致盎然地观看这以后还会不断上演的全武行。

## 章十八 · 海棠又春

镇妖金塔里的化蛇甫一出塔就被告知，相好穷奇把他给甩了。一怒之下，他撸起袖子想要动手，举目四望，竟发现百飓仙岛上立着上千个水族，齐齐停住了敲敲打打的活计，回过头来瞪住他。

原本作为两族边界，常年飓风且荒无人烟的百飓仙岛，一跃成为东海最门庭若市的地盘。建铺子的、搭棚子的、来往送货的络绎不绝。原来仙市不日便要开张，东海水族明面上仍宣称"练兵不可松懈"，私底下却纷纷筹备起了土特产展销，摩拳擦掌自不待言。

放化蛇出塔的仙使笑嘻嘻道："化蛇，你不是想当东海的水君吗？把百飓仙岛打个稀烂，就是与整个东海为敌，就算打赢了，对你有什么好处？何况如今的天衢上尊，早就不是你所能匹敌的了。"

化蛇张口结舌愣了半天，终于醒悟过来，世界已经不是他认识的那个世界了。他骂骂咧咧地收了洪浪，风平浪静地回了北山，宣称要闭关修炼五百年，再回来找天衢上尊拼命。

一转眼，东海的日月换了新天，刀枪入库，马放南山。

这边，甘华被收入了天劫牢。她将自己过往的罪行、过失一一陈述招认，不几日，天庭法司禀过天帝，便正式宣判，将甘华打落凡间，七世历七劫，怨憎会，爱别离，求不得。劫满之后，始得做一寻常俗世凡人，彼时若能参悟圆满，或可重返仙班。

甘华坦然领罚，贬谪下凡的日子，就定在三日之后。

北辰连日来忙着处理东海的俗务，终于得了片刻空闲，拎了壶酒，去天劫牢探监。

牢中的甘华出奇地平静，事实上，北辰从来没有见过这样平静的甘华。她甚至是舒适而安详的，不急着做什么或去哪里，因为属于她的总会到来。

师兄妹饮过一杯酒，北辰道："师妹，你有什么未尽的心愿，不妨说出来，师兄尽力而为。"

甘华怔了怔："多谢师兄。"

她垂首思忖片刻："确有一事，麻烦师兄代我走一趟地府。"

她将牵挂之事详细交代，北辰听得频频叹息，但还是认真记下。末了，他问："就只是这一件事吗？"

甘华点点头："再没有别的了。"

她目光落在北辰温润清隽的脸上，蓦然忆起了初见时那样纯粹而真挚的心动："其实……师兄一直对我很好。是我渴求太多，又不敢坦然争取，便将怨气投射在师兄身上。如果不是我，也许你和春花，会有不一样的结果。"

北辰一愣，复而笑道："这世上哪有这么多'如果'？"

甘华于是也笑："师兄，有些话，不妨直接问她，好过在心中苦思不解。"

北辰苦笑："我想要的答案，她如今也给不了。"

甘华沉默了一瞬，缓缓道："师兄，有一件事，我想了想，还是该告诉你。

"你们都知道，'黄粱梦'乃是东海巫医以魇龙心血及仙人噩梦炼成的。但你们不知道的是，春花饮下的那一剂'黄粱梦'，正是用我的噩梦混着小魇龙心血炼成的。"

北辰疑惑："那又如何？"

甘华淡淡一笑："那日在魇龙腹中，我的噩梦已解。所有古籍中都说，'黄粱梦无解'。但……这世上有几个仙人能被魇龙生吞下去，又吐出来呢？"

一丝惶惑和希冀自北辰心中蔓生出来："你的意思是……"

"若是因情念而心脉受损，春花在魇龙腹中就该发作，怎会等到从魇龙口中出来？一个女子心中喜欢一个男子，是骗不了人的。那日我看她望着天衢师兄的眼神，或许……"

甘华深吸了一口气："或许她心脉受创，是那一滴魇龙心血受本体感召，从心脉中抽离的缘故吧？"

她将酒杯在指间转了一圈："'黄粱梦'令人忘情之时，受者自己茫然无知。也许想起来的时候，她也意识不到呢。"

北辰愣住了。


别来频甲子，倏忽又春华。[1]

宝蟠宫中，沉睡了数日的春花倏然惊醒，窗外，开了一院粉黛桃花。花香安静地弥漫了宫室，春花捧着脑袋，愣愣地想了一会儿，披衣起来梳发。

妆台上，胖猫孟极抱着一条肥厚的小鱼干，沉浸惬意地啃着。

"小孟孟，你说我今日是梳元宝髻好看，还是梳随云髻好看呢？"

孟极恋恋不舍地移开嘴："平时恨不得不洗头就出门的人，怎么突然有心情梳头了？我看，索性梳个鱼头髻吧。"

春花瞪了它一眼，拿梳子在头上比画了半天，决定还是梳个喜庆的元宝髻。万一出门遇上什么人呢。

妆罢，她轻声问："小孟孟，师父呢？今日宝蟠宫中，可有需要上报的公务？"

---

1　出自唐代杜甫的《春归》。

孟极充满爱意地舔一口小鱼干："公务没有，倒是海龙族送来许多海产，说是打算在仙市上售卖的样品。星君正在分门别类，要给其他几位老星君都送些，补补腰腿。"

难怪它一大早就有小鱼干吃。

春花踏入赵不平的宫室，果然一地的瓶瓶罐罐，还有成捆的鱼干、虾干。赵不平一眼望见她："你来得正好，替我把这些送去给老寿、老喜他们，还有那一捆，是给司命的。"

他擦了把汗，忽觉不对，又看她一眼："徒弟你打扮得花里胡哨，这是要去哪儿？"

春花在一旁踅了两步，慢吞吞道："师父，这里……就没有送给其他人的？"

赵不平一愣："你想送给谁？"

"就比如天后娘娘啊，太上老君啊，托塔李天王啊，那几位都是位高权重的。哦，还有北辰圣君和天衢上尊嘛。"

赵不平眯着眼睛，细细打量她："那老几位家里宝贝多，可看不上这点琐碎玩意儿。北辰圣君此刻就在东海代理水君之位，他更不缺。至于天衢上尊嘛……"

"如何？"

"他向来痛恨送礼，你送给他，那不是送上门去找不痛快吗？"

春花抿了抿唇，眼神轻轻一飘："晓得了。"于是掏出万宝乾坤袋，随手装了一堆瓶罐和干货，系在腰上，出门去了。

赵不平在她身后大喊："你和老寿说，'药材虽好，可不能过量哈'！"

春花心不在焉地应了，也不知听没听见。


福、禄、寿、喜几位星君的仙宫该往东南，春花出了宝蟠宫，却一路朝西北而去。她依着记忆，驾云飞了半炷香的时间，终于来到了紫阙仙山。上回是被天衢拎到紫阙仙山的，她没太记路。这回自己来，倒是不知道从何处上山了，春花兜了几圈，才找着山门。

门口两个紫衣小仙童端正肃穆地向她行了一礼："仙者何来？还请报上名讳。"

春花摸了摸腰上的万宝乾坤袋："我是财神春花，有要事拜望天衢上尊。"

两个小仙童对视了一眼："我家上尊近来忙于公务，不见外客。春花星君请回吧。"

春花有些意外，旋即抬出她招牌式的笑脸："两位小哥哥，我确有要事。要不，你们替我通报一声？若上尊还是不见，我绝不纠缠。"

两个小仙童迟疑了一阵，其中一个支吾着道："上尊确实事忙，我们不敢打扰。您有什么事，告诉我们，待上尊闲下来，我们再转呈。"

春花不说话了。

这种挡客的托词，可都是她在凡间玩剩下的招数。

她沉吟了片刻，忽道："你们上尊近来……该不会做了什么亏心事吧？"

小仙童们一愣："你胡说什么？"

"没做亏心事，怎么不敢见人呢？"

其中一个小仙童立刻大怒："我们上尊才不是不敢见人，只是……"

他蓦地收住嘴。

春花笑嘻嘻地挑起眉："只是不想见我，对吗？"

两个老实的小仙童登时红了脸。

"你们紫阙仙山，好像有点针对我哦。喀，今日无论如何，得找天衢上尊讨个说法。"

小仙童们急了："我们没那个意思……"

话到一半，目光落在春花身后，小仙童们如蒙大赦："海棠姐姐！"

春花愕然回望，但见一着茜色衣裙的女仙袅袅婷婷地立在她身后。

小仙童愤愤不平地告状："海棠姐姐，她非要进去……"

这位海棠仙子身材高挑修长，腰里挂一把长刀，英姿飒爽，容貌明艳，眸中都是亲切笑意。

"这位，就是春花星君吧？"

春花愣怔了一会儿，点了点头。

海棠便向小仙童摇摇手："我带她进去。"

小仙童一愣："可是上尊吩咐……"

"无妨，若上尊怪罪，怪罪我一人便可。"


春花跟着海棠直入九垠宫，踏进大殿，果然见天衢那冤家坐在钧案之后，面前的玉函和公文堆积成山。说他公务繁忙，倒也不全是托词。

海棠先行了一礼："上尊，春花星君有要事求见。属下恰巧在山门前遇见，便引她进来了。"

天衢从案牍中抬起头来，望见殿中的两个人，微微一怔，半晌才道："本尊不是说过公务繁忙不见外客吗？"

海棠道："春花星君言辞激切，似乎有十分紧急的大事，属下怕耽误不得，这才带她进来。上尊若要怪罪，属下听凭处罚。"

春花目瞪口呆……她什么时候言辞激切了？这位海棠仙子，看着秀美脱俗，实际也是个张嘴就来的。

天衢倒没有深究，温和道："罢了。你刚抓获了夔牛，定是十分疲倦，先回去歇息吧。"

海棠微微一笑，向春花一拱手，转身退下了。

天衢放下手中的本册："春花星君有什么紧急的大事？"

天衢几乎可以想见她脑中正疯狂转动，编造着合情合理的理由。他心中觉得好笑，本想打趣，却又觉得不妥，终究还是忍住了。

春花背着手，垂着头，终于慢悠悠道："虽是大事，倒也……谈不上紧急。海龙族送来些土特产，我想着，有些你能用得上，便拿来给你。"

天衢瞥她一眼："如此多谢了。"

春花伸手进万宝乾坤袋，胡乱摸了一个最大的瓶子，往钧案上一放。

天衢沉吟地盯着那瓶子。

"这是……海马酒？"

春花一呆，果然那琉璃宝瓶里漂着几只海马，料足量大，温肾补阳。

她蓦地涨红了脸，抓起瓶子塞了回去："我拿错了。"

她伸手又在乾坤袋里摸了一圈儿，摸到个软包，想来是海瓜子一类的小零嘴儿，掏出来放在案上："是这个。"

天衢眸色更暗了一分："海狗丸？"

要不是脸皮够厚，她可以现场徒脚抠出个宝蟾宫。春花默默地把大包海狗丸收进乾坤袋："我……改日再送过来吧。"

她脑袋埋得极低，掉头就要走。

天衢叫住了她，无奈地问："你今日来，究竟有什么事？"

春花背对着他，沉默了。其实她也不知道，自己究竟想干什么。费时费力梳了个头，选了最喜欢的衣裙，找了个编得稀碎的借口，就是想知道，他此刻在做什么。

她踌躇了一瞬："我才知道，原来紫阙仙山也有女仙。"

天衢一愣，而后才明白她指的是海棠。

"海棠刚刚飞升不久，她身手很好，我便调了她过来。"

春花干笑了一声："我瞧你对她很是信任，不像是刚认识的。"

天衢皱起眉，不明白她为何突然关心起海棠。

"她是我在断妄司的下属，做凡人时就极为得力，自然熟悉。"

春花怔住了。原来，他身边不止她这一朵春花啊。

天衢望着她的背影，心中默默一叹："春花星君，还有别的事吗？"

这是在下逐客令了。

春花抿了抿唇："没有了。我走了。"

天衢点点头，忽然想起什么，又补了一句："土特产之类，不必再送，我也不需要。今后若非紧急公务，可以传仙诀到山门，或让仙童转达，不必亲自过来。"

春花"哦"了一声，转头去看他，他已低下头，又沉浸在那案牍小山之中了。

## 章十九·照影惊鸿

春花出了九垠宫，海棠竟在门口等她。

"星君的大事，可处理好了吗？"

春花险些要疑心她故意给自己添堵了。

"处理好了。多谢海棠仙子相助。"她顿了顿，"你们上尊不是让你回去歇息吗？"

海棠笑了笑："我怕星君不熟路，送一送你。"

春花"哦"了一声。

女子之间的感知格外敏锐，海棠似乎对她有着异乎寻常的兴趣。

这不巧了吗，她也一样。

两人并肩而行，春花也不多寒暄，单刀直入："听上尊说，海棠仙子在凡间的时候就是断妄司属员？"

海棠面现欣喜："星君还跟上尊打听我呢？"

"……"

"不错，多亏上尊教诲多年，我才能修行有成，飞升成仙。"

"那你对上尊……凡间的谈大人，该是十分了解了。"

海棠想了想："我十五岁就入了断妄司，跟在天官身边十五年，应该算是了解的。"

十五年！算起来，凡间的长孙春花和谈东樵也就认识了三四年，这里头还有三年是两地分离。

春花一时不知心里是什么滋味，半晌干涩道："你认识的谈大人，是个什么样的人？"

海棠面上现出孺慕之情："天官啊，是个很有生活情趣的人啊！"

春花下巴坠了半截："谁？他？"

"天官虽然看起来冷冷的，但除了公务上严苛些，私底下对下属们都很温和，也很公正。若是新出了什么折子戏、话本子，他都是第一个知道的，还指点我们去游玩。游湖看灯走什么路线，他都清楚，琴棋书画都很在行，还会下厨呢。"

春花张大的嘴已经合不上了："啊这……你们不知道他有诨号叫'活阎王'，

还有'孔屠'吗？"

海棠笑道："知道啊。不过我师父说，那都是好多年前的事了。人是会变的嘛。"

一股酸胀的怅惘从春花心中蔓延开来，她不禁久久不语。

前方便是山门，春花正打算告辞，忽听海棠道："其实……我也是汴陵人呢。"

春花微微一愣。

海棠续道："星君还记得汴陵吗？

"鸳鸯湖多美啊。记得有一年，我随天官去汴陵公干，恰逢中秋。我们租了条画舫游鸳鸯湖，一过了戌时，湖上明月高挂，漫天的孔明灯就升起来啦……"

春花忽然就听不下去了。

她强笑了一声："海棠仙子，你我已登仙界，凡间的事情，就不该过于流连了。"

山门已到，春花勉强行了一礼，便告辞而去。

海棠在山门内怔怔地立了一会儿，方才回去。


第二日，一道仙诀过来，北辰招春花往东海同议开仙市之事。火德星君磨了七颗硕大的定风珠，安放在百飓仙岛周围。春花毫不费力就降落在岛上。北辰领着春花环岛游了一圈，又令主管兴建的八爪乌将军拿出图纸，三人围坐，修修改改了一天。

末了，春花道："既然开市，就该有个地标，引导人流聚集。不如把那废弃的镇妖金塔放在岛中最高处的山顶，自西码头到金塔修一条商市街，作为仙市主干，其余分市，由此蔓延开去。若有捣乱的妖邪路过，能起个震慑作用，也是个景观。"

北辰和乌将军齐齐赞同，于是乌将军领了一窝虾蟹去改图纸。

风浪初平，天光如洗，北辰施起移山断海之术，召出镇妖金塔，缓缓安置在百飓仙岛之巅，塔顶金铃清音奏响，金光照亮了半边海天。

春花心中忽然生出感动，由衷道："北辰，你如今很像个圣君的样子了。东海在你治下，定会越来越好。"

北辰收了神通，与她立在塔下，笑道："圣君该是什么样子的？"

春花一愣。

仙者自然各有其道，但她心中的圣君，似乎就该是天衢那样的。青衣神君傲然立在浪尖，面前是猖狂凶兽，身后是千万生灵。金塔的灵光映在她脸上，一瞬间容光映丽，灼亮了北辰的眼。北辰想起了她在风雨之中修补金塔的那一日，那是他、天衢和春花三人，交会纠缠命运转折的开始。

他心中微微一动。

再没有更合适的时机了，一切都刚刚好。

"春花，"他缓缓开口，"我一直心悦于你。"

春花愕然回望他，良久才道："你是说，在凡间的时候吗？"

北辰摇头："不是。

"是从很久很久以前开始的，也许是第一次见你时。与你一同下凡，共历情劫，你不知我有多么欢喜。"

这话一出口，他忽然一身轻松，仿佛放下了背负多年的重担。眼见着她眸中浮现震惊和怅惘，北辰失笑了。这原本是一件美好而简单的事情，也不知为何，从前觉得那般难以说出口。

"抱歉，我无意让你为难。但我确实想知道，你究竟……如何看我？"

春花呆呆地看了他半晌，蓦地深吸了一口气："北辰，你想听实话，还是咱们就把这事忘了，今后再不提起？"

北辰一怔："我自然想听实话。"

与她是否回应他的情意相比，他更在意的是两人之间的真挚与坦诚。

"若我说了实话，咱们还能做朋友吗？"

"我尽力。"

这答案没有让春花满意，但她心里知道，怎样才是正确的做法。

"我确实……并不心悦于你。"

北辰哽了一下。还是扎心了。

"我记得，在凡间的时候，你送过我一条平安络子。"

春花搓了搓手心："我那时年纪小，只觉得你很好，别的姑娘都喜欢你，我也该喜欢你。"

更扎心了。他沉默了一瞬："若我早些向你表明心意，或者在天庭时就告诉你我的心思，也许我们不会错过。"

春花无奈地摇摇头："北辰，我知道自己是什么样的人。我从来不容许自己错过。

"那时你说了一些伤人心的话，我当时不懂，后来年纪大了些，渐渐明白你只是为了保护我。若我真的那样喜欢你，一定会立刻找你问个明白，绝不会就这样算了。

"我喜欢你，是盼着你健康平安、开心快乐。但这开心快乐里，并不一定非要有我。北辰，我们做朋友很好，做恋人，不行。"

"你总是尽力帮我、护着我，我们可以吃喝玩乐、谈古论今，也可同上战场，以背相托。但……"她明眸晶亮而坦诚地望着他，"你并不十分明白我。"

北辰默然良久："那天衢师兄呢？"

春花怔了一下。

刹那间，忸怩而缠绵的情思如繁星洒满她的眼底："他呀，就是那个，我不容许自己错过的人呀。"

不论是第一世为人，还是在凡间历劫，她自幼在人堆里打滚，养出一双犀利的眼睛，看穿过多少卑微低劣的灵魂。第一次在鸳鸯湖畔遇上那位严先生，就像在乱石滩里望见一块金子。最初，她以为自己缺的，是一个可信的账房先生、一个得力的助手。

但是她错了。

很久以后，她才看清楚自己的欲望。如果是这个人，那或许能明白她——明白她的努力、骄傲、梦想与挣扎，以她认可的理由认可她，以她爱的方式爱她。

泪水不知不觉地盈满了她的双眼。她终于想起，自己究竟丢失了什么样的珍宝。

北辰苦笑起来。这一次，他输得明明白白。

他分明有些忧伤，却又为她的坚定而同感喜悦。

终于，他只是轻轻拍了拍她的肩膀："春花，'黄粱梦'已解，你都想起来了，对吗？"

泪水如丝线绵绵而下，春花怔忪了一会儿，如释重负地点了点头。

"凡间的两情相悦不过几十年。可天界神仙，相恋就是永恒。你可想清楚了？难道……真要和他一起上雷镜台吗？"

"谁说我求的是永恒？"北辰一愣，见她破涕为笑道，"我所求的，从来只是当下。"

春花擦去颊上泪珠："北辰，我有个地方要去。"


她驾起云头，直向紫阙仙山而去。

重到山门，依旧是那两个紫衣小仙童拦住了她。

春花咬着牙："我这回真是有紧急的大事！"

然而小仙童们已经有了经验，铁了心肠。

春花眉头一皱，计上心来："我要见海棠仙子。"

海棠收到仙诀，惊讶地前来迎她，听说她要见天衢上尊，为难一笑："今日上尊确实不在紫阙仙山。"

"那他去了何处？"

海棠端详着她焦急的神情，柔声道："春花星君，究竟出了什么大事？说出来，我替你想想办法。"

春花语塞，讷讷几声，把心一横："海棠仙子，我瞧你是个面善心慈的明白人，就明说了。"

海棠挑起眉。

"我对你家上尊，喀喀，打的是吃干抹净、志在必得的主意。"

海棠："……"

"你若是也对他有意，咱们不妨公平竞争。"

海棠沉默地瞪着她，片刻，扑哧笑出声来："他年纪这么老，一张棺材脸，满口大道理，动不动就教训人。除了你，谁会喜欢他？"

春花愣了一会儿："你说的，也有道理。"

海棠以为自己的话影响了她的心意，连忙改口："喀喀，我们上尊自然是极好的。你若不抓紧些，没准儿真被我抢了去呢。"

春花："……"

海棠道："上尊去了昊极仙山助古上仙尊闭关，恐怕还需一两日才能回来。我等普通仙人，根本摸不着去路。"

春花一愣。

昊极仙山她虽去过一次，却根本没记住路。

她揉着眉心："我自己想办法。"

海棠十分感慨："星君，我盼这一日，可盼了太久了。若能亲眼见你和上尊重续前缘，也不枉我飞升这一回！"

春花诧然："我们在凡间……是不是认识？"

海棠摇头："我出生之时，星君已离世二十余年了。"

"那……"

"我原本，姓'方'。"

春花困惑地摸摸鼻子。

海棠再道："我出生的地方，叫方家巷子。"

春花蓦然一震。

"方家巷子穷了两百年，直到有位春花老板为我们建桥修路，开商市作坊，人人才能自食其力，家家才有余财教子。我们那儿的百姓一直感念她的恩德，后世重女胜于重男，女儿个个以春日百花为名，有的名'桃'，有的名'梨'，有的名'鹃'，还有的取名'海棠'。"

海棠感怀地凝望着这个自幼熟知的人："汴陵女子，人人争强自立，各有所成，唯愿如当年的长孙春花一般，恣意盛开，百花齐放。只因有你先例在前，父母才肯送我去李家镖局习武，拜了天下第一的女镖师为师。十五岁，我被断妄司闻师傅选中，修习道法，得展平生志向。

"春花星君，你的每一个故事，我都听说过。自你去世后，世间果然如你所愿，有千千万万朵春花，自旷野之中破土而生。"

翠谷苍柏，磊磊涧石，着意寻春，却在无寻处。[1]

昊极仙山之中，已是夜深。天衢拜别了师尊，踽踽独行，涉过清凌的子夜河。一轮冷月之下，星星点点的孔明灯又升起来了。他静立在水中，默然看了一会儿，轻叹了口气，转身继续前行。刚踏出几步，天衢蓦地停住了脚步，深潭般的黑眸中如有重重山石坠落，飞溅起无限波涛。他僵着身子，缓缓举目远望，震动更甚。巨大的恐慌慑住了他，只怕眼前这一幕并非真实，而是在自己的梦中。更多的孔明灯正从子夜河上冉冉升起，那上面，书写的不是长孙春花与谈东樵的名字。最新的一盏悠然飘到天衢面前，墨迹还未干透，张扬纵逸地写着四个大字：春花、冬藏。

## 章二十·春花冬藏

鸳鸯湖畔，花灯如昼，箫鼓喧闹，人影参差。游湖的男女成对而行，填满长长的街。小贩们早就抢占好了摊位，画糖人、剪红纸、画小像、卖胭脂的一路排到画舫码头。毕竟，昏了头的情人眼里只有彼此，从不细看价钱。湖上漂着些雕花的画舫，船尾摇橹的人嗓音洪亮地唱着当地小曲儿，此起彼伏。紧挨着湖畔的几棵绿柳下，有个专糊孔明灯的摊子，挂着个"今日售罄"的招牌，客人们远远见着，都掉头走了。

除了摊主老陶，摊前只有一个元宝髻、樱草色衣裙的姑娘。

"陶叔，你这摊子位置不行。下回找那画舫码头的东家聊聊，每艘画舫以薄利饶两个孔明灯，每日的出货便有了保障，才好腾出心力玩点儿新的花样。"

老陶耷拉着眼皮："丫头，你包了我这摊子三天，今日都元夕了。你要等的人还不来吗？"

姑娘笑嘻嘻："今天等不到，明天我还包你这摊子！"

"喀喀，天涯何处无芳草，可别吊死在一棵树上啊。"

姑娘爽朗地大笑："他看到了，一定会来的！"

夜月东风，湖上光暖，却无一盏天灯。孤高的天界上尊换了身文士布袍，混进熙攘的人潮里，像个穷当益坚的书院先生。

---

1  改编自宋代辛弃疾的《卜算子·寻春作》。

一百多年未下界，鸳鸯湖畔早已变了颜色。天衢扯过最近的一人："请问，何处能燃放孔明灯？"

对方笑道："今日元夕，南街老陶那里一定可以放。公子……可认得路吗？"

他摇了摇头。

"恰好顺路，我引公子走一段吧。"

逆人流而行，拐过一条巷口，天衢看见了糊孔明灯的摊子，还有摊子前那梳元宝髻的姑娘。姑娘举着根毛笔，一脚踩着柳树根，倾着身子在一排孔明灯上写写画画。前头几个还规矩地写着字，后头几个画风逐渐狂野，什么"老木头""臭冰灯""青萝卜"纷纷出炉。

天衢停在了原地……她果然在此处。

"公子，你不是要放孔明灯吗？"引路之人疑惑地唤他，"公子？公子？"

天衢闷声不答。

近乡情怯，他竟不知该如何开口，踏出的脚步，偏又收回。

元宝髻姑娘丢开了毛笔，招呼着老陶托起一盏孔明灯，点起了火蜡。孔明灯冉冉升空，被遮挡的视野再度展开。数丈之外茕茕静立的青衣公子，终于映入了眼帘。

元宝髻姑娘——春花的呼吸刹那间几乎停止了。

如有无声的烟花在两人中间爆开，东风夜放了火树万千。

"陶叔……"

"嗯？"

"明天的摊子，我不包了。"

"欸？"

"我等的人，他来了。"

鸳鸯湖水在风中粼粼地撩拨着灯影，洪荒沧海倏然空遁，车马行人俱成光影。

他们只和彼此的目光胶着。

春花的眼圈倏地红了："你来晚了。"

天衢嘴唇翕动，说不出话来。

他想说：不是来晚了，而是走得太快，把她弄丢了，终于返身去找她，她却在遮天的云雾里迷了路。等他放弃了指望，只盼她在云雾里好好地过，她却又稀里糊涂地自己走出来了，还与他擦肩而过，走到他前头去了。

于是呢，便成了现在这个样子，她站在眼前，言之凿凿地说他来晚了，仿佛她从来没有走丢过，没有从他心上狠狠地剜过他的肉、他的血。

"我……"他艰难地开口，一抹艳色却忽地拦在两人中间。

盛装浓抹的女子张开双臂，杏眼圆睁："小姑娘，懂不懂什么叫公平竞争啊？他是我先认识的，我们一路同行到这儿的！"

春花："……"

天衢："……"

今夜元夕，正是陌生男女相识求偶的时节。汴陵女子坦率热烈，见着顺眼的男子，都是直接表白的。

那女子回身："公子，我叫秦芍药，今年二十八，是那边香药局的老板，至今尚未婚配。你呢？今年贵庚，是否婚配呀？"

天衢仿佛没有听见秦娘子的话，沙哑着嗓子道："我看见了你的灯。"

春花咬着下唇："不是我的灯。是我们的灯。"

秦娘子只听见个"灯"字，笑盈盈道："公子，你要放灯，我陪你啊！

"公子，你叫什么名字？咱俩可以把名字写在一盏灯上……"

这话成功地戳中了春花的牙眼，她凶猛地瞪起眼："他不成。"

秦娘子吓了一跳："为什么不成？"

"他喜欢我、痴恋我，眼里只有我。"

哪怕是在民风奔放的汴陵，这话也有点狂野了。

秦娘子蒙了一下，气势上已弱了下去："公子，她说的是真的吗？"

春花屏住了呼吸，表面气壮，实则惴惴地望着天衢。

天衢怔了怔，长长地叹了口气。

"她说得都对。"

红唇弯弯，心旌意动，春花破涕为喜。

秦娘子眼前掠过一阵风，元宝髻姑娘一把抓住青衣公子的手，穿过灯影人潮，往画舫码头奔去。

她连忙追了上去："公子，你别跑啊！"

夜风伴着春夜的花香，吹彻两人的衣衫。红尘人间在身畔喧嚣而过，一池春水缓缓润入干裂了百年的心田。

天衢的手掌被一只柔软的手紧紧抓握，唯恐他挣脱一般。

或者，可以这样奔跑到流光的尽头。


两人穿过码头，跳上一条空船。春花摸出个银元宝，船老大便一篙子撑过水月浮影，将船滑入了烟波的中央。秦娘子在码头上叉腰叫了几声，但他们很快就听不见了。

春花捋了捋微湿的额发，转脸向天衢一笑，他却默默移开了眼，将目光投向深不见底的湖水之中。

春花愣住了。

他好像，是和在凡间的时候，有些不同了。

她记得那些依偎与甜蜜，醇清的气味、交错的呼吸、紧贴的肌肤，瞳孔中映着对方的脸，是无上的欢喜。因此，一点点淡淡的疏离，都是刻骨的煎熬。

他是不是也一样呢？

春花想起自己说过的话，忽然难过起来。她说过好多次，自己已经不喜欢他了，让他放下她、忘记她。那时他是怎样的心情呢？怎么还能心平气和地和她讨论要忘记她这件事呢？

"我总伤你的心，你是不是不想理我了？"

船尾，摇橹的船夫迎着波光，悠悠清唱着小曲儿："约郎约到月上时，等郎等到月坐西。不知妹处山低月出早，还是郎处山高月上迟？"[1]

天衢蓦地叹了口气，抓起她的一只手，缓缓收握在自己的掌心，到了此刻，方才有了一丝真实之感。

"你刚才……跑什么？"

他低声问。

春花抿了抿唇，强行压抑自己的不高贵和不冷艳："她看上你了。"

"她只是帮我指了个路。"

她不忿："她问你是否婚配。"

天衢眉尾轻轻上挑："有匪君子，淑女好逑，这也算不了什么。"

她霍然站起来："她还说要陪你放灯，把两个人的名字写在同一盏灯上。"光是说出这件事，就让她心里打翻了醋缸。

"或者，她只是想请我做个账房先生……"天衢慢条斯理地说。

春花愣愣地望着他，倏地明白了他的意思，心中猛地一痛。

"在你心里，我和她，难道是一样的吗？"

天衢的眸光垂落："当然不一样。"

"哪里不一样？"

他沉默一会儿："她没有请我吃过八珍小宴。"

春花："……"

饶是她聪明机警，此刻也摸不清他的意图了。

"……就只是，这样？"有泪沾于睫上。

天衢被那泪光轻轻灼痛了一下，如有钢针细密地刺入心中最柔软之处。

他怎么可能对她狠心呢？她是这世界上最让他无计可施的人。

"她没有……用刀捅过我的心口。"

---

1 出自民间情歌。

天衢拉起春花的手，贴在自己左胸。

"她没吃过我亲手切的契丹小羊羔。

"她没教过我打双陆。

"她从未被我气哭，也不曾被我逗笑。

"她没有在马车上轻薄过我。

"她没有收过我的桃僵。

"她没为我们写过婚契，也没为我们置过宅院。

"她不曾拎着本账本，管我要'以后'。

"她不会事无巨细地记下每一件想和我分享的小事。

"她不曾为我放过孔明灯，让我日日想她，辗转难眠。

"她没有想念过我三年，也没有被我思念过六十年。

"她脖颈上没有红痣，笑起来没有梨涡和虎牙，不梳元宝髻，也不穿黄衣。

"她不叫春花。"

春花的眼圈红了。

"众生之中，没有任何一人与你一样。你是独一无二、无可替代、属于我的——这一朵春花。"

天衢抬起手，想要抚上她的脸颊，却停在了半路。

为怯暗藏，怕惊愁度，又恐是幻，又恐成空。[1]

"我生怕眼前这一切都是幻梦。但更怕我不够谨慎，你又再受到伤害……春花，此前每一次，从凡间到天界，我都护不住你。枉我苦修两万余年……"

春花蓦地钩低他的颈项，踮起脚，吻住微凉的唇。

天衢呼吸骤停，双手悬空，唯恐下一刻便接住她昏厥的娇躯。

摇橹的船夫抬头望了眼舱中重叠的身影，呵呵一笑，又唱起歌来。

"和块黄泥儿捏咱两个，捏一个儿你，捏一个儿我。捏的来一似活托，捏的来同床上歇卧……"[2]

画舫停泊在远离人群喧嚣的对岸，舟绳不系，几片树影投下来，风吹过，沙沙作响。

也不知过了多久，春花轻喘着离开他的唇，双目微红："你可记得，我说过，让你不要忘了我，也不要一直记着我？"

天衢心中微微一痛。他自然记得。

"后半句，不是真心的。

---

1　改编自唐代王焕的《悼亡》。

2　出自民间情歌。

"我以为自己死了，就什么都没有了。我想让你过得好，想让你觉得我不自私，死也死得高贵冷艳，所以才那样说。但其实……我想让你一直记着我、看着我、心疼我、护着我、爱我。"

愿谈大人日日想我，辗转难眠。

天衢的眼眸在橹声灯影里明明灭灭，如同银河边缘的星子。

"我知道你不是真心的。不论是从前还是以后，我对你的心意，不会有丝毫改变。可是春花，雷镜台上九十九道雷劫，我还可相抗，你却未必能全身而退。"

她擦去泪水，仰头看他："倘若……我们就此放弃，又算什么呢？"

天衢怔了怔。

这一直是他最为担忧的事。师尊设立雷镜台，是为考验真心。但他不知那冰冷无情的雷镜台，对他们两人，究竟意味着什么。他没有想到，在这件事上，她比他想得还要明白。

春花叹了口气。

"舍难求易，舍直求曲，我从来不齿，你也一样。

"人也好，神也罢，真正能把握的，也只有这一隙的时光，此刻的努力、此刻的钟情、此刻的梦想。倘若我们神仙自己都畏惧了，把握不住此刻，只敢去求来者，又凭什么教世人活在当下，尽遣有涯之一生？

"最差的结果，把我劈成只草履虫。你就耐心着些，用个干净的小碗养着我。总有一日，我能再修回人形。"她不驯地抬起眸子，眼底尽是动人异彩。

"严先生、谈大人、天衢上尊、冬藏——

"你敢不敢与我，同上雷镜台？"

天衢心跳如擂鼓，心脏几乎破胸而出。

他们两人之间，她常常是有勇气和远见的那个。而他，折服在她奋不顾身的炽热中，几近于扑火的飞蛾。

细碎的吻如同雪后的第一场雨，清冽地落在她的眼、眉、唇上。怀中冰冷空旷已久，终于拥入了最契合的那一朵春花。

他在她耳边低语："我愿与君缔永生，押上全部本钱，有错必改、有难同当，不讨价、不还价、不记账，不欺、不妄、不悔。"

天衢轻柔地握住春花的左腕。隐匿的桃僵在她腕上闪着流光，只有他一人能看见。

这一次，他总可以好好地护住她。

夏果秋敛，春花冬藏。

# 章二十一·阙分雷镜

有两个不要命的仙家要上雷镜台，这消息像长了翅膀一样飞遍了九重天。

长生天帝兴冲冲地冲到灵霄宝殿，这才想起来问传信的小仙官："是哪两位要上雷镜台？"

"听说是财神春花和……"

"哦呀，和北辰啊？朕上回就觉得，他们两人眉来眼去，看着还挺般配。"

"陛下，不是北辰圣君。是财神春花和天衢上尊。"

长生天帝从紫云显圣九龙攒金御座上掉了个凳。没有召开大朝会，天界的仙家们却来得很是齐整。春花和天衢来到殿门口，数十双眼睛擦得雪亮，一眨不眨注视着他们……不像是来听审的，倒像是来送亲的。春花心里正嘀咕，左手被轻轻牵住。天衢给了她一个安心的目光，牵着她直入大殿。

两人双双在丹陛前跪下。

天衢道："陛下，我与春花两情相悦，愿结为仙侣，相伴永生。天庭既有明文法度，我们甘愿遵从，携手同登雷镜台，受九十九道雷劫，以证验真心。"

长生天帝犹不肯信，向春花道："小姑娘，你也是这个意思？"

春花柔柔看向天衢："陛下，我愿意。"

天帝忍不住抚额：你们以为这是在举行婚仪吗？

自从把天衢上尊从昊极仙山挖角过来，脏活、累活、苦活都由他一肩担下，天帝的日子过得不要太快活。万一天衢在雷镜台上出了什么纰漏，好日子到头不说，天庭的法度和良心要着落在谁身上？

"天衢上尊，天界法司可不能没有你啊！"

天衢怔了怔："陛下若真这样想，就更应该更换执法之人了。人度只能度一身，法度方可度万民。"

天帝：你说得好有道理，我竟无言以对。

他一眼望见北辰："北辰圣君，快去给你师尊报个信，你这师兄怕是得癔症了。"

北辰垂首："臣已禀报过师尊。师尊言道'师兄知行合一，自担因果，正合天意'。"

天帝默默咽下了句粗话。

天衢大约明白天帝的心思："陛下，若臣因受雷劫而不能履职，北辰师弟近来颇有历练，当能接掌天界法司。"他顿了顿，"除此以外，臣尚有一本启奏。"

天帝被气笑了："上尊真是有头有尾。"

天衢道："雷镜台乃两万年前，古上天尊所设，本意在于警惕被滥情错爱损害仙者灵根。但两万年来，并无一对成功历劫结成的仙侣。臣以为，雷镜台有两弊：一则，仅以修为考验诚心，对低阶仙者实在不公；二则，仙者们果真断情绝欲，又如何解凡间万物生灵之情苦？

"故此，臣提议，待臣登台之后，废雷镜台，改以其他方式考验仙侣之诚心。请陛下与众位同僚议决。"

老神仙们面面相觑，殿中顿时鸦雀无声，针落可闻。

天帝更是愕然。

徒弟要改师父的章程，虽然稀罕，但也不是不行。说起来，连天帝自己也对雷镜台这条法例看不顺眼很久了。可是……

"天衢，你既觉得雷镜台该撤，何不先在朝会上议决，待修了律例，再按新律与财神结为仙侣？"

天衢慎重地摇了摇头："我二人真心相爱，此为因；以己度人，盼天下有情人终成眷属，奏请废撤雷镜台，此为果。因前者，仍须遵从成法，修法是为后来者得公正。天庭法度非为我一人所设。若执法者皆为自身福祸修法，法度尊严何存？"

他的脑子是木头做的吗？

……好像真的是。

天帝的目光投向春花。能收服这块万年老木头的，本事定是不小。他放弃了与天衢讲理："财神春花，你是如今天界最年轻的星君，前途不可限量。朕听闻，你此前在许多法令上与天衢有过冲突。天衢因循守旧，你却机灵又懂变通，何不好好劝劝他？"

春花一愣，半晌道："陛下，这一次，我觉得天衢上尊他……说得很对。"

"修行艰苦，道行难得，他分明可以避开雷劫，却非要你为他无故牺牲。你不怨他？"

春花微微一笑："这是他心中的道，也是我心中的道。若不认同他的道，怎会爱上他的人？我与他已一体，又岂是谁为了谁牺牲呢？"她顿了顿，"这一条路，在陛下看来，或许是两难道，在我们看来，却是唯一正途。只要心向彼此，总能相会于途中。"

交握的手扣得更紧，天衢震动地望着春花，眸底点点闪亮，如子夜河上升起的无数天灯。

纵有万年道行，与一知心人相比，又算得了什么？

"陛下，春花所说，亦是臣心中之意。"

天帝默然良久，终于无奈地叹了口气。

"天衢上尊、财神春花，你二人既情深意笃、矢志不渝，朕便成全你们，择一吉日，同上雷镜台。

"愿你们历尽雷劫，初心不改，鸳俦永偕。"


上回用到雷镜台，还是因为一万年前，溪山鹤童与渡月仙子的一段狗血情缘。那时天衢上尊还在东海平乱，天帝亲自过问，仍是两边规劝不听，只好送他们双双登台。雷镜台上，渡月仙子苦苦支撑到第十七道雷劫，终于忍受不住肉身与灵台的双重痛苦，飞跃而下。

她遍体鳞伤，抱着月老的袍角，大哭道："烦月老告知鹤童，是妾身意志不坚，愧对真情，今后无颜相见，让他忘了我吧！"

月老尴尬地将她扶起来："那个，第七道雷劫刚过，鹤童就飞下来啦……他走之前，也是这么让我对你说的。"

"……"

雷镜台下，赵不平逼着月老，把这一段过往在春花耳边唠叨了无数遍。福、禄、寿、喜并司命几个老神仙吵着应和："你看看，男人都是大猪蹄子，哪个靠得住？"

"就是就是，男人的嘴，骗人的鬼！"

"男人靠得住，母猪都能上树了哪！"

"雷镜台就是爱情的坟墓！"

"小春花，现在后悔还来得及呀！"

天衢默然立在旁边，本想说点什么，最终还是决定保持沉默。

春花握住赵不平的手："师父，我意已决，无论结果如何，都心甘情愿，与人无尤。"

赵不平哼了一声，背过身去，不肯看她。孟极蹲在她肩上，轻轻舔着她脸颊，不知何时，便舔出点咸味来。春花擦去泪珠，跪伏在地，深深一拜："春花蒙师父点化成仙，受教诲关爱八百年，恩情尚未报答万一。师父，无论春花变成个什么，爬也要爬回来，继续给您当徒弟。"

赵不平怔住了，眼眶渐渐湿润起来。

他弯下腰，将春花扶起来，长长地叹了一声："你是个有主意的，师父也骂不动你了。今后甭管这棵老树对不对得住你，师父永远是你的师父，宝蟠宫永远是你的家。"

一贯嘴毒心硬的财帛星君抹了一把老泪，踢了旁边的月老一脚。

"让你准备的东西呢？"

月老揩了揩眼角，从怀中掏出两条青金两色交缠的丝线。

赵不平拿过来，塞到春花手里，故意不看天衢："你们俩，一人系一条，算是个信物。哪怕真是修为散尽，变成只臭虫，臭虫窝里，也能一眼找着缠丝线的那只。"

春花默了会儿："师父，您还是盼着我点儿好吧。"

天衢从她手里拿过青金丝线，一条系在她腕上，另一条系在自己腕上，而后恭敬地向赵不平行了一礼。

"星君放心，有我在，绝不会让春花少一根头发。"

赵不平狠狠瞪了天衢一眼，突然悲从中来，靠在挨得最近的禄星肩上号啕大哭："老禄啊，丫头大了不中留啊！那么一丁点儿的小花骨朵养起来，被人连着花盆儿端走啦！呜呜呜哇！"

风雨大作，劫云密布，时辰已到，雷镜台开。

天衢伸出手，双目炯炯："春花，此刻，尚来得及一悔。"

春花将手轻轻放在他摊开的手中，立刻被温柔地紧握。

红唇轻启："我不悔，你呢？"

天衢开怀一笑，宛若万年冰融，夜昙盛放，古渡春生。

"生死不渝。"

青衣与黄衣裳袂交缠，凭风而起，翩然落上高台。

第一道雷劫劈下来的时候，雷镜台下的神仙们都愣住了。原本光秃秃的雷镜台上，磅礴的轩辕柏拔地而起，苍翠的枝藤向日，顷刻参天。柏树的树干如同空心，将春花小心安放在内。树干的一面宛如水晶般透明，露出了她惊慌失措的脸。

劫云降下，电闪雷鸣，轰然劈落，巨大的柏树立刻被削去一根枝叶，青衣神君扶着树干站起，吐出一口鲜血。春花只在原地呆立了一瞬，便明白了过来。她抬起左腕，虽看不见那熟悉的木镯，但自虚空中伸展出的枝蔓紧紧连接着守护她的这棵巨树。

"这是……桃僵？"她扑向树干上透明的窗，却不得而出，"你是什么时候……为何我竟不知？"

隔着那窗，天衢将手覆在她的手掌上："第一次带你过子夜河，我便将桃僵藏在你腕上了。"

两人四目相对，春花心中剧震，难以自抑地颤抖起来。

那时，她刚同他说过："我如今已不钟情于你了。"

泪水自她眼角滑落："冬藏，你放我出去。"

第二、第三道雷劫劈落。

春花眼睁睁看着他被从天而降的雷劫击翻在地，离开了她的视野。泪水如失控的洪水泛滥成灾，春花捶打着困住她，也守护她的树干，那树却岿然不动。她又摸着要取下手上的桃僵，却根本抓摸不住实体。沉怒的劫云吞没了柏树的树冠，一道道雷劫铿然落下，她已经无暇去数。

也不知过了多久，天衢的脸缓缓出现在她眼前。

她怔怔地望着他："这不是我想要的结局。我不要你一个人全部承担。冬藏……"她颤抖得几乎找不到自己的声音，"你放我出去，我们一起分担，好不好？"

天衢唇边染着几缕鲜血，眉目间却十分快意。

"春花，你我已是一体，又说什么谁为谁牺牲呢？"雷劫仍未停止，他僵立着承受了，凝望她的眼神却没有丝毫移动，"你说，要我拿个干净的小碗，养着你，等你修回人形……现在换你，用小碗养着我，好不好？"

春花摇着头，泪水如雨飞落。

这个人，总是用她自己说过的机灵话来欺负她。

"我曾说过，你我的结局如何，和甘华、穷奇都无关，和戏台上的虐恋纠缠亦无关，只关乎你我心中的向往。"

天衢低沉地笑起来，隔着树干轻抚她脸颊。

"春花，是你等我，还是我等你，又有什么分别呢？"

九十九道雷劫响彻云霄，震动了整个天界。当最后一片劫云散去，风收雨霁，彩彻区明。春花跪立在雷镜台上，微暖的日光温柔地铺满她沾着泪水的脸颊。她缓缓睁开双眼，一柄他惯用的青釭剑斜放在她面前。她怔了许久，忽有所觉，摊开了紧握的左手手掌，手腕上的桃僵法力尽散，终于还原成一个普通的细木镯子，显现在她眼前。而她的手心，一颗细长的树种泛着青褐光泽。树种边缘，一条青金两色的细线环绕而过，熠熠生辉。

参天的树，青衫的人，都已不见。只有那人的低语尚在耳畔："只要心向彼此，总能相会于途中。"

风雷九垠烈，镜台照两人。


## 章二十二·终不记年

屹立了几万年的雷镜台，终于在天帝一纸诏书之后，缓缓沉入了旧渊。自此之后，天界仙家若生情愫，须双双由往生池下凡历情劫，三生三世犹能不改初心，方可在天庭结为仙侣。

此门一开，从小仙娥到老仙翁都动起了心思。天庭一度桃花开遍，喜鹊连枝。

然而没多久，神仙们逐渐发现，雷镜台并不是阻碍他们相恋的首恶。实情是每位神仙自有仙宫，逍遥快活，四处风流，确实不怎么羡鸳鸯。最终，真正能两心相悦、下界历劫的仙侣屈指可数。

又过了一段时间，谈情说爱的风潮渐渐地淡了。各仙有各仙的值守，老神仙们听闻谁又为情跳了往生池，也只是议论上两三天，便不再关心。

北辰圣君临危受命，代掌了天庭法司的重任。他性情宽和耐心，与前任司法者风格殊异，但遵循成法十分严格，加上诸位同僚都颇为干练，公务落在实处，倒也从未出过纰漏。

东海的仙市顺利开张。最初，海龙族与飞龙族以商街划界，各据一边，严防对方越界。但随着百飓仙岛越来越繁华，上岛的仙族、妖族越来越多，甚至还有些胆大包天的修仙凡人也寻了途径登岛，海龙、飞龙两族的旧怨慢慢便成了年轻一代不爱提的老皇历。在对待其他族群时，海龙与飞龙发现他们之间的共性远远大于差异，譬如海参都得葱烧而非油炸，海鲜粽得吃咸的而非甜的，等等。再往后，一只雄海龙爱上了一只雌飞龙，几乎是顺理成章的事。两族混居通婚，曾经惊世骇俗的事，慢慢也寻常了。

北山化蛇耐不住寂寞，还是出来滋扰过东海一回，但还没挨着百飓仙岛的边，迎面遇上来百飓仙岛探亲的魔龙，魔龙一张嘴，就把他吓回了老窝。

天衢不在的第七十九年，赵不平辞去了仙职，把囤积的凡间好物装了几车，寻了个不高、不矮、不远、不近的小土包，权作隐居的仙山，闭门著书立说去了。

神仙日子漫漫长，日日上工日日忙。自那之后，春花承袭了财帛星君之位和整座宝蟠宫、东海仙市的所有事务，时光更是遁走如飞。


人间一瞬白驹日，世事几番苍狗云。[1] 凡间不知天上星移斗转，凡人们照旧沉浮于万丈红尘之中。

这一日，东海之西七百里处，一座名唤"小春浦"的镇子正在举行盛大的庙会。

小春浦下辖九乡，人口数万，一年中最看重的节庆不是除夕、春节，而是正月初五的财神祭。镇上最美丽福气的女子扮成财神娘娘，踩高跷游街，更有杂要、戏法等，不一而足。远近九乡的农人都带着自家特产前来赶集。

庙会后的集市上，一个八九岁的小男孩儿蹲在一个农具摊后面，百无聊赖

---

1　出自宋代艾性夫的《郡中逢桐庐方冰鉴相士》。

地望着天。

忽有清亮如泉水的声音响起："小弟弟，你这个镢头，怎么和别家卖的不一样呢？"

小男孩儿把脖子伸直，一下子看呆了。一个长相颇为标致喜庆的黄衣姑娘笑盈盈地立在摊前，手里拿着一把黄槐木的镢头。她皓腕露在袖外，戴着个细木镯子，还系着条青金两色编织的丝线。

小男孩儿红了脸："这是……我自己做的。"

黄衣姑娘指向木铁连接处："为什么这里多了一块塞呢？"

他支吾道："冬天干，木柄缩起来，容易掉。我加、加了个楔形的木塞，它就不容易掉了。"

黄衣姑娘十分惊讶地看了他一眼："你可真聪明啊！

"小弟弟，你叫什么名字？像你这个年纪，应该还在上学堂，怎么想起来自己做镢头呢？"

"我叫……小墩儿。"小男孩儿脸更红了，像个猴屁股。他搓着衣角道，"阿爹、阿娘供我念书，太辛苦了。我把镢头改一改，他们下地干活的时候，就不会磨伤了手了。"

黄衣姑娘眼波微动："小墩儿真是个好孩子。"

她从怀里掏出两吊钱："姐姐买一个镢头，好不好？"

小墩儿接过钱，摸摸头："姐姐你这么好看，也要种地吗？"

黄衣姑娘道："姐姐家里有一棵大树，长得太慢了。姐姐想，该多给它松松土，让它争点气。"

小墩儿挺起了胸脯："我做的镢头最好松土了，还可以挖笋子、刨红薯呢！姐姐用了，你家的大树一定能长得高高！"

黄衣姑娘被他逗笑："光长个儿也不行啊……"

还得长点心啊！

她眉宇间掠过一丝惆怅，但转瞬即逝，又换上亲切的笑意："小墩儿，你爹娘呢？"

"我看摊，他们拜财神娘娘去了。"

小墩儿充满向往地看着她："姐姐，你不去拜财神娘娘吗？拜了财神娘娘，明年一年都能财源滚滚呢！"

黄衣姑娘，即财神春花，向高跷游行的方向张望了一下，转过身来，轻轻蹲下。

"小墩儿，"她面容忽然郑重，"姐姐知道一个了不起的秘密，你想不想知道？"

小墩儿眼睛一亮："想！"

春花严肃地点了点头："姐姐的秘密是——其实，财神根本不需要你们去拜她。真正的财神呀……"她托起小墩儿的手，"就藏在你的双手和小脑袋瓜儿里面呢！"

小墩儿愣了愣，正要咀嚼她所说的话，蓦地一眼看见了阿爹和阿娘。小墩儿的阿爹满头大汗地冲过来，手里捧了个黄符，小心翼翼地塞在小墩儿手里："快、快给财神娘娘跪下！这是娘娘亲赐的招财符！"

小墩儿瞪着那黄符，倏然想起什么，转脸去看那买了他镢头的黄衣姐姐。黄衣姐姐像水雾蒸发一般，转眼就不见了。

阿爹拍着他的肩膀："快跪啊，这可是阿爹、阿娘排了好久的队才接来的财运！"

小墩儿呆呆地想了一会儿，从怀里掏出黄衣姐姐给的两吊钱，仔细一看，每个铜钱上面都有一朵若隐若现的金色春花。

他收起铜钱，忽然向阿爹笑道："阿爹，我告诉你一个秘密呀！

"其实财神，就藏在我们的双手和脑袋瓜儿里面呢！"


金乌西沉，仙山含黛。春花扛着把镢头，拨下云头，落在昊极仙山的子夜河畔。她脱去鞋袜，熟练地往肩上一扔，赤脚涉过冰凉的子夜河。一如此前的无数个夜晚，河上的孔明灯冉冉升起来了。起初还都写着字，慢慢地，后头逐渐变成了画，又变成了连环画。每一盏灯上都画着一朵小花和一棵大树。画上，那树越长越高，终于有一个小人从里头跳了出来。

春花站在河中央，欣赏了一会儿自己的画工，转头看看对岸，叹了口气，继续前行。河岸之上，一棵参天巨木沉默而高大地矗立着，巨木的树干上，一圈青金光线悄然流动。巨树底下，简单地搭着一个草屋，有篱笆，有小院，有石头圈起的水池，有木头摇椅。虽然样样物事都很朴素，却难得齐全和舒适。

春花赤着脚，踩上延伸得极为宽阔的根脉，一直走到树根底下。

"冬藏，我回来啦！"

百年前，雷镜台下，古上天尊亲至，以灵力护持天衢的最后一点真元，"播种"于昊极仙山子夜河畔，天衢最初生长之地。

天衢两万多年修为，原该抵得过那一百九十八道雷劫。他化为树种，也许只是灵根有伤的缘故。但木系仙人修行艰难，谁也说不清修复灵根究竟需要多久。可能是一两百年，也可能需要千年万年的时光。

以柏树而言，它长得可以算是出奇地快了，到如今，得要十个人才能环抱树干。

"真的是，光长个子不长心啊！"春花展开手臂，轻轻贴住树干。旁生的枝条温柔地围着她的身子，像一个怀抱。

她用指甲轻轻刮蹭着树干上的小屑："就是说，我也不是催你，可是，一百年都过去了呢。

"你那位老师尊，借他块宝地种棵树，搭个屋子，他竟然收我地租，你敢信？你快点醒过来，咱们好省一笔租子呀！"

巨树没有回答她。

"冬藏，你若是现在立刻醒过来，我一定一点都不惊讶，甚至还能冷峻地微笑。

"一百年没见，你恐怕都不认识我了。我和从前比起来，高贵冷艳了很多呢。

"我如今，啧啧，深不可测。"

巨树依然无声。

春花等了一会儿，终于露出点失望的神色，然而很快就恢复如常，自顾自地絮絮低语。

从人间的庙会，到东海的仙市，再到南极仙翁养的鹿，最后到司命和月老给下凡历劫的小情侣们攒的狗血本子。

说到最后，她也累了，终于停下了话头："昨日又碰见北辰，他问我，'如今这样，过得算不算好'。"

透过重重枝叶，她仰头窥见数点星光。

"冬藏，我如今，每天都过得很好。

"只有一样……太过想你。"


河上，孔明灯渐渐消失在了天际。小院之中，檐下悬挂的颗颗夜明珠却隐隐地投洒出柔光。春花转了个身，更深地窝进大树的凹陷，把它当了个躺椅或摇篮。

万物忽然归于沉寂，她眼皮有些打架，渐渐地便要合上。

正是在此时，异变陡生。

一道青光刺破长空，如电光疾射而至。

春花猛然睁大双眼，却来不及辨认，只看得清是一柄长剑。

那剑尖直指她身后的树干，春花大惊。无奈法术有限，应变不及，她索性伸开双臂，挡在剑尖与树干之间。

预期的疼痛并未到来，她缓缓睁开眼，只见眼前青芒如波流动，一柄熟悉的长剑悬空横在面前。

是青釭！

它不是应该存放在紫阙仙山吗？

她颤抖着向青釭伸出手——

一只骨节分明的修长手掌自她身后伸出，紧握住青釭剑柄。手腕上，分明系着与她一模一样的青金丝线。

干涩而熟悉的嗓音响起："春花。"

微暖的呼吸拂过她颈项："明日起，租子不必交了。"

夜风乍起，轩辕柏的枝叶沙沙作响。不知何时，树枝上四处绽开了粉黄的小花骨朵，如同一个个倒置的小金铃，舒展摇曳。

古树与新花的香气纠纠缠缠，铺满水岸。

春花僵在了原地。

练了百年的冷峻微笑全是废柴，她知道，此刻的自己，一点都不高贵冷艳。

秋怀夏愫，冬守春归，寒暑无侵，终不记年。[1]

正文完

---

1 改编自明代吴承恩的《西游记》。

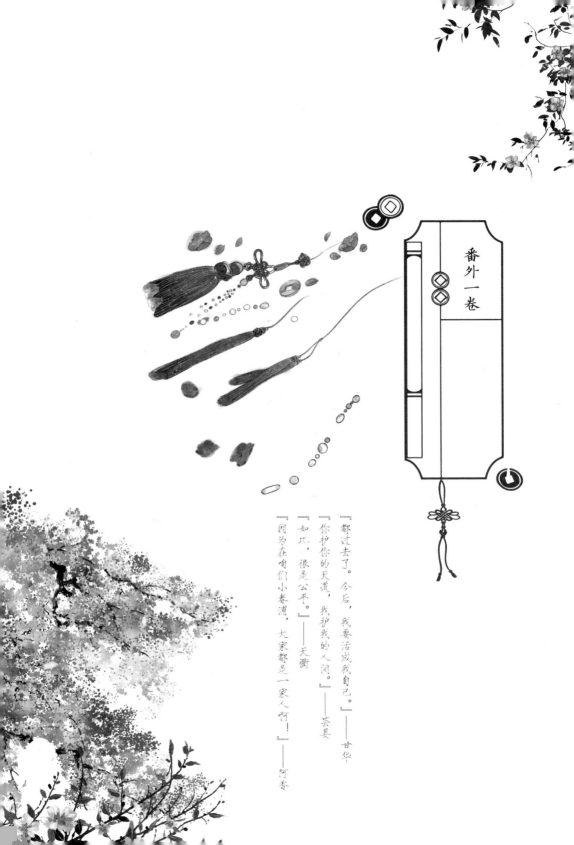

番外一卷

『都过去了。今后，我要活成我自己。』——甘华

『你护你的天道，我护我的人间。』——芸姜

『如此，很是公平。』——天澍

『因为在咱们小春浦，大家都是一家人啊！』——阿香

## 窘者

他活着的时候，同僚们给他一个脍炙人口的绰号，"两全尚书"。

所有的年轻后生都渴望复制他的人生。

他年少家贫，由寡母抚养长大，却不改青云志向。二十多岁新婚便成了鳏夫，妻子富贵却病弱，留给他万贯家财。他苦读三年，一朝进京赴考，夺得头名状元。其后娶主考恩师之女，步步青云，最终官至礼部尚书。妻子温柔贤惠，生下一女，教养得当，出落得亭亭玉立。寡母一直独居家乡，年六十而故，他为朝务所绊，未能侍奉在侧，追悔悲痛乃至晕厥，皇帝下旨夸赞他孝义。

他在朝二十年，其间风云变幻，楼起楼塌，只有他始终屹立不倒。人们说，他总能在纷乱的世态中选到那个最能两全无害的选项。

一切的终点，是在他四十六岁那年。

同窗好友因得罪上官，被诬陷下狱，满门发配边疆。待字闺中的女儿与好友之子自幼青梅竹马，原本两家有意结亲，因着此事，只得作罢。他早察觉好友锋芒过露，便审时度势，为女儿订下了一门新的亲事，以示与老友划清界限。

女儿淡淡地应了，并未说什么；妻子沉迷修佛，深居简出，夫妻已甚少见面，更不提促膝相谈。

他在帽儿街养了个外室，她颇为知情识趣，听了此事，对他大加恭维，说朝中这样多的臣子，无一个如他这般有先见之明、当机立断之智，不愧是"两全尚书"。

直到那一日，噩耗传来，好友之子在发配路上私逃，被官兵击杀，与他一同被杀的，还有自己的女儿。原来女儿与好友之子早已私订终身，约定两人一同私奔。女儿被乱刀刺死的时候，腹中已有成形的胎儿。

他悲痛若狂，冲入佛堂质问妻子是否早已知道真相，为何不告诉他，为何女儿要瞒着他与人私奔。如果女儿告诉他真相，他一定会想办法，至少不会让女儿落得这样的下场。

妻子流着眼泪交给他一封书信。

他展开信纸，上面写着——

父亲，你从来不会站在任何人一边，你只站在自己那一边。

随后，妻子拿出一封和离书。他震惊莫名。他一直以为，妻子与他疏离，专心礼佛，是他在外面有了其他女人的缘故。

但妻子否认了。

她说，从很多年前开始，她就已无法忍受他的碰触。

原来从前的妻贤女孝，全是假象。

他失魂落魄地离开家，往那外室的居所去了，却正碰上外室卷了所有钱款，和门口香药铺掌柜私奔。这一对狗男女以为他家中出了事，这几日必不得空，所以趁此机会脚底抹油，却不料被他抓了个正着。他悲怒交加，失了常性，命人活活打死了那掌柜，又把那外室吊起来打，问她为什么要这么做。他对她颇有情意，她也一向婉转承欢。他养了她十年，甚至打算养她一辈子。

那外室看了一眼自己相好的尸体，从发间拔下一把珊瑚红篦，掷在他面前。

"像你这样的人，哪有半分真心？"

他浑身发冷。

他最初看上这外室，就是因为她长得有几分像那红篦最初的主人。他喜欢拿着旧物，在铜镜之前，为她梳理一头黑发，仿佛回到许多年前。他颤抖着捡起那珊瑚红篦，篦齿狠狠地刺进了手心，他忽然就想起了那人。那人一身红衣，黑发被大风高高吹起，面容苍白而冷冽。

她说："萧郎，你信我，我只要活着，一定会回来找你。"

然而，她回来的时候，他正在和另一名女子成亲。其后数十年，他总疑心，或许甘华会在什么时候突然在他面前出现。但事实是，他再未见过她。

他恨过自己的母亲。母亲去世时他故意不在身旁，其后装作哀毁骨立，不过是给皇帝看的一场大戏罢了。

他娶妻是为仕途安稳。妻子出身高贵，性情也算温和，但颇有自己的骨气。他和她根本说不到一处，只能相敬如宾。

女儿是他的骄傲，他想着要把女儿养成一个独立、得体的大家闺秀，嫁一个出身显赫的俊才，绝不能像当初的甘华那样——分明是出身高贵的仙子，却恋上了个低贱的凡人。但他的防微杜渐终究赶不上命运的安排，女儿从来与他不亲，看他的神情像是看陌生人。

是的，也许他终究只识得维护世人眼中的太平安稳，却没明白过，如何爱一个人。

常年的宴饮与埋头案牍拖垮了他的身体，他在惊怒之中死于心绞痛。

人们说他是被外室给气死的，也有说是被女儿气死的，还有说是被妻子毒杀的。他的门生故旧对他的死因讳莫如深。他对社稷并无显著贡献，与同僚皆是泛泛之交，最为人"赞赏"的就是沽名钓誉与明哲保身。

其后多年，不再有人想起他。

他死后，鬼魂飘至冥司，判官询问他，可有未了之愿，他没了言语。

还说什么未了之愿？他这一生，仿佛从未称心如意过。

判官大惊，说他这分明是旁人求也求不来的好运道，除了最后的死状不大体面，整个人生可以说是完美的。

他被其他的鬼魂推搡着走向奈何桥，孟婆为他捧上一碗孟婆汤。

他捧着孟婆汤问："下一世，我会是什么样子？"

孟婆问："你想变成什么样子？"

他怔住了。

再来一遍，又有什么意思？

他放下了孟婆汤："我不想投胎。"

孟婆愣了一会儿，叫来了判官："这个人，心愿未了，不肯投胎。"

判官惊讶地问他："你想成为窨者吗？"

他茫然："什么是窨者？"

"孤魂野鬼，心有执念，不肯忘却前生，只好带着前世记忆投胎，是为窨者。窨者出生奇丑无比，窨者貌丑而哑，一世无亲，口不能言，瞳孔之中带三点红芒，代表一生只能说三句话，说完便死。"

他漠然沉思片刻："这么惨的人生，为什么还要过？"

"窨者遁出三界虚空，一眼便能看穿过去、未来，知晓时间背后的含义。一生三句诛心真言，每一句，都能成真。"

他浑身一震："这是不是意味着，我可以看清我的一生？"

判官露出森森白牙，冲他意味不明地一笑："人一生中，会做出无数选择。成了窨者，你就能看见，在你人生所有的岔路上，倘若选了不同的路，会是怎样的结局。正是因为你看穿了全部的可能，才能选择其中一种，固定在你所处的时空。"

"所有的结局？"

"所有的结局。"

他不说话了，眸中跳跃着火焰。那是他活着的时候，许多年未曾经历过的感受。

投胎成为窨者的那一瞬间，他看见了自己的过去、现在和未来，看到了萧淳一生全部可能的结局。几乎每一个结局，都是一样绝望和孤苦。

只有一个不同。

只有那一个结局里，他没有受花娘子的诱惑，而是等到了甘华，和她成了婚。他们起初过得很苦，逃避着天界的追捕，但彼此从未有过怀疑和背叛。他在每一个早晨为她梳头，为她描眉。他们生儿育女，心贴着心，从未有过间隙。他们逃了数十年。凡人命短，他白发苍苍的时候，她仍然雪肤花容，但待他如初。

他死在她怀里，死前握着她的手，对她说："甘华，我愿化身一面铜镜，常伴你身旁，为你，照见你自己。"

窨者的双目之中，泪珠滚滚流下。他终于看清了自己，知道了自己的未了之愿究竟是什么。窨者从烂泥堆里站起身，丑陋的脸仰起，对着天际。

很久以后的某一日，他在路边偷盗食物，险些被人打死。路过的马车中，终于探出了一张美若天仙的脸，红唇轻启："那丑孩子，也太可怜了。饶他一命吧。"

她不知道，他为了此刻，等待了多少年。


北辰自地府而来，终于赶上了送甘华一程。

红衣的龙族公主静静立在往生池畔，面容平静，无喜无悲。

"师兄，你拿到了吗？"

北辰点点头，伸手托出一颗魂珠。

"萧淳……那窨者的记忆，都在此中了。"他受甘华之托，亲自走了一趟地府，只为完成她这一个心愿，"他虽可恨，但也确实可怜。"

甘华看了看天色，下界的时辰马上就要到了。她手指微微发颤，缓缓靠近那魂珠。触碰魂珠，她就能看到那人的一切。指尖停在了离魂珠只有一寸的地方。

甘华沉默地望着它。

良久，她收回了手，轻轻叹了口气。

"师兄，把它交还地府吧。我不想看了。"

北辰一愣。

往生池水粼粼，白莲静静绽放。

"都过去了。

"今后，我要活成我自己。"

# 芸姜

她伏在因风摧折的草丛之中，大气也不敢出一声。左腿上被火燎伤了一大片，布料和烧焦的皮肤粘连在一起，疼得她几乎麻木。一只青羽红斑的毕方扇动宽广的双翅，徐徐降落在距离她不过数丈之处。

毕方引竹木之火，羽翼过处，草叶燃起青色的火焰。

她眼前一阵阵地发黑，握紧了手里的弓，默默祈祷那毕方不要靠近自己，快些离开。毕方梭巡了一圈，没有发现她的踪迹，正要飞走，蓦地，不远处的小径上，慢吞吞地走来一个高大的庄稼汉。

毕方怪叫了一声，朝那庄稼汉飞扑过去。

她伏在地上一阵心惊，想要跃起相助，腿上一痛，摔了个狗啃泥，只得大喊一声："快跑！"

那庄稼汉挑着个扁担，也不知是吓傻了还是怎么回事，那么大一只毕方鸟扑过去，他竟然纹丝不动。巨翼扇动火焰，长喙啄向人眼，她失声惊呼起来。毕方的去势却陡然止住，宛如在半空中被一只无形的手掐住了脖子。它周身气势迅速收敛，求饶般哀哀惨叫起来。一脚两翅扑腾了半天，仿佛突然被释放，登时吓得纵上半空，头也不回地逃走了。

那庄稼汉看也未看她一眼，挑起扁担就走了。

她从泥地里撑起半个身子，目瞪口呆地想：碰上个高人。

她顿时也不顾身上的伤痛，爬起来一瘸一拐地跟了上去。


庄稼汉似乎浑然不觉身后跟了个人，也许只是不在乎。她跟着他一路来到山谷深处，来到一间朴素平凡的农家小院，门口紧邻着几亩田。

真是个庄稼汉啊……

她眼看那人收了扁担，要进屋去，心知时机不等人，连忙冲过去，在他身后拜倒："大侠！求你收我为徒！"

庄稼汉脊背滞了一下，缓慢地转过来。

她咚咚咚磕了三个实诚的响头："大侠，我是山那边有姜族的族长，名叫芸姜！我的族人常年受毕方滋扰，农田频遭毁坏，苦不堪言。求大侠教我绝世武功，驱逐毕方，还我族安宁！"

她仰起头，一张漠然的脸立刻映入眼帘，对方年纪其实也就三十岁左右，长得还挺端正，只是冷淡得像在地底下冻了一万年。

他注视了她一瞬："我不收徒。"

"我们族里盛产黄姜，我保证您一辈子都有姜汤、姜茶、姜母鸭吃！

"一个人种地多累啊！您收了我，有事弟子服其劳。担水、浇粪、砍柴、烧锅都由我来，您就在旁边喝口姜茶就行啦！

"您教我功夫，我给您养老送终！"

她越说越兴奋，浑然忘了腿上的伤还在点点渗血。眼前一阵阵发黑，声音也越来越小，"咣当"一声，她栽倒在地。

庄稼汉怔了一下。

这自称芸姜的少女，方才还大放厥词，要给他担水、浇粪、砍柴、烧锅，这会儿把他的秧苗压塌了好几株，四仰八叉地趴在他的田里，沾了一脸泥。

一个月后。

庄稼汉慢慢地抱起双臂，怀疑自己可能是被缠上了："滚。"

名叫芸姜的少女，来了个一模一样的倒栽葱，又把自己栽进了田里。

她痛苦地呻吟了一声："腿伤了，动不了。"

他皱起眉："上次不是给你治好了吗？"

她白皙的脸颊上沾着几滴泥水："这回伤的是右腿。"

他沉默了一会儿："你知道，我一般都用粪水施肥吗？"

"……"

芸姜连滚带爬地从田里攀上来，冲到水缸旁边，狠狠把头扎了进去。庄稼汉摇头叹息，正要说什么，天边忽然卷起青红两色的火焰飓风。十余只毕方遮天蔽日而来，羽翼过处，树木点燃，寸草不生。庄稼汉微微一震，转身前踏几步。平地刮起一阵风，将脏兮兮、水淋淋的少女卷到他身后。

为首的毕方喈喈大笑起来："我还当是谁呢？原来是古上仙尊！洪荒大潮之后，天界到处找你，你却猫在这儿种地！哈哈哈哈哈！"

古上冷冷瞥他一眼："大胆妖物，竟敢到此？"

为首的毕方与同伴们对视一眼："古上仙尊，我们也不是为你而来。你把身后那凡人小丫头交出来，我们饶你不死。"

古上怔了一下，回头看一眼那激愤的少女。

芸姜握着弓箭大吼："来啊，姑奶奶我今日拼了性命，也要砍一颗鸟头！教你们知道，凡人也不是好欺负的！"

古上默默地扶了扶额头，用一阵山风将她吹回水缸。他转过身，沉着脸道："我已归隐不理世事，天界也好，凡间也罢，都与我无关。但若有不怕死的，我也不介意开一开杀戒。"

毕方冷笑："你少吓唬我们，洪荒之后天地混沌，上古诸仙殒落，只剩你一人，也是身负重伤。就算瘦死的骆驼比马大，你一个打得过我们十个吗？"

古上淡淡道："那就动手吧。"

沾着泥土的粗糙大手指向天际，仿佛扼住了亘古而来的山风咽喉。风的流向倏然逆行，整个世界的风瑟瑟归聚在古上身后，随着他双臂展开，凛冽的风穿过他臂弯，直冲向毕方鸟群。猖狂的鸟群顿时惊慌失措，掉头逃窜已是不及，被飓风吹了个七零八落，羽毛掉了一地。为首的毕方脑袋被吹秃了一半，惨叫着打着圈儿飘向天际，转瞬间便不见了。

芸姜从水缸里拔出脑袋，吐着水喃喃道："好强！"

古上放下双手，回过神来，看了她一眼。

芸姜还没开口，他飞快地道："我不收徒。"

她眼珠子骨碌一转："那你就把刚才那一招御风之术教给我就行了。只要学会这一招，我们有姜族就再也不怕被毕方欺负了。"

古上道："御风之术需要苦修多年，岂是一朝一夕就能学会？"

芸姜急道："我不要一朝一夕学会！我也不算太笨，只要好好学，总有一天能学会的！你要是嫌我烦，就把法门交给我，我自己回去练！"

古上愕然了片刻。

"你为什么要做族长？"

天界自顾不暇，管不了凡人死活。这是个人妖混战的世道，所谓族长，不过是自我标榜的肉盾罢了。她只是一个小姑娘，为什么要将一族的重担揽上身？

芸姜抹一把脸："因为他们都是我的亲人。

"在这混乱的世间，他们只有我了。"

古上沉默了。

洪荒大潮之前，上古诸神也曾为生民立命，急百姓之所急。地上的凡人要什么，仙人就赐下什么。但仙人赐下的礼物被掌握势力的凡人垄断，他们集结成族，各自抱团，稍有不顺便互相谴责、互相争斗、互相仇恨、互相杀戮。终于，人间的战火牵连到天界，洪荒大潮现世，天界与人间无一幸免，上古诸神殒落，只有古上一人幸免于难。

"凡人愚蠢自私，不值得如此。"他慎重地评价。

芸姜愣了一下。

"我也是凡人，也愚蠢，也自私。"她展颜一笑，"但我有时候，也很了不起。

"凡人嘛，就是一面愚蠢自私，一面想做点了不起的事。人人都一样。"

古上讶异地望着她，但见她眸子晶亮，映出一轮皎洁的明月。

他果然教了她御风之术。

芸姜也兑现了诺言，常来送姜，还来挑水、担柴，手脚麻利得不像话。有时时辰晚了，古上做几个清粥小菜，她推说着不饿，却默默地抱起了碗。两人同桌共食，清粥小菜也格外香甜起来。她年纪小，功底薄弱，却惊人地刻苦，不过两三年，便能熟练运用御风之术驱赶毕方。

有姜族受了她的庇护，逐渐成为周边人口最多的大氏族。再后来，她越来越忙，来找他的次数越来越少了，有时一两个月都不来一次。直到某一次，两人再见面的时候，他惊觉她已经长成了个成熟的女人。她脊背绷得笔直，想来是在族中地位越发高贵，气质也更沉稳大方。高挑的身材含着强健匀称的肌肉，她俨然是一个威风凛凛的女族长。

女族长芸姜迈着小碎步挪到他门前，用指甲抠着门上的青苔，如蚊蚋一般对门内的人说："古上，我可能要成亲了。"

他在门内吃了一惊，静坐了半晌，才缓缓打开门。

见他出来，她有点不好意思："有鱼族的族长说要娶我，今后我们两族合一族，就更不怕别人欺负了。"

古上掠过她来到院中，说不出心里是什么滋味。

良久，他沉沉道："你何必与我说这些？"

芸姜愣了一下，片刻道："可是我不想和有鱼族族长成亲。"

她坦然地绕到他面前，拢了拢惯常散乱的额发："我想跟你成亲。"

古上以为自己听错了，震惊莫名地瞪着她。

芸姜咬着下唇，晶亮的眼珠骨碌乱转，半晌，猛地凑上去，在他脸颊上亲了一口："我认真考虑过了，觉得还是最喜欢你。"

"我知道你性子磨叽，半天也说不到正题。没关系，我等你想明白。"她扭身跑开几步，又转过身来，笑得像只偷吃到鱼干的狸猫，"三天后，我们有姜族人会在山顶放天灯，相爱的两个人，会把名字写在同一盏天灯上，放飞上天。你那时来找我吧，告诉我，你的答案。"

她像只兔子一般，飞快地溜了，丝毫不见成熟稳重的女族长气度。

古上僵在了原地，把自己种成个树桩。

也不知过了多久，他将手掌贴上脸颊，被她轻吻过的那一处皮肤滚烫得如同被火焰燎过一般。

灵台中，盘虬的老榕如一片绵延于水上的密林，常年不见日光。

密林深处的水面上，蓦地起了一点波光，一朵含苞的小荷露出了尖尖一角。

三日后，有姜族在山顶支起一顶又一顶七彩的帐篷，举办盛大的天灯大会。

所谓天灯大会，一是为庆贺难得的丰年，二是给族中的适龄男女一个互相表白的机会。男男女女身着彩衣，载歌载舞，香醇够味的姜茶气息弥漫整个山顶。族长芸姜坐在高台之上，身披青红两色毕方羽织成的战衣，头戴翎冠，威武端庄。只可惜她的姿势不太端正，脖子伸长得如同一只小花鹅，身旁的嬷嬷时不时地拍她，提醒她不要堕了族长的气度。

她却满不在乎，一心只盯着远方。

嬷嬷顺着她的视线张望："族长，你说的那个人，真的会来吗？"

芸姜摸摸鼻子："谁知道呀。他也没答应我。"

嬷嬷大吃一惊："那万一他不来，族中女子都放双人天灯，只有你一个人落了单，岂不是很没面子？"

芸姜呻吟了一声："嬷嬷，话可以不用说得这么直白。"

一盏又一盏的天灯升起来了，映照着有情人喜悦的脸。只有族长的那一盏，惨白地扔在案上。芸姜颓丧地耷拉着脑袋，心想：他大概是不会来了。本来嘛，他教她御风之术，已经很给她面子了。这些年都是她厚着脸皮去找他，他从来没有来有姜族找过她。

她正惆怅时，人群蓦然安静下来。一个高大的布衣汉子分开彩衣斑斓的人群，缓缓行到族长高台之前。

威武端庄的女族长愣在原地，下巴登时掉了下来。

迎着有姜族众人好奇的打量，古上强忍着心中的不适，皱眉道："芸姜，我有话与你说。"

巨大的狂喜冲刷着芸姜的理智。她拎起天灯，跳下族长宝座，一把牵起他的手，往山崖边跑去。大风吹落了她的族长翎冠，她也不在乎。手里握着的粗糙大掌微微发烫，但十分柔顺地任她握着。终于来到崖边无人之处，她气喘吁吁地转过身来："你要说什么？就在这儿说吧！"

奔跑过后，她的脸颊红扑扑的，如同一个鲜嫩欲滴的苹果。有那么一瞬间，古上忘了自己要说什么。他怔怔地盯着她，只觉天底下最有本事的农人也种不出她这样稀有的珍果。她用手在他面前晃了一下，他才猛然回神。

"我是来告诉你……"他下意识垂眸，避过她的注视，"我要回天界去了。"

芸姜的笑意僵在了脸上。

她一直知道他是神仙。传说中的神仙居住在万里云上，高不可攀，但她真的没想过，有一天他要回天上去。

半晌，她讷讷出声："一定要走吗？"

古上沉默了一瞬，像是在解释，又像是随意提及："天界大乱初定，天帝亲自下凡，请我回去主持大局。"

芸姜明白什么叫"大乱初定"，也明白什么是"主持大局"。

也许天界和凡间并没有那么不同，都是一团糨糊。

她正魂不守舍，听见他淡淡地说："你……天资甚好，若是继续修炼，或许能名列仙班。"

芸姜呆了呆："你这话，什么意思？"

古上静静睇着她："你若愿意，可以随我一同返回天庭。仙人长生不老，可逃脱凡间俗世之恶、六道轮回之苦。"

芸姜沉默了。

就在古上以为她不会回答的时候，她出声了。

"你们神仙，都是这样吗？

"为了不受凡人的苦，所以成仙？自己厉害了，原地飞升上天，就再不管凡人了？"

他怔住了，目光情不自禁地追随着她，望着点点幽光在她瑰丽的眸中闪现。

她说："我不要这样。"

不远处，又一批天灯冉冉升上了天际。

芸姜垂首看着自己手里的天灯："古上，你喜欢我吗？"

他哽了一下，许久才道："仙凡不能相恋。何况，我也不是心中有情之人。"

那一朵心莲在他灵台中微微颤抖，却被无数的虬枝摁进了水中，动弹不得。

芸姜叹了口气："我明白了。"于是她朝原路走去，捡起刚才跌落在地上的翎冠，小心拍去灰尘，庄重地戴回了头上。

两人在风声猎猎的崖边，对立良久，再是无言。

这时，有族人高声唤她回去，想是什么集体的庆典要开始了。

她抬起头，尝试着向他扯出一个笑容，却没有笑出来，只是尴尬地咧了咧嘴。

"古上仙尊。"她敛了敛衣裾，朝他恭敬一拜，"多谢你教我御风之术。有姜族人，世世代代，感激不尽。从今以后……

"你护你的天道，我护我的人间。"

古上乘风而起，新任的天帝长生正在云头上等他。

"天尊，您肯随我回天庭，实在是众仙之福、万民之福啊！"

古上向他微一颔首，忽然想起了什么："今后的天庭，预备如何对待凡间？"

长生天帝愣了一下："天尊以为，该如何对待人间？"

古上没有立刻回答。他忽然觉得，这是一个需要重新思索的问题，也许，需要漫长的岁月才能检验出最好的答案。

两人正要驾起云头，长生天帝蓦地轻呼一声："那是什么？"

古上茫然回首。

一盏天灯不知何时升上了碧空，孤零零地飘在他身后。

上面写着两个名字。一个，是芸姜；另一个，是古上。

## 赌局

它一头扎进金元宝堆里，狼吞虎咽，吃了个肚儿圆。

这里是城中最好客栈的天字第一号房。入住的客人不是达官显贵，就是富甲一方之人，随身携带的金银珠宝绝不会少。就拿今天来说吧，这屋的客人带了个圆滚滚的钱袋，外头看起来不大，可它钻进去后，发现里面竟然另有乾坤，有堆积如山的金元宝、玉石牌、珍珠串，还有各式各样它没见过的奇珍异宝。它只恨爹妈没多生一个肚子，快乐得简直要飞上天去了。直到撑得塞不下了，它才想起该逃走。然而已经迟了，外头开门声响起，脚步声进了门。

一个清亮活泼的女声讶异道："咦，我的乾坤袋怎么扔在这儿了？"

回她的是个沉稳醇厚的男声："出门的时候，又忘带了吧？"

这两句话把乾坤袋里的它吓得魂飞魄散。是他们！这真是天堂有路它不走，地狱无门偏闯进来！如果它没记错的话，他们是一对新婚燕尔的夫妻，在邻近的几个大城游玩一个多月了。第一次撞上他们，它在一家酒垆的银柜里偷吃银钱，酒垆的掌柜没听见，却被这对买酒的夫妻听见了。随后，一只修长有力的大手一把捏住了它的尾巴，将它倒提了出来。

那女子倒有些见识，立刻叫道："是只臭鼩！"

呀呀呸，它明明有个更神气的名字，叫钱鼠！

也不知这对夫妻和酒垆掌柜说了什么，他们没逼它把吞下的银钱吐出来，就带着它离开了。

抓住它的是那对夫妻里的男人，生了一张冷酷沉默的脸，不知用什么法术缚住了它，让它动弹不得。它虽修道时间不长，但能感觉到，男人很强，是它再修一千年也追不上的那种强。

他媳妇却生得标致喜庆，总是带着笑脸，和财神庙里的娘娘有几分相像。它听见男人唤她"春花"，这样唤的时候，他原本冷硬平板的声音一下子就软了下来，好像真的有一朵花开了似的。春花兴奋地摊开手，示意丈夫把它放在她手上。男人起初不愿，但是被缠着说了两句，还是答应了，只是沉声嘱咐她小心，别被它咬了手。然后它就四仰八叉地躺在春花的手心里，被她一下一下戳着肚子。

"你怎么能吃下这么多银钱呢？"春花好奇地问。

它扭开尖尖的脑袋，权当听不懂。万一他们知道自己还能化成人形，说不准会下什么样的狠手呢。

春花问那男人："照你们断妄司的律例，它偷盗银钱，该判个什么罪？"

男人冷冷地道："该判用法杖杖责二十。"

它吓了一跳，下意识捂住自己的屁股。这么可怕的人，居然也能娶到媳妇。它不由得对春花抱有一丝同情。她看起来……不大强的样子，丈夫法力这么强，还这么凶，一定常常欺负她吧？

春花笑着摸摸它的脑袋："冬藏，你如今已不是断妄司的人啦。这小家伙看着不像惯犯，要不我教训它几句，放了吧。"

她丈夫冬藏黑着脸，不大乐意的样子，但春花摇着他的袖子央求了半天，他才勉强答应。

春花便把它托在眼前，竖起食指："小家伙，君子爱财，取之有道。那酒垆掌柜辛辛苦苦卖酒，一天才能得几个钱？你这样吞了，他多可怜啊！

"这次就放了你，下次再犯，不论是碰上人间断妄司，还是碰上我们，都难逃一顿毒打，你记住了吗？"

春花拍拍它的屁股，把它放到地上："去吧。"

它怔了怔，默默垂下了头，小眼睛里露出一丝羞愧之意，还是第一次有人这样和颜悦色地跟它说话。它从前偷吃金银被抓住，凡人们都把它当耗子打……大不了以后不再偷这些商户嘛。它跑出去好远，再回头，那对夫妇已经随着人群进了个戏园子，一会儿就看不见身影了。

自那以后很久，它没再偷过普通老百姓的辛苦钱，而是挑着最富贵的人偷。它想，这些一定都是不义之财。

谁知道，又撞到了这两人手上。

钱鼠把自己缩成了一团，大气也不敢出。乾坤袋被拿了起来，束绳一紧，打了个结，随手丢在了一边。钱鼠无声地吁出口气。他们应该没有发现自己。乾坤袋外忽然静得落针可闻，它一时疑心自己失聪了。还好，很快就又听到了春花的声音。

"冬藏，我们来打双陆。"

男人道："你都输给我多少次了，还不甘心？"

春花哼了一声："不甘心，除非我赢回'天界第一双陆棋手'的名号，否则永远不甘心。"

冬藏咳了一声："北辰传了些旧公文过来，托我替他看看。"

春花的不满溢出了喉咙："你都不在其位了，天帝那老家伙还不放过你。"

冬藏道："陛下不是批了两个月的假给你吗？咱们出来游玩这一趟，可还开心？"

"原本是开心的，看见这些公文，就不那么开心了。"

她嗓音带着些算计和波动，话音一落，衣物摩擦的窸窣声传来。

冬藏蓦地沉沉笑了一声："不要闹。"

春花软软地"咦"了一声："我没有闹呀！

"你要是嫌我闹，就还手啊！"

冬藏猛然吸了口气。

随即，脚步声传来，应当是冬藏挪了地方坐下。

他清了清嗓子，勉强恢复了严正的口吻："你且等一等，待我看完这一本，再陪你打一局，如何？"

其后便是一片沉寂，混杂着棋子被百无聊赖之人敲在棋盘上的声音。但这沉寂没持续多久，春花倏然轻轻笑起来，将一个重物啪地扔在桌上："冬藏，我今日得了样好东西。"

男人似乎沉浸在公文中，心不在焉地应了一声。

"今日咱们路过那间书铺，里头有些十分精致的版画刻本。那掌柜听说我们是新婚，就送了我一本。"

"嗯。"

"这本啊……"指尖摩挲纸张的声音微微轻响，"共二十四图，名唤《锦阵》。"

男人未解其中风情，仍只是淡淡"哦"了一声。

春花只得叹息了一声："冬藏，你现在放下手中公文，过来同我打一局双陆。咱们输赢做赌，你要是赢了，就在这二十四图中任选一幅……如何？"

室中登时静谧，落针可闻。

脚步声再度响起，只是比方才平白多了些仓促。旋即，男人极为缓慢地道："从这里头……任选一幅？"

春花用棋子一下一下地轻敲着棋盘，嗓音更是柔和："你……赌不赌？"

男人浓重地答了一声："赌。"

钱鼠坐在乾坤袋里，打着哈欠听他们打双陆，心想：这男人，下棋设赌都说得这样恶狠狠，仿佛每个字都从牙缝里蹦出来一般。

要是输了，不知道她会遭到如何残忍的虐待呢，它不由得对春花又多了一分同情。

没过多久，掷棋声重重响起。冬藏沉沉一咳："你输了。"

春花默了半晌，喃喃道："怎么会输得这么容易……你以前，该不会都让着我吧？"

男人没有回答她，而是低笑出声："图，我也选好了。"

良久，春花才讷讷出声："要不，咱们多玩几把，再一次性兑现？"

冬藏轻哼了一声，显是拒绝了她的提议。

她又道："要不你先去看公文，我怕北辰等得急了。"

"都是陈年公文，倒也不妨，让他等着。"

春花又默了一会儿，缓缓道："你看我们这个地方，不可大肆喧哗，万一有个小妖怪、小动物什么的，停在屋顶上，又或者是蹲在壁角听，多不好。"

低沉微哑的声音轻道："这个，你不用担心。"

奇异的寂静兜头笼罩过来，钱鼠疑心自己一下子聋了，连自己的呼吸声也听不见了。它惶急地想要拱开乾坤袋的袋口，却无论如何也无法让那结绳松动。

它只得静静缩在袋中，悲伤地想：这大概，就是传说中晋江的护城法阵吧。

也不知过了多久，钱鼠终于找回了自己的呼吸声。它又等了很久，确定外界没有别的声音，这才小心翼翼地去拱那乾坤袋口，果然被它拱开了条缝，日光漏进一隙，原来已经是大白天了。它有些忧心春花受到了何种残忍酷刑，但那叫冬藏的男人法力太过强大，非它所能敌。而且，它还有别的牵念。

于是它钻出了乾坤袋，头也不回地逃了。

它沿着墙角沟渠玩命逃窜，一直跑到城外，回头看看，并没有人追上来，这才长出了一口气。四下野草树丛轻轻摇曳，并无人烟，它心下渐安，摇身一变，变成个灰衣的少年，尖嘴小眼，但眼珠澄澈，黑白分明。

灰衣少年沿着官道，慢慢地走回城中，顺着城墙根来到最偏僻穷苦的一个小巷中。他停在第一户人家的门口，静静听了一会儿，里头传来呜咽的哭声："咱娘这个病，也不是三五两银子能治好的呀。要不……"

少年庆幸自己的耳朵还是和从前一样灵。他伸手到唇边，吐出两个金元宝，轻轻放在了这户人家的门前。

少年又来到第二户人家："呜呜，那私塾的束脩可太贵了，爹给不起啊……"

少年又吐出一个金元宝，放在门前。一连几户，少年都如法炮制，很快，就把吃下去的金元宝吐了个干净。他摸了摸空空如也的肚子，正准备离开，结果一转身，正对上了对面城墙上迎风而立的两人。少年下意识地转身就溜，脚下却似被捆住一般，绊了一下，一屁股坐在地上。

冬藏翩然落在他面前，堵住了他的去路。

少年抱头哭道："我不是故意朝你们下手的！你昨晚对她动了什么酷刑，我也一点都没听到！"

冬藏怔了怔，一脸讳莫如深。

春花杵了冬藏一肘："你吓着他了。"

而后朝少年咧开嘴角："小弟弟，你别怕。我看出来你是个有善心的好孩子，只是方法不太得当……你叫什么名字呀？"

少年又惊又惧地望着她："我……没有名字。"

"那你有亲人吗？"

少年摇头："我从生下来就是孤单一个，这条巷子里的凡人有时吃剩下些残渣，喂给我吃。我就自己修炼，化了人形。"

春花微微有些动容，似乎有什么久远的回忆浮上了心头。

半晌，她轻声道："我是天上的财帛星君，名叫春花。凡间万宝，都归我掌管。小弟弟，我看你颇有天资，心地又好，你可愿拜我为师，随我上天修行？"

少年愣了会儿。

他觉得这位春花星君很是亲切，应当不会骗他，有心点头，看向长长的巷子，却又犹豫了。

春花看出他的想法："我知道你挂念这条巷子里的人。但天下像这样的贫苦人何止千万？我收你做徒弟，就是要教你世间财帛的道理——令应得者得，应富者富，令天下人都有遮顶之瓦、温饱之粮。你可愿意？"

少年怔住了。这回，他认真地思考了许久，终于点了点头。

"我愿意。"

春花欣喜一笑："那师父我给你取个名字吧。

"就叫子恕，你喜不喜欢？"

少年将那名字在舌尖上来回念了两遍，只觉有种说不出的熟悉感。

"我很喜欢。"

春花笑眯眯地揉了揉子恕的脑袋："乖徒弟，稍后你师丈捏一仙诀，送你上天界到宝蟠宫。你拿着这玉函，去找一位叫孟极的师兄，它会领着你先习打坐修行。师父在凡间还有些俗务，待处理完了，自会回天界教你。"

子恕甚是乖巧地点了点头，怯怯看了眼冬藏，凑近春花道："师丈他……真的不会欺负你吗？"他压低了声音，"我觉得他有点凶。"

春花一呆，旋即大笑起来。

"你师丈只是看起来凶，其实呀，很好欺负的呢。"

冬藏默默地扫了她一眼，她只得强行忍下笑意。

送走了子恕，春花转头对冬藏笑道："我早说了，他心里定是存着善念的。这回我这徒弟，算是收成了。"

冬藏用幽深的黑眸凝望着她，半晌走近两步，弯下脖颈："愿赌服输，这一局，确是我输了。"他顿了一顿，"你打算……如何欺负我呢？"

春花眼珠转了一圈，纤手轻轻点上他胸口："其实……"

"嗯？"

"昨夜那画本里，我也选了一幅……"

男人的喉结轻轻滚动了一下。

"如此，很是公平。"


又过了很久以后，春花才想起，她忘了叮嘱子恕一件十分紧要的事情。子恕拿着个玉函，被一阵青色光芒直送到天界的宝蟠宫门口。他整了整衣装，深吸口气，敲了敲宫门。里头立刻有个粗犷的大嗓门应道："谁啊？春花和她男人下凡度蜜月去了，有事请找北辰圣君！"

子恕不屈不挠地又敲了敲门，宫门忽地打开。

他拿出想了一路的说辞："我是春花星君新收的徒弟，名叫子恕。受师父之命，来找一位孟极师兄……"

他的话语在看到门内的情景时蓦然止住。

一头白猫夯着毛，朝他缓缓走来。

孟极："喵？"

子恕："吱？"

## 驱瘟

阿牛在小春浦镇口的路旁开了家馄饨摊，专供往来客商饱腹歇脚。他这馄饨是祖上传下来的秘方，皮薄馅鲜，汤头澄亮，香满道旁。

这日往来客商不多，时至午后，馄饨摊子竟都没坐满。稀稀落落的几个客人低声议论，南边瘟疫肆虐，很快就传遍了好几座城，死了不少人。镖局的生意停了，许多供货的铺子也关张了。唉，不论如何，他们这些走南闯北的客商都免不了受折腾。

阿牛一边下馄饨，一边默默听着。难怪近来的生意没有从前火爆了。

生意差些还在其次，怕的是，万一瘟疫传到了小春浦。阿牛是吃百家饭长大的，镇里的老老少少都是阿牛的亲人，谁也不能有事啊。

他又想到了阿香。

阿香是和他一起长大的，聪明又能干，她前些日子告诉他，要去南方的大城挣钱。那里商人多、机会多，等她挣了大钱，再回小春浦。阿牛其实很担心阿香在南方挣了大钱，就不想回小春浦了。更重要的是，她会忘了他。可是他又有什么立场让阿香不要忘记他呢？他只是个普普通通做馄饨的傻小子。

他正发着呆，馄饨摊儿上来了位独自行路的姑娘。姑娘一坐下，就点了最招牌的荠菜三鲜翡翠元宝馄饨。阿牛不禁留意地看了她一眼。她穿黄衣，眉目标致，脸颊丰润，总带着笑意，不是他熟悉的面孔。

"您是……小店的熟客？看着有些眼生呢。"

姑娘笑笑："你爹娘在的时候，我来吃过馄饨。"

阿牛惊讶了一会儿。

他的爹娘十年前就去世了，这姑娘看上去二十岁出头，也就比阿牛大个两三岁，吃过他父母做的馄饨，得是十一二岁就出来跑生意了。

"您一个人上路？"他有些担心姑娘的安全。

姑娘的目光在他脸上梭巡了一圈，道："我本约了我家相公在此见面。南边几个大城闹瘟疫，他被临时征召了去，要晚些时日才能到。"

阿牛听了肃然起敬："抗击瘟疫的，都是咱老百姓的恩人，这一碗馄饨，我阿牛不收钱。"

姑娘再三推辞，阿牛拒不肯收。姑娘吃过馄饨就上路了，还是在桌上偷偷放下了馄饨钱。

夜深了，阿牛打扫了灶台，收了摊，伸展了一下疲惫的身躯，缓缓朝自己的小院走去。

小院坐落在小春浦最偏僻的山脚，离得最近的人家就是阿香家，但也有半炷香的脚程。经过阿香家的时候，他听见阿香的爹娘正在争吵，吵的正是阿香离家的事。

他没敢细听，继续往前走了。

阿香肯定是要走的，镇上许多年轻人都已经走了，阿香不是第一个，也不是最后一个。到了家，阿牛放下挑担，擦了把脸，进门点灯。一点上油灯，他就愣住了。屋里有一只瘟。

别人大概看不见，但阿牛是能看见的。他小的时候，阿爹、阿娘就是死于一场瘟疫，那时，他第一次看见瘟的存在。它黑黢黢、冷冰冰的，没有脸，但有黏腻细长的手指，会慢慢捂住人的口鼻，令人发热、发昏，透不过气来，直至无法呼吸。一旦缠上了一个人，瘟就不会离开，直到那人死亡。但在这期间，如果染瘟的人接触到了第二个人，就会生出第二只瘟，缠上那个新来的人。如此一个人传下一个人，周边几个大城里的瘟疫都是这么传开的。

阿牛僵在了原地。

那瘟虽没有眼睛，但阿牛知道，自己已经被盯上了，逃不掉了。湿冷的手指搭上了他的脖颈，伸向他的口鼻，阿牛只觉一下子失去了身体的温暖，四肢像裹了冰块一样寒冷。那瘟无声地刺激着他的心脏，让他惧怕、恐慌，他想立刻跳起来，去镇里叫醒每一户人家，告诉他们，这里有一只瘟，要害他的命。他站起来，慢慢向门口走去。

瘟在他耳边低语："没错，你做得很好，快去。"

他的手搭上了门扇，蓦地，他狠狠关上了门，插上门闩，还从里面加了一把锁："我才不会中计呢！"

小春浦的镇民，一个都不能染瘟。尤其是阿香！

小春浦是个和睦友善的镇子，家家户户人口兴旺，只有阿牛是个孤儿。应该不会有人想念他吧？明天馄饨摊不开张，大家只会以为他懒了，或离开了。至于阿香，她过几天就要走了，更加不会在意他了。

这样也好。就让这只瘟和他一起死在这间房子里吧。这样，其他人就都安全了。阿牛颓然坐在地上，泪水滴滴答答地从他眼中涌了出来。他腰间的钱袋绳结被扯松，掉在了地上，今天收到的铜钱撒了一地。不论如何，这些都是阿牛的血汗钱。阿牛擦了把眼泪，俯身去一个个把铜钱捡起来。其中几枚铜钱倏然亮了亮，显出一朵金色春花的纹路，再仔细去看，纹路又不见了。

那瘟又在他耳边低声说着什么。阿牛怕自己动摇，捂住耳朵不肯听。

渐渐地，他意识越来越模糊，终于昏睡了过去。


阿牛醒来已是清晨。

初时，他以为和瘟有关的一切只是自己做的一个梦，但冰凉的手指立刻缠上了他，阻碍呼吸，耳边低语又起："你出门啊，外面阳光多好啊，出去玩啊……"

阿牛浑身发抖，只觉眼睛、鼻子和喉咙都疼得厉害。

他摸着床沿，缓缓爬起来："我不会出去的。"

那瘟沉默了一会儿："你不出去，就只能一个人死在这里。没有人会在乎你。"

它停了一会儿，见阿牛不为所动，又换了一套说辞："就算你不想害别人，也挡不住别人要来害你啊！你知道吗？别的市镇发生过一人染瘟，房子被恐慌的镇民点燃，把人和瘟一起烧死的事情。还有的地方，镇民不相信瘟的存在，把能看见瘟的人都视为妖邪。"

瘟长叹了一声："现下你我是一条绳上的蚂蚱。我不想要你的命，只是想让你带我出去，看看阳光……就看一眼。"

阿牛沉默了。

小春浦的乡亲们如果知道他也染了瘟，会来放火烧死他吗？

他目光落在熄灭的油灯上，半晌，颤颤巍巍地向火折子伸出手。

那瘟大吃一惊："你要干什么？"

阿牛咬着牙："乡亲们都是好人，我长这大，他们每一家的饭我都吃过。就算是他们想烧死我，我也没有怨言。"他固执地拿起了火折子，"不用等别人来放火了，我可以自己烧死自己。"

就在此时，院子里突然响起人声："阿牛，你在家吗？"

阿牛愣了一下，旋即惊慌地后退到离门最远的地方："阿香，你来做什么？"

阿香的声音又暖又亮，像冬天里的太阳："阿牛你这个大笨蛋，是不是又遇到什么事情，一个人偷偷扛下了？"

阿牛的眼泪一下子就涌出来了。

"阿香，你走吧。反正你已经要去南方了，我的事跟你没关系。"

阿香被他说得一愣，旋即大怒："大笨蛋，等你出来，我一定要狠狠打你一顿！"

阿牛以为她要冲进来打他，连忙高声道："阿香，你别进来！"

他颤颤地回头，看了眼黑黢黢的瘟。他把真相说出来，阿香应该就会自动离他远远的吧？

"我……染上了瘟。你快走吧，离得太近，你也会染上的！"

外头顿时安静了下来。

阿牛疑心阿香已经走了，可是过了一会儿，又听见她清脆的声音，只是这一次，没有了怒气："阿牛，你别怕。我们都已经知道了。"

阿牛的心跳漏了一拍。

"你们？"

"我呀，我爹娘，还有墩子、狗蛋、老黄叔、小珍姐，大家都知道啦！"

巨大的惶恐顿时将他层层包围起来：

"你们……都知道了……要来烧死我吗？"

阿香又安静了一会儿，突然大声骂了他："阿牛你是不是傻子！"

阿牛委屈地低下头。

"阿牛，你还记得那个在你那儿吃过一碗荠菜三鲜翡翠元宝馄饨的黄衣娘子吗？她说自己叫春花，她相公正在南边的邻城驱瘟呢，大约十四天后就能到咱们这儿了。十四天，阿牛，你只要撑过十四天，就会有驱瘟的法子了，你一定要坚强哦！

"我们全镇都商量好了。你乖乖待在屋里别出来，老黄叔每天给你熬驱瘟的药汤；狗蛋会下厨，给你做三餐；小珍姐身手好，能爬到烟囱上，把饭菜和药汤给你吊下去，不会被瘟缠上；还有墩子和我，每天都会过来陪你说说话、聊聊天。我可以每天给你唱一首歌，你要是喜欢，就跟我一起唱呀。"

阿牛听完，彻底呆住了。

半晌，他嗫嚅道："我……没听错吗？你们真的不打算烧死我吗？"

阿香隔着门扇，像小时候一样温柔又耐心地对他说："我们大伙儿，都等着你出来，再吃你做的馄饨呢。"

阿牛恍惚了一阵，倏然想起什么，转过头来再看那瘟。

瘟冷冷地趴在他肩膀上，不再说话了，仿佛比之前缩小了一圈。

"就算不烧死我，你们也应该离我远远的才对啊！"

毕竟很多年前，阿牛的阿爹和阿娘就是这样死去的。阿爹、阿娘把他们自己关在屋里，哭着让老黄叔把幼小的阿牛带开，离他们远远的。

"为什么……为什么要对我这么好？"

阿香沉默了一阵，轻轻地说："因为在咱们小春浦，大家都是一家人啊！"


阿牛果然吃上了温热的饭菜，喝到了药汤，昏沉的头颅清醒了许多。

第二天，除了吃食和药汤，小珍姐还从烟囱里给他坠下来两个小泥人，一看就是镇子里捏泥人的张大叔做的，一个是小时候的他，另一个是小时候的阿香，栩栩如生。

第三天，吃食里多了芝麻烧饼和糖炒栗子，一尝就知道是烧饼铺陈大妈的手艺。

第七天，阿花领着学塾的孩童们过来一起给他唱歌，都是他小时候最喜欢唱的山歌。

到了第十三天，镇里索性在阿牛的院子外面开了一场皮影戏，隔着窗纸，阿牛也能看得津津有味。

他一边看皮影，一边对旁边的瘟说："你也看得懂皮影吗？"

瘟瑟缩了一下，没有出声。这些日子以来，在药汤的作用下，它已经缩成了一个黑猫大小的黑影，但依然不折不挠地粘在他身上。但阿牛已经不在乎了："你看，我们都不害怕你了。你可没什么了不起。"

到了第十四天，瘟已经缩成了个巴掌大的小球，似乎奄奄一息了。

镇上的人都集中在了阿牛的院子外面，屏息等待着。

阿牛听到门外有人亲切地叫了一声他的名字，然后道："阿牛，你现在把门打开吧。开门以后，不论发生什么事情，你都千万不要动，知道了吗？"

阿牛觉得这声音有些熟悉，想了一会儿，才记起来，这就是那个在他摊上吃过馄饨的黄衣姑娘。阿香说过，她叫春花。他这些日子以来不见日光，但吃得好、睡得好，竟然还胖了一圈儿，当下响亮地答了一声"是"。

然后，他屏住呼吸，慢慢地取下门闩，拉开了紧闭十四天的房门。久违的日光照了进来，温暖得令他睁不开眼。青芒伴着劲风掠过他耳畔，肩上猛然一轻，那瘟已经不见了。

阿牛突然觉得通身畅快起来，仿佛放下了十万钧的重担。

他慢慢地睁开眼，转头去看，那瘟被一柄又长又亮的宝剑钉在了墙上，像一个泄了气的黑皮球。他再转过身，春花在日光里向着他盈盈微笑。她身旁立着个高大冷漠的青衣男人，一手揽着姑娘的肩，另一手擎在身前。

杀死瘟的宝剑，就是他掷出来的吧？他一定就是春花的相公了，真是个了不起的人啊！

阿牛张了张嘴，正要感谢他们，阿香从院外奔了进来。

"阿牛你这个大傻子。"她一把抱住了他。

阿牛的脸红得像七月的西瓜瓤。

他僵硬得像根木桩，手脚都不知该往哪儿放，半晌，才讷讷地说："阿香，你……还要去南方吗？"

阿香擦了一把眼泪，破涕为笑："不去了！"

阿牛心里一慌："你是为了我才不去的吗？可是……"

"呸，我才不是为了你呢！"阿香啐了他一口，而后转脸去看春花，"春花说，我们小春浦，人人心中有爱，心往一处想，劲往一处使。这样的地方穷不了，一定会越来越繁华！我觉得她说得对，所以我和爹娘说，'我不走了，就留在小春浦'！"

她明亮的大眼睛毫不羞怯地盯着阿牛："我想好了，就在你馄饨摊对面，开一个洗车马的厩房。你乐不乐意？"

阿牛几乎不相信自己的耳朵了："当然乐意！"

他把双手在身上搓了又搓，一时不知是在做梦还是在现实，快乐得要飞到天上去。

不由得充满感激地看向春花和她的青衣相公，看向院中的其他人。

"我阿牛，也没别的本事，请大家吃馄饨啊！"

他先问春花："你要吃什么馅儿的？"

春花笑呵呵答："当然是荠菜三鲜的。"

"好嘞！"

阿牛又问青衣相公："您要吃什么馅儿？"

青衣相公抱起手臂，淡然的笑融化了面上的冷峻："自然是和娘子同馅儿。"

春光明媚，镇民们燃响了爆竹，驱走瘟疫，驱走去岁的阴影，迎来崭新而充满希望的一年。

繁花开了满山。

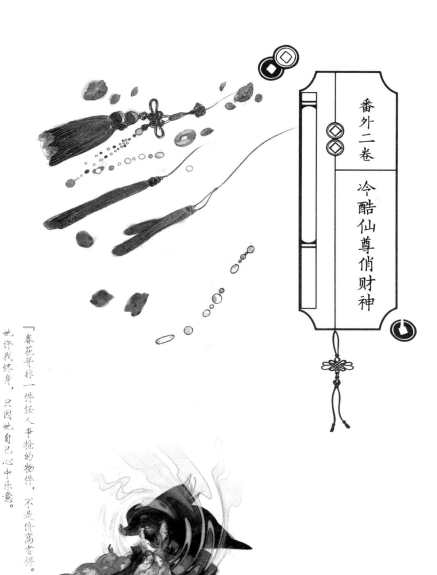

番外二卷　冷酷仙尊俏财神

『春花非一件任人争抢的物件，不是价高者得。

她许我终身，只因她自己心中乐意。

若有一日她不乐意了，我便是痛不欲生，

也只能尊重她的决定。』

——天衢

东海仙市开了上千年，百飓仙岛已成了三界人气最旺的地方。除了东海水族，就连昆仑山魅和远洋海怪都不远千里，带着特产前来交易。

春夏之交，正是一年中生意最好做的时候，财帛星君春花索性领着整个宝蟠宫，搬到仙市现场办公，一住就是一个月。

时间一久，小徒弟子恕便忧心起来："师父，您如此醉心公务，夫妻之情，岂不生疏？"

春花大咧咧一笑："你师丈比我还忙，野狗一般不着家。他和海棠去南极仙岛收服那冰封雪魔，已经两个月了，所幸还记得每日报个平安。"

谁也嫌弃不着谁，正好良配。

又过了几日，春花正在仙市上查秤，子恕慌张来报，说那西海鮟鱇族的三皇子胥康，又来求亲了。

这鮟鱇，又名海蛤蟆，头顶天生一颗大肉瘤，有的还会发光，即使在水族中，也属于奇丑的那一类。他们的婚嫁规矩更是另类。雄鮟鱇体形小，遇上中意的雌鮟鱇，便冲过去咬住，死死不放，受其喂养，伴生一世。一条雌鮟鱇身上，往往寄生许多丈夫，互相关系还不错。

鮟鱇族三皇子胥康常来仙市采购，与春花打过不少交道，时日一久，竟暗生了情意，今日送花，明日送首饰，把她当个雌鮟鱇来追求，还光明正大地抬了礼物前来提亲。

春花解释了无数次——自己已成婚千年，相公还是天界的天衢上尊。但胥康觉得，这都不是事。照鮟鱇族的逻辑，天衢上尊平白多个好"兄弟"，春花也多个人照应，一家三口其乐融融，岂不妙哉？

短短一个月，胥康已求了两回亲，聘礼层层加码，都被春花退了回去，他却初心不改，越挫越勇。算上这回，可就是"三顾茅庐"了。

惹不起，还躲不起吗？春花和子恕交代了几句，索性驾起祥云，飞回天界找老神仙们打双陆去了。

子恕拖着步子，往镇妖金塔下的住处走。垂头丧气地走到一半，蓦地肩上遭人一拍："小老鼠，想什么呢？"

看见来人，子恕双眼一亮："海棠姐姐！"

海棠腰里挂着三把刀，满面霜雪尘土，却遮不住神采奕奕。她身旁跟着一个青衣青巾的小仙童，十五六岁，俊美清冷。子恕看这仙童有些眼熟，却想不起在哪儿见过。大概是紫阙仙山新收的徒弟，领来给上尊夫人问安的吧。

海棠笑嘻嘻道："小老鼠，你师父呢？"

这一说，子恕立刻苦下了脸。横竖海棠也不是外人，他就将春花这逼上门的风流债原原本本地说了一遍。

"师父怕麻烦，去找寿星公公他们下棋去了。唉，可这么躲着，也不是个事啊！"

海棠听得目瞪口呆，咋舌去看小仙童："上……喀喀，这怎么弄？"

那仙童蹙起眉，负手率先而行："我去看看。"


春花在仙市的住处是一座小楼，斜对面就是金光灿灿的镇妖金塔，映得小楼也闪闪发光。

小楼的前厅里，齐整地码着几十个大漆箱子，盛满了深海夜明珠，个个都如包菜般大，照得整间屋子亮堂堂的。

胥康身穿金丝月白锦袍，坐在堂上，唉声叹气地掰着一株红珊瑚："她喜欢我……她不喜欢我……她喜欢我……她不喜欢我……"掰掉最后一个小丫，他惊喜地瞪大了眼睛，"啊哈哈哈……她喜欢我！"

胖猫孟极躺在其中一个箱子里，四脚朝上，陶醉地转着个青绿的大珠子，玩得不亦乐乎。左右两条鲛鳓精伺候着，一个打扇，另一个夹了只小鲍鱼，"啊"一声，喂到它嘴里。还有一只鲛鳓精满脸笑容地说："不过是些不值钱的土特产。春花星君若与我们三皇子成了亲，还有数不尽的奇珍异宝呢。"

孟极正潇洒快活，不知天地为何物，门口传来脆生生的一唤："孟极师兄，你猜，我在回来的路上碰见谁了？"

孟极转脸望去，顿时呆若木"猫"……子恕不认得仙童，孟极可是认得的。它扔了珠子，飞快地蹿上子恕肩头："你跟海棠他们说了什么？"

子恕茫然："海棠姐姐又不是外人，我……能说的都说了啊！"

孟极恨不得挠他一爪，立刻蹭到仙童脚边，谄媚一笑："喀喀，那三皇子，肤浅鄙薄，俗不可耐，春花可一点都不动心。"

刚才玩剩下的大珠子骨碌碌滚到脚边，孟极立刻满脸嫌弃，一脚踢得远远的。

子恝大奇："孟极师兄，您不是一直挺中意三皇子吗？还劝师父，两头大也不是不可以……"

孟极一爪捂住他的臭嘴。

海棠环视一圈，率先笑了："这位鲛鲸族三皇子，真是财大气粗，"她偷觑那仙童一眼，"来者不善呢。"

这几人旁若无人地聊了半天，没有一个上来请安，胥康不禁着恼："你们几个，是什么人，来此作甚？"

仙童扫视一屋子灼眼的富贵，沉默了一下："我来此，是为寻妻。"

胥康一愣："谁是你妻子？"

因伤返回少年模样的天衢上尊面容阴沉："财帛星君春花，正是与本尊同上雷镜台、拜过天地的妻子。"

春花蹭了老寿星一顿好饭，双陆刚杀了两盘，就收到子恝传来的仙诀："师父您再不回来，小楼里就要打起来了。"

他将来龙去脉简单说了一遍："我看师丈脸色很不好，怕是要把三皇子倒吊起来打。"

春花愣了半晌。难怪他每日只报平安，不肯多说半句。她倒不担心他们打起来。天衢看着脾气臭，其实能动嘴绝不动手。只怕，胥康的耳朵都要磨出茧子了。

她把棋子一推："我走了。"

老寿星很生气："刚赢了一把就走，哪有这道理？"

春花挥挥手："后院起火，我得赶回去救火。"

子恝蹲在小楼门口，一见春花，就急切地迎上来："我哪知道，那小仙童竟是师丈！"

春花冷笑："不只是你，师父我当年，也吃过这暗亏。"

她朝楼里努努嘴："可打起来了？"

子恝苦着脸："是没打起来……

"可是，师丈已经开坛讲了五遍清心断妄咒、三遍天界婚律和两遍仙市跨族交往守则了。"

春花大步跨进门。那倒霉的三皇子胥康并几个鲛鲸精坐在堂中，抓耳挠腮，唉声叹气，眼皮都快撑不住了。

清俊的少年负手立在上首，孤傲不群。海棠威风凛凛地站在他身后，三把刀出鞘了两把。

少年的目光落在春花身上，登时如霜溪遇着春风，融成了一潭春水。

两月未见，她似乎比记忆中更为风姿绰约、明艳动人。

春花也愣愣地望着他，猜测着他伤势如何，是养了多久才养回个囫囵形状，回来找她。

四目相对，近乡情怯，竟都是惘然。

千言万语，尽付无言。春花咬唇，终于轻轻骂了一声："你，还知道回来啊？"

少年天衢微不可察地吁了口气："春花，我知道错了。"

胥康见了春花，喜上眉梢，三步并作两步冲过来："这唠叨的书呆子，说自己是你相公。春花，你不是说，你相公是个很能打的老头子吗？"

春花硬生生将目光从天衢脸上移开，咳了一声："他确实……是我相公，看着水灵，其实是老黄瓜刷着绿漆呢。"

天衢："……"

胥康一把拉住春花，领她去看一屋子的夜明珠："你说过喜欢这玩意儿，个儿越大越好。我给你带了七十箱，你拿着当弹珠玩啊。"他指着最大的那颗夜明珠，"你若应了我，这些土特产要多少有多少，我还能日日陪你下棋玩耍，给你画眉添妆。"

他手背上蓦地一痛，定睛一看，是被一颗夜明珠打中了手。

青衫飘然，不知何时落在面前，将春花隔在身后。

天衢冷着脸："恣意动手，骚扰天界星君，你当天条是摆设吗？"

胥康大怒，嗓门也跟着大起来："本皇子不是神仙，天条管不着！本皇子和春花之间的事，和你这老……小屁包有什么相干？"

天衢刚出现时，胥康心里还有点犯嘀咕。听说鲛鲦族以外的雄性，大多死要面子活受罪，两雄争一雌，必是生死决斗。但对方普及了两个时辰的天条法度，全无动手的意思，他便猜测，外界传言不实，这位天衢上尊，不过是仗着师尊威名和俊俏皮相吃软饭罢了。

他越想越觉得是这么回事，转身对天衢道："本皇子和春花的共同爱好，可比你多多了。你一无钱财，二不能常伴左右，有什么资格和我争？"

这话一出，天衢竟愣了一下。

胥康便以为说中了对方痛处："兄弟，我看你这小身板，还没我高呢。要不咱俩过一手，你输了，就把春花让给我。"

他留了一手，并没有说如果对方赢了，他要如何。横竖是不吃亏的。

春花、海棠、子恕和孟极都齐齐傻眼，没想到世上还有这样不知死活的人。

春花第一个反对："不行。他身上有伤，不宜动手。"

胥康越发觉得有把握："小屁包，躲在女人后面，算什么英雄？"

倒是孟极，受过他好几筐小鱼干的恩惠，战战兢兢劝道："三皇子，那个……你还是深思……深思啊！"

在这一片混乱中，天衢蓦地开口："三皇子，本尊不会与你动手。"他执起春花的手，"春花并非一件任人争抢的物件，不是价高者得。她许我终身，只因她自己心中乐意。若有一日她不乐意了，我便是痛不欲生，也只能尊重她的决定。"

春花心中微微一动。

原本她还生着他的气，听了这话，不知怎的，就没那么气了。

她反握住天衢的手，对胥康道："三皇子，我不喜欢你，也不想嫁你。你便是打遍三界无敌手，买下整个东海，也无济于事。"

胥康一呆，激动道："精诚所至，金石为开，总有一日，你会被我的真情打动！"

众人顿时无语。

海棠听得气炸："上尊，您有伤在身，不必出手，我来教训他！"

她的第三把刀还未出鞘，已有人先她一步冲了出去。

春花撸着袖子，龇牙咧嘴："老娘忍不了啦！来来来，和老娘大战三百回合……"

她躲去天界，就是怕自己按捺不住脾气，把胥康暴揍一顿。

天衢倒成了最理智的那个，一把将春花拉回来，正色对胥康道："三皇子，你虽死缠烂打，但情节尚属轻微。本尊若因私怨伤了你，便是知法犯法。但若你继续纠缠不休，犯了天条，即便春花并非本尊妻子，只是陌生女子，本尊也会将你绳之以法。你可明白？"

他这一套弯弯绕，胥康哪里听得明白，只当他是胆怯，嗤笑道："打不过就打不过，扯什么天条戒律？窝囊！"

他手下几个鲛鳒精立刻烘托气氛："就是！这么胆小，直接认输得了。"

"跪下给我们三皇子磕三个响头，就饶了你！"

便在此时，晴空中骤起霹雳，风雷同起，暴雨倾泻。

天衢和春花对视一眼，灵台都有感应，镇妖金塔正嗡嗡作响。

众人出了小楼，但见乌云翻滚，一头通身碧蓝的巨兽遮天蔽日而来，正是化蛇。

"哈哈哈哈，魔龙与北辰都不在，你们百魖仙岛还不跪地求饶，俯首称臣？"

它隐居北山多年，时常侵扰仙市，不是遇着北辰，便是碰见魔龙小菜瓜，屡吃败仗。今日大概晓得北辰在大言仙山闭关，便想乘虚而入。

春花低声对天衢和海棠道："你们不必动手，那镇妖金塔我已驱策自如，收它不是难事……咦？"话音未落，身边人已不见了。

海棠摊开双手："上尊说，要去松松筋骨。"

化蛇眼前忽然多了个青衣少年，不禁一愣："你又是谁？"

少年也不自报家门，一声冷笑："你来得正好！"

青釭剑如电擎在手中，带着万钧之力和积压了一日的私怨，一剑霜寒，朝化蛇汹涌而去。

化蛇只愣了一瞬，便认出了老对手的招式，吓得掉头就跑。

"老子、老子只是来逛个街……"可哪里还躲得过。剑气震荡，洪波涌起，如同一场海啸山崩，化蛇被削去半边翅膀，落入海浪之中。它在海中的血水里漂了一会儿，像一只笨拙的娃娃鱼，哭哭啼啼地游走了。

云开，雨霁，日出，仙岛上横起一道艳丽的彩虹。

天衢只恨这凶兽不抗揍，冷哼了一声，掉转云头，翩然落在众人中间。

青釭剑上，凶兽之血犹未干透，笔直地指向胥康："三皇子，咱们刚才说到哪儿了？"


据子恕后来听闻，三皇子胥康连夜逃回了西海，做了半年的噩梦，从那以后，再未踏足过百飓仙岛。

但这都是后话了。

在那个当下，子恕只看见"刷了绿漆"的俊俏小师丈收了青釭剑，亦步亦趋地跟在师父身边："怎么又生气了？"

他师父瞪了小师丈一眼："不是让你不必动手吗？"

小师丈老老实实道："确实没忍住。但我已休养得大好了，你不必担心。"想了想，又补道，"我错了。你要怎样，才能不生气？"

然后，子恕便看见他师父思索半晌，露出了一个老不正经的笑容："小冬冬，你叫我一声'姐姐'，我便原谅你。"

"莫要胡闹。"

"爱叫不叫！"

他师父旋身就走。

小师丈脸上带着一抹可疑的红，站在原地叹了会儿气，遂默默地跟了上去。

**图书在版编目（CIP）数据**

财神春花：完结篇 / 戈鞅著 . -- 成都：四川文艺
出版社 , 2024.4
ISBN 978-7-5411-6858-1

Ⅰ . ①财⋯ Ⅱ . ①戈⋯ Ⅲ . ①长篇小说—中国—当代
Ⅳ . ① I247.5

中国国家版本馆 CIP 数据核字 (2024) 第 028062 号

CAISHEN CHUN HUA: WAN JIE PIAN

# 财神春花 : 完结篇

戈鞅 著

出 品 人　谭清洁
特约监制　王传先　临　渊
责任编辑　谢雨环　王梓画
责任校对　段　敏

出版发行　四川文艺出版社（成都市锦江区三色路 238 号）
网　　址　www.scwys.com
电　　话　028-86361781（编辑部）

印　　刷　北京世纪恒宇印刷有限公司
成品尺寸　160mm×230mm　　开　本　16 开
印　　张　21.25　　插页 4　　字　数　410 千
版　　次　2024 年 4 月第一版　　印　次　2024 年 4 月第一次印刷
书　　号　ISBN 978-7-5411-6858-1
定　　价　52.80 元